Robin Felder

Paranoia

atb aufbau taschenbuch

ROBIN FELDER lebt in München, wo er als Komponist und Songtexter arbeitet. 2010 erschien sein Roman *Unsympath.*

www.robinfelder.com

www.paranoia.com.de

Ein Menschenfreund ist Conrad Peng nicht gerade. Er verdient sein Geld, viel Geld als Consultant; Menschen sind ihm lästig, und er liebt es, sie von A bis Z einzuordnen. Der einzige Mensch, der ihm wirklich etwas bedeutet, ist ein achtjähriger Junge, der wie er selbst einst in einem Waisenhaus aufwächst. Um Fynn kümmert er sich rührend, auch als er spürt, dass ihm seine Welt immer mehr entgleitet. Dann jedoch gerät der Junge in Gefahr, und es kommt zur Katastrophe.

Robin Felder

Paranoia

Roman

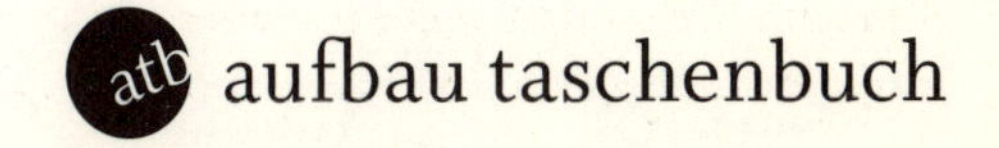

ISBN 978-7466-2806-6

Aufbau Taschenbuch ist eine Marke
der Aufbau Verlag GmbH & Co. KG

1. Auflage 2012

Umschlaggestaltung morgen, Kai Dieterich
unter Verwendung eines Fotos von bobsairport
Satz LVD GmbH
Druck und Binden CPI – Clausen & Bosse, Leck
Printed in Germany

www.aufbau-verlag.de

Sämtliche handelnden Personen und Begebenheiten sind frei erfunden. Ähnlichkeiten mit lebenden oder toten Personen, existierenden Unternehmen sowie Ereignissen oder Schauplätzen wären rein zufällig und nicht beabsichtigt.

»Wer spricht von Siegen?
Übersteh'n ist alles.«

Rainer Maria Rilke

»Halte grundsätzlich jeden für ein Arschloch,
bis er das Gegenteil bewiesen hat.«

Frank Zappa

01

Wo bin ich? Meine Augen halb geöffnet, wandert mein Blick ziellos suchend umher. Wo bin ich? Wenn ich erst mal weiß, wo ich mich befinde, werde ich bestimmt auch erfahren, wie ich hierhergekommen bin.

In dem grauen Satin-Kissen hinterlasse ich eine Mulde, als ich meinen Kopf leicht anhebe und auf das Nachtkästchen schiele. Neben zwei flachen Tablettenpackungen und einem Restaurantführer entdecke ich mein Handy und greife danach. Ich richte meinen Oberkörper auf, klappe das Display hoch und prüfe die Uhr. Die Welt bekommt einen zeitlichen Rahmen. 10 Uhr 36.

Geweckt wurde ich eben von einem Traum. Meinem altbekannten Falltraum. Ich stürze kopfüber von der Bahnsteigkante eines S-Bahnhofs, nächtliche ländliche Gegend. Und bevor ich in dem Schotter der Gleise lande – zack –, kurz vor dem Aufprall, wache ich auf. Habe ich jede Nacht mindestens einmal. Richtig ruhig kann ich nur tagsüber schlafen.

Ich reibe mir die Augen, das hilft aber auch nichts. Würde sagen, ich bin in einem desolaten Zustand. Bringe mich auf der Bettkante in Sitzposition. Meine nackten Zehen berühren den grauen, kalten Estrich-Fußboden. Erst der linke Fuß, dann der rechte. Abergläubisch bin ich nicht. Das Zimmer ist hell. Was heißt Zimmer? Ein riesiger Raum, grau in grau, hellgraue Betonwände, steingraue Decke. Eher ein Loft. Eine grau-weiße Kochnische weit entfernt am anderen Ende der Wand, an der auch eine schmale Couch steht. Grau. Ein wandfüllendes Ölgemälde ohne Rahmen. Modern, abstrakt, die Grundfarbe ist gleichzeitig das Motiv. Der Titel: »Asche im Nebel«. Ist geraten.

Stilbruch lässt sich dem Innenarchitekten nicht vorwerfen. Die Kundenvorgabe könnte gelautet haben: bewusstes Understatement, inszenierte Lässigkeit, heruntergekommene Hightech-Bohemien-Künstler-Fashion-Atmosphäre. So jedenfalls ist es gedacht gewesen. Siehe auch: Es war sicher teuer, es so billig aussehen zu lassen.

Weiter drüben steht eine fahrbare Kleiderstange mit wenigen farblosen Fetzen, die wie schlaffe Liliputaner an dünnen Drahtbügeln hängen. Daneben ein Standspiegel, zu dessen Rollenfüßen zwei tischtennisballgroße Steppenläufer am Boden liegen. Haar- und Hausstaubknäuel.

In der Mitte des Raums, auf einem weiß getünchten Sockel, der Blickfang: die lebensgroße Skulptur eines halbnackten Römers im Lendenschurz, der zum Diskuswurf ansetzt.

Durch die eins, zwei, drei, vier Fenster kann ich erkennen, dass Vormittag ist. Das stimmt mit der Uhrzeit schon mal überein. Die knapp unter der Decke endenden Scheiben geben den lautlosen Blick frei auf vorbeieilende High Heels, Sneakers, Stiefel, Lederslipper, Knöchel, Socken und Hosenbeine ansonsten körperloser Passanten. Menschen vom Schuh bis zum Knie. Ich befinde mich also in einem Souterrain-Loft. Oder Tief-Parterre. Oder Halb-Keller. Warm ist es. Und etwas feucht.

Langsam drehe ich meinen Kopf um 90 Grad, dabei kratze ich mich am Nacken. Nicht, dass es gejuckt hätte.

Wen haben wir denn da? Auf der anderen Seite der französischen Kingsize-Matratze liegt eine brünette Gazelle, so dürr, dass es sich bei ihr entweder um eine dem Tod Geweihte oder ein Topmodel handelt. Hohe Wangenknochen. Fein gemeißelte Züge, fast wie retuschiert. 1,82 Meter groß. Mindestens. Kategorie A-Mensch. Grundsätzlich finde ich ja, dass dünne

Frauen angezogen und fülligere Frauen ausgezogen am besten aussehen. Ich werde nach und nach wach.

Sie tut so, als würde sie schlafen. Macht sie gut. Würde sich ihr Brustkorb nicht minimal heben und senken, könnte man auch annehmen, sie sei tot. Auf die Weltbevölkerung umgesetzt, begehen, statistisch gesehen, von einhunderttausend Menschen fünf Frauen Selbstmord – dem stehen 19 Männer gegenüber. Dabei wählen Männer konsequentere Methoden, wie Erschießen und Erhängen, wohingegen Damen lieber eine Überdosis Schlafmittel einwerfen. So viel dazu.

Ich stiere die Bohnenstange, die keinen Mucks von sich gibt, forschend, aber vorsichtig an, um sie mit meinem Blick nur ja nicht aufzuscheuchen. Ihre Körperhaltung vermittelt einen bewusst zur Schau gestellten Eindruck. Wie jemand, der ziemlich stolz auf seine äußere Erscheinung ist. Phänomen der Jetztzeit: stolz auf Dinge sein, für die man nichts kann.

Und strenggenommen kann man für nichts was.

Innerhalb des Spielraums, den ein hübsches Gesicht hat, erkenne ich eine Neigung zu Kombi-Lippen: dicke Unterlippe, dünne Oberlippe. Aber eben in dem Rahmen, der die Attraktivität nicht beeinträchtigt.

Jetzt stellen sich mir also drei Fragen. Erstens, wo bin ich? Zweitens, wer ist die da? Drittens, was ist geschehen? – und seit wann? Das stumm geschaltete Handy zeigt 29 entgangene Anrufe und acht Nachrichten an. Das ist nicht ungewöhnlich und lässt keinen genauen zeitlichen Rückschluss zu. Könnten sich innerhalb eines halben Tages oder dreier Tage angesammelt haben.

Wie bin ich nur in diesen Schlamassel geraten? Vertagung der Frage. Aufstehen? Nach sehr kurzer Überlegung tue ich genau das. Als ich mich in eine aufrechte Position zwinge und steifbeinig vor mich hin stakse, gleicht mein Ausatmen einem erschöpften Seufzen.

Mein erster nüchterner Gedanke kommt angeflogen, während ich mich im Stehen mit hochgereckten Armen ausgiebig strecke und mir nicht die Mühe mache, meine raushängenden Eier wieder in die Unterhose zu stecken: Ja, richtig, ich bin frischgebackener neuer Partner bei Lutz & Wendelen Consulting, weltweit drittgrößte Unternehmensberatung, Nummer eins in Deutschland. Endlich. Die Visitenkarten sind bereits gedruckt, meine neue Bezeichnung lautet Vice President. Daran werde ich mich nicht lange gewöhnen müssen. Eigentlich kann ich mir gar nicht vorstellen, dass es jemals anders gewesen ist. Entsprechend folgt mein zweiter nüchterner Gedanke auf dem Fuße: Ich finde an meiner Beförderung weniger Gefallen, als ich müsste. Denn bedauerlicherweise bin ich unersättlich. Sobald ich ein bestimmtes Ziel erreicht habe, erhöhe ich sofort meine Erwartungen und finde keine Ruhe, bis auch diese erfüllt sind. Was sich dann natürlich als herb enttäuschend herausstellt und nach einer weiteren, noch höheren Wunschsetzung verlangt. Und so fort.

Die Bettwäsche raschelt. Das Mädchen bewegt sich, rückt einen Arm zurecht. Immer noch wie für ein Foto posierend, das niemand macht. Doch nicht tot. Meine Augenbrauen ziehen sich automatisch nach oben. Sacht bewege ich mich auf meine verkrumpelt in einer Ecke liegende Anzughose zu. Ich greife danach. Ein Bein angewinkelt in die Höhe haltend, ringe ich mit dem Hosenbein, stoße schließlich zur Hälfte mit dem Fuß durch. Plötzliche beträchtliche Gleichgewichtsschwankungen zwingen mich, in dieser grotesken Stellung zu verharren, auf einem Bein zu hüpfen und einen Zappeltanz zu veranstalten, der mich aussehen lassen dürfte wie einen einbeinigen Kriegsveteranen, dem man die Krücken versteckt hat. Mit jedem Sprung senkt sich die hochgereckte Sohle, und ich erwarte, augenblicklich festen Boden unter ihr zu spüren und meine Statik wiederherzustellen. Wie sich jedoch herausstellt, hat die glatte Estrichfläche andere Pläne. Eben noch springe ich umher. Und einen Moment später befinde ich mich auf meinem Hintern und spüre den harten, kalten Beton unter den Pobacken. Blöd schauend, peinlich berührt und etwas schmerzverzerrt, vergewissere ich mich sogleich, ob die Nymphe durch meinen Crash aufgescheucht wurde. Immer noch nicht. Obwohl ich nicht sehr laut war, hätte der Krawall doch ausreichen müssen, sie zu wecken. Da ist was oberfaul. Ihre künstliche Leichenstarre könnte also sehr wahrscheinlich heißen: Der Gast soll bitte keine Spuren hinterlassen und möglichst bald verschwinden. Einverstanden.

Ich hieve mich wieder auf die Füße. Die Welt taumelt ein bisschen. Während ich meinen Bauch einziehe, um den obersten Knopf der Hose zuzumachen, schaue ich dauernd zu dem Mädchen. Mit so einem zunehmend debiler werdenden Dauerbeobachtungsblick. Was wird sie sein? 19? 18? 17? 16? Menschen sehen heutzutage nicht mehr ihrem Alter gemäß aus. Und die Antwort spielt im Grunde keine Rolle.

Ich ziehe die Socken über und stopfe meine Fersen in die dunkelbraunen Schuhe. Beim Bücken komme ich beinahe wieder ins Straucheln. Als ich meinen Gürtel zudrücke, die Schnalle im zweiten Loch von vorne arretiere, atme ich das schwere Parfum der Gazelle ein und fühle mich auf einmal entsetzlich einsam. In meiner Brust gefriert etwas zu Eis. Ich erinnere mich an *nichts,* aber es sieht ganz danach aus, als ob mit der da was lief. Aber was? Nicht besonders viel, nehme ich an. Sie hat gar keine blauen Flecken. Vielleicht war ich nicht in Form. Ich hab's einfach nicht so mit jungen Mädchen.

Ich sehe sie an, als erwarte ich einen Einwand. Und verabscheue mich ein bisschen mehr als üblich.

Mit den Fingern kämme ich mir die Haare, hole zwei Flusen aus meinem Nabel, und während ich wie auf Stelzen zur Tür schleiche, stülpe ich mir unordentlich mein weißes, teilweise zugeknöpftes Hemd über und stecke meinen rechten Arm in mein anthrazitfarbenes Sakko. Ich drehe die rechte Manschette um ein paar Grad. Dann die linke. Recke meinen Kopf zum Schließen des zweitobersten Hemdknopfes. Meine Krawatte lege ich mir wie ein Handtuch um den Hals. Auf das Binden des zweifachen Windsor-Knotens, den ich zu dunklen Anzügen und einfarbiger Krawatte bevorzuge, verzichte ich. Zugunsten raschen Verschwindens. Verabschiedend schaue ich Barbarella noch mal aufmerksam an, um sie für immer zu vergessen. Luftküsschen. Muss los. Ihren Namen werde ich wohl nie erfahren. Die Klinke ist traumhaft leise. Ich ziehe die Tür auf. Die beiden Staubballen unter dem Standspiegel zucken und kriechen in den Luftwirbel. Ich wende mich ab, Blick in Fluchtrichtung.

Der Bordstein liegt genau auf Höhe meiner Augen. Noch mehr Schien- und Wadenbeine laufen im herbstlichen Nebel an mir vorbei. Diesmal mit Klanguntermalung. Die Schrittgeräusche, das Klackern der Absätze, alles klingt seltsam differenziert. Als könnte ich jeden auftretenden Schuh einzeln zuordnen. Ich bin draußen. Nichts wie weg. Langsam schließe ich die Tür, die in entgegenkommend geräuschlosen Angeln hängt. Kurz bevor das Schloss einschnappt, ballen sich meine Kiefermuskeln. Durch den Spalt höre ich eine weibliche Stimme aus der Wohnung dringen.

Ein argwöhnisches, hochgezogenes »Tschüss«.

02

Nur häppchenweise lässt sich die Oktoberluft atmen, so kalt ist es. Ich nehme die eins, drei, fünf Stufen nach oben, gelange auf Bodenniveau und stehe auf dem Gehsteig einer befahrenen Straße. Ein fehlzündendes Moped rauscht vorbei. Der befreiende Moment des Entkommens gewährt mir eine nur allzu kurze Erleichterung. Denn schon setzt eine verstärkte Gedankentätigkeit ein, und ich beginne nach Anhaltspunkten zu suchen, anhand derer ich das schwarze Loch meines Erinnerungsausfalls rekonstruieren könnte. Doch ich habe keine Zeit, unsicher zu werden. Muss weiter.

Ich drehe mich noch mal um, sehe hinunter auf die Souterraintür, kneife die Augen zusammen und strecke dabei mein Kinn vor. CL steht auf dem Klingelschild aus goldfarbenem Messing. Nichts sonst. CL kann eine Menge heißen. Initialen an der Tür suggerieren definitiv Bedeutsamkeit.

In dem Moment, in dem ich mich wieder abwende, knattert ein Sattelschlepper vorbei, sein schmutziger Wind stinkt unmittelbar nach Diesel. Ich schüttle mein Jackett zurecht, schlage den Kragen hoch, scheine mich dahinter zu verstecken und bewege mich Schritt für Schritt weg von meiner Nachtunterkunft. Meine Gedanken entfernen sich noch viel schneller von ihr.

Die Atmosphäre wiegt schwer wie Blei. Alles wirkt wie von einem Dunstschleier überzogen. Fahler Grünstich. Wie nachkoloriert und künstlich vernebelt. Es ergeben sich tausend Schattierungen von entsättigtem Grün. Und letztlich doch so grau wie die Wohnung, aus der ich komme.

Zum Glück muss ich erst jetzt niesen. Und noch mal. Und noch mal. Unterdrücken zwecklos. Bei mir bleibt's nie bei einem Mal.

Die nächsten Minuten gehe ich ziellos geradeaus und malträtiere meinen Verstand regelrecht, wo ich mich aufgehalten haben könnte. Doch meine Hirnregionen geben nichts frei. Was für ein Systemabsturz! Kein lichter Moment. Nicht mal eine schemenhafte, ungenaue Ahnung. Nicht mal das. Gar nichts. Montagabend, das ist das Letzte, an das ich mich erinnern kann. Die Feier zu meiner Beförderung. Im Restaurant des Charles Hotel. Das Essen, Acht-Gänge-Menü, neunzehn Personen, danach in die Bar. Aus. Das ist der Schlusspunkt. Mehr ist da nicht. Ich kann mich *einfach an nichts erinnern.* Mir wird mehrfach angst und bange. Und ich ertappe mich dabei, wie ich einer Erkenntnis den Zugang verweigere. Eine Erkenntnis, die mich neuerdings immer öfter zu erreichen versucht.

Ich setze an, die Straße zu überqueren, werde vom wilden Gehupe eines Linienbusses zurückgescheucht, hebe entschuldigend meinen Arm zum Busfahrer und laufe neben dem wieder beschleunigenden Riesenkasten hastig weiter, bis er mich überholt hat und ich, diesmal aufmerksamer, über die Straße gehe. Ich sollte mich fassen.

Priorität Nummer eins, mich orientieren, lokalisieren und aus dieser hilflosen Situation befreien. Wegweiser finden. So was wie eine Stadtplantafel mit einem roten »Sie sind hier«-Klebepunkt.

Die Straße ist eher eine breite Allee und wird gesäumt von mehrstöckigen bürgerlichen Altbauten. Monolithisch dastehende Senioren der Architektur. Alle in tadellosem Zustand, keines fällt besonders ins Auge. Hier und da alter Baumbestand. Kopfsteinpflaster auf der Fahrbahn. Eine Brise treibt ein Bonbonpapier darüber. Der Bordstein bedarf neuer Bodenplatten, wenn man diesen Alte-Schule-Stil nicht für *Kult* hält. Diese ganze Kultscheiße ist auch schon irgendwie durch. Durch den Großteil der Gehsteigritzen drängt sich moosiges Gras. Die bienenkorbähnlichen Laternen bestehen aus gelbem Glas, aufgespießt von schwarzen Masten. Alles in allem, eine vornehme Gegend.

Derartige Betrachtungen geben mir immer noch keine genügende Antwort auf meine Frage, wo ich bin. Ich bin wie gelähmt. Bei der schätzungsweise dreißigjährigen Frau mit rosenwangigem Kindergesicht und Pagenschnitt, die mit Einkaufstüten an mir vorbeigeht, C-Mensch, werde ich mich schon mal nicht erkundigen. Wie hört sich so was denn an?

»Könnten Sie mir bitte sagen, wo ich bin?« Nein, lieber nicht. Ich möchte kein Aufhebens um mich machen. Bevor ich jemanden nach etwas frage, brauche ich immer erst eine gewisse Aufwärmphase, während der ich inständig hoffe, dass sich das Problem in der Zwischenzeit von selbst löst.

Ein Windstoß bringt die wenigen restlichen Blätter der Bäume zum Rascheln. Zig Eicheln fallen von den Ästen und prasseln zu Boden. Eine davon trifft mich im Nacken. Wie gezielt. Leicht angeekelt zucke ich zusammen, ziehe die Schultern hoch, um sie vom Weiterrutschen unters Hemd abzuhalten, und entferne sie aus meinem Kragen.

Ich erreiche eine Kreuzung, an der mir blaue Schilder mitteilen, dass ich mich an der Ecke Seydlitz-/Mauerstraße befinde. Hurra! Das sagt mir gar nichts. Nie gehört. Ich schaue umher, enttäuscht von der Nutzlosigkeit dieser Information. Und fühle mich ziemlich verloren. Ozeane und Landmassen von daheim entfernt. Ich irre nicht gern ohne Orientierung durch die Fremde. Ich liebe es, mich auszukennen.

Zu allem Überfluss bleibt mein Blick unwillkürlich an einer Doppel-Reklametafel hängen. Links, die Werbung für Feinwaschmittel, ignoriere ich. Nur das rechte Plakat, das von einem bahnbrechenden Haarwuchsmittel kündet, erregt kurz meine Aufmerksamkeit. Natürlich wird die Wundertinktur nicht funktionieren. Aber eine höher werdende Stirn raubt einem nun mal den letzten Nerv.

Ich schweife ab. Passiert mir immer öfter.

Gebieterisch und flehend sehe ich mich weiter um und drehe mich dabei zweimal um die eigene Achse, auf der Suche nach einem Anhaltspunkt. Auf den meisten Autokennzeichen steht ein D. Na also. Das ist doch schon mal was. Düsseldorf. Auch auf dem Taxi, das sich mir nähert. D. Gut! Aber ich sehe, es ist ein Großraumtaxi. Daher lasse ich es vorüberfahren. In so was steige ich nicht ein. Nicht allzu lange darauf kommt ein normales. Ich mache einen Schritt nach vorne, näher zur Fahrbahn und hebe meinen Arm. Dabei recke ich zusätzlich drei Finger in die Luft. Sie sind steif vor Kälte. Ich winke, ein reiner Routinevorgang. Der Mercedes fährt ran. Lässig öffne ich die hintere Tür des elfenbeinfarben beschichteten Wagens mit Dreckspritzern an den Seiten. Die Angeln machen ein Geräusch, als würde jemand mit seinen Fingernägeln über eine Tafel kratzen. Ein kurzer Schauer fährt über meinen Rücken. Ich steige ein, mit präsidialer Würde, wie ein Mann von Welt. Dem ein wenig die Beine zittern.

»Guten Tag«, sage ich schonungsvoll und lasse mich auf den Sitz sinken. Und schon bin ich in einer anderen Sphäre.

Verdutzt beantwortet der Fahrer mit serbokroatisch flachem Hinterkopf, aber perfektem Ausländerdeutsch (F-Mensch), meine anschließende, hilflose Frage mit »Na, Mittwoch natürlich. Heute ist Mittwoch.«

Ich sage: ah, danke. Denke mir: ah, zwei Tage. Und lehne mich zurück. Fast zwei Tage fehlen mir in meinem Gedächtnis. Mein Gott, zwei Tage.

Das Taxameter wird angeschaltet. Im leise gedrehten Radio verkündet jemand hochmotiviert und einfühlsam die meteorologischen Prognosen, als wäre schlechtes Wetter was Neues. Der ehemalige Freiheitskämpfer aus dem erschreckend nahen Osten sitzt halb zu mir gedreht da und wirft mir einen erwartungsvollen Blick zu, aus dem ich nicht ganz schlau werde. Er sieht aus wie eine Suppendose. Ich spreize die Hände. Sammle mich. Zwei Tage! Weg. Futsch. Ausgelöscht. Stumm stiere ich den Fahrer an, meine Miene spricht Bände. Was – ist – denn?

»Wohin soll's gehn?«, erkundigt er sich trocken.

Ach so, ja.

Will heim.

Ich sage harmlos genug: »Zum Flughafen bitte.«

Ich bin in der falschen Stadt.

03

Sechs Stunden werde ich wohl hier auf der Bank vor dem Panoramafenster mit Aussicht auf die Düsseldorfer Start- und Landebahnbahn sitzen und auf meine Maschine warten. Der Gedanke allein schlaucht. *Warten.* Ein Zustand, dessen Tristesse ja allgemein anerkannt ist. Und meine Flugangst potenziert sich dadurch auch noch überproportional. Was für ein Akt es eben war, *überhaupt* noch ein Flugticket nach Hause zu bekommen. Möchte man nicht glauben, dass die Strecke so begehrt ist. Ich fläze mich missmutig in meinen Sitz in der Abflughalle, Gate wasweißich, zücke mein Telefon und tippe einmal auf die Kurzwahltaste. Mit einigem Druck presse ich das chronisch fettige Rechteck an mein Ohr.

»Fynn, ich bin's. – Ja, alles okay. Bei dir auch? – Nein, nein, ich bin nur gerade aufm Flughafen. – Ja, geschäftlich. Klar. – Bei uns bleibt's bei kommendem Dienstag, oder? – Wenn du möchtest, können wir ins Kino gehen. Und dann auf ein Eis oder Sushi oder beides oder was du … – Gut! – Gut, ja. – Ist ja schon in … sechs Tagen. – Dann hole ich dich von der Schule ab. Wann hast du aus? Um Viertel nach zwölf? – Ah, früher, ja schön, dann … – Genau, dann um halb zwölf. Hast du der Frau Richling das mit der Hausaufgabe erklärt? – Das ist … ja, das klingt doch gut. – Aber wenn du dort bist, dann hol ich dich besser an der Pforte vom Heim ab, oder? – Kinoprogramm bring ich mit, oder hat der Herr besondere Wünsche? – Wie: keine Ahnung? Du bist ja lustig, ich schau mal, da finden wir schon was. Sonst gehen wir in den Zoo, haha. – Ich weiß doch, dass du das nicht ma… – Arme Löwen, ja, ich weiß. – Ja, und arme Tiger. Und … genau, die auch, ja. Tiergefängnis. – Ja, klar. Geht's dir sonst gut? – Nö, das ist schon vorbei. – Bin gerade in Düsseldorf. – Ähm, wir haben hier, ähm, wir hatten ein Meeting wegen einer, ähm, nicht so wichtig, uninteressant für dich. So ein Großhandelskonzern. Funktioniert die Xbox jetzt? – Prima. – Ah, gut. Okay du, dann bis Dienstag, ja? – Egal, wir telefonieren davor doch sowieso noch mal. – In Ordnung, bis dann, Tschühüss.«

Ich lege auf. Mit unscharfem Blick schaue ich durch die Scheibe auf die kaum zu erahnende Sonne am Himmel. Die kenn ich. Ist immer dieselbe. Sie entfaltet keine wärmespendende Wirkung und ist so schwach, dass man ihr ins trübe Auge schauen kann. Ihre matte Erscheinung kündigt den nahenden Winter an. Ich mag den Winter lieber als den Sommer.

Mein verschwommenes Starren bleibt noch etwas haften. Der Zustand jenseits von Glück und Unglück. Von nichts aufgeschreckt, außer der Frist, die man sich selbst für solche gedankenverlorenen Momente setzt, sauge ich die Luft ein und fasse mich wieder. Wie wenn man sich sagte: Schluss, mehr gibt's nicht. Mehr gibt's auch nicht, weil der Herr neben mir den Umstand, dass wir beide ziemlich teure Anzüge tragen, für eine Gemeinsamkeit hält, die ihn glauben macht, sich gestatten zu können, mit mir Verbindung aufzunehmen. Er hält sich und mich für *unsereins*! Von wegen. Ich ahne, wir haben nicht die geringste Schnittmenge. Und ehe ich mich innerlich sortieren kann, fragt er mich beiläufig, aber hochinteressiert: »Ihr Sohn?«

»Wie bitte?« Ich sehe ihn von der Seite an.

»Entschuldigung, ich habe Ihr Telefongespräch mitbekommen. Ich meinte nur …«

Ich will nicht zu tief einsteigen, also antworte ich: »Ah. Ja, ja genau, mein Sohn«, obwohl Fynn nicht mein Sohn ist. Fynn hat keine Eltern. Sie konnten nie ermittelt werden. Das verbindet uns. Das ist einer der Gründe, warum ich Fynns Patenschaft übernommen habe. Es ist nichts Ungewöhnliches, dass erwachsene Vollwaisen sich um den Nachwuchs kümmern.

»Schön!«, sagt der graugesichtige Unbekannte, »Ihr einziger?«

Ich nicke. Wahrheit, Unwahrheit, ist doch egal.

»Wie alt ist er denn?«, erkundigt er sich weiter und behält mich eisern im Blick. Man darf solche Fragen niemals als Interesse an einem selbst missverstehen. Sie sind lediglich Vorwand und Vorlage für den Mitteilungsdrang des Fragestellers.

»Er ist acht«, gebe ich konziliant Auskunft. Ich muss mitspielen, wenn ich nicht will, dass Herr Neugierig sein Gesicht verliert. Lieber würde ich noch ein paar Telefonate machen oder die zerfledderte »Financial Times« lesen, die jemand auf einem der schräg gegenüberstehenden Stühle hat liegen lassen, als mich mit diesem hinterkopfglatzigen Arschloch und seinem kurzgetrimmten Bart zu unterhalten.

»Ich selbst habe drei Söhne. Fünf, neun und vierzehn«, fährt der aufdringliche C-Mensch fort, der sich zwei Minuten später als Zahnarzt aus Grünwald vorstellt. Es gibt mir seit jeher Rätsel auf, dass es ein derart hohes soziales Ansehen genießt, anderen ganztätig im Mund rumzustochern. Ich verstehe das nicht.

Dr. dent. schildert mir deplaciert selbstbewusst seine familiären Verhältnisse, obwohl ich kein sonderliches Interesse zeige. Er schnallt es nicht. Er nimmt unseren ähnlichen Dresscode anscheinend tatsächlich zum Anlass, uns beide irgendwie auf derselben Ebene zu verorten. Aber es ist so gut wie sicher, dass er sein Studium nicht mit Summa cum laude abgeschlossen hat. So wie ich. Es ist so gut wie sicher, dass er nicht erst mal zusehen musste, ein Stipendium zu bekommen, um sich eine akademische Laufbahn überhaupt leisten zu können. So wie ich. Denn gemäß den Verhältnissen, aus denen ich stamme, hätte ich mir eine solche Ausbildung ganz einfach nicht leisten können. Ich wette, der Zahnklempner war nicht deutschlandweit jahrgangsbester Uniabgänger. So wie ich. Vermutlich habe ich mehr vergessen, als er je lernen wird. Wie es ihm auch scheinen mag, wir haben nichts gemeinsam. Aber das glaubt er. Er solidarisiert sich auf die Art, die ich gar nicht mag, indem er manche seiner zunehmend ausufernden Sätze mit »Sie wissen ja selbst, wie das ist« beendet. Das ist nicht auszuhalten. Dieser Pseudo-Miteinbezug meiner Person. Welch gnädige Zubilligung! Ich komme mir vor wie sein netter Zeitvertreib. Sein After-Shave-Geruch ist unerträglich. Hatte heute wohl was Besonderes vor, wenn er sich so damit überschüttet. Auf der Piste hebt ein weiterer Flieger ab und durchschneidet die Luft, und ich spähe verstohlen abwechselnd zu der einsamen Zeitung auf dem Stuhl und dem Nachrichtenbildschirm, über den die immer gleichen Weltnews in Endlosschleife ohne Ton flimmern, während mein Zahnbohrer vom Hundertsten ins Tausendste kommt. Ihm steht der Sinn nach ratschen, und er hat mich als Zielobjekt auserkoren. Worauf ich mir nichts einbilden sollte. Er ist einer der Menschen, die die Gabe besitzen, sich mit jedem beliebigen Fremden unterhalten zu können und total locker dieses Gefühl von Affinität und Beziehung herzustellen, obwohl sie wissen, dass man sich nach diesem Gespräch nie wiedersehen wird.

Seinen Ausführungen entnehme ich, dass die Zahnbranche blüht. Und als er mich nach meinem Job fragt, bringe ich das Thema mit meiner eigenen Masche schnell wieder auf ihn zurück, weil es im Allgemeinen so ist, dass ich von einer Sache umso weniger spreche, je mehr sie mich interessiert. Ich neige dazu, meine berufliche Tätigkeit als etwas anzusehen, das in meinem Leben einen gesonderten Platz einnimmt und auf keinen anderen Bereich übergreifen soll.

Er schwafelt dankbar weiter und sagt so was wie, er wolle »künftig vermehrt die Welt bereisen ... Fremde Kulturen kennenlernen ... Vor allem Asien ... Japan, Korea, China ... So spannend alles ...«. Etwas in der Art. Wenig Inspirierendes. In professioneller Nullkonversation geübt, erzähle ich ihm, einfach, damit ich was erzähle, wie sagenhaft toll Hongkong ist. Ich war nie dort. Empfehle ihm, es unbedingt mal zu bereisen. Wunderschön, ehrlich. Muss man gesehen haben. Ich überlege mir, Fakten dürften einen wie ihn sowieso nicht interessieren. Ihm geht's um die Idee von Asien, das Ideal der Ferne. Nicht um hundefressende Schlitzaugen, rassistische Kleinwüchsige, frauenunterdrückende gelbhäutige Prolls. Ja, ja, die mir schwer begreifliche Romantisierung von Reisezielen und fremden Kulturen. Da stört die rationale Auseinandersetzung mit fremden Sozialisationen doch erheblich. Mir kommt in den Sinn, dass ich immer denselben Kopf aufhabe, egal, wohin ich reise.

Mein ungebetener Gesprächspartner berichtet davon, sich auf Immobiliensuche zu befinden. Er träumt von einem eigenen Ferienhäuschen im Süden. Irgendwo in Italien, wo's schön und warm ist, schwärmt er und krault seinen Bart.

Donnerwetter. Das ist in meinen Augen die beste Unterhaltung aller Zeiten. Und ich bin dabei. Wer kann das schon von sich behaupten!

Ich signalisiere ihm vollste Nachvollziehbarkeit seines Plans und kann mir nichts Idiotischeres vorstellen. Ich sage ihm nicht, dass er für die Kohle, die so ein Haus im Ausland in Anschaffung und Unterhalt kostet, ewig in einem Fünf-Sterne-Hotel wohnen könnte und dann auch nicht lebenslänglich auf einen Urlaubsort festgelegt wäre. Ärger, Sorgen und Verantwortung mal ganz außen vor gelassen. Auch hier geht es wieder mal um die Idee, nicht um Tatsachen. Aber wie soll jemand so etwas verstehen, der gleich darauf diesen Klischeekrampf aller Klischeekrämpfe absondert: »Es ist auch, weil, ... ich meine, finden Sie nicht auch, die Deutschen sind so steif. Im Süden sind die Menschen viel netter und lockerer. Bei uns ist alles so eng und spießig.« Man kann es nicht mit anhören. Und ich denke mir, gerade du musst so was sagen, ja, dann hau doch ab, mal sehen, wie du reagierst, wenn dich die ganzen öligen, korrupten, unzuverlässigen Itaker-Chaoten schön auflaufen lassen und du nach einem Jahr immer noch keine Antwort vom römischen Einwohnermeldeamt oder vom Heizungsinstallateur bekommen hast und an diverse Spaghettifresser unzählige Euro Schmiergeld abdrücken durftest. Dann definieren wir noch mal den Begriff »spießig«, du Spießer. Die Weichbirnen in diesem Land schreiben offenbar alle voneinander ab. Wie oft habe ich das schon gehört, diesen hanebüchenen Woanders-ist-alles-besser-Müll. Immer nur von ultra angepassten Schwachmaten, denen es an jeglicher Originalität fehlt, die eigentlich scheiß Nazis sind, mit Ausländern in Infinitiven sprechen und die nach spätestens vier Wochen ernsthafter Landflucht heulend nach Hause zurückgerannt kämen. Was für Träume und Wünsche hinter den Nichtdenkerstirnen dieser Leute schlummern! Ich verstehe das nicht.

Ich beschränke mich darauf, nur noch Geräusche als Antworten von mir zu geben. In meinem Kopf arbeitet es parallel die ganze Zeit. Was ist mit mir die letzten beiden Tage passiert? Meine Beunruhigung umgibt mich wie ein Dauerrauschen.

Die aktuelle Maschine für dieses Gate ist laut Durchsage bereit zum Einsteigen. Aber mein Oralmediziner ist in redseliger Laune, bleibt noch sitzen, bis zuletzt. Durch ein Klingeln in meinen Ohren höre ich ihn fragen: »Aber wissen Sie, was ich wirklich gerne hätte?«

Ein Hirn? »Nein. Was denn?«

»Zeit!«

Ich bin überwältigt von seinem philosophischen Turn. Ich lache. Eigentlich ihn aus, aber ich kriege die Kurve und lasse es wie eine sentimentale Beipflichtung durch meine Lippen strömen.

»Zeit! Das ist doch das Wertvollste überhaupt, finden Sie

nicht?« Das sind seine Worte. Das Wertvollste überhaupt, was immer das heißen mag. Ich denke mir: Wirf dein Leben weg, und du hast nichts verloren. Aber ich begreife schnell, dass er seinen Käse als gewichtiges Schlusswort betrachtet und aufsteht. Er reicht mir die Hand, und als ob das noch nicht genug wäre, salbadert er, mit bohrenden Augen: »Grüßen Sie Ihren Sohn unbekannterweise recht herzlich von mir. Fynn heißt er, richtig?«

Und mit der Erwähnung von Fynns Namen ist bei mir Schluss mit lustig. Ihn zu nennen, steht diesem Typen nicht zu. Dazu hat er kein Recht. Auch ohne böse Absicht. Ein Sakrileg. Ganz im Ernst. Fynn ist tabu, für diesen Zipfel aus dem Tal der Ahnungslosen. Ich fühle mich plötzlich von jeder Rücksichtnahme befreit. Unterdrücke das Gefühl sich anbahnenden, besinnungslosen Hasses jedoch sofort und glaube mit einem Mal, den wahren Sinn von Manieren, Anstand und Heuchelei zu begreifen. Tugenden, die mir schon ziemlich früh eingebläut wurden. Einzig der Mäßigung darf man uneingeschränkt frönen, hat Pater Cornelius immer gesagt. Ich stehe zum Händeschütteln sogar auf, lasse einen kräftigen, gesunden Händedruck einwirken. Sage ernst, aber ruhig: »Hat mich gefreut. – Ja, ich muss noch eine weitere Maschine abwarten, nicht schlimm. – Auf Wiedersehen. Und guten Flug.« Dr. Karies nickt und macht sich forsch auf den Weg zum Boardingschalter. Irgendwann kommt für alles der letzte Augenblick.

Die »Financial Times« hat sich inzwischen jemand anderes unbemerkt gekrallt. Ich setze mich wieder.

Das Gespräch hat mir überhaupt nicht gutgetan.

Und, ich muss noch *zwei* weitere Maschinen abwarten. Schrecklich.

04

X Stunden später, zu viele, um sie aufzuzählen, lande ich in der richtigen Stadt. Mit wetterbedingter Verspätung von drei Stunden. Das hat mir gerade noch gefehlt. Als Flug LH852 aus Düsseldorf in München aufsetzt, fällt feiner Schnee. Wir haben kurz nach 22 Uhr, stockdunkel draußen. Möchte noch ins Büro. Noch mal Taxi. Pro Jahr produziere ich über 300 Taxiquittungen, die ich auf meiner Spesenliste abrechne.

Ich weise den Fahrer (E-Mensch) an, zuerst noch eine Privatadresse in Schwabing anzufahren. Die Wohnung eines befreundeten Chefarztes (B-Mensch), mit dem ich mich vorhin telefonisch verabredet habe. Ich brauche Tablettennachschub. Mein Insidon-Vorrat neigt sich dem Ende zu. Meine ganzen Psychopharmaka beziehe ich über ihn und zahle immer aus eigener Kasse. So stelle ich sicher, dass mein Konsum nicht bei meiner Krankenversicherung aktenkundig wird. Man weiß nie. Eine Enthüllung meiner Gewohnheiten und Gepflogenheiten könnte ich nicht brauchen. Nicht nur, was meine Medikation betrifft.

Die Übergabe klappt wie stets reibungslos und wird im Flur abgewickelt, die Kinder schlafen schon, und seine Frau (B bis C-Mensch) mag diese konspirativen Besuche nicht. Dabei kauft sie sich vom Gewinn sicher schönes unnützes Zeug. Ich verabschiede mich. Und noch auf dem Weg von der Wohnung zurück zum wartenden, warnblinkenden Taxi ziehe ich einen flachen Streifen aus der Packung, drücke zwei kleine Tabletten in die Handfläche und schlucke die runden Dinger, die meine Depressionsschübe, meine Stimmungsschwankungen und die Stimmen, die ich höre, seit zwölf Jahren in Schach halten, mit gesammelter Spucke runter.

Der Langzeitverträglichkeit wegen wechsle ich meine Präparate alle sechs Monate aus. Es besteht für mich kein

Zweifel daran, dass ich ein ernsthaftes Narkotikaproblem habe.

Mit knarziger Stimme weise ich den Fahrer an, mich ins Büro zu fahren. Er ist ein älterer junger Mann, ewige Mitte zwanzig, also Anfang dreißig, der die für sein Alter erwarteten beruflichen Fortschritte nicht vorweisen kann und noch in zehn Jahren fest glauben wird, nur übergangsweise Kunden durch die Nacht zu kutschieren. Tagsüber versucht er sich schätzungsweise als Videogame-Entwickler, in Webdesign oder als Redakteur für gratis-online-Portale. Vorerst noch für lau, Vorleistung, alles braucht Zeit, der große Durchbruch kommt schon noch. Und sobald sich da was tut, kann er auch für die unehelichen Kinder zahlen, die zu bekommen er sich natürlich entschieden hat, er findet es nämlich wichtig, »dazu zu stehen«, so wie er ja auch »bereit ist, Verantwortung zu übernehmen«. Die trostlose Version des modernen, entmännlichten Mannes im neuen Jahrtausend eben. Die Deppen, die auch ständig »nicht wirklich« anstatt nein sagen und »weißt, wie ich mein?« anstatt gar nichts.

Der Schnee fällt in pappigen Schlieren gegen die Wagenfenster. Entgegen weitverbreiteten Mythen bringen sich in kalten Monaten weit weniger Leute um als in warmen. Laut Selbstmordstatistik.

Die Tabletten setzen ein und entschärfen mein paranoides Delirium, meinen Taumel rund um die Frage, was in den fehlenden Stunden bloß mit mir geschehen sein mag.

Der ewige Verlierer am Steuer lenkt den Wagen auf nassen Straßen durch die City Richtung Norden, vorbei an der Universität, die am symbolträchtigen Geschwister-Scholl-Platz liegt. Diese Adresse fällt mir deshalb auf, weil ich immer, wenn ich hier entlangkomme, eben an diese Geschwister Scholl und ihr Unternehmen »Weiße Rose« denken muss. Die berühmte Widerstandsgruppe gegen den Nationalsozialismus. Sehr löblich. Sie genießen Heldenstatus. Was man mir jedoch mal erläutern muss. Sie haben nämlich nichts erreicht. Die beiden ließen sich unter peinlichen Umständen bei einer ihrer Flugblattverteilungs-Aktionen erwischen und haben NICHTS bewirkt. Das Dritte Reich nahm durch ihre Existenz und stümperhaften Handlungen keinerlei Schaden.

Wenn folglich lediglich die gute Absicht zählt, dann besteht für mich dringender Erklärungsbedarf.

Würde ich mir vornehmen, die Taliban auszurotten, ihr Hauptquartier ausfindig machen und ins Zimmerfenster des Oberbefehlshabers rufen: »Du, du, du, böse, böse, böse. Nicht mit Terror weitermachen, gell!«, und meiner mündlichen Verwarnung wagemutig einen Stoffteddybären hinterherwerfen, wäre ich dann auch reif für die internationalen Geschichtsbücher? Wäre ich dann bewunderungswürdig? Allein der hehre Vorsatz zählt? Des Ergebnisses ungeachtet? Echt? Echt, ich verstehe das nicht.

Ich spiele mit der Tablettenschachtel in meinen Händen herum, drehe sie um ihre Achse, stecke sie ein. Der Geschwister-Scholl-Platz zieht an uns vorbei. Und noch etliche andere Gebäude. Ein paar Minuten lang. Dann hält das Taxi. Da wären wir. Noch eine Quittung mehr.

05

Es ist Mitternacht, und ich sitze in meinem Büro im 21. Stockwerk des VelCo Office Towers. Das ganze Gebäude wird von Lutz & Wendelen gemietet. Es ist das Hauptquartier, die Schaltzentrale sämtlicher weltweiten Niederlassungen. Über 2 400 Mitarbeiter zählt das Unternehmen. Trotz später Stunde möchte ich wenigstens die Post und meine Mails, die sich seit Montag angehäuft haben, bearbeiten. Nicht umsonst bin ich, wo ich bin. Aber ich bin nicht der Einzige, der noch hier ist. Beim Hereinkommen habe ich gesehen, dass bei zahlreichen Kollegen Licht brennt. Überstunden sind hier an der Tagesordnung. Hier kommt nur durch, wer bereit ist, sich zum Wohl der Firma alles abzuverlangen. Grundvoraussetzung Nummer eins. Auch nach vierzehn Stunden einen hohen Energielevel beizubehalten ist hier jedem in Fleisch und Blut übergegangen. Schlafentzug wird zum Kick, Erschöpfung zum kräfteverleihenden High. Die Sogwirkung kollektiver Erfolgsgier.

Ich brauche eine Dusche. Mich juckt es überall. Während ich auf meinem Apple eine Datensicherungskopie anfertige, die einige Sekunden in Anspruch nehmen wird, dribble ich mit den Beinen, drehe damit meinen Stuhl in die entgegengesetzte Richtung und starre durch die komplett spiegelverglaste Wand nach draußen. Von hier aus habe ich einen Blick auf die nächtliche Stadt, der mich manchmal beflügelt und manchmal schwermütig macht. Einen Kilometer Luftlinie entfernt pulsen zwei Signallampen auf der Spitze des Olympiaturms stoßweise ihr rotes Licht in die Dunkelheit, in einem Rhythmus, der sicherlich irgendeinen Sinn ergibt. Wenn ich meinen Blick steil senke, blicke ich auf eine sechsspurige Schnellstraße, die sich durch eine lange Häuserschlucht zieht. Wie auf diesen lang belichteten Fotos, ziehen die Rückleuchten der Autos verschwommene Lichtschlieren hinter sich her.

Ich linse über die Schulter auf den Bildschirm, um den Status des Back-Up-Vorgangs zu ersehen. Zur Hälfte fertig. Meine Augen bleiben auf dem in meine handgefertigte Kalbslederschreibunterlage eingestanzten L & W-Logo hängen.

Noch während meines Studiums entschied ich mich, zu Lutz & Wendelen zu gehen. Bereits ein Jahr vor Abschluss wurde ich von vielen Managementberaterfirmen umworben, gelockt mit Zusicherungen wie imposantem Einstiegsgehalt, attraktiven Kundenportfolios und rasanten Aufstiegschancen. Aber das Angebot von L & W war konkurrenzlos, unablehnbar. Sofort nach meinem Examen fing ich hier an. Meine anschließende zweijährige Promotion absolvierte ich dann nebenher, als ich bereits voll im Einsatz für die Firma war. Einige Jahre ist das inzwischen her. Und nichts hat sich geändert. Nach wie vor will ich nach ganz oben. Koste es, was es wolle. Nein, rein gar nichts, nichts hat sich geändert. Mehr noch, ich habe festgestellt, das Ganze spitzt sich zu, je höher ich komme. Ich glaube, dass Menschen ohne diesen inneren Antrieb ein besseres Leben führen.

Eine puertoricanische Putzfrau (G-Mensch) kommt unvermittelt zur Tür herein. Ich erschrecke nicht wenig. So spät noch! Hatte wohl selbst verschobenen Arbeitsbeginn. Ihre langen schwarzen Haare glänzen wie gelackt. Ich gebe ihr »Jetzt bitte nicht« zu verstehen. Sie antwortet etwas scheinbar Humorvolles, das ich nicht kapiere. Nach nur zwanzig Jahren Deutschland wäre es vielleicht tatsächlich etwas zu viel von ihr verlangt, der Landessprache rudimentär mächtig zu sein. Sie brüllt beinah vor Amüsement über ihre kryptische Bemerkung und leert trotzdem meinen leeren Mülleimer aus. Ihr Geruch ist auch nicht besonders. Gacker, gacker. Sie steht so rangniedrig, dass sie sich ein vollkommen freies Lachen leisten kann. Wakwakwak. Es ist kein schönes Lachen, aber dafür sind Naturvölker ja auch nie bekannt gewesen. Ich schaue die ganze Zeit wohlwollend drein, mit verhaltenem Gesichtsausdruck. Eine Rolle, die mir nicht besonders gut steht. Sie geht. Immer noch unbedarft blöckend.

Back-Up-Balken bei Dreiviertel – ich sehe wieder raus.

Zahlreiche Bürotürme ragen in direkter Verlängerung meiner Blickrichtung majestätisch und verschwörerisch zugleich empor. Nach und nach wächst die Stadt mit Hochhäusern zu. Jedes für sich, ein zwielichtiges Versprechen. Gut so.

Ein Pling kündet vom Abschluss der Datensicherung. Ich wende mich von der Aussicht auf die dunkle Gebäudesilhouette ab und lasse meine Finger wieder über die Computertastatur fliegen.

In den Jahren, die ich hier bin, habe ich es in meiner Karriere ziemlich weit gebracht. Aber mein Drang nach Größerem konkurriert andauernd mit der tief in mir verwurzelten Furcht, die erworbenen Sonderrechte und Privilegien könnten jeden Augenblick wieder aufgekündigt werden und ich müsse wieder zurück in die Welt, in die ich eigentlich gehöre. Hinter die Mauern, hinter denen ich großgezogen wurde. Zurück zu hochglanzgescheuerten Linoleumböden, Abendandachten und Morgenandachten, Tischgebeten und Nachtgebeten, regelmäßiger Beichte, Züchtigung und Erniedrigung, dem Brüllen der Erzieher und Kinder und dem erdrückenden Gefühl des Eingesperrtseins.

Natürlich weiß ich, dass diese Zeit ein für allemal vorbei ist. Aber ich kann nichts dagegen tun, ich komme immer wieder nur auf dieses eine Thema zurück. Meine Arbeit hilft mir nicht so sehr, dieses Problem zu überwinden, sondern es – zumindest zeitweise – auszublenden. Ich glaube, meine Karriere ist alles, was mich am Leben hält. Nachdenklich reibe ich mir über mein Kinn und merke, wie läppisch es klänge, würde ich versuchen, das jemandem zu erklären.

Eine Stimme, die immer auftaucht, sobald ich beginne, über meine Vergangenheit zu grübeln, sagt:

Komm doch mit. Das wird bestimmt lustig.

Ich bin allein im Zimmer. Und ich kenne die Stimme. Ich höre sie oft. Diese eine Szene spult sich immer wieder in meinem Kopf ab.

Ich stoppe mein Tippen und starre tatenlos auf den Bildschirm. Konzentriere mich. Denn – ich muss schlucken. Ich muss dringend schlucken. Wie man eben einfach schlucken muss. Speichel entsorgen. Aber ich schlucke nicht. Ich werde es einfach nicht tun. Minuten vergehen. Das macht dich wahnsinnig. Diesem Bedürfnis gebe ich nicht nach. Dafür verschwindet die Stimme in meinem Kopf langsam, wird leiser, leiser. Nicht schlucken. Ich werde nicht schlucken. Grundbedürfnisse beschneiden. Irrsinn. Den sich sammelnden Speichel in die Mundwinkel pressen, nicht nachgeben. Nicht den Hals anspannen. Nicht. Schlucken. Ich erhebe mich und führe mit vollem Schwung eine Art Karatehieb auf eine senkrechte Stahlstrebe der Fensterfront aus. Zur Verlagerung meiner Aufmerksamkeit. Es tut höllisch weh. Erfüllt somit seinen Zweck. Ich massiere meine linke Handkante. Ich glaube, sie ist nicht gebrochen. Die Stimme in meinem Schädel verstummt gänzlich. Mein Mund ist voller Flüssigkeit. Ein angedeutetes Klopfen ertönt. Ich entgegne einfach nichts. Salzsäule. Die Tür öffnet sich vorsichtig, und eine weibliche Stimme fragt sanft: »Du bist ja noch da? Ich wollte dir nur noch mal persönlich gratulieren, weil ich vorgestern doch unterwegs war und wir uns nicht mehr gesehen haben. Ich will gar nicht lang stören.« Ein Versprechen?

Zaghaft hebe ich meinen Kopf, sehe Esther an. Ihre mittelbraunen, mittellangen Haare über einem perfekten Gesicht, das dazu da zu sein scheint, viel zu sehen und wenig auszudrücken. Esther: Controllerin, Bestjahres-Absolventin, Auslandsstudium, unter anderem Harvard und ENA Paris, Doktortitel, erste Fachbuchveröffentlichung nächstes Jahr, Prada-Import-Kostüme, Golf-Ressort-Urlaube, Porsche Cayenne – und doch nur ein Trostpreis. Intellektuell und menschlich ein A-plus-Mensch. Optisch, na ja. Ich kann's nicht ändern. Niemandes Typ. Aber ich schätze Esther sehr. Jedes Mal, wenn ich sie ansehe, habe ich das seltsame Gefühl, mit einem einzigen Blick die zentralen Elemente ihres Charakters zu erfassen. Sie hat ein gutes Herz. Wie vielen Menschen begegnet man schon im Leben, von denen man das sagen kann. Womöglich erkenne ich das nur, weil ich nicht mit ihr schlafen will.

»Komm doch rein, hi«, sage ich. Meine Stimme ist belegt, ich blubbere fast. Aber ich schlucke nicht.

»Also …« Esther macht einen Knicks und neigt ihren Kopf zur Seite, versteht diese Übertreibung als Parodie auf die höfische Etikette der Renaissancezeit, sieht dabei aber ungewollt grazil aus. In Familien, aus denen Frauen wie Esther stammen, gehört Ballettunterricht für Mädchen ab vier zur Grundausbildung. »… Glückwunsch, Conrad.«

»Danke, Esther, danke«, sage ich und bewege meine linke Hand an der Innenseite meines rechten Unterarms auf und nieder. Unentwegt pulsiert eine Prellung dritten Grades an meiner Handkante im Rhythmus meines Herzschlags. »Wirklich schade, dass du zu meiner kleinen Feier nicht kommen konntest. Und du? So spät noch hier? Hast du viel zu tun?«

Sie tritt näher. Der leere Raum zwischen uns verringert sich. An meinem Eindruck, wie durch einen unsichtbaren Panzer von ihr und der übrigen Welt getrennt zu sein, ändert das jedoch nichts. Sie wirkt müde, und vermutlich trifft das auch auf mich zu. Der nicht allzu breite Lichtkegel meiner Schreibtischlampe überzieht das aus Chrom und dunklen Edelhölzern bestehende Mobiliar mit einem vornehmen, schummrigen Gelb.

Esther antwortet: »Ich fliege morgen nach London, mit Markus und Marc. Wir haben dort die Abschlusskonferenz mit Watanabe anberaumt. Ich musste noch was vorbereiten, aber jetzt bin ich fertig. Wie steht's mit dir? Nett, dein neues Büro.«

»Nett, nicht wahr? Ein bisschen dunkel vielleicht.« Ich schaue mit einer Grimasse umher. Wir lachen beide vernehmlich, vor allem wohl, weil meine Bemerkung weder witzig noch sonst was war. Ihre kleine Zahnlücke wird sichtbar. Ich schalte das Deckenlicht nicht ein. Mein neues Luxusbüro. Einfach unerheblich, nicht der Rede wert. Mit wachsendem Erfolg scheint meine Chance auf irgendeine erlangbare Form der Zufriedenheit nur umso mehr nachzulassen.

Esther lächelt noch immer über meinen faden Witz, um ein sich anbahnendes Schweigen zu verdrängen. Sie kann das. Im Gegenzug frische ich mein schelmisches Schmunzeln, von dem ich annehme, dass es so gar nicht nach einunddreißig aussieht, noch mal auf und bessere es nach. Weil nichts schlimmer wäre, als ihr Entgegenkommen nicht zu goutieren. Aus Gründen des Gesprächsübergangs sauge ich mir etwas Firmenbezogenes aus den Fingern, rede belangloses Zeug, wobei sie mir gerade intensiv genug direkt in die Augen schaut, um klarzumachen, dass ich mich für diese heiße Luft nicht zu schämen brauche. Meine Stimme muss unangenehm klingen, total verschleimt. Nein, ich schlucke einfach nicht. Wenn es Esther auffällt, dann lässt sie es sich nicht anmerken. Sie fährt sich durchs Haar. Am Ringfinger trägt sie so wenig wie ich. Könnte gut sein, dass sie auf mich steht. Sicher bin ich nicht, sicher bin ich nie. Aber die Blicke, ihre Bewegungen, der Tonfall. Die paar dürftigen Parameter, die ich für mich auswerte. Gut möglich, sehr wahrscheinlich sogar.

»Ich habe hier auch noch ein bisschen was zu tun, ich muss morgen nach Wien, Air Linus, Akquise!«, sage ich und zeige auf die in Teakholz gefasste Marmorplatte, auf der nur mein Laptop mit seinem aufgerissenen Maul thront. Und ein Kuli mit Echtgold-Aufsatz. Und ein halbleeres Glas mit Red Bull. Es steht sehr nah an der Kante. Keinen Schimmer, weshalb ich Gläser immer zu nah am Rand abstelle.

Ich füge an: »Noch ein Stündchen, dann mache ich auch Schluss«, um sicherzustellen, dass Esther abzieht und nicht auf die Idee kommt, wir könnten gemeinsam noch wohin gehen.

»Ich verstehe.« Ein winziges Stirnrunzeln zieht ihre Brauen zusammen, dann sieht sie ziemlich ostentativ auf ihre kleine

Armbanduhr. Ja, da bin ich mir ganz sicher, so ein intelligentes Mädchen wie sie versteht ganz gewiss.

»Na, dann will ich dich nicht länger stören«, wiederholt sie ihre eingangs schon geäußerte Beteuerung. Hält also Wort.

»Guten Flug und viel Glück morgen, Esther«, malme ich feucht die Silben heraus und reibe die Hände gegeneinander, als erwarte ich dadurch deren Erwärmung.

»Ja, gute Nacht, Conrad, schlaf gut. Und mach nicht zu lange.«

Ich nicke willfährig. Solche Bemerkungen sind mir immer ein wenig zu viel. Weibliche Wärme und Fürsorge haben etwas Besitzergreifendes, kein Zweifel. Als sie sich umdreht, durchs Zimmer geht und hinaus, klaube ich den Kuli vom Tisch und wiege ihn zwischen zwei Fingern. Eine nichtssagende Geste, die mir erspart, ihr nachzusehen. Ganz klar, irgendeine Form von Befangenheit verbindet uns, das fällt mir schon seit längerem auf. Deshalb habe ich immer das Gefühl, dass wir beide nach jedem Aufeinandertreffen erleichtert sind, es gut überstanden zu haben. Keine nähere Erklärung möglich. Keine große Affäre. Ich höre, wie die Tür sich schließt. Und schlucke nicht. Blick auf die Armbanduhr. Das Gefühl, Zeit vertrödelt zu haben, treibt mich an. Ich setze mich und mache mit der Arbeit weiter.

Wenige Minuten später klopft es. Zeitgleich geht die Tür auf, und ich höre »Woa woa woa, da ist ja mein Lieblingsconrad wieder. Woa woa woa, ja, wo war er denn, unser verschollener Pisswichser?« Ben steckt seine Visage zur Tür herein und spricht mit mir, in dieser künstlichen Kinder-Überdrehtheit, die wir untereinander fast nur noch in Anwesenheit dritter abstellen können.

»Bist du versumpft oder was? Unser Verschollener! Hab dich heute auf Handy nicht rangekriegt. Das ist unprofessionell, mein liebes Blödmann-Arschloch.« Ben und seine Angewohnheit, Kraftausdrücke aneinanderzureihen. Mitunter nervt's, ist man nicht immer zu aufgelegt. Vor allem wenn ich schon etwas müde bin, ist mir Ben mit seiner unerschütterlichen Energie oft ein bisschen zu viel. Mit zwei großen Schritten steht er (A-Mensch, triple A) vor mir und lacht mich an, mit ultraweißen Zähnen, die man nur hat, wenn man eine solariumbraune Haut vorweisen kann. Seine Haare sind etwas durcheinander, auf diese gewollte Art. Aber der Anzug, Hut ab, feinster Zwirn.

Ich beiße mir auf die Lippen – nicht schlucken, ein Königreich für einmal schlucken –, beuge mich vor und lächle wölfisch. »Gerade dich geht es ja schon mal gleich überhaupt nichts an, wo dein Vorgesetzter war, du Furzkissen.« Daraufhin sehe ich ihn an, als müsste er gleich damit rausrücken, wo ich zum Teufel noch mal war, und fahre fort: »Ich habe heute ewig lang auf dem Düsseldorfer Flughafen gesessen und konnte nicht mal rumtelefonieren, weil mein scheiß Akku leer war. Und dabei hatte ich eine Eingebung: ein Ladeservice mit allen verfügbaren Akkumodellen! Das wär's. Ein Stand mit allen Ladekabelformaten. Wahnsinn, oder? Genial. Es gibt noch so vieles, das es nicht gibt. Die besten Erfindungen harren nach wie vor ihrer Erfindung. Eigenzitatende. Hast du das? Die besten Erfindungen harren noch ihrer Erfindung! Schreib das mal auf. Für die Nachwelt. Esther war übrigens gerade hier und …«

»Ich weiß, ich habe sie noch auf dem Gang getroffen. Unseren kleinen Trockenkrümel. Aber Moment mal, was hast du denn in Düsseldorf ge…«

»Ah, verstehe. Bist du bereit für Wien morgen?«, würge ich ihn ab. Ein düsteres Geheimnis mehr.

»Yes, Sir! Für den A. L. I.-Auftrag gehöre ich ganz dir. Übrigens, Grande Monsignore Lutz wollte dich sprechen. Hat dich heute auch nicht erreicht. Hat's dann bei mir versucht. Er wollte nur noch mal auf die Bedeutung des morgigen Meetings hinweisen, irgendso was in der Art. Ist das so schwer, sein Handy an zu haben, du Trottelbacke?«

»Sag mal, hast du mir gerade nicht zugehört? Akku? Leer? Leer? Akku? Akku leer?«

Ben bewegt sich rückwärts schon wieder auf die Tür zu, ein kurzes Gastspiel ankündigend, und sagt: »Ja, ja, hab ich vernommen. Kein Problem. Der Alte erwartet uns erst Montag zum Appell, um sich Bericht erstatten zu lassen. Bis dahin ist er in, äh Singapur, glaube ich. Nicht erreichbar, hat er gemeint. Nicht erreichbar! Was soll das denn heißen? Ist der in einem unterirdischen Puff ohne Empfang zugange, oder was? Na egal. Wollt ich dir eigentlich nur noch ausrichten. Bin auf'm Sprung, bin schon weg. Hab ein Date mit Annabelle!« Er furcht die Stirn. »Annabelle, mein Aufriss der Woche. Prollmaus, von der Kasse vom Schlecker-Markt unten neben der Bäckerei. Hast du bestimmt schon gesehen. Sagt, sie steht auf Schlipstypen.« Seine Stimme wird zu einem verschwörerischen Bariton. »Kann sie haben.« Er greift an seinen Prince-Albert-Krawattenknoten und rutscht kurz daran herum. Hinterlässt ihn weniger mittig. »Das wird scharf, schärfer, am schärfsten. Sieht aus wie ne Pornodarstellerin.«

»Wäre dieses Jahr dann schon deine persönliche Pornodarstellerin Nummer 27, oder?«, sage ich beifällig. Aus dem Hut gezauberte Phantasiezahlen sind immer ungerade.

Es ist Ben, der spricht: »27? Mindestens, wenn nicht 53, mein Bester!«

»Angeber!«

»Auf dass die Kleine mal volljährig sein mag. Die mach ich jetzt noch klar, abfüllen, drüber – so was hat die noch nicht erlebt. Hat solche …«, er jongliert zwei imaginäre Melonen vor seiner Brust. »Prall und straff. Fest und stramm – *Oh sweet sixteen*«, singt er an und verzerrt sein Gesicht.

»Ganz offensichtlich, für diese Aufgabe bedarf es keines Geringeren als jemanden, der über jene unbeschreiblich feine Subtilität verfügt, die sich so untrennbar mit deinem Namen verbindet, du speicheltriefende Saftsocke«, sage ich so dahin. Ben knirscht leise durch die Zähne »Fürwahr. Hey, solche Dinger«, macht dabei noch mal die Melonennummer, den Griff seiner Aktentasche aus handtamponiertem Leder noch fester unter den Arm geklemmt. Gott, ist der heute drauf.

»Wir gehen jetzt noch erst was trinken. Komm doch mit! Vielleicht hat sie eine scharfe Freundin!«

»Ja, und die ist Regalauffüllerin bei Lidl. Nein wirklich: toller Vorschlag, sonst gern, aber ich hab leider, leider keine Zeit«, sage ich mit treuherziger Stimme und schüttele den Kopf. Ich begeistere mich nicht für junges Gemüse.

»Unsinn, komm jetzt, lass uns gehen, das ist doch gar keine schlechte Idee.«

»Bitte, lass mich diese Bemerkung nicht ignorieren müssen.«

»Schon gut, schon gut. Mein Fehler.«

»Na also.«

»Das meine ich aber auch. Pissnelke.«

»Halt die Klappe.«

»Ach, halt du die Klappe.«

»Dir ist schon klar, dass unser Flieger in weniger als sieben Stunden geht, oder?« Ich führe eine Hand zur Stirn.

»Klar, schaff ich locker. Wer braucht Schlaf. Wird allgemein viel zu hoch gehandelt. Lass uns morgen quatschen. 7 Uhr 30, Terminal 2, see you!«, pseudoflüstert er und macht eine Drehung auf den polierten Bodenfliesen. Er knallt die Tür zu. Ich lächle zaghaft, obwohl schon für niemanden mehr. Ben ist mein natürliches Gegenteil. Und ich bewundere ihn dafür.

Ohne mich zu rühren, starre ich ins Leere. Schläfenpochen rechts. Sitze da. Fünf Minuten. Zehn. Fünfzehn. Alles ist in Ordnung. Mein Gesicht ist schweißbedeckt.

Ich schlucke erst morgen wieder.

06

Der Tag darauf. Donnerstag. Wien, etwas außerhalb. Ein postmoderner, monumentaler Glaskasten. Firmenzentrale Air Linus International, eine weltweit operierenden Fluglinie, deren Bilanzen und Kalkulationen die letzten drei Jahre gehörig ins Trudeln geraten sind.

Auftragsvolumen: ein paar Millionen Euro. Wie viel genau hängt davon ab, wie viel man ihnen aus dem Kreuz zu leiern im Stande ist. Um einen solchen Job an Land zu ziehen, ist ein bestimmter Persönlichkeitstypus erforderlich. So einer wie ich.

Schlag 11 Uhr. Ein Sitzungssaal mit hellgrau gerahmten Glaswänden und einer stark hallenden Akustik, die jedes Wort in Rufen verwandelt und jedes Murmeln in undefinierbares Dröhnen. Ich mache eine überflüssige Geste zu einem Stuhl, ob ich mich setzen darf. Nehme Platz. Beginn des Meetings.

Mir gegenüber sitzen die vier Geschäftsführer der Airline, zwei Assistenten und ein Schriftführer. Alle gestriegelt, ihre Haare zu lächerlicher Vollkommenheit gekämmt. Ich sehe, wie sich hinter ihnen ganz Wien ausbreitet. Ein Sturm zieht auf.

»Sind wir dann so weit?«, fragt der Anführer unter den Anführern mit leicht unterkühlter Höflichkeit. So ein drahtiger Fiesling mit leuchtend blauen Augen (A-Mensch), und schaut seine Mannschaft (bunt gemischt, B bis D) dabei nicht an.

Ich bin allein. Man stelle sich vor. Ich sitze neben fünf leeren Stühlen zu jeder Seite. Ben ist so krank, dass er den Flug beinahe nicht überstanden hätte. Krank über Nacht! Es sind immer die Nächte.

Im Taxi hat er mich vollgehustet. Ich habe ihn zum Arzt geschickt. Unser Millionärssöhnchen. Aber vor wenigen Stunden noch die Verkäuferin gevögelt. Wenn der mir hier rumschleimt und fieberschwitzt, macht das einen suboptimalen Eindruck. Nicht, dass er mir noch was vermasselt.

Normalerweise tauchen wir bei Erstgesprächen immer zu viert auf. Rollkommando. Aber das Geschäft blüht. Unsere Firma floriert momentan derart, dass keine weiteren Teamassistenten und Berater für hier und heute abkömmlich waren. Das ist in Anbetracht der Bedeutung dieses Auftrags eigentlich indiskutabel. Lutz & Wendelen kriegen eben den Hals nicht voll. Aber dass ich jetzt auch noch auf Ben verzichten muss … nun, ich werde das Kind schon schaukeln. Geht auch so. Unser rudelweises Auftreten ist sowieso nur Muskelspiel, Protzerei, nicht mehr, und bei diesen Präsentationen rede ohnedies ich, die tonangebende Allzweckwaffe, und sonst niemand aus meiner jeweiligen Mannschaft. Mit Charme und den derzeit angesagten Worthülsen versuche ich, die Unternehmensleitung davon zu überzeugen, dass wir die richtige Consultingfirma sind, um ihren müden Laden wieder auf Vordermann zu bringen. Etwas, zu dem ihre eigene, spezifischer qualifizierte Geschäftsführung wohl nicht in der Lage ist. Gut für uns. *Uns*! Manchmal denke ich in der Wir-Form. Wie ärmlich.

Ich rücke meinen Stuhl zurecht und gieße mir ein Perrier ein. Dabei nehme ich das von zahllosen Reinigungszetteln durchlöcherte Jackett-Revers des Protokollheinis an der Tischaußenseite wahr.

Ich bin die Ruhe selbst. Vertrautes Terrain.

Ich werde den Kunden in spe davon überzeugen, dass er Millionen in unsere Beraterleistungen stecken muss. Dies ist ein Verkaufsgespräch auf höherem finanziellen Niveau, nichts weiter.

Ich werfe einen Blick auf meine Uhr. Zeit loszulegen. Räuspern. Kurz erkläre ich, weshalb ich allein auftauche, ist denen egal, scheint mir. Also dann.

Ich spule das Programm ab. Anhand des vorab erarbeiteten Konzepts steige ich in das Gespräch ein. A. L. I.s Margen sind durch die Neupositionierung mehrerer direkter Konkurrenten in Bedrängnis geraten. Bereits seit eineinhalb Jahren befinden sie sich auf dem absteigenden Ast und schreiben nur noch rote Zahlen. Aus Erfahrung weiß ich, dass Firmen, die ins Hintertreffen geraten, zu einer übersteigerten Erwartungshaltung uns gegenüber tendieren. Eine unumstößliche Tatsache. Deshalb immer dick auftragen! Ich habe es hier mit einem Haufen chronischer Neinsager zu tun.

Doch bevor ich auf Reorganisation, Effektivitätsvergleich der Belegschaft und Empowerment zu sprechen komme, frage ich zunächst danach, was sich die Herren an Änderungen vorstellen, was sie sich erwarten. Ein Blick in die Runde. Ich höre. Sie reden nur profilneurotischen Blödsinn. Die meisten Probleme sind auf mangelndes Vermögen des Managements zurückzuführen, auf ihrem eigenen Mist gewachsen. Das ist generell so, überall. Das werde ich aber tunlichst nicht verlautbaren lassen. Die meisten leitenden Führungskräfte schieben die Verantwortung für eine Schieflage ihres Unternehmens auf das IT-System, logistische Strukturen, die Belegschaft und so weiter. Also gehe ich in der Regel darauf ein. Das Management erzählt mir, was es glaubt, das in seinem Unternehmen falsch laufe – und wir schlagen diesbezüglich Lösungsansätze vor. Reine Psychologie. Unsere Organisationskonzepte werden sich ausschließlich nach den Wunschvorstellungen dieser verzogenen und kindlich eitlen Firmenchefs richten – und nicht nach dem tatsächlich notwendigen Änderungsbedarf zum Wohl der Organisation. Eine Consulting Company zu beauftragen ist, wie eine Wahrsager-Hotline anzurufen. Man konsultiert jemanden, der einem nach dem Mund redet. Wir servieren ihnen ein suggestiv zugeschnittenes Ergebnis. Ich werde sie regelmäßig in unsere Arbeit mit einbeziehen, sie bauchpinseln und eigene Vorschläge einbringen lassen. Denn man muss ihnen auf jeden Fall das Gefühl geben, dass sie in irgendeiner Form an dem Prozess mitwirken. Auf diese Weise können sie unsere Arbeit am Ende schlecht zurückweisen, da sie ja auf unserem gemeinsamen Mist gewachsen ist. Keinen dieser überbezahlten CEOs interessiert die Wahrheit, nämlich, dass sie keine Ahnung haben, was in ihrem eigenen Laden schiefläuft. Ihre einzige Kompetenz besteht darin, Kompetenz vorzuspiegeln. Sie sind nichts weiter als Kompetenz*darsteller*.

Ich simuliere also Übereinstimmung mit ihren Worthülsen, habe nichts anderes erwartet, sage ab und an »Aha« und sehe nach, ob noch genug Wasser im Glas ist. Der fast krankhaft uncharismatische CEO links von der Mitte, der nicht zu wissen scheint, dass er kahl ist, beendet seinen Exkurs und bittet mich, mit meiner Konzeptdarlegung fortzufahren. Aus irgendeiner Ecke krame ich ein Lächeln. Na endlich. Wäre gerade vor Langeweile beinahe ins Koma gefallen. Also erzähle ich ihnen etwas von Konzepten und Wettbewerbsvorteilen, Wertinnovation und Zielstrategien, Performancesteigerung und Verbesserung der Ablaufprozesse und Kapazitätssteigerung. Dass wir von Lutz & Wendelen für all das sorgen werden, mit unseren Ideen zur Optimierung das Potential des Unternehmens voll ausschöpfen können. Ich angliziere den Kunden förmlich an die Wand: Downsizing, Rightsizing, Process Reengineering, Result Implementation & Generation, Benchmarking, Activity Based Organisation, Bullshit. Und keine Sorge, das kann ich auch auf Deutsch. Dem irrelevanten Einwand eines der Musketiere mir gegenüber (»Aber wie planen Sie, den Verlusten im Auslandsgeschäft zu begegnen?« Gute Frage!) entgegne ich, indem ich Begriffe fallenlasse, wie Logistik- und Renditeoptimierung, Verbesserung der Humanressourcen, Gemeinkostenwertanalyse, operative Wertschöpfung, strategische Neuausrichtung, Rentabilitätssteigerung, Bullenscheiße. Bitte schön. So läuft das in der Regel. Vermeintliche Patentlösungen, Dinge, die sie hören wollen. Zack, wusch, bumm. Selbstverständliches unnötig kompliziert ausgedrückt. Es ist immer dasselbe: Alle unsere

Kunden haben beinahe identischen Beratungsbedarf. Das bedeutet: Die grundsätzlichen Elemente, um Ordnung in ein unordentliches Unternehmen zu bringen, sind bereits längst irgendwo in Form von Konzepten oder Datenverarbeitungssystemen eines anderen Unternehmens vorhanden. Man müsste diese folglich eigentlich nur an die individuellen Bedürfnisse anpassen, modifizieren. Aber davon hätten wir nicht den erwünschten finanziellen Nutzen. Wir Berater werden schließlich nach Aufwand, Stunden und Material bezahlt. Daraus folgt, dass wir unseren Kunden von seiner eigenen Individualität überzeugen müssen und ihm entsprechend auch einen einzigartigen Lösungsvorschlag auf den Leib schneidern müssen.

Ja, und das dauert, und das ist aufwendig, und das ist gar nicht so leicht, aber wir werden das schon schaffen, und – versprochen – wir bringen ihre Umsätze wieder ins Rollen. Vor allem unsere eigenen natürlich.

Gerade höre ich mir von einem Führungsetagen-Schwulibert mit roter Brille an, dass ein Matrix-Reorganisationsdesign einer Consultingfirma, die vor uns schon mal versucht hat, A. L. I. zu sanieren, versagt hat. Nach deren Neustrukturierung herrschte noch größeres Chaos als vorher. Ich glaube ihm sofort. Branchenkollegen, schwarze Schafe, falsches Konzept, im Endeffekt ein Minus für A. L. I. von 70 Millionen, für nichts und wieder nichts. Denen seid ihr schön auf den Leim gegangen. Das tut mir aufrichtig leid. Wir werden das ganz anders machen. Ich rede also in diesem Sinne flüssig vor mich hin.

Eine atemberaubende Blondine, ein wirklich auffallend hübsches Mädchen, lächelt beim Betreten des Raums ungezwungen ihr Tablett mit ein paar Tassen frischem Kaffee an. Optisch gebe ich ihr ein A mit Stern, aber als Tippse ist sie in der Gesamtkalkulation ein C, mit der Option, sich auf B hoch zu schlafen. Ihr leichtes Zittern unter dem Gewicht des Tabletts erzeugt minimale Wellen auf den Oberflächen der schwarzen

Flüssigkeiten und Milchschaumhauben. Ich bemerke und beobachte das, rede weiter und lasse mich nicht ablenken. Ein Hanswurst (B-Männchen), der bislang nur dazu beitrug, das Zimmer voller zu machen, wirft beinahe knurrend ein, während die Blonde ihm seine Tasse auf den Tisch stellt, dass besagte Versager-Beratungscompany schon einiges an Erfahrung im Luftfahrtgeschäft mitbrachte – und dennoch scheiterte. Wieso also sollten sie sich gerade für uns entscheiden? Uuh, clever nachgefragt. Sehr kritischer Einwurf, Gratulation. Er tut, als läge ihm das Wohl seiner Scheißfirma am Herzen, aber eigentlich will er nur, dass ich leide. Er will mich bloß einschüchtern. Wir gegen dich. Doch es ist mir ein Vergnügen, die Herausforderung anzunehmen, ein verwichstes Vergnügen, ganz im Ernst. Ich lebe auf. Ich drehe auf. Ich antworte etwas Beflissenes und denke mir: Erfahrung? Erfahrung hatte diese andere Kackfirma? Erfahrung muss nichts Positives bedeuten. Man kann auch fünfzig Jahre konstant Mist bauen. Hast du doch gesehen, du bornierte Pappnase. Worüber reden wir also, Menschenskinder? Ihr habt euch damals also offensichtlich für die Falschen entschieden. Deine speichelblubbernde Frage war dann wohl eher ein Eigentor. Die Jungs hier sind wirklich nicht besonders helle.

Draußen fliegen kleine Schneeflocken vorbei. Blondie ist schon wieder weg. Und dann mache ich einen Vorschlag, wie wir meiner Meinung nach mit einer Umgestaltung der Firma beginnen könnten.

Ich verwende unter anderen die Worte:

»Implementierung eines Systemupdates«

»Benchmarking auf umsichtige Weise«

»Sauregurkenzeit ein Ende«

und schiebe gleich noch eine zufrieden bis begeisterte Kundenreferenz hinterher. Wie gesagt, wir bei Lutz & Wendelen, wir erfinden das Rad immer wieder neu. Eitel Sonnenschein.

Dann spricht einer der gestriegelten Lakaien rechts außen. Straffe Nase, straffes Kinn, straffe Wangen. (Knappes B)

Zu allem, was er mir erzählt, nicke ich bedächtig, um zu zeigen, dass ich beeindruckt bin, aber so beeindruckt nun auch wieder nicht. Ich könnte ihn jetzt argumentativ in die Ecke schießen und seine blutverschmierten Überreste von der Wand kratzen. Könnte ihm die echten Mängel und Versäumnisse und deren Ursachen aufzählen. Das wäre rein sachlich gesehen das Klügste für A. L. I.s Zukunft. Aber ich werde mich hüten. Bereits im ersten Auswahlseminar bei Lutz & Wendelen wurde uns eingetrichtert, nicht die nackten Fakten auf den Tisch zu legen, da sie den Kunden gegen uns aufbringen könnten. Tabuzonen immer umgehen. In erster Linie, dem Kunden nach dem Mund reden. Wer will schließlich schon die Wahrheit hören? Wir teilen einem Auftraggeber nur so viel Wahrheit mit, wie wir ihm zumuten können. Ein ziemlicher Drahtseilakt. Denn die Tugenden dieser Hasardeure internationaler Unternehmenskultur bestehen aus den vier Komplementäreigenschaften Egozentrik, Zielstrebigkeit, Beratungsresistenz und Unbelehrbarkeit. Sehr viel mehr ist da nicht. Erfahrungsgemäß gilt für das Profil nahezu aller Spitzenmanager: top ausgebildet, aber nicht klug.

Ich nippe an meinem Wasser. Der rechte Heini mit dem Rattenlächeln lässt nicht locker und will mich in die Enge treiben. Nur in deinen Träumen. Ich finde seine Frechheit schon fast beeindruckend. Nach seinen paar schalen Einwürfen beginne ich, vom Jagdfieber gepackt, zu reden. Glaube mir selbst. Fahre schwerere Geschütze auf, doziere, habe die Weisheit mit Löffeln gefressen, bin ein Tausendsassa, denke an meine Prämie. Dass ich nur eingeschränkte Erfahrung mit dem Arbeitsbereich Personenluftfahrt habe, wen juckt's. Darum geht's nicht. Das ist wie in der Politik. Kein Finanzminister hatte vor seiner Ernennung mit Finanzen zu tun. Es geht um

Schauspiel, so tun, als verstünde man was vom Geschäft des Kunden. Spot auf mich, bitte. Soloperformance volle zwanzig Minuten. Endspurt. Ich lege eine klasse Aufführung hin. Adrenalin pumpt durch meinen Körper, als ich mich in meinen Vortrag mehr und mehr hineinsteigere. Dennoch setze ich meine Worte vorsichtig und bedacht, wie ein Schachspieler seine Züge. Und doch weiß ich, es wird für mich selbst nie genug sein. Denn egal, wie gut ich bin, es reicht nicht, ich muss mir jede Sekunde aufs Neue beweisen, dass ich kein Nichts bin.

»... und wir werden bis Mitte nächster Woche anhand der neuen Daten eine noch spezifischere Voranalyse für Sie erstellen«, sage ich, zwinkere, lehne mich zurück und versuche, souverän und zuvorkommend gleichzeitig auszusehen. Bis zu diesem Augenblick ist mein Timing tadellos. »Dann fertigen wir Ihnen ein Konzept nach Maß. Unsere Prozessanalysen würden wir Ihnen dann im ersten Update vorstellen. Gerne bereits übernächste Woche, wenn Sie das ...« Um des Effekts willen breche ich ab und setze ein plötzliches Bühnenlächeln auf, wie ein Zauberer, der gerade einen Hasen aus dem Zylinder zieht.

Ich kann es nicht beschwören, aber ich glaube, in dem Moment macht es in meinem Kopf kurz klack. Ein Sekundenbruchteil. Oder etwas länger. Geräusche, das Licht, Bewegungen, alles durcheinander. Als ob die Fassade bröckelte. Einfach kurz klack. Die Grenzen der Wahrnehmung verwischen. Ich bekomme noch mit, wie ich mir denke »Sind die noch ganz dicht?«, oder so ähnlich. Die Gegenwart verschwindet in silhouettenhafter Vernebelung, von einem merkwürdigen Impuls getrieben, dem ich nur selten nachgebe. Vorbei. Im Nu.

Ich bin fertig mit meiner Rede. Klassischer Showdown. Ende. Mein geschlossener Mund bildet eine waagrechte Gerade. Funkstille seitens der Herren. Sie sehen mich an. Ich starre unbewegt zurück. Ich scheine sie ganz in den Bann gezogen zu haben. Sie stehen alle gleichzeitig auf. Ohne Vorwarnung. Sie spielen Gruppenbild mit sieben Krawatten vor einer großen Glasfront. Der Himmel dahinter ist eine giftige Bleiplatte. In ihren Gesichtern spiegeln sich die verschiedensten Emotionen. Nein, eigentlich nur eine. Aber ich kann mich nicht entscheiden, ob ihre Mienen Zeichen von Entrüstung oder Verwirrung tragen. Merkwürdig. Über ihre zusammengepressten Lippen – schmale, blutleere Striche – kommt kein Wort. Schweigen, das sich wie eine große Kälte im Raum ausbreitet. Sicher nur ein Reflex. Auf meine Rhetorik. Einer zögert, so als wolle er mir noch etwas sagen, überlegt es sich dann aber doch anders. Weiter im Text.

Mir wird die Tür aufgehalten, der Vortritt gelassen. Ich bin raus. Den Gang entlang, die Blondine geleitet mich. Was war das jetzt zum Schluss? Die flüssige Beendigung eines Gesprächs, das habe ich doch eigentlich drauf. Ich bin jemand, der gelernt hat, mit dem Strom zu schwimmen. Ein kalkulierender Mensch. Bei mir ist jeder Satz und jede Handlung Kalkül. Was war das also gerade Merkwürdiges? Antwortsuche. Tunnelblick. Ein Gefühl der Vergeblichkeit. Wir laufen schweigend zum Aufzug. Ich bin etwas taumelig. Sogar meine Schritte klingen falsch. Ein Hauch eisiger Angst schleicht sich in mein Blut. Ich möchte am Daumen lutschen. Was war das gerade eben? Ich bin mir nicht sicher.

07

Taxi. Es rast los. Gewinnt Land. Ich sage stopp. Wir halten an einer Imbissbude, neben einer befahrenen Straße. Ich bitte zu warten und steige aus. Auf einem ovalen Sperrholzschild, das wie der Querschnitt eines Baumstamms aussehen soll, steht einer dieser lächerlichen Genitiv-Apostroph-Namen: Peppi's Jause. Meinetwegen.

Eine Latzhose mit Plastikkäppi und gezwirbeltem Oberlippenbart nimmt muffig meine Bestellung auf. Typ: typisch-uriger-Typ. Ich mache eine konkrete Ansage und versehe meine Worte mit einer gewissen Wärme. Weil immer alle so laut und herablassend mit Dienstleistern reden, lege ich Wert darauf, leise, aber deutlich und zuvorkommend zu sprechen. Das ist Teil meines Selbstdarstellungsprogramms. Schon bei seiner ersten Nachfrage (»Rot-weiß oder was jetzt?«) schnauzt er mich aus seinem Aufstellhäuschen heraus an. Diffamierende Art. Er ist ein Baum von einem Mann, der ständig Anstalten macht, stimmungsmäßig restlos in den Keller zu kippen. So jemanden nennt man *Original.* Aufgrund dieser Klassifizierung ist er befugt, sich rüpelhaft zu verhalten. Man erwartet das vielmehr sogar von ihm. Er ist nicht umsonst ein Original. Ein *echtes.* Gelernt ist gelernt. Die grundlegende Wesensbeschaffenheit eines echten Originals ist eindeutig boshaft. Im Allgemeinen und im Besonderen ist ein Original eigentlich nichts anderes als ein Dorfdepp mit dominantem Charakterprofil. Trotzdem nähert man sich ihm mit einer Haltung hündischer Unterwerfung. Was ihn mit seltsamer Genugtuung erfüllt. Zu Recht. Sein geradezu zur Schau gestellter Widerwille verleiht ihm dieselbe Autorität, die uns auch bei Diktatoren oder Sektengurus gehörigen Respekt abnötigt. Je schlechter seine Laune, desto mehr vermutet man ihn in glänzender Stimmung. Einfacher gestrickte Zeitgenossen glauben von einem Original: In Wirklichkeit ist er nicht so, seine plakative Unlust ist nur eine witzige Masche. Einfacher gestrickte Zeitgenossen glauben aber auch, was in der Zeitung steht. Sobald ich auf ein Original treffe, möchte ich es bei vollem Bewusstsein mit einer Schere zerstückeln und langsam zu Tode foltern.

Auf die Gesamtheit betrachtet, könnte man jedoch den Eindruck gewinnen, Originale erfreuten sich gemeinhin breiter Beliebtheit. Ein Original strebt unter größtem Einsatz danach, sich seinen Mitmenschen überlegen zu fühlen. Und der durchschnittliche Mitmensch lässt sich schnell dazu verleiten, sich ihm unterzuordnen. Scheint geradezu dankbar für die unverfängliche Gelegenheit, sich vor dem Original in den Dreck zu werfen und sich in Folgsamkeit üben zu dürfen. Für das Original und vor ihm sind alle gleich. Umgekehrt auch. Alle Originale sind identisch.

Wie ein Idiot stehe ich da und warte. Nach gefühlten elf bis zwölf Jahren bekomme ich, was ich bestellt habe. Missmutig reicht mir das Original mit dem inszenierten Seehundbart meine Order über die hohe Theke. Currywurst mit viel Currypulver, Pommes rot-weiß, Ketchup und Mayo. Trinken möchte ich nichts. Ich stelle mich an einen Stehtisch, esse hungrig, aber ohne Hast. Meinen Geschmackssinn habe ich vor Jahren komplett verloren, von den Tabletten. Ich beobachte den Strudel von Menschen, ein junger Schnorrer, keine siebzehn, fischiger Mund, Augen glasig, Klamotten abgerissen, vermutlich obdachlos (K-Mensch), schleicht vorbei, braucht wohl ein paar Scheine für die Klebstoffkasse. Kriegt er. Ich strecke einen Zehner zwischen meinen Finger weit von mir, denke mir: »Danke, Alter« klingt in schleppendem wienerisch ziemlich charmant. Ich halte den Daumen hoch. Weg ist er. Ich kleckere fast meine Krawatte voll, Glück gehabt. Ein zeitunglesender Biertrinker am Nebentisch (J-Mensch) faltet das bunte Boulevardblättchen zusammen und lässt es in einen Plastikabfalleimer fallen, als habe es versäumt, die Frage nach dem Sinn des Lebens zu beantworten. Er inhaliert den letzten Zentimeter Tabak seiner Zigarette und mustert kritisch den Filter. Nichts von dem inhalierten Rauch kommt wieder raus. Alles komplett absorbiert. Nachdem er den Stummel mit zwei qualligen Fingern auf den Gehsteig geschnipst hat, stopft er die Hände in die Hosentasche und verfolgt das Treiben des Verkehrs. Und hat dabei etwas Vogelscheuchenhaftes. Der Sturm lässt noch auf sich warten. Ist aber in den Startlöchern, der Himmel mutet böse an. Noch drei Bissen vom Ende meiner weichen Mahlzeit entfernt, beginnen sich das Original und der Biertrinker lauthals über einen Fünfzigjährigen zu unterhalten, der vergangene Woche bei einer U-Bahnpöbelei unter Jugendlichen helfend eingegriffen hat und dabei totgeprügelt wurde. Hab ich auch mitbekommen. Seine löbliche Zivilcourage macht gerade Schlagzeilen, und er wird zum selbstlosen Helden hochstilisiert, Vorbild für alle. Beinahe Heiligsprechung. Aus seiner Bude heraus sagt das Original zum Biertrinker, der beim Absetzen der kalten, beschlagenen Flasche ein klein wenig verschüttet und sein Handgelenk ableckt, dass jetzt sogar eine Straße und ein Kindergarten nach diesem großartigen Menschen benannt werden sollen, der einem vierzehnjährigen Mädchen nächtens in einem U-Bahn-Abteil zur Seite stehen wollte. Gegen drei pubertierende Jungprolls. Ein leuchtendes Beispiel für uns alle. Gerade, dass das Original und der Säufer nicht losheulen vor Rührung über diesen Akt vermeintlicher Selbstlosigkeit. Und ich denke mir: Wow, tolles Idol. Ja, macht's alle genauso so wie dieser Supertyp, überschätzt euch, mischt euch ein, auch wenn ihr chancenlos seid, aber eurer cholerischen Seite Ausdruck verleihen wollt, und werdet von ein paar Halbwüchsigen umgebracht. Ich verstehe das nicht.

Ausgerechnet in meinem letzten Stück Currywurst stoße ich auf ein dunkles Haar, was mich nicht so sehr stört, wie es eigentlich tun sollte. Trotzdem verzichte ich auf die Verköstigung dieses Happens, werfe meine Sammlung aus Pappteller und Plastikbesteck in ein Loch in einem Holzbrett und werfe dem Original mit seiner Schildmütze und Käptn-Seebär-Bart einen Blick zu. Unser Winken beim Abschied fällt ausgesprochen herzlich aus. Wohl, weil ich es unterlasse. Ich steige wieder in den wartenden Wagen. Gefriertruhe.

Noch ne Quittung.

Ich treffe Ben am Wiener Flughafen, er ist vollgepumpt mit Antibiotika. Sechs Stunden sind vergangen, seit wir uns getrennt haben. Er sagt, es gehe ihm schon besser. Er sieht beschissen aus. Fix und fertig. Totenblass und schwach. Aber seiner hyperaktiven Unruhe und den roten Augen nach möchte ich keinen Cent draufsetzen, dass er sich nicht noch zusätzlich eine Nase gezogen hat. Zur Beschleunigung des Heilungsprozesses. Wer ist schon gern krank! Was ich sehe, langt mir völlig: Fußwippen und Pupillenrollen. Pupillenrollen und Fußwippen. Bens permanente Hibbeligkeit entspricht klassischen Kokser-Indikatoren. Sogar mir fällt das auf. Und mir fällt so was normalerweise nicht auf.

»Der Arzt meint, eine ganz normale Grippe, nichts weiter«, sagt Ben und nickt ein wenig zu enthusiastisch.

Schön. Ich sage: »Gut. Dann ist ja gut.«

Gleich darauf niest Ben so heftig, dass mir aus Empathie fast meine eigenen Bronchien jucken. Ich wende mich angeekelt ab. Ein richtiger Schnupfen ist schon eine ziemlich harte Sache. Ich finde, solange es noch kein wirklich wirksames Mittel gegen Schnupfen gibt, braucht man gar nicht an der Entwicklung von Wirkstoffen gegen HIV, Parkinson und Krebs arbeiten. Erst mal die Grundhausaufgaben erledigen. Schlussendlich wird auch das Patent eines wirksamen Erkältungsheilmittels auf pures Glück hinauslaufen. Die größten Erfindungen der Menschheit waren zufällige Nebenprodukte, verblüffende Unfälle. So wie die Menschheit selbst. Ich werde es wohl nicht mehr erleben.

Bens Gesicht ist von Fieberschweiß bedeckt.

Wir buchen um, eine Maschine früher. Zeitersparnis: eine

Stunde. Umbuchungsgebühr: unverschämt hoch. Mehrkostenfaktor: Wir zahlen's ja nicht.

In zehn Minuten verlassen wir die österreichische Hauptstadt. Jene, welche auch nur eine Ansammlung von Lebewesen ist. Jene, welche in der Selbstmordstatistik des Landes auf Platz 1 rangiert. Ich finde, sterben ist ausnahmslos das Interessanteste, was Menschen tun. Ich schweife ab.

Heimflug. Bereits deutscher Luftraum. Der Sturm hat inzwischen eingesetzt. Unberechenbare Böen, sintflutartiger Regen. Meine chronische Flugangst sendet immer grösser werdende Ausschläge an meine zum Zerreißen angespannten Nerven und lässt meine Bauchgegend zunehmend flattern. Ich bin schlecht darin, mich etwas auf Gedeih und Verderb auszuliefern – dem Piloten, dem Material, dem Schicksal. Für mich hängen Düsenjets, diese tonnenschweren Ungetüme, nichts weiter als am seidenen Faden. Sich auf einen Flug einzulassen bedeutet, von allen guten Geistern verlassen zu sein. Es ist, als ob man mit dem Erwerb des Tickets seine eigene Todesbereitschaft unterschreibt. Ein Graus, wenn man beruflich permanent so viel fliegen muss wie ich. Ich entwickle einfach keine Routine im Umgang damit, obwohl mein Pensum abenteuerlich ist. Meine Bonusmeilenkarte dürfte bald von Platin auf Diamant aufgestockt werden.

Ich hasse mich für meine Ängste und erzähle niemandem davon. Das bleibt in mir. Ich behalte es für mich, auch wenn meine gezwungene, spröde Munterkeit einem Eingeweihten die Wahrheit über meinen Zustand verraten könnte. Sobald sich meine Beklemmungen in elliptisch auftretenden Momenten kurzzeitig beruhigen, bezichtigte ich mich selbst der Hysterie. Und fühle mich für diese Anwandlung von Schwäche einer begründeten Bestrafung empfohlen. Pater Cornelius hat immer gesagt: »Deine Verletzbarkeit ist eine deiner zahlreichen unverzeihlichen Eigenschaften.« Das hat mir schon damals weh getan. Das, was er gesagt, und das, was er daraufhin mit mir gemacht hat. Aber vielleicht stimmt, was er sagte.

Der Flug ist wetterbedingt sehr unruhig. Es ruckelt ständig irgendwo. Ich entspanne mein Gesicht und stelle fest, dass ich nie so cool aussehe, wie wenn ich eine Rolle zu spielen habe.

Ich denke an das Meeting. Nur ich allein, wie ich, ganz auf mich gestellt, diese Nullgesichter überzeugt habe. Mann, war ich gut. Solche Momente holen immer das Beste aus mir raus oder das Schlechteste, kommt auf die Perspektive an. Das Ding geht klar, eingesackt, der Job ist uns sicher, da bin ich mir sicher. Ich bin irgendwie zufrieden, obwohl das nichts bedeutet.

Ich schaue neben mich. Ben schläft. Und schwitzt tierisch. Eine Art Fieberfrost schüttelt ihn. Die Post-Koks-und-Prä-Grippehöhepunkt-Erschöpfung steht ihm ins Gesicht geschrieben. Wir teilen uns eine Armlehne. Ein dünner Faden Speichel läuft über seine Unterlippe. Ach du Scheiße.

Ich muss dringend aufs Klo. Die Currywurst macht mir zu schaffen. Ich vertrage das nicht so. Zusammen mit dem scharfen frisch gepressten Kiwi-Ananas-Orangensaft von der Fresh-Juice-Station im Flughafen-Wartebereich: eine verheerende Mischung.

Das Klo in der Maschine ist total verschissen, als ich reinkomme. Mein Würgereflex meldet sich. Nachdem ich selbst ziemlich flüssig gekackt habe, putze ich auch noch den ganzen Kot meines Vormanns penibel weg, weil ich weiß, vor der Tür wartet der Nächste, und ich will nicht, dass er denkt, ich sei für die Sauerei verantwortlich. So bin ich.

Zurück an meinem Platz starre ich durch das Fenster auf die unter uns vorbeiziehenden Wolken und wünschte, sie würden sich schneller bewegen. Ich habe zwei Techniken, meine Flugangst zu besänftigen. Die erste besteht darin, mir die Unwahrscheinlichkeit eines Absturzes zu mathematisieren. Ich weiß, man müsste vier Millionen Stunden fliegen, das sind 475 Jahre, von morgens bis abends, um in einem Flieger tödlich zu verunglücken. Aber das mit Statistiken ist so eine Sache. Der Zufall kennt keine Statistiken. Die zweite Methode, meine Panik im Zaum zu halten, ist das Prominenten-Denkmodell. Auch heute ist irgend so ein bekannter Schauspieler an Bord. Nicht mehr ganz jung, ARD, ZDF, RTL, man kennt sein Gesicht, nicht unbedingt seinen Namen, Heinz, Harald, Horst, auf jeden Fall B-Prominenz, zumindest deutsche B-Prominenz. C-Mensch. Macht aktuell gerade auch Mineralwasserwerbung. Und ich sage mir – so lächerlich der Gedanke auch ist –, dass schließlich auch der Typ draufgehen würde, wenn diese Maschine abstürzt. Und das stünde dann morgen auf den Titelseiten der Zeitungen. Und das wäre *wirklich* unwahrscheinlich. Das sind meine Beruhigungstaktiken. Logik ist nicht immer der Schlüssel.

Die verbleibenden Minuten bis zur Landung öffne ich meine Aktentasche und nehme mir »Selbstbetrachtungen« von Marc Aurel vor. Es ist nicht so gut, wie ich erwartet hatte. Oft naiv. Ein paar Mal muss ich heftig lachen, innerlich. Beim Lesen lache ich nie laut. Das kann ich einfach nicht.

In der Ankunftshalle des Flughafens drücke ich Ben mit seinen tiefschwarzen Augenringen zwei Ordner in die schlenkernden Arme.

»Hier, nimm du die Unterlagen. Wir fangen gleich morgen mit der Sondierung an.«

Ich merke, wie sich die Anspannung meiner Nackenmuskulatur zum ersten Mal an diesem Tag löst. Trotz meiner massiven Flugangst weiß ich es überhaupt nicht zu schätzen, wenn ich gesund lande. Sobald ich wieder festen Boden unter den Füßen spüre, ist alle Dankbarkeit wie weggefegt. Bin gleich wieder frech wie Oskar.

»Bis morgen.«

»Ja, bis morgen«, antwortet Ben schwach. Seine Stimme klingt matt, er selbst glänzt. Matt glänzend. Mal sehen, ob er diese Nacht überlebt.

Wir steigen in getrennte Taxis. Auf dem Rücksitz des Wagens schaffe ich fünf weitere Seiten des Buchs. Ich bin ein mittelschneller Leser. Dann wird es mir zu viel. Marc Aurel war auch nur ein weiterer Klugscheißer, dem kein individuelles grausames Schicksal die Lust auf Allgemeingültigkeits-Postulierungen geraubt hat. Das Buch deponiere ich im Netz an der Sitzrückseite vor mir, werde es hier zurücklassen. Ich schaue raus. Lauter Baustellen auf der Autobahn. Eine nach der anderen. Und alle verlassen. Niemand da, kein einziger Bauarbeiter. Ich glaube, ich habe noch niemals jemanden auf Autobahnbaustellen arbeiten sehen.

Ich nehme mir ein paar geschäftliche Unterlagen aus der Tasche und vertiefe mich darin. Sehe erst wieder auf, als wir schon in der City sind. Es ist mir gar nicht aufgefallen: bereits zappenduster, noch nicht mal fünf. Die Schatten haben die Herrschaft übernommen, der Abend beendet den Nachmittag. Die Straßenlaternen verschmelzen miteinander. Ich raune: »Hier können Sie anhalten.« Noch eine Quittung. »Ja, Datum von heute, bitte.« Es ist ein Donnerstag. Hat gar nichts zu sagen. Nacht wird es immer.

08

Der Lärm des erwachenden Morgens dringt durch das gekippte Fenster meiner Wohnung im ersten Stock. Es ist eiskalt. Trambahn, Autos, Fußgänger, Straßenlärm. Alles kommt in Gang. An Montagen ist das Treiben lauter als an anderen Werktagen. Diese Feststellung quält mich zusätzlich zu meiner eigenartigen Mischung aus Angst und Erregung. Frostige

Luft zieht mir auf meine Arschbacken, als ich Ilses graue, kurze Haare am Hinterkopf packe und ihren Schädel gegen zwei Gitter des Kopfteils meines Betts drücke und immer wieder dagegen schlage. Sie hält ihren Mund, macht keinen Mucks. Ist auch besser so. Mit der anderen Hand drehe ich ihr den Arm auf den Rücken und erzeuge Druck. Kurz vor einer Zerrung. Für das richtige Maß an Gewalt braucht man das richtige Maß an Gefühl. Die Stirn meiner Haushälterin kracht in regelmäßigen Schüben an die Metallstreben, mit jedem meiner brutalen Stöße in ihre ausgeleierte Öffnung. Immer und immer wieder. Ihre alte faltige Haut klatscht laut bei jedem Schwung, mit dem meine Eier gegen die Hinterseite ihrer hängenden Oberschenkellappen knallen. Ich tue es ohne sonderliches Vergnügen. Aber mit nachdrücklicher Kraft. Ich stöhne kurz auf und lasse sie seitlich an mir niedersinken. Sie fällt auf die linke Hälfte der Matratze. Ihre Geruchsnote, die nach diesem dumpfen, matten, indifferenten Hormonmix des Verwelkens riecht, widert mich an. Sie flüstert, kaum vernehmlich, zwei Silben. Ein erstickter Laut. Mit einem abwesenden Gesichtsausdruck fängt sie an, an einem Knöchel ihrer geballten Faust zu saugen. Ich stehe schnell auf. Beklommenheit.

Eine Wolke kummervoller Schreie schwebt hinter mir empor. Nichts als Entsetzen und Übelkeit strömt aus jeder einzelnen Pore meines elenden Körpers. Kummervolle Schreie in meinem Rücken, der lange Arm der Vergangenheit. Schreie. Bestenfalls ein verzerrter Widerhall der Wahrheit, wie ich sie kenne. Vergeltung. Laute Schreie. Nichts, aber auch gar nichts Neues. Der faulige Atem meines Unterbewussten. Hass und Wut, weil ich unfähig bin, anders zu handeln, als ich handle. Ich kann nichts weiter tun, als es hinnehmen. Erbärmliche Versuche der Bewältigung. Der Grund weshalb, der Grund, aus dem.

Alles ist in der Vergangenheit ursächlich.

Das weiß ich selbst. Geschenkt.

GESCHENKT.

Mein Blick ist zuerst verschwommen und ziellos. Dann klärt er sich allmählich. Aus meinen Augenwinkeln nehme ich wahr, dass mich die Alte auch nicht ansieht – kauert sich zusammen, irgendwie. Ich kenne sie zu gut, als dass es mir besonders wichtig wäre, was in ihr vorgeht. Sie könnte leicht für fünfundsechzig durchgehen, wenn man die Rückenflächen ihrer Hände übersieht. Ich sage nichts, die stumme Tour.

Wenn eine Frau alt wird, gibt es nur zwei Möglichkeiten, zu was sie mutiert: Ziege oder Kuh. Ilse ist dennoch irgendwas dazwischen. Nicht hager, nicht fett. Altersunförmig, hager hier, fett da. Mir fällt kein Mitteldding zwischen Ziege und Kuh ein.

Ich greife nach meiner Unterhose, verlasse das Zimmer. Ich laufe mit ohne Socken rum. Mein Fußboden ist die Zimmerdecke eines szenigen Tagescafés. Diese Wohnung hier miete ich, obwohl ich zwei Eigentumswohnungen besitze. Die lasse ich jedoch leer stehen, lüfte sie lediglich regelmäßig. Da lass ich niemanden rein, denn Mieter machen nur Ärger, stellen ungerechtfertigte Forderungen, wohnen dir die Immobilie runter, ziehen nicht aus, wenn sie sollen, und haben alle Rechte auf ihrer Seite. Rechnet man die Renovierungskosten und die Verwaltungssorgen mal gegen, lohnen sich Mietverhältnisse für den Vermieter einfach nicht. Ich betrachte meine beiden Immobilien lediglich als Geldanlage.

Ich lebe nicht selbst in einer meiner eigenen, weil mir eine gemietete Wohnung etwas Übergangshaftes vermittelt, was meinem unabänderlichen Gefühl, auf der Durchreise zu sein, entgegenkommt. Dem Gefühl, das ich auch im Heim immer hatte. Und getreu meines tief eingepflanzten Credos *Alles, was ich habe, trage ich bei mir,* ziehe ich häufig um. Siebenmal in den letzten zehn Jahren. Eine Wohnung suche ich danach aus, dass man sich unmöglich auf Dauer heimisch oder sesshaft in ihr fühlen kann. Kriterien wie versperrte Aussicht oder laute Lage stellen für mich Positiva dar. Keine Sonne ab 11 Uhr vormittags, Lokal direkt unter der Wohnung, schlechter Schnitt der Räume – das passt mir gerade gut! Die nehm ich! Eine Wohnung muss Hotelcharakter besitzen. Denn in Hotels schlafe ich am besten.

Ich schweife ab. Zurück.

In der Küche drücke ich ein Insidon aus der Packung. Ich spüle es mit Red Bull runter. Auf ex.

Morgens hat meine Küche Sonne. Wenn denn die Sonne scheint. Also heute nicht. Ich lecke mir das Prickeln der Kohlensäure von den Lippen. Dann lasse ich Leitungswasser ins Glas laufen, nehme noch eine Tablette und noch zwei Schluck. Dadurch werden meine Depressionen freilich nur zeitweise überblendet. Beseitigen kann man die Ursachen nicht.

Ich kratze mich mit dem Fingernagel an der Lippe. Nur Juckreiz, kein Herpes. Kriege ich nicht, hatte ich nie. Liegt wohl an den Genen. Rezessiv, dominant, Mendelsche Gesetze, desgleichen. Wären Menschen genetisch nicht ein wenig unterschiedlich in ihrer Resistenz, wären schließlich damals alle an der Pest gestorben.

Nasenbluten hatte ich auch noch nie. Kopfweh kenne ich nicht.

Ich drücke auf die Kaffeemaschine, ein Röcheln ertönt, dann ein Blubbern. Kaputt, defekt. 1750 Euro, kein halbes Jahr alt. Ein straffer Preisdurchschnitt, auf die ausgegebenen Tassen Espresso umgerechnet.

Ich haue nicht drauf. Ich haue einfach nicht drauf, auf die Kiste. »Reparatur Kaffeemaschine« schreibe ich mit blauem Kuli in Ilses Erledigungsliste auf dem Küchenhochtisch. Unter Hühnerfrikassee. Ilse verdient bei mir fünf Mal so viel, gemessen an ihrem regulären Stundenlohn. Alles inklusive.

Die Pillen setzen ein. Es wird etwas heller in mir drin. Ich sage mir, es wird schon alles werden. Doch daran glaube ich immer nur eine Minute lang.

Der graue Himmel scheint so tief zu hängen, dass er fast den Boden streift. Zwischen zwei Fingern spiele ich an der Tablettenverpackung herum und lasse die Folie knistern. Ich denke, jeder ist auf seine Weise eine Suchtpersönlichkeit. Der Maßvolle genauso wie der Maßlose. Darum nehme ich der Ausgewogenheit halber noch eine halbe Tavor, lege sie mir auf die Zunge und schlucke sie mit in den Nacken geworfenem Kopf runter, die Augen gegen die Decke gerichtet, um noch ein bisschen mehr Farbe und Verdrängen in meine Seele zu hauchen. Verträgt sich wechselwirkungsmäßig relativ nebenwirkungsfrei mit meinen anderen Psychopharmaka. Abgesehen von dem leichten Pilzbefall auf meiner hinteren Zunge. Der Tag kann beginnen. Lebenstauglichkeit ist nur eine Frage der richtigen Medikamentation.

Und die hat bei mir eine gewisse Historie. Im Klartext: Nachdem ich damals aus dem Heim entlassen worden war, traten bei mir typische Entzugserscheinungen auf. Was darauf hindeutete, dass wir damals im Kloster mit Medikamenten ruhig gestellt worden sein mussten. Und je genauer ich bestimmte Geschehnisse rückblickend unter diesem Aspekt betrachte, desto plausibler wird meine Mutmaßung. Keine kühne Behauptung. Es gibt viele eindeutige Hinweise, die meinen Anfangsverdacht erhärten. Lange Geschichte. Nur die Offensichtlichkeit schockiert mich manchmal. Würde sich herausstellen, dass an uns klammheimlich auch pharmazeutische Experimente durchgeführt worden sind oder dass wir Teil verschiedener Test-Versuchsanordnungen waren, es würde mich kein bisschen überraschen.

Ich stelle das Glas in die Spüle und postiere mich ritualgemäß für einige Minuten vor das riesige Aquarium, welches

Küche und Wohnzimmer teilt. Ziemlich beruhigend, ziemlich stylisch. Man kann durch die grünliche Wasserwand ins Wohnzimmer schauen. Habe ich vom Vormieter übernommen. Das Becken misst unglaubliche vier Mal zwei Komma fünf Mal null Komma fünf Meter. 4 x 2,5 x 0,5 m. Länge-Höhe-Tiefe. Das Wasser wird von vier Strahlern kunstvoll indirekt beleuchtet. Reichlicher Pflanzenwuchs, exotisch anmutende Gewächse, am Boden und freischwimmend. Ungefähr dreißig Fische scharwenzeln mal mehr, mal weniger aktiv darin herum. Eine vollständig eigene Welt in den eigenen vier Wänden. Ich weiß nicht, wie man so was in einer Wohnung installieren kann. Noch dazu als Trennwand zweier Räume. Wie exzentrisch muss man sein? Ich weiß auch nicht, was das überhaupt für fluoreszierende Fische da drin sind und wie sie heißen, aber die Farbenpracht und Artenvielfalt der zum Teil riesigen Dinger ist immer wieder beeindruckend. Diese unverrückbare Makellosigkeit der Natur – dieser teilinszenierten Natur – finde ich geradezu Ehrfurcht gebietend. Ich stehe einen halben Meter vor der Scheibe und bin doch auf unüberwindbare Weise fern.

Ich habe kaum Ahnung, welches Futter wann verabreicht werden muss. Und wann das Wasser wie aufbereitet werden soll. Macht alles Ilse. Als mir der Vormieter bei der Wohnungsübergabe übertrieben förmlich das ganze Aquarium detailgenau erklärte, nickte ich nur, wie ich auch immer nicke, wenn man mir Erste-Weltkrieg-Anekdoten erzählt. Aber mittlerweile habe ich mich an diesen Kasten so gewöhnt, dass ich froh über ihn bin. Jeden Tag ein paar Minuten reinschauen – wirkt Wunder.

Ich starre auf einen basaltblauen Berserker von Tellerfisch, der gerade einen deutlich kleineren, sepiafarbenen bedrängt. Und kurz darauf attackiert. Es kommt zu einer Verfolgungsjagd. Zickzackbewegungen durchs wohltemperierte Nass. Vorbei an ein paar Schlupflöchern. Kurz bleiben beide zwischen einem moosbewachsenen Miniaturfelsen und einer unwirklich grünen Efeupflanze stehen. Undurchdringliche Augen. Diese Pose kenne ich gut. Der Große macht nur Spaß. Obwohl. Das Opfer schwimmt weiter, scheinbar nach Luft schnappend und unkoordiniert wie ein Voll-Alki. Und jetzt schießt ein tuntiger, kreischbunt rot-gelb-grün gestreifter Blender mit Schmolllippen aus einem grün bewachsenen Bonsai-Korallenriff und bringt Bewegung in die Sache. Die Zeichnungen um seine Augen vermitteln den Eindruck, er trüge eine Brille. Mit hoher Geschwindigkeit durchmisst er pfeilgerade die rechte Hälfte des Tanks und macht am Ende einen eleganten U-Turn. Er ist der Einzige, dem ich einen Namen gegeben habe. Doch darauf möchte ich nicht näher eingehen. Immer wenn ich Elton John anschaue, scheint mir sein Blick mitzuteilen: »Kümmere dich um deine eigenen Angelegenheiten!« An seinem Rockzipfel hängen vorwitzig fünf schwänzelnde, schwarzblaue Zwergfischlein. Dreiste Schleimer mit Du-bist-und-bleibst-der-Beste-Haltung. Obszöne Nasen, Wimperngeklimper, Rudelmentalität. Niemals getrennt und doch ganz allein. Ich sehe irgendwie verzückt wieder zu dem basaltblauen Riesen, der immer noch den Sepiafarbenen piesackt, als wolle er ihm eine Lektion erteilen. Eine Abreibung. Und plötzlich dreht der große Meister ab, als würde er sagen: »Sorry! Mein Fehler.«

Zehn Minuten später bin ich abmarschbereit, verschwinde ins Büro.

Ilse weiß, was sie heute zu tun hat. Die Liste liegt da, wo sie immer liegt. Hoffentlich begreift das geriatrische Miststück, dass sie die drei Anzüge in der Garderobe auch noch in die Reinigung bringen muss, wenn sie mit Putzen fertig ist. Steht nicht drauf auf dem Wisch, hab ich vergessen zu notieren. Hoffentlich begreift sie's.

Sonst gibt's Ärger.

09

Auf dem Weg halte ich an und springe in den kleinen Kiosk und Zeitschriftenladen, nur zwei Blocks vom Büro entfernt. Eine Schlange von Leuten wartet an der Kasse. Es ist wohlig warm und riecht nach weichem Tabak, von dem ich mich schon immer frage, wer den wohl kauft. Mit geübter Hand nehme ich mir die GQ, New York Times (US-Import), Men's Health, FHM und Esquire (UK-Import) aus dem Regal. Stelle mich an, reihe mich ein.

Ein Klaps auf meine linke Schulter, ich sehe mich um, zeitgleich flüstert eine Stimme in mein rechtes Ohr.

»Na, Wichspisse?« Ben, ebenfalls mehrere Zeitschriften in der Hand. Dürften die gleichen sein wie meine. Wir scheinen wirklich in einer Zeit zu leben, in der das Unnötige unser Hauptbedürfnis ist.

Ihm geht es gesundheitlich eindeutig schon wieder besser, auch wenn seine Nase noch verstopft ist, wie ich feststelle. Was vier Tage ausmachen!

»Hey, Kackeballen«, sage ich und schaue weiter stoisch geradeaus.

Ich frage: »Und?«.

Er antwortet: »Yes!«

Ich frage: »Und?«

Er antwortet: »Zweimal à dreimal.«

Ich frage: »Und?«

Er sagt: »Bingo.«

Immer noch hintereinanderstehend machen wir ein paar kleine Schritte, rücken auf, tippelnder Entenmarsch, nähern uns langsam der Kasse.

Aus diesem schlicht anmutenden Frage-Antwort-Spiel resultieren nun also folgende Informationen: Die Pornodarstellerin von der Drogerie-Kasse, von der er mir vergangene Woche erzählt hat, ließ sich von Ben am Wochenende umnieten. Sie haben sich seitdem noch einmal getroffen, und Ben hat ihr jeweils dreimal eine Ladung verpasst. Und sie ist offen für alles.

»Ich freu mich so für dich«, sage ich und greife aus absolut keinem Grund in das Fach mit den Weingummibären. »Ihr seid vielleicht füreinander bestimmt, du elender Romantiker.«

Ben nickt ergriffen. Ich sehe raus. Sein schwarzer Porsche Cayenne-S parkt hinter meinem, auf der gegenüberliegenden Straßenseite. Wir beide, im Halteverbot. Ehrensache.

»Weißt du, Annabelle hat einiges zu bieten. Sie hat Grips.«

»Aha, hört, hört«, sage ich. »Wir sprechen von der Kassiererin, richtig?«

»Ja, ja. Weißt du, was sie für einen Traum hat? Sie hat mir erzählt, was sie mal werden möchte!«

Ich schüttle den Kopf. »Na sag schon!«

»Was schätzt du?«

»Weiß nicht, na sag endlich, was denn?«

»Schmuckdesignerin!«

Wir lachen herzlich. Dann imitiert Ben die gedämpfte Stimme eines Piloten bei der Borddurchsage, hält eine Faust vor seinen Mund: »Meine Damen und Herren, kein Grund zur Panik, wir haben einen kleinen Notfall an Bord. Kein Grund zur Panik. Wir benötigen Hilfe. Ist zufällig eine … Schmuckdesignerin an Bord?«

Erneut kichern wir lauthals. Schmuckdesignerin! Lebenstraum! Unsere Köpfe bewegen sich gackernd. Was zu viel ist, ist zu viel.

Wir kommen in fliegendem Wechsel auf die Team-Zusammenstellung für das Air Linus-Projekt zu sprechen. Wir sind sofort todernst und voll bei der Sache. Ben erstattet mir leise Bericht, was er die vergangenen Tage erarbeitet hat. Er mir. So nur kann das sein. Ben Kerschenbaum ist ein echter Kumpel im Dschungel der Corporate Identity Welt, in der wir uns bewegen. Ben, der jüdische Posterboy aus gutem Haus. Dunkler Typ, groß, markante Züge, wache Augen. Und wie das bei auffallend schönen, sensiblen Männern oft der Fall ist, ist er außergewöhnlich zuvorkommend und auf Understatement bedacht, ständig bemüht, seine natürlichen Vorzüge durch eine Form selbstauferlegter Befangenheit vergessen zu machen. Das schätze ich an ihm, ein untrügliches Zeichen von Intelligenz.

Sein Vater: Promi-Anwalt, Berufsjude und Kunst-Mäzen. Mutter: bekannte TV-Schauspielerin und eine Schönheit, 66. Ben steht seiner Mutter sehr nah. Da ich keine Angehörigen habe, achtet er stets darauf, mir nicht zu viel von seiner Familie zu erzählen, da er glaubt, er würde mich dadurch verletzen. Irrtum – und auch wieder nicht. Er kennt nur die offizielle Version meiner Jugend. Bis heute liegt die wahre Geschichte weggesperrt in einer Gruft. Ich schäme mich für sie, mit all ihren traumatischen Erlebnissen. Schließe sie weg. Sie ist mir so zuwider, dass, wenn die Sprache darauf kommt, ich auf eine erfundene, offizielle Version zurückgreife und meine Eltern einfach früh bei einem tragischen Verkehrsunfall gestorben sein lasse. Die Wahrheit habe ich nicht mehr gesagt, seit ich zehn Jahre alt wurde. Bis heute gebe ich nur Ausschnitte einer geschönten Autobiografie preis. Ben weiß bei weitem nicht alles. Niemand tut das.

Ich kenne meine Eltern nicht. Ich wurde am Tag meiner Geburt in einer Babyklappe ausgesetzt. Nicht gerade ein idealer Ausgangspunkt für ein Leben. Ich kam in ein Heim. Abstellgleis und Gulag in einem. Das kann ich alles nicht empfehlen. Damit möchte ich aber vor allem nicht identifiziert werden. Jeder muss sich die Dinge in die richtige Perspektive rücken.

Ich schätze, meine Mutter war eine asoziale Drecksfotze.

Nein, da bin ich mir sicher, ganz sicher. Ein Kind wegzugeben ist eine bequeme Lösung. Ich weiß nichts über meine Mutter. Habe keine Anhaltspunkte. Wer sie ist, wo sie lebt. Das konnte nie ermittelt werden. Ist vermutlich in ihrem Sinn. Ich werde nicht müde, mir zu sagen: Es gibt keine bessere Rache an ihr als ein gutes Leben. Aber das will mir nicht gelingen.

Ben versorgt mich von der Seite mit Infos. Die Schlange wird kürzer. Noch einen Schritt vor, endlich. Ich lege die Zeitschriften auf den Kassentisch.

»Wer kommt dran? Sie?«, fragt der Kioskbesitzer, ein ziemlich langer Lulatsch in Strickweste, Karottenkopf. E-Mensch.

Die Hände in den Manteltaschen vergraben, ziehe ich ergiebig die Nase hoch und sage dann: »Ahah.«

»Die alle?« Er sieht mich mit geradezu vernichtender Neutralität an. Ich wedele einmal mit den Mantelschößen, nicke dazu, höre Ben zu, der mir ins Ohr redet. Von hinten, Namen und Fakten.

Von vorne, Zahlen und Mundgeruch: »39,30«, ermittelt der Kassenmann nach einigem Eintippen den Preis. Unsere Köpfe sind durch keinen halben Meter leeren Raum voneinander getrennt. Luftlinie. Ich weiß, dass er atmet, das kann ich riechen. Uuh! Darauf kann man sich verlassen. Ist jeden Tag so. Bei dem Herrn Kioskbesitzer gehört Mundgeruch zum Charakterbild.

So, was war das? 39,30? Neununddreißig dreißig für diese paar Zeitschriften? Ich halte ihm einen Hunderter unter die Nase, der einen Herstellungs- und Papierwert von drei Cent hat. Aber wenn man sich darauf einigt, dass dieser bedruckte Schein hundert Euro wert ist, dann sei es so. Alles nur Schein.

Während ich darauf warte, dass auch Ben abkassiert wird, sehe ich, wie es sich draußen zunehmend bewölkt. Alles wirkt wie von unsichtbarem Frost überzogen.

Meine Nase läuft. Schnupfen im Anmarsch. Bestimmt der

von Ben. Diesen Tag werde ich meine Nase nicht ein einziges Mal mehr hochziehen. Nicht ein einziges Mal putzen. Zum Verrücktwerden. Das.

Wir treten in die Kälte, stellen simultan unsere Mantelkragen hoch, Ben hört gar nicht mehr auf, mir die Daten seiner Kostenrecherche für die Kalkulation zu unterbreiten, und ich möchte gerade so was sagen wie, also bis gleich. Da hören wir, wie ein Mann mit zerfurchtem Gesicht und rasselndem Atem, vornübergebeugt und auf die Stoßstange eines VW aufgestützt, uns zuruft: »Hallo, Sie, könnten Sie mir helfen, meinen Rollstuhl aus dem Kofferraum zu heben?«

Der eisige Wind mindert die Verständlichkeit und verzögert daher unsere Reaktionszeit. Ben und ich sehen uns kurz an, lediglich eine Millisekunde. Dann atmen wir tief und lang ein, um unser Timing abzugleichen, und rufen simultan, mit tiefen, monotonen Stimmen: »Tun Sie, was Sie getan hätten, wenn wir nicht vorbeigekommen wären!«

Verschmitzt verziehen wir unsere Münder, treten mit erhobenen Händen den Rückzug an und laufen fluchtartig los, zu unseren Wagen. Wie Lausbuben, auf deren Hintern man mit Schrotflinten zielt. Die Säume unserer Kaschmir-Brioni-Mäntel wehen hinter uns her. Bevor jeder zu seinem Auto abbiegt, geben wir uns behandschuhte High Five. Abklatschen. Yo, brother! Eine Kreuzung aus Max & Moritz und irgendwelchen Hip-Hop-Idioten. Allerdings mit ironischer Brechung. Eine Persiflage sozusagen.

Dann bricht ein Gewitter aus lautem Lachen über uns herein, und unsere Körper biegen sich fast schmerzverzerrt vor hysterischem Prusten. Ich lasse doch beinah einen fahren. Gestern indisch gegessen. Vertrag ich nicht. Wie ein Schluckauf durchzucken mich Lachsalven, die noch stärker werden, wenn ich zu Ben schaue. Er wedelt mit der Hand, schluchzt etwas, Lachkrampf. Wir öffnen jeweils unsere Autotüren, werfen die

Zeitschriften auf die Beifahrersitze und steigen, einander zuwinkend und immer noch lachend, ein.

(Stimmungsschwankungen? Ich?)

Dies war ein Auszug aus unserem Insider-Scherze-Paradeprogramm: *Die schlagfertigsten Antworten, die einem nicht erst im Nachhinein einfallen.* Auch Behinderte haben ein Recht auf Direktheit. Nicht nur Nigger und Schwuchteln. Muslime nicht zu vergessen.

Ben überholt mich auf dem kurzen Weg zum Wolkenkratzer. Dann wieder ich ihn. Er mich, ich ihn. Ich weiß natürlich, es verbietet sich, ein schnelles Auto schnell zu fahren. Wirkt armselig. Aber was soll's.

Der klamme Frühnebel verwischt die Straßenkonturen. Wir schießen durch fetzenweise auftretende Bodenwolken und erreichen unsere Parkpositionen im dritten Tiefgeschoss jeweils mit Vollbremsungen und stoßweisen Hup-Tönen. Hier trägt jeder Stellplatz einen Namen, gestanzt auf blecherne Schilder in Kfz-Zeichen-Typographie. Irgendein Schlauberger hat neben meins, mit rotem Edding, einen Revolver gemalt. Ziemlich lieblose Zeichnung. Sieht weniger nach einer Waffe aus als vielmehr nach einem Penis. Aber nicht dem meinen. Meiner ist nicht so groß, nur Durchschnitt. Und nicht so bananenförmig. Muss ich entfernen lassen. Die Zeichnung, nicht meinen Penis.

Mein Nachname hat übrigens überhaupt nichts mit dem Laut des Schussgeräusches zu tun. »Peng und du bist tot!« Den Spruch kann ich wirklich nicht mehr hören.

Ben hat F14. F3 ist meiner. Wenn dir ein Parkplatz unter den ersten fünf der F-Reihe zugeteilt wird, so heißt es firmenintern, hast du es geschafft. Fehlt mir auch die Befriedigung, die Freude, die ich von mir selbst erwarten dürfte, so kann ich mich doch immerhin daran *erinnern,* dass diese Position mal mein Zwischenziel war. In der Firmenhierarchie stehe ich mittlerweile direkt unter Robert Lutz und Henning Wendelen, den beiden Geschäftsführern. Den Greedy Twins, wie wir sie firmenintern nennen, da sie nie genug bekommen. Geld, Geld, Geld. Schwindelerregende Beträge. Aber das mit dem Geld ist es nicht. Ich glaube, bei echten Karrieremenschen verhält es sich mit dem Bezug zu Geld grundlegend anders. Reich sein will jeder. Aber es geht bei wahren Geschäftsleuten mehr um so was wie Leidenschaft, um das Erreichen selbst gesteckter Ziele. Das Geld stellt lediglich den Spielstand dar. So auch bei mir. Ich schweife ab.

Ben und ich auf dem Weg in den Einundzwanzigsten. Ben unterbricht unser Gespräch im Aufzug, sein Handy läutet.

»Oh, entschuldige«, sagt er, als er das Display checkt, »ich muss rangehen. Ist *geschlechtlich,* haha.«

Mit übertrieben unschuldsvollem Blick haucht er: »Hi Baby«, nachdem er auf Abheben gedrückt hat. Ben an seinem Hörer, die Tussi an ihrem. In einem Fünfziger-Jahre-Film würde der Bildschirm jetzt in der Mitte geteilt werden, so dass beide zu sehen wären. Er schleimt einen Satz mit »dich ganz doll vermisst« raus. Ich rolle die Augen, und er verzerrt daraufhin seinen Mund und gemahnt mich mit dem Zeigefinger, nur ja ruhig zu sein. »Hey, Baby, ich hab dich nicht vergessen. So … so hab ich das doch nicht gemeint. Du weißt doch, wie du mir …« Er wird abgewürgt, bricht ab, ich sehe ihn teilnahmsvoll an und spitze die Lippen zu einem lautlosen, anerkennenden Pfiff. Dafür ernte ich den Stinkefinger. Mir ist nach einer kleinen Dreistigkeit, und ich zwicke ihn fest in die Brust. Er stöhnt zeitgleich mit dem Pling, das ertönt, als wir unser Stockwerk erreichen. Mit einem gekonnten »muss Schluss machen« (meint er wahrscheinlich gerade sprichwörtlich) legt er auf.

Willkommen im Empfangsbereich unseres Firmenhauptquartiers. Edle Plastikfarne und Pflanzen umsäumen einen plätschernden Wasserfall, der in eine Steinlandschaft eingelassen ist.

»Guten Morgen Herr Lohmeier!« – »Guten Morgen Herr Lohmeier!«, sagen erst ich, dann Ben zu dem Pförtner. Auch ein Krüppel. Seine linke Gesichtshälfte hängt schlaff nach unten, als wäre sie verflüssigt und dann eingefroren worden. Unser Quoten-Behinderter.

X-Mensch. Wenn überhaupt.

Seine prompte Entgegnung: »Guten Morgen, Herr Dr. Peng, guten Morgen, Herr Kerschenbaum.« Seine Stimme ist gewohnt brüchig, als hätte er was im Hals stecken.

Code an der Identifikations-Box eintippen, Augenlaser-Iris-Scan, nochmals bestätigen mit einem B-Code. Wir arbeiten hier in einem Hochsicherheitstrakt. Automatisch öffnet sich die schwere, gläserne Schwenktür.

Einmal geradeaus, einmal links, noch mal links und scharf rechts.

Vorbei an meiner Sekretärin, Therese Schmitz. Habe ich selbst ausgesucht. Ein hinreißendes altes Mädchen, da gibt es nichts. Wir sind ein ziemlich gutes Gespann. Sie wird nächstes Jahr sechzig. Ein fleißiges Bienchen, eine sorgfältig und gewissenhaft arbeitende, attraktive Frau mit null Fehltagen im vergangenen und in diesem Jahr. Frauen sind die verlässlichsten Mitarbeiter. Gleich nach Männern.

»Guten Morgen, Frau Schmitz!« – »Guten Morgen, Frau Schmitz.«

Ben und ich ahnen die Antwort voraus.

»Guten Morgen, die Herren«, sagt sie in unendlich souveräner Kombination aus Routine und Freundlichkeit. Und einer unwiderstehlichen Form von Strenge. So redet sie immer. Kerzengerade sitzt sie vor dem Computer und macht sich wieder daran, weiter zu tippen. Irgendwie ist ein älterer Mensch am Computer keine runde Sache – die Objekte bleiben einander fremd. Für sie gibt es ein Davor und ein Danach. Ein Analog und ein Digital. Ich schweife ab. Kann mich in letzter Zeit zunehmend schlechter auf ein Thema konzentrieren.

»Könnten Sie bitte dafür sorgen, dass die Schmiererei an der Wand meines Parkplatzes entfernt wird?«, sage ich mit der anweisenden Stimme, mit der wir uns hier alle gefallen. Sie nickt und notiert. Ich bewege meinen Kopf in Abstimmung mit einem milden Lächeln, Zeichensprache für »Danke«, und meine Augen fressen sie. Die hemdhochgekrempelten, freien, schlabbrigen Unterarme, die Silhouette der voranschreitenden Konturenlosigkeit, der auch durch die größte Figur-Disziplin nicht beizukommen ist. Sie hat noch ihre zweiten Zähne, oben wie unten. Glaube ich. Ich kann riechen, dass sie ein Menthol-Bonbon gelutscht hat. Therese Schmitz ist für mich nicht nur eine erotische Bereicherung, ein flotter Feger, wie man zu ihrer Zeit wohl gesagt hätte, nein, eine ältere Frau einzustellen birgt außerdem noch einen Vorteil. Es besteht keine Gefahr, dass sie einem zwanzig Minuten nach Unterzeichnung des Arbeitsvertrags mitteilt, sie sei schwanger und nehme per sofort den ihr zustehenden Mutterschaftsurlaub. Den Fall hatte ich schon mal. Ätzend. Junge Frauen sind so! Das wird einem jeder bestätigen. Ich schweife ab.

Therese ist großartig. Ich würde sie so gerne mal vermöbeln.

Ben und ich gehen in mein Büro. Uns bleibt nicht mehr allzu viel Zeit, unsere Daten abzustimmen. In vierzig Minuten ist mein Termin mit Lutz, und um ihm gleich einen exquisit vorbereiteten Bericht über unsere Fortschritte mit A. L. I. erstatten zu können, brauche ich noch weitere Informationen. Wir sind hier noch nicht durch. Zumal ich in meine eigenen Unterlagen auch noch mal kurz reinschauen muss. Darum lass uns an die Arbeit gehen.

Meine Nase läuft, ich bleibe standhaft und lasse es zu. Lasse es zu. Lasse es mich wahnsinnig machen.

Ben fährt seinen Laptop hoch und brieft mich weiter. Hat alles im Kopf. Beeindruckende Gedächtnisleistung. Wir tauschen uns aus, gleichen ab, streuen Kraftausdrücke ein, indirekte Gesten der Kameradschaft und Ventilfunktion. Uns verbindet diese in tausend gemeinsamen Arbeitsstunden entwickelte Adrenalin-Kumpanei, die wir blitzschnell anzuknipsen im Stande sind.

Ich habe das Jackett über meinen ergonomischen Sessel gehängt und lehne mich deshalb nur ungern zurück.

Verflixt und zugenäht, ich möchte meine Nase putzen oder wenigstens mal schniefen. Aber nein, nix gibt's.

Unsere beiden Computer sind hochgefahren, die Startmelodien tun davon fast gleichzeitig kund. Als Ben sagt, er organisiere noch schnell Kaffee für uns, sage ich: »Lass doch Frau Schmitz ...« Er meint, er muss sowieso noch was aus seinem Büro holen, dann lalle ich: »Für mich, schwarz wie die Nacht.« Er singt zurück: »Schwarz wie die Nacht und schwarz wie immer.« Kinderlied-Melodie. »Komme gleich, alte Sperma-Nille. Wie war das? Milch und Zucker für dich, oder?«

Ich lache laut, kurz und deutlich, weg ist er, drehe seinen Laptop in meine Richtung, durchforste in Windeseile den Ordner, der den Namen der betreffenden Airline trägt, klicke die Datei an, die er mir zu zeigen angekündigt hat, »Air_L_Creation_Data_Konzept_23/10/2011«, also von gestern, und die das Ergebnis seiner Wochenend-Arbeit darstellt. 29 Seiten Text, Tabellen, Statistikkurven, Net-Links und Infokästchen. Optisch top aufbereitet, perfekt gegliedert. Nicht weniger als 18 Stunden netto, da wette ich. Guter Mann.

Für meinen Teil der Vorbereitung habe ich dieses Wochenende ungefähr ebenso lange gearbeitet. Unser Konzept ist zwingend, den Job tüten wir ein.

Ich stecke meinen USB-Stick in Bens Apple, kopiere mir die Datei drauf, dann lösche ich die Datei auf seinem Computer und ziehe meinen Stick wieder raus. Seine Tastatur klebt ein wenig. Ich gehe auf seinen »Papierkorb«, klicke genau diese Datei dort erneut an und fahre dann mit der Maus auf »Endgültig löschen?«.

»Ja.«

Beinahe hätte ich meine Nase hochgezogen. Nix da. Mir tränen die Augen. Ich drehe Bens Laptop wieder in seine Richtung, lehne mich zurück, freue mich schon auf den Kaffee. Hab ich mir verdient.

Ich kann Ben gut leiden. Auch wenn ich sein Vorgesetzter bin – in einem modernen Unternehmen wie diesem gibt es keine feudalen Strukturen. Man ist wie eine große Familie. Anders ginge das heute gar nicht mehr. Nach oben buckeln, nach unten treten? Reaktionäres Verhalten und rein hierarchisch ausgerichteter Führungsstil wären kontraproduktiv und ineffizient, stünden für Regression und Demotivation individueller Arbeitsleistung. Jeder braucht jeden. Und doch gibt es klare Regeln, an die man sich zu halten hat.

Ich höre ihn kommen. Tassen- und Untertassenklappern.

Ob er eine Sicherheitskopie seiner Festplatte angefertigt hat? Zu wünschen wäre es ihm.

Ich lasse den USB-Stick mit der kopierten Datei in meine Schreibtischschublade gleiten, schließe sie bedachtsam.

Das hier hat nichts zu bedeuten. Ist nichts weiter als ein reizlinderndes Bedürfnis. Die endlose Variation ein und desselben Themas.

Ich wispere ein aufrichtiges »Danke dir«, als er mir die Tasse mit einem Lächeln hinstellt. Ben und ich sind Freunde. Und ich möchte, dass das auch so bleibt.

10

Mehr als dreißig, weniger als vierzig Minuten später. Im Flur. Einmal scharf links, einmal rechts, geradeaus, rechts, dann länger geradeaus. Ich folge mir.

»Wie war London?«, frage ich im Vorbeigehen Esther, die mir entgegenkommt. Gut war's, aha. »Bis später!« – »Jo, bis später.« Zwei glanzlose Lakaien aus der Buchhaltung tuscheln in einer Ecke und sehen so aus, als schürten sie gerade das Bürogerücht des Tages, hat was von Lynchmeute in ganz Klein, wenige Meter weiter sage ich »Jaha« zu einer indiskutabel jungen Auszubildenden (C), die mich untertänig grüßt und einen Packen Druckerpatronen vor sich her schleppt. Sie entschuldigt sich mit ihrem devoten Blick förmlich für ihre eigene Existenz, ich streife vorbei an einem brünetten Etwas (G), das an einer Maschine Dokumente in sich kringelnde Streifen zerschreddert, ich höre jemanden etwas in einen Hörer sagen, von wegen »wahnsinnig dichter Zeitplan« (deutsch: tight schedule), ich ignoriere irgend so einen Systementwickler oder Programmierer in gelber Hose und lila Krawatte, schmächtiger, halsloser Typ, F-Mensch, die Natur hat es wirklich nicht gut mit ihm gemeint, der mich auf dem Gang überholt und hallo sagt, dabei den Blick des Unterprivilegierten nach unten gerichtet, zu schwach für alles, was weiter oben spielt, und frage Lutz' Sekretärin, die das Öffnen der Morgenpost unterbricht: »Kann ich gleich durchgehen …?« Kann ich.

Sie springt auf, klopft diskret für mich an. Eine lebhafte und gleichzeitig abgeklärte Dame. Ihr verdammt hübsches Gesicht (solides B) ist vielleicht dreißig Jahre über seine beste Zeit hinaus.

»Wie geht es Ihnen, Sybille?«, frage ich charmant und starre auf ihr blütenweißes Hemd. Dann auf ihre schwarze Brosche.

Es ist eine schroffe, herrische Stimme, die das Klopfen beantwortet. Sybille drückt die Tür auf, und ich klopfe selbst noch mal leise an den Türrahmen. Gutes Benehmen hat ganz viel mit gespielter Schüchternheit zu tun. Herein mit mir.

»Schönen guten Morgen, Robert.«

»Grüß Sie, Conrad, kommen Sie doch rein, bitte.«

The American Way. Nennung beim Vornamen, sich dennoch siezen. So nah wir uns mittlerweile auch sind, er hat mir nie das Du angeboten. Ich vermute, weniger die Altersdifferenz als die Angst vor respektzersetzender Kumpelhaftigkeit halten ihn davon ab.

Seine Stimme ist ruhig, aber ich spüre, dass er erregt ist. Er bedeutet mir, Platz zu nehmen. Dabei zeichnet er ein Formular mit einem Schnörkel ab und gibt seiner Sekretärin einen Wink, die noch in der Tür steht, ohne den Knauf losgelassen zu haben. Sie verschwindet. Ich bleibe. Setze mich. Während er, wie jeder vernünftige Mensch, erst noch eine E-Mail zu Ende schreiben muss, zerlege ich ihn mit meinen dunkelblauen Augen in seine Einzelteile. Sein frühzeitig ergrautes Haar, die dichten Brauen, das schwer zu rasierende Kinngrübchen – der hochgewachsene Typ Strahlemann, der in den obersten Etagen der Industrie und Weltkonzerne immer so gern reüssiert. Marke Erfolgsmensch. AA. Er kennt die Consultingszene seit immer und ist der Gründer und Gottvater dieses Vereins. Und außerdem ein Gönner meiner Person. Ein mir Gewogener. Er hat mich von Anfang an unter seine Fittiche genommen.

Er sendet seine Mail ab, legt seinen Stift beiseite, den er beim Tippen zwischen zwei Finger geklemmt hatte, schüttelt gereizt den Kopf, trommelt mit den Fingern auf den Tisch und erhebt sich. Irgendwas stimmt nicht. Die Schwingungen im Raum sind seltsam. Meine verschärfte Wahrnehmung verleitet mich zu der Annahme, dass er auf seltsame Art befangen ist. Gleichzeitig sendet mein Kleinhirn die Peripherinformation an mich, den zunehmend zähflüssiger werdenden Schleim aus meiner Nase bisher erfolgreich nicht hochgezogen oder ausgeworfen zu haben. Welche Qual! Aber ich werde die Nase nicht hochziehen.

Lutz holt Luft, bevor er zu reden anfängt. »Was macht das werte Befinden, haben Sie die Beförderung schon verdaut? Nette Party war das, die Sie da veranstaltet haben. Ist das Büro in Ordnung?« Er stößt die Worte hervor, als handle es sich um eine Beleidigung, und ich habe keine Ahnung, wie ich reagieren soll.

»Alles bestens.« Ich hebe leicht die Achseln, mein Mund formt ein Lächeln, an dem meine Augen nicht beteiligt sind.

»Schön«, sagt er, macht zwei Schritte und setzt sich seitlich auf die Kante des Tischs, ist jetzt etwas näher an mir. Vorgeplänkel beendet. Er lehnt sich zusätzlich noch in meine Richtung, zu schnell und zu nah für meinen Geschmack. Ein Bein zum Abstützen auf dem Boden, pendelt das andere vor und zurück. Er sieht mich an. Ich erwidere den Blick. Denke mir, er hat heute einen zum Niederknien perfekten Pratt-Shelby-Krawattenknoten gebunden. Passt gut zu dem gestreiften Hemd.

»Wie lief's letzte Woche bei A. L. I.?«, fragt er sardonisch. Wie vor Gericht. Jetzt fange ich an zu fürchten, dass wirklich etwas Schwerwiegendes hinter seinem Tonfall steckt. Ich nicke ihm positiv zu. Gegen meine laufende Nase unternehme ich nichts. Kein Taschentuch, kein Nasehochziehen. Zur Ersatzbefriedigung stelle ich mir das knarrende Geräusch vor, wenn man den Schleim durch die Nase ansaugt. Was stimmt hier nicht?

»Gut, dann wären wir ja schon mitten im Thema.« Er atmet einmal auffallend durch. Freie Nase. Der Glückliche. Er fährt fort: »Sie sind mit Ben Kerschenbaum als zugeteiltem leitenden Analysten und ausführenden Teamleiter geflogen, richtig?« Wie ein Rapport. Ich antworte ja.

Robert Lutz fragt weiter: »Mir ist zugetragen worden, dass Sie dennoch ganz allein bei dem Meeting aufgetaucht sind.« Wie ein Tribunal.

»Das ist richtig. Ben Kerschenbaum hatte eine Erkältung mit starken Fieberschüben, und wir entschieden, es wäre vorteilhafter, auf seine Anwesenheit zu verzichten.«

»Gut.« Lutz macht eine kurze Pause. »Ich bin erst gestern Nacht aus Singapur zurückgekommen und kann mich daher erst heute um die Sache kümmern, aber ich wollte sie dennoch zunächst noch persönlich mit Ihnen besprechen, mir erst noch Ihren Standpunkt anhören. Trotz höchstem Handlungsbedarf. – Dieses Fiasko!« Er wirft den Kopf zurück, als verlöre er schon langsam die Geduld mit mir. Ich ziehe die Augenbrauen hoch. Ich schätze, er beliebt zu scherzen, ohne die Spur eines Lächelns.

»Conrad, unmittelbar nach Ihrem Meeting ließ mich der geschäftsführende Vorsitzende von A. L. I. wissen, was geschehen ist. Er hat mir auf die Mailbox gesprochen und mir mehrfach gemailt. Er ist rasend, und das kann ich verstehen. Sie auch, nehme ich an?« Er schaut mir direkt in die Augen und ich ihm. Er fährt fort: »Ich wollte also erst noch Ihre Meinung hören, bevor ich …«

Was? Bevor was? Um was geht's hier eigentlich? Mir fällt auf, dass ich vor lauter Erstaunen und erwartungsgepeitschter Erregung seit vollen zwanzig Sekunden den Mund nicht zubekomme. Ich schließe ihn.

»Auf jeden Fall liegt mir seit Freitagmorgen auch noch das Gesprächsprotokoll vor.« Er schiebt mir irgendeine ausgedruckte E-Mail zu, also sehe ich sie mir an. Aber ich überfliege das Blatt nur und nehme den Inhalt kaum wahr. Deshalb sage ich, dass ich ihm doch meinen Zwischenbericht dieses Meetings ebenfalls unmittelbar im Anschluss zugemailt habe. Wo ist das Problem?

Nun lächelt er mich derart geduldig an, als wäre ich ein wenig schwer von Begriff. Er ist geladen wie ein Maschinengewehr.

Dieses zweischneidige Verhalten ist beängstigend.

»Ja, das haben Sie. Da ist auch alles *wundersam* in Ordnung. Ich habe hier allerdings ... nun, ich bekam etwas anderes vom Vorstandsbüro mitgeteilt, als Sie mir berichtet haben –, nämlich, dass Sie sich ...« Die Adern an seinem Hals treten deutlich hervor. »... dass Sie sich *despektierlich und schwer nachvollziehbar,* hier steht *wirr,* über unsere Leistungen und Angebote geäußert haben sollen.« Er klingt wie kurz vor dem Ausbruch. Ich sehe ihn an, wie man schaut, wenn man etwas gar nicht erwartet hat. Rücke mich zurecht und falte die Hände zu einer Zeltdachspitze.

»Was, was meinen Sie genau, Robert?«

»Nun, hier steht ...« Es entsteht eine Pause, er setzt sich vor seinen Mac und zischt zwischen seinen Zähnen hervor: »Hier steht: *Als Herr Dr. Peng mit seinem ca. zwanzigminütigen Vortrag endete, begann er aus unersichtlichen Gründen in herablassendem und streckenweise aggressivem Tonfall auf Zwischenfragen unserer anwesenden Vertreter zu antworten.* Können Sie damit was anfangen, Conrad?«

Ich weiß nicht, wovon er redet. Weiß ich wirklich nicht.

»Es geht noch weiter. Darf ich?«, sagt er irgendwie zynisch.

Es lohnt nicht, darauf zu antworten.

Er liest weiter vor: »Also: *In Absprache mit sämtlichen* undsoweiter, *bitten wir, in beiderseitigem Interesse um schnellstmögliche Aufklärung, mit freundlichen* und so weiter, ach wo steht es denn. – Das wollte ich jetzt gar nicht. – Moment.«

Er sucht in den Zeilen, nimmt seine randlose Brille ab, um sie mit einem Tüchlein zu reinigen, wohl um sich zu beruhigen, was misslingt, er wirft das Tüchlein beiseite und fährt brüsk fort: »Hier! – Haben Sie zu Dr. Stevenson ernsthaft gesagt:

Wenn Sie nicht in der Lage sind, Ihren gesunden Menschenverstand einzusetzen, liefern wir Ihnen eben einen entsprechenden Bericht über Personalkosteneinsparung und Lenkungskonzeptblablabla und fertig. Deckel drauf. Dann schreiben wir Ihnen eine saftige Rechnung und verschwinden, wenn es das ist, was Sie wollen. Und haben Sie ihn tatsächlich auch noch einen albernen Fatzke genannt? Herrgott!«

Ich stammle irgendeinen Umlaut, so was wie: »Äääh.«

Lutz rastet völlig aus und schnauzt mich an: »Soll ich Ihnen mal was sagen? – Sagen Sie lieber nichts! Ihre Antwort ist mir absolut ...« Er bricht ab. Er weiß nicht, was ihm sonst womöglich noch herausrutscht. Instinktiv nehme ich eine Verteidigungshaltung ein.

»Jedenfalls habe ich gerade eben nochmals mit Dr. Stevenson telefoniert, und er meinte, Sie hätten außerdem wörtlich zu ihm gesagt, wörtlich«, Lutz beginnt, von einem Notizzettel abzulesen: »*Er solle sich mal nicht so haben, wir machen mit A. L. I. schließlich das, was wir mit allen machen. Was erwarte er denn. Stellenstreichungen, Dezimierung der Belegschaft, Kostensenkung und Produktivitätssteigerung der verbleibenden Sklaven, was sollen wir da unser Sanierungskonzept noch mal überarbeiten, das wäre nur eine Heidenarbeit, und am Ende kommt es auf dasselbe raus. Sinnvoller wäre es, das Management auszuwechseln, sonst wird das nie was mit dem Aufschwung.* So in der Art etwa. – Conrad, was zur Hölle soll ich davon halten?«

Und was soll ich *darauf* wohl sagen? Noch immer zweifle ich irgendwie an der Echtheit seiner Empörung. Vielleicht hat Stevenson ihm die Geschichte so aufgetischt. Warum auch immer.

»Conrad, haben Sie das wirklich so gesagt?« Lutz redet sehr laut.

Er schreit: »Stimmt das?«

Kurz Stille. In meinem Blick blitzt sie auf, die rechtschaffene Entrüstung des heilig Unschuldigen.

Lutz flüstert: »Sagen Sie mir wenigstens, dass Sie ihm gegenüber nicht ihren Arm drohend erhoben haben, wie er behauptet!«

WAS? Ich habe keine Ahnung. Es ist eine vollkommen absurde Situation. Ich bin wie vor den Kopf gestoßen. Ich lächle, so wie man lächelt, wenn es eigentlich nichts zu lächeln gibt. Lutz steht auf, schiebt die Hände in die Hosentaschen und wippt auf den Absätzen. Versucht sich zu zügeln.

Pater Cornelius hätte mich einfach verdroschen. Hat er immer gemacht, wenn ich unartig war. Mit diesem scharfen Augenglitzern. Er brauchte keinen Vorwand. Wie besessen schlug er auf mich ein. Und wieder. Und wieder. Und wieder. Dann, wenn wir allein waren. Was ich unter anderem mit Narben auf meinen Handflächen beweisen kann. Und nicht nur dort. Er hat immer gesagt, Demütigung ist nur dann demütigend, wenn man bereit ist, darunter zu leiden. Das habe ich mir gemerkt. Wenn du dir das immer und immer wieder vorsagst, kann es keine wirksame Foltermethode geben, die dich verletzen könnte. Du bist unverwundbar.

»Ich … weiß … nicht … was ich …«, sage ich in einem Tonfall, als würde mir jetzt erst klar, dass dieses Gespräch eine Rüge ist. Beinahe ziehe ich die Nase hoch. Aber nur beinahe. Ich nehme mein letztes bisschen Selbstbeherrschung zusammen, das mir noch geblieben ist, und setze an, etwas zu sagen, wissend um die Zwecklosigkeit meines Vorhabens. Lutz kommt mir zuvor.

»Kaum sind Sie Firmenteilhaber, gleich so was! Wissen Sie, von welchem Auftragsvolumen wir hier sprechen? Wie wichtig dieser Vertragsabschluss auch für Sie hätte werden können?«

Hätte werden können? Was ist das denn für ein Tempus und Modus?

Der Augenblick seines aufblitzenden Zorns ist vorüber.

Gespielte Resignation, eigensüchtiges Bedauern. Er hat etwas für große Gesten übrig.

Angeekelt fährt er fort: »Sagen *Sie* mir, was wir jetzt machen sollen. Ich muss Sie natürlich erst mal von dem Projekt abziehen. Eigentlich müsste ich Sie sofort feuern.«

Ich schaue auf. Ganz plötzlich: überhaupt keine Gefühle. Überhaupt keine. Ich komme mir vor, als wäre ich kein vollwertiges menschliches Wesen. Blinzle. Ob Lutz die Stimme auch hört, die ich höre?

Kommst Du mit? Sonst sind wir nur zu neunt.

Nein, er scheint sie nicht wahrzunehmen. Er sagt: »Ich habe noch niemanden in dieser Sache informiert. Conrad, du weißt, dass ich dich sehr schätze.«

Per-Du-Switch, hab Acht. Äußerste Umsicht ist geboten, er kommt mir menschlich. »Zunächst spreche ich gleich im Anschluss mit Henning Wendelen, dann möchte ich bis heute Abend einen schlüssigen Bericht, eine Stellungnahme Ihrerseits ohne Wenn und Aber!«

Pause. Mein Gesicht tut sein Bestes.

»Conrad? Habe ich mich klar ausgedrückt, Conrad, hören Sie mir zu?«

»Ja«, sage ich lammfromm zu ihm. Ja was? Ob er sich klar ausgedrückt hat oder ob ich ihm zuhöre? Ich drücke an meinen Kniescheiben herum. Duckmäuserisch und verwirrt. Und starre auf die Kunstrasen-Golfbahn in der Ecke des Raums. Wenn man sich umschaut, sieht man ein riesiges Büro, viel dunkles Holz, edle Modellautos in einer extra dafür angefertigten Glasvitrine. Auf einem Sideboard stehen zig Vertrautheit bezeugende Fotos von Lutz mit Spitzenpolitikern, Spitzensportlern und Spitzenshowgrößen. Im Grunde interessieren ihn Menschen kaum, aber er ist so unglaublich publicitygeil, dass er auf wirklich jede Eröffnung einer Telefonzelle geht, sofern Presse und Promis anwesend sind. Das ist das eine. Aber dann noch Fotos aufzustellen ist noch mal was anderes.

Ich höre ihn maliziös fragen: »Ist es richtig, dass Sie ab Donnerstag in vierzehntägigen Urlaub gehen? – Ja? Gut, dann treten Sie den sofort an, dafür sehe ich von einer einstweiligen, offiziellen Freistellung bis auf Weiteres ab. Noch heute, wie gesagt, liegt mir Ihr Bericht vor und ...« Das Telefon klingelt. Ärgerlich nimmt er ab, bellt: »Möchte nicht gestört werden«, hält inne und sagt dann versöhnlich: »Oh, ja, stellen Sie durch.«

Ich greife schon mal nach meiner Tasche, bewege mich übertrieben zwanglos. Er blickt kurz auf und sagt ziemlich schäbig: »Ich denke, wir sind fertig«, und drückt einen Knopf der Telefonanlage. Ich übersetze das für mich als raus hier, stehe auf, zupfe am Revers, jeder weitere Klärungsversuch würde nur noch mehr Konfusion provozieren, schaue verabschiedend, was er aber nicht sieht, da er die Augen nicht hebt, höre nebenbei »Corinna, Schatz, wie geht's dir? Was ist denn so dringend?«, wende ihm in einer uneleganten Bewegung den Rücken zu, schreite Richtung Zimmeröffnung, sehe über dem Türrahmen ein metallenes Miniatur-Folterwerkzeug, an das ein nackter Mann mit Dornenkranz genagelt ist, höre Lutz ins Telefon säuseln: »Ich hab dir doch gesagt, Düsseldorf ist nicht der Nabel der Welt, hast du ...«, und befördere mich – wie benebelt – aus dem Raum.

Sybille hört auf zu tippen, als ich ins Vorzimmer komme, schaut mich an. Und während ich ihren Blick erwidere, möchte ich die Tür hinter mir leise ins Schloss schnappen lassen, verschätze mich gefühlsmäßig um einige Zentimeter und knalle sie laut zu. Ich ziehe mit letzten Kräften ein schuldbewusstes Gesicht.

»Na, wie lief's denn?«, fragt sie erstaunlich vertraut. Sie scheint nicht im Bilde zu sein, was gerade vor sich ging.

»Oh, gut. Ganz gut. Vielleicht nicht ganz *so* gut. Zum Glück rief seine Frau an!«, antworte ich lächelnd und zwinkere ihr zu, um zu verbergen, wie kleinlaut mir zumute ist. Das funktioniert bei mir ganz passabel: trotz innerem Tumult, Kopf hoch und sinnvolle Sätze bilden. Subjekt, Prädikat, Objekt.

»Das war nicht seine Frau. Das war seine Tochter. Corinna.«

»Ach ja richtig, Corinna, so heißt ja seine Tochter.« Ich winke und bin raus.

Fest steht, ich stehe vor einem Rätsel.

In einem unbeobachteten Moment schlage ich auf dem Gang mit der Faust gegen eine gusseiserne Fensterleiste. Damit lenke ich mich vom Unbegreiflichen ab. Ich gebe irgendeinen Laut von mir. Das ersetzt Nasenhochziehen. Ein Fingerknöchel ist definitiv angebrochen. Der aus dem Schmerz resultierende Tränenfluss verstärkt mein Nasenverstopfungsgefühl. Ich bin mit den Nerven am Ende. Husche in Windeseile weiter entlang des Korridors, der sich nach beiden Seiten ins Unendliche erstreckt. Ich muss jetzt allein sein. Wieder kommt mir jemand entgegen, kurz bevor ich scharf links abbiege. Er grüßt: »Guten Tag, Herr Dr. Peng.« Und ich sage durch zusammengebissene Zähne: »Mann.« Ich konzentriere mich darauf, wie das Blut durch meine Adern fließt. Was war das gerade eben? Ich soll bei Air Linus die Beherrschung verloren haben? Ich erinnere mich an meinen merkwürdigen Moment, kurz bevor ich A. L. I. verließ. Ich fühlte mich anders, ohne jedoch die Natur dieses Andersseins näher bestimmen zu können. Was ist bloß los? Vielleicht ist das alles ganz logisch, und ich habe gerade etwas nicht begriffen. Womöglich erweist sich das Ganze bei genauerer Analyse als Farce. Ich entere mein Büro. Wie ein Gestrandeter. Werfe meine Tasche auf den Tisch. Ohne erkennbaren Zusammenhang mache ich gleich darauf diesen gedanklichen Viersprung: (1) Meine Beförderungsfeier,

(2) Lutz samt Familienanhang, (3) Tochter Corinna, (4) Düsseldorf.

Corinna Lutz. CL.

Oha.

Auch das noch.

11

Was mir Robert Lutz da erzählt hat, sieht mir überhaupt nicht ähnlich. Wenn ich mich nur erinnern könnte. Ich lege meine Finger auf die Tastatur meines Mac, suche nach Stichpunkten für meinen Bericht. Eine Rechtfertigung, die Klärung eines Irrtums soll es werden. Aber wofür soll ich mich überhaupt rechtfertigen?

Ich sitze ganz schön in der Patsche. Je länger ich darüber nachdenke, desto mehr glaube ich, dass ziemlich viel auf dem Spiel steht. Der Vorfall scheint mit jedem Atemzug schwerwiegender in Bezug auf meine Karriere. Die Sache wird Konsequenzen haben. Ich bin so gut wie gefeuert. Vermutlich werde ich meine Abfindung einklagen müssen, werde um ein Verfahren nicht herumkommen.

Aber gut, zunächst will ich versuchen, die Schlüssigkeit meines Handelns zu verdeutlichen. So in etwa wie: Es ist nicht so, wie ihr denkt. Ich werde mein Bestes geben. Nur für den Fall, dass ich nicht verrückt bin.

Ich nippe an meinem Grünen Tee. Es gibt nichts Gesünderes. Mit der Zungenspitze befeuchte ich die Lippen, frage »Therese?« in die Freisprechanlage und höre mich zeitverzögert durch die angelehnte Tür im Vorzimmer. Ein abgehaktes Doppelklicken tönt aus meinem Lautsprecher. Sie geht immer zu schnell von der Taste. Das »Ja« höre ich nur durch den Türspalt.

»Dürfte ich Sie noch um etwas von Ihrem vorzüglichen Tee

bitten … ahm.« Die direkte Anrede verschlucke ich gerade noch, sonst klänge es ja wie Tee-Bitten-Tee-Reese. »Und ach ja, ich gehe bereits morgen in Urlaub. Wenn Sie möchten, können Sie einfach abhauen, sobald Sie alles erledigt haben.« Sie bestätigt und geht wieder zu früh von der Taste. Ich drücke und sage: »Nke.« Ende der Durchsage.

Ich streiche mir über den Bauch, als hätte ich gerade etwas Weltbewegendes vom Stapel gelassen, und fahre mit meinen Überlegungen fort. Was soll ich bloß schreiben? Intensive Minuten vergehen. Und bei diesen fast schmerzhaften Anstrengungen ist mir mehrfach, als erlebe ich einen geradezu neurologischen Austauschprozess, als würden buchstäblich alle Elemente meines Verstands zerfallen und sich wieder neu zusammensetzen. Es ist unheimlich. Und irgendetwas ist da auch. Aber ich kann nicht genau sagen, um was es sich handelt.

Mit einem Mal übermannt mich eine Eingebung. In meinem Kopf macht es wieder dieses schwer zu beschreibende Knackgeräusch. Wie ich es neulich schon erlebt habe. Eigentlich ist es gar kein Geräusch, es ist eher ein ganz kurzes Umschalten. Ich sehe genau vor mir, was ich in den Bericht schreiben werde. Wort für Wort. Glasklar. Während solch beseelter Phasen fühle ich mich immer, als ob mir irgendwie die Zeit ausgehen würde. Also tippe ich meinen Bericht wie im Fieber herunter. Großartige Formulierungen, geschliffene Sprache, eine Dramaturgie wie aus einem Lehrbuch abgeschrieben.

Das war's. Ich bin fertig. Genau eine Seite. Schweiß sickert mir vom Rücken ins Hemd. Am linken unteren Rand grüßt kollegial

Dr. Conrad Peng.

Diese Zeilen werden alles aufklären. Um Missverständnisse aus der Welt zu räumen, reicht oft schon die richtige Intonation. Ja, formuliert man etwas schriftlich, bekommt es ein anderes Gewicht.

Speichern, zweimal Ausdrucken. Ich unterzeichne mit Füller. Die schwungvolle Handbewegung, mit der man seinen eigenen Namen schreibt, weicht doch sehr von der Bewegung ab, mit der man alles andere schreibt. Ich schüttele alle meine Finger, umfasse mit einer Hand das Handgelenk der anderen, stecke den einen Ausdruck in ein Kuvert, lege es in die Mitte des Tischs, die andere Kopie falte ich klein und packe sie in die Innentasche meines Jacketts. Meine Wangenmuskeln spannen sich.

Verwundert stelle ich fest, dass Therese in der Zwischenzeit Tee nachgeschenkt haben muss. Hab ich gar nicht mitbekommen. Ich trinke meinen Tee so rasch aus, wie es die Hitze zulässt. Eine kurze Niedergeschlagenheit, die immer nach einer eruptiven Schaffensphase auf mich wartet, wische ich mit einem Verlegenheitshuster einfach vom Tisch. Kein Hoch ohne Tief.

Ich lade mein schwarzes Visitenkarten-Etui mit fünf neuen Stücken nach und stecke es wieder in die andere Innentasche. Ich formuliere meine Absenz-Meldungs-E-Mail, die ab sofort jeder erhält, der mir an conrad.peng@lutzandwendelen.com schreibt. Auf Englisch, das ist hier so Usus.

Aus welchen Gründen wüsste ich nicht zu sagen, aber der Blick auf das Kuvert mit meinem Bericht lässt mich daran denken, dass keine Falle tödlicher ist als die, die man sich selbst stellt. Und dann ist sie plötzlich wieder da, diese Kinderstimme:

Komm doch mit zum Fußball, sei kein Spielverderber,

und ich presse meine Augen zusammen. Sie echot durch den Raum,

Komm doch mit zum Fußball, sei kein Spielverderber,

aber jedes Echo wird leiser, so auch dieses. Ich presse meine Augen fester zusammen, bis die Stimme versiegt. Und weil jeder vor irgendwas auf der Flucht ist, fliehe ich, gehe ins Internet, und nach fünf Mausklicks spuckt mein Drucker das aktuelle Kinoprogramm für Fynn und mich aus. Ich greife danach, dann nach meinem Mantel und dem Kuvert mit dem Bericht und verlasse das Büro.

»Es könnte sein, dass wir uns vor meinem Abflug nicht mehr sprechen. Wenn was ist, immer auf Handy. Sie wissen ja. Schöne Zeit. Und, die Schmiererei in der Tiefgarage, Sie denken dran?«, sage ich zu Frau Schmitz. Sie nickt mir zu, wünscht mir einen schönen Urlaub. Ich werfe einen Blick auf meine Armbanduhr und betrete unser Korridor-Labyrinth: einmal links, dann ewig geradeaus, scharf rechts. Ich komme an einem gläsernen Großraumbüro vorbei, da wo die Tippsen und Auszubildenden sitzen, und beobachte im Gehen eine Geburtstagsparty, Girlanden, Sektflaschen, grölende Mitarbeiter (durch die Bank D), die ich durch die Scheiben nur gedämpft hören kann, und eine blutjunge Klischee-Blondine (C), die Ben sicher schon gepimpert haben dürfte. Also dieses Dekorations-Wasserstoff-Püppchen bläst gerade die Kerzen auf der zweistöckigen Geburtstagstorte aus, pustet in drei kraftvollen Stößen über die brennenden Wachsdochte, und aus meinem Winkel und wahrscheinlich nur aus meinem Winkel kann man sehen, dass dabei drei große Speicheltropfen mit auf die sahnige Oberfläche der Torte katapultiert werden. Rotze-Sprühregen auf Kuchen pusten. Komischer Brauch. Laut Sahneschriftzug wird sie 25. Was nicht ganz stimmt, wenn man bedenkt, dass doch eigentlich der erste Geburtstag schon der zweite ist, und somit der fünfundzwanzigste eigentlich der sechsundzwanzigste wäre. Mathematisch ist die gängige Zählweise völlig schräg. Ich verstehe das nicht.

Noch einmal links, ich betrete Lutz' Vorzimmer und gebe das Kuvert seiner Sekretärin direkt in die Hand. Dann laufe ich fast die ganze Strecke wieder zurück und fahre mit dem Lift nach unten.

Ich Versager. Auf Höhe des neunten Stockwerks ziehe ich die Nase hoch. Laut und volle Kraft voraus. Was für ein Sound! Das nennt man ergiebig. Ich bin aber *richtig* erkältet, meine Herren. Überübermorgen mit Schnupfen in den Flieger, na, das wird lustig. Ohren-Druckausgleich an Bord ade.

Vier Stockwerke weiter abwärts ertönt eine Sirene, und aus dem Lautsprecher des Aufzugs dringt eine Durchsage, die mir nicht neu ist. Sie meint, wir mögen bitte umgehend das Gebäude räumen, über die Treppenhäuser, aktuelle Liftfahrten enden im Zielstockwerk und werden nicht fortgesetzt, keine Panik, reine Vorsichtsmaßnahme – wegen Bombendrohung. Wie lästig, das passiert mittlerweile durchschnittlich zweimal im Monat. Bombenalarm hatte hier noch nie was mit Bomben zu tun. Leere Versprechungen.

Ich steige im Tiefgeschoss meines Parksegments aus.

Wer macht denn so was, eine Bombendrohung?

Diesmal kommt sie jedenfalls nicht von mir.

12

»Hey, Fuckhead, ist wieder Bombendrohung!«

Ben kommt mir in den Betonkatakomben der Parkebene F entgegen.

Noch antwortet er nichts. Ich bringe ein kurzes, freudloses Lachen zustande. Seine Ohren sind an den Rändern erregt gerötet. Er winkt mir zur Begrüßung irgendwie resigniert zu.

»O Mann, ich war grade daheim und habe meine Festplatte noch mal gecheckt, und ich habe von der Datei keine Safety Copy gemacht. Ich könnte heulen, echt. Ich bin ein Rindvieh, aber ich verstehe das nicht! Wie konnte ich diese beschissene Datei bloß verlieren?«

Ich sehe ihn mit weit geöffneten Augen an und bewege mich

überhaupt nicht. Und das Komische ist: Ich fühle einen Stich ins Herz, aber ich weiß nicht, was dieses Gefühl bedeutet.

»Hey, das klingt ja wirklich komisch. Und du weißt bestimmt, dass du gestern Abend nicht …«

»Ja, klar.« Er hebt die Arme und lässt sie wieder sinken. »Das ganze Wochenende umsonst. Die ganze Arbeit.«

»Und wenn du alle Dateien in deinem Laptop noch mal durchgehst? Vielleicht ist das Ding unter anderem Namen in einen anderen Ordner verrutscht. Man weiß nie, so was passiert. Das kommt in den besten Familien vor, haha.«

Ben lacht nicht mit, schaut an mir vorbei. Hinten bei den Frauenparkplätzen öffnet sich eine automatische Tür. Jetzt kommt die ganze Bagage angelaufen. Ein Pulk von dreißig Leuten (alle Cäsar bis Emil) drängt zu ihren Wagen. Bei Bombendrohung sollte man das Gebäude eigentlich durch das Erdgeschoss verlassen. Eine Frau-wie-jede-andere (D) ruft uns »Bombendrohung« zu und schaut wirklich vielsagend. Ich nicke angedeutet, um wenigstens eine fiktive Wertschätzung ihr gegenüber herzustellen. Ich sehe wieder zu Ben, wir stehen vor meinem Wagen. Er wirkt so niedergeschlagen. Also balle ich meine Fäuste und rufe mit spitzer, aber gedämpfter Stimme: »Bombendrohung! Bombendrohung! Keine Panik. Alles im Griff. Ist zufällig eine Schmuckdesignerin im Gebäude?« Ich lache meinen eigenen Scherz an. Er stimmt nur verhalten ein. Alles hat seine Zeit und seinen Ort. Aber ein bisschen grinst er. Ein höflicher Bursche.

Ich angle einen Schlüsselbund aus meinem Mantel und sage: »Ich bin bis auf Weiteres meiner Tätigkeit entbunden!«

Er hebt den Kopf und starrt mich an. »Was?«

»Du hast richtig gehört. Es gibt da ein kleines Problem, in der, na ja, nennen wir es firmeninternen Kommunikation. Ich kann dir jetzt nicht allzu viel darüber berichten. Tut mir echt leid mit deiner verlorenen Datei.«

Völlig verdattert stammelt Ben irgendwas schon wieder Höfliches und irgendwie aufrichtig Mitfühlendes, und ich muss immer wegsehen, wenn mir jemand was Nettes sagt, und starre rüber zu meinem Wagen. Ich bemerke einen Kratzer an der linken Seite, der sich von der Kühlerhaube über beide Türen bis hinten zum Kofferraum zieht. Schön mit dem Schlüssel drüber. Das war in den Neunzigern mal Mode. Aber jetzt?

»Scheiße«, rufe ich entsetzt und folge mit dem Kopf der Linie des Kratzers.

»Ja, schöne Scheiße«, murmelt Ben und meint was anderes. »Kannst du mir nicht erzählen, um was es genau geht?«

»Später, Ben, später. Scheiße, was für eine Sauerei! Wann ist das denn passiert?«

Und er weiß gerade gar nichts mehr. Ich muss ihn noch mal ein bisschen mit einbeziehen, also fasele ich: »Das Blöde ist, ich weiß auch nicht so recht, was ich glauben soll.«

Und Ben meint: »Hä, wie meinst du das?«

Und ich sage: »Schöne Scheiße, da kann ich die ganze Seite neu lackieren lassen!« Ich weise in die Richtung.

Ben macht einen Schritt zu mir, mustert den Kratzerschaden und brummelt: »Na, viel Spaß.« Dann dreht er sich seine weißen Kopfhörer wieder ins Ohr und sagt: »Okay, bis später, habe ARBEIT NACHZUHOLEN, elender Mist.« Er drückt auf einem flunder-flachen Quader auf Play. Er stapft davon.

Ich möchte ihm eigentlich noch sagen, dass das A. L. I.-Projekt womöglich erst mal on hold ist und er sich keine Mühe machen braucht. Aber ich rufe ihm nach: »Bennie, denk immer daran, nur Amöben haben niemals einen schlechten Tag.« Er hört mich nicht mehr.

Ich habe Ben mal gefragt, für welche Summe er Selbstmord begehen würde. Er hat tatsächlich kurz darüber nachgedacht. Würde jeder.

Ich drücke die automatische Türverriegelung. Klack-klack. Den roten Revolver-Penis neben meinem Namensschild an der Wand sehe ich heute hoffentlich zum letzten Mal. Ich werfe eine Tablette ein. Sage mir: Ich komm schon klar. Dann sitze ich nur so da. Wie lange, weiß ich nicht.

Da bin ich wieder. Ich fahre die Fenster runter, als ich aus der Tiefgarage brettere, durch die Serpentinen der drei Stockwerke aufwärts. Ein rotes Warnlämpchen leuchtet am Armaturenbrett auf. Von dessen Existenz wusste ich noch nicht mal. Hat die Form eines Karzinoms.

Meine letzte Amtshandlung heute ist, den Türken an der Garagenausfahrt verabschiedend zu grüßen. Der Typ in seinem Glashäuschen winkt am Tag gut und gerne fünfzehnhundert Autofahrern beim Rein- und Rausfahren zu. Bombastische Leistung. Hübscher Schnurrbart.

Die Luft ist stechend kalt, Schneesturmwolken ballen sich zusammen. Durch die offenen Fenster weht ein beißender Wind. Ich werde die Fenster bis daheim nicht mehr schließen. Und wenn es mir die Hirnhaut vereist. Ich werde die Fenster nicht schließen.

Erst an der fünften Ampel endet meine grüne Welle. Ich stehe da und fuchtele am Radio rum. Das war nun mein Montag. Die Ampel springt auf Grün. Der Pisser vor mir legt erst jetzt den Gang ein. Ich fahre an dem eckigen Turm der Kirche vorbei, deren Namen ich bis heute nicht kenne. Mein Schädel pulst vor Kälte. Das kann man sich nicht vorstellen. Der Wetterbericht auf Bayern 3 wird zelebriert, als wäre Schnee eine Weltneuheit. Dieses Jahr: Premiere. Es folgt Werbung für einen Schokoriegel. Ich hämmere mir den Markennamen ein, in das Hirn unter meiner froststarren Kopfhaut, wiederhole den Produktnamen noch mal und noch mal und merke mir vor, das bloß nie zu kaufen.

Mann, es zieht hier wie nichts Gutes.

13

Der Schurke auf der Leinwand hat den britischen Geheimagenten gerade in der Mangel und spricht eine unmissverständliche Ankündigung aus. Das war's, du bist so gut wie tot, verabschiede dich schon mal, so in etwa. Das Raumschiff droht außer Kontrolle zu geraten, und Menschen purzeln nur so herum. Der achtjährige Junge neben mir lacht lauthals. Aus diesem Grund muss ich auch schmunzeln. Mehr über ihn als über den Film. In dem alten, überheizten Kino ist die Luft trocken und staubig, und mir tränen die Augen. Das ist also mehr eine mechanische als eine emotionale Sache.

Wir sind beinah allein. Hat was. Außer uns sehe ich nur noch vier in den Sitzreihen verstreute Köpfe, die Interesse an der James Bond-Retrospektive dieses alt-ehrwürdigen Kinos haben. Ein Paar und zwei Einzelpersonen. Hier gibt es noch einen roten samtenen Vorhang, der nach der Werbung wieder zu- und wenig später vor dem Hauptfilm erneut aufgezogen wird. Denkfehler. Das stimmt gar nicht, es sind zwei Vorhänge. Einer links, einer rechts. Der rechte blieb kurz im letzten Drittel der Strecke hängen, ruckelte dann aber hinterher. Das Surren der automatisierten Vorhangleiste klang wie ein Wespennest. Eine Tante mit Süßigkeiten-Bauchladen und Häubchen im Haar gibt es glücklicherweise nicht, wäre bei sechs Gästen auch lächerlich. Ich habe eine Jumbo-XXL-Tüte Popcorn mit viel Salz auf meinen Knien abgestellt, und Fynn greift immer wieder rein, ohne seinen Blick von der Handlung zu wenden. Den linken Ärmel seines dicken Pullis hat er zu diesem Zweck bis zum Oberarm hochgezogen.

Bis Weihnachten gibt es hier jede Woche einen anderen Klassiker der 007-Reihe zu sehen. Heute »Moonraker«. Roger Moore ist Fynns Lieblings-Bond. Das spricht für seinen Humor, würde ich sagen. Daniel Craig hält er für einen Neandertaler. Ich frage mich, wo er das aufgeschnappt hat. Sean Connery ist ihm zu streng, George Lazenby, keine Meinung, bei nur einem Film, und Timothy Dalton hatte »schlechte Drehbücher«, sagt er. Das hat er aus dem Kino-Magazin. Na ja, und Pierce Brosnan hält er für eine Schwuchtel. Das hat er von mir.

Die Geräusche eines Schlages, eines kurzen Kampfes, eines schrillen Schreies dringen zu uns.

Wir konnten uns auf keinen aktuellen Film einigen, soll heißen, dem kleinen Herrn war nichts ansprechend genug, und so sitzen wir jetzt in der Dreizehn-Uhr-Vorstellung und werden das ungefähr noch eine Viertelstunde tun. Gestärkt haben wir uns vorhin bei McDonalds. Er liebt den Fraß. Deshalb ist mir aber nicht schlecht. Das war's mir schon vorher. Reflux, Magensäureüberschuss. Liegt an meinen Tabletten. Mein Magen-Darmtrakt ist ruiniert.

Immer wenn Fynn Popcorn nachgreift, sehe ich ihn im Dunkel des Kinos an und denke an Christian. Christian war mein einziger Verbündeter im Waisenhaus des Klosters Krennstal im Schwarzwald. Wir waren gleich alt und teilten dasselbe Schicksal. Wir waren nicht – wie die meisten anderen in der Anstalt – aus erzieherischen Gründen irgendwann im Alter von fünf, zehn oder fünfzehn Jahren abgegeben oder vom Jugendamt aus unserer Familie rausgeholt worden, sondern wurden beide am Tag unserer Geburt ausgesetzt. Das gibt es gar nicht so oft. Nur etwa zwei Prozent aller Waisenkinder sind echte Findelkinder. Ich stand seinerzeit sogar in der Zeitung, im Lokalblatt, das habe ich nachgeforscht. »Wer sind die Eltern dieses Babys?« Der Aufruf blieb ergebnislos.

Fynn greift in den Popcornbottich. Ich flüstere ihm zu, ob er was trinken will, die Flasche steht auf dem leeren Sitz neben mir, er heißt mich mit knapper Gebärde schweigen. Ist gerade spannend. Also halt ich mein Maul, vollkommen richtig.

Seit Fynn zwei ist, sorge ich dafür, dass ihm ein paar zusätzliche Annehmlichkeiten zuteil werden. Damit meine ich nicht nur unsere Treffen zwei- bis viermal im Monat, zu denen wir immer genau das unternehmen, wozu er Lust hat. Ich spende dem Heim regelmäßig saftige Beträge, um unser Standing dort zu verbessern, schleime mir einen ab, damit Fynn hoffentlich einen Sekundärnutzen davon hat und ihn die Erzieher nicht als anhangloses Fallobst betrachten. Aber hauptsächlich sorge ich dafür, dass das Konto, welches ich auf seinen Namen eingerichtet habe, monatlich um fünfhundert Euro wächst. Er weiß nichts davon, und er wird erst mit achtzehn davon erfahren. Vor seiner Volljährigkeit darf er nämlich keinesfalls seinen Biss verlieren.

Genau wie ich soll er in dem Glauben aufwachsen, dass man nur genug erreichen muss, um der Scheiße des eigenen Schicksals zu entkommen und die ewig währende Glückseligkeit zu erlangen. Den Zustand, in dem man nie mehr etwas anderes erstreben will.

Genau wie ich soll er sich der Hoffnung hingeben, dass man nur hart genug arbeiten muss, um eine bessere Zukunft zu erwirken.

Dass das Leben doch noch einen Sinn verliehen bekommt, dass alles gut wird. Die Energie, die aus dieser Illusion resultiert, muss er nutzen, bevor die Schubumkehr der Ernüchterung einsetzt.

Noch weiß er nicht, dass die Unendlichkeit der Kindheit nur kurz währt. Und dass nichts gut wird.

Um die fünf Popcorn-Flocken purzeln ihm aus der Hand auf die Lehne zwischen uns. Ich wische sie weg, sie fallen zu Boden und machen ein fluffiges Aufprallgeräusch, das nichts weiter ist als Einbildung.

Fynn ist ein helles Kerlchen. Ich werde ihm den Besuch der besten Schulen ermöglichen, die bestmögliche Ausbildung bewerkstelligen. Und die muss er schnell absolvieren. Denn nur wenn er schnell genug läuft, merkt er nicht, dass er irregeführt wird, merkt er nicht, dass seine Hoffnung lediglich eine Phase ist, der er entwachsen wird. Dass er durch nichts, was er tut, seine Defizite und Limitationen überwinden kann.

Genau wie ich soll er versuchen, das Höchste zu erreichen, das es zu erreichen gibt. Bevor er merkt, dass alles nur heiße Luft ist. Sonst hat er *von Anfang an* verloren. Aber in seiner Situation hat er das sowieso schon. Seine und meine Vergangenheit ist ein einziger Scherbenhaufen.

Ich kann also nur versuchen, für seine Zukunft Weichen zu stellen. Für den Rest bin ich nicht zuständig, dafür kann ich nicht zuständig sein.

Im Kino geht versehentlich das Licht an. Wir schauen umher, schon geht es wieder aus. Das Paar vier Reihen vor uns sieht immer noch nach links. Beide lachen. Fynn lacht nur nebenher, er bleibt voll im Film.

Ist es nicht merkwürdig, dass die Stimme, die mich heimsucht, immer nur dann vollends verstummt, wenn wir zusammen sind?

Es ist keine Erleuchtung, aber wahr: Mehr als er mich brauche ich ihn. Vielleicht liegt es daran, dass er mich erkennen lässt, dass ich mein Erwachsensein nur simuliere.

Mein kratzender Hemdkragen unterbricht meine Gedanken. Ich zupfe ihn zurecht, schaue wieder zu Fynn, weil auf der Leinwand ein pyrotechnischer Effekt furchtbar scheppert. Er dreht seinen Kopf zu mir, ich sehe in seine aus Hochkonzentration aufgerissenen, großen dunklen Augen. Er lacht. Ich auch.

Dann sitzen unsere beiden Köpfe wieder mittig auf unseren Hälsen, und Roger Moore scheint die Ruhe wegzuhaben. James Bond hat sich soeben aus einer ausweglosen Situation befreit. Er gegen elf Mann. Das ist ein klarer Nachteil für das knappe Dutzend.

Fynn greift wieder nach, fingert abwesend mit der Hand in dem Karton-Kegel herum und gibt auf. Alles weg. Er lässt sich nicht ablenken, zieht den Arm heraus und erstarrt auf halbem Weg. Großes Finale, Showdown, Bond ist Sieger, küsst die etwas junge Schönheit an seiner Seite, ein süffisanter Spruch, Zoom, Streicher-Einsatz und Abspann.

»Puh«, sage ich. »Nicht schlecht, oder? – Eis?« Dabei sehe ich ihn rein rhetorisch fragend an.

»Eis!«, bestätigt er. Da kann es draußen noch so kalt sein.

Im Moment, bevor wir aufstehen, streiche ich ihm über den Hinterkopf, über sein dichtes schwarzes Haar. Er zuckt die Schultern. Seit er in der zweiten Klasse ist, findet er, dass das für einen Mann wie ihn nicht mehr angebracht ist. Wahrscheinlich hat er recht. Ich lasse es mir trotzdem nicht nehmen. Ich gehe hinter ihm her und schaue auf ihn hinab, als wir durch die enge Sitzreihe, die Unterkörper halb seitwärts gewendet, den Saal verlassen.

Ich: »Für mich einer der besten Bond-Filme.«

»Ja, ganz okay. Vor allem die Spezialeffekte. Wirken gar nicht so veraltet, als wären sie aus der Steinzeit. Handlung auch in Ordnung«, sagt er mit der Experten-Kennerschaft eines frühreifen Zweitklässlers. Fachgespräch.

Dann sage ich: »Boah, dein Hosenarsch hängt dir ja bis zu den Knien, wie sieht das denn aus.« Ich werde berechtigterweise ignoriert, und unter einem grün-weißen Notausgangschild, dessen rechte Hälfte nicht leuchtet, geht's in die Lobby des Kinos.

Neben der Kasse wartet ein ganz junger, noch nicht ausgewachsener, angeleinter Husky auf sein Herrchen oder Frauchen. Sitzt da wie eine Porzellanfigur. Ich denke mir, Huskys sieht man auch nicht mehr so häufig. Sogar Tierrassen unterliegen einem Modetrend. Er ist ein wirklich süßes Kerlchen, ein Auge hellblau, das andere braun. Das Fell, weiß schwarz gescheckt, noch mit einer Spur Welpenflaum durchsetzt. Fynn entdeckt ihn sofort – ich merke, wie erfreut er gleich ist – und geht ganz langsam, leicht nach vorn gebeugt, auf das zutrauliche Tier zu und lässt es an seiner Hand schnuppern, bevor er ihm ganz vorsichtig über den Kopf streicht. Der Hund freut sich wie verrückt, stellt sich auf alle viere und wedelt mit dem Schwanz, und ich beobachte, wie zwei Halbwüchsige miteinander schmusen. Auf dem Brustgeschirr des ziemlich flauschigen Vierbeiners steht »Kampfhund«. Fynn dreht sich zu mir um und zeigt mit dem Finger drauf. Wir schmunzeln beide, nicken gleichzeitig, irgendwie bedächtig. Und beide schauen wir erstaunt auf, als ein großer, schlaksiger Punk (volles Klischee: Lederjacke mit Sicherheitsnadeln, zerrissene Spandex, ein Sex-Pistols-T-Shirt, das aussieht, als wäre es eines der ersten gewesen, die gedruckt worden sind, rote Irokesenbürste) aus der Herrentoilette gestapft kommt, den Hund losleint und Fynn kumpelhaft anlächelt. Ein Grinsen, das mich sofort für ihn einnimmt. Er sagt zu Fynn, in vertraulichem Ton: »Das ist Tsunami! Er ist Österreicher!« Ich muss schmunzeln, Fynn ist etwas überfordert von dieser skurrilen Information und bringt kein Wort heraus. An seinen Hund gerichtet, sagt der Punk: »Na komm, Tsunami, jetzt gehen wir!« Und dann gehen sie.

Fynn und ich schauen ihnen nach. Immer wenn ich versiffte Punks sehe, diese Nonkonformisten, die alle gleich aussehen, denke ich mir, wie kriegen die das auf die Reihe, durchs Leben zu kommen. Chaos und Leck-mich-Attitüde hin oder her, eines Minimums an Administration bedarf es in jedermanns Dasein. Rechnungen zahlen, Krankenversicherung, Girokonto. Die haben doch keine Aktenordner daheim, für ihre Dokumente und den ganzen Schriftverkehr. Oder doch?

Der Punk und sein Hund streifen vor dem Ausgang ein erzkonservativ wirkendes Ehepaar fortgeschrittenen Alters in grauen Anoraks (E-Menschlein), die gerade aus einem anderen Kinosaal kommen. Und durch den Kontrast dieser beiden Zweierteams verändert sich die Soziologie im Raum dahingehend, dass beide Parteien die Ausstrahlung des jeweils anderen ins Unendliche verstärken. Es ist paradox, wenn man überlegt, dass die Spießer die Grundlage für das revolutionäre Gehabe des Punks bilden und somit der Punk der Erste wäre, der von seiner angestrebten Deinstalltion der Spießer eben genau *nicht* profitieren würde.

Tante und Onkel Reihenhäuschen raunzen: »Passen Sie doch auf!«, als sie beinahe mit dem Hund kollidieren, worauf sie es förmlich angelegt haben, sehen dem völlig cool bleibenden Anarcho hinterher und machen ein befremdetes Wie-krank-muss-man-sein-um-so-auszusehen-Gesicht. Da hätte ich was anzubieten: Warum fragen sich diese Durchschnittsmenschen das nicht mal zur Abwechslung beim – zum Beispiel – Anblick einer Frau in Ordensschwesternkutte? Wie krank muss man denn sein, um sich frömmelnd, lebenslänglich irgendwelchen Hirngespinsten des Übersinnlichen hinzugeben? Wie krank muss man sein, sich eine Soutane umzuhängen und in irgendeines Gottes Namen irgendeinen willkürlichen, transzendental-sakralen Scheißdreck daherzulabern, und das auch noch für unumstößlich zu verkaufen? An Idioten, die einen religiösen Führer brauchen, der ihnen sagt, wo's langgeht. Wie krank muss man sein? Fragen sich diese dahergelaufenen, bürgerlichen Kreaturen so was jemals? So wie ich, jede Nacht?

Punk oder Pater? Ich weiß, was ich bevorzuge. Bei Gott.

Zur Hölle mit Gott.

Durchatmen. Geht schon wieder.

Fynn und ich ziehen unsere Schals und Mützen aus unseren Jackentaschen, und ich bemerke, wie Tante und Onkel sich ebenfalls zum Rausgehen ankleiden und dabei jetzt uns genau in Augenschein nehmen. Als wären wir beide eine Attraktion. Ein Rätsel. Ein Kuriosum. Sie verlassen das Kino vor uns.

Nachdem wir uns warm eingepackt haben und während ich Fynn die sensationell schwere Glastür aufhalte und wir in die Kälte treten, die uns sofort wie Wasser umschließt, sagt er ziemlich ernst: »Weißt du, wer Tiere wirklich mag, der lässt sie in Ruhe und hält sich keines.« Ich sehe ihn an und nicke. Er starrt beim Gehen auf den Boden und wirkt verärgert und vernünftig zugleich. Zu diesem Thema hat er eine ganz klare Meinung. Und ein ausgeprägtes Sendungsbewusstsein.

Dann flüstert er, wie zu sich selbst, »Tsunami«, schüttelt den Kopf und stößt einen lautlosen, traurigen Lacher aus. Immer wenn er so etwas Profundes vom Stapel lässt, bin ich ein paar Sekunden wie vor den Kopf gestoßen. Seine seltsam kluge, dezidierte Haltung gegenüber dem Thema Tier und Mensch lassen mich ihn fast noch lieber haben. Er ist beinahe ein kleiner militanter Animal Rights Freak. Aber woher hat er das? Soweit mir bekannt ist, war es keine Bezugsperson aus dem Heim oder dem schulischen Umfeld, die sein Interesse für Tiere und seine mitfühlende Anteilnahme geweckt hat. Nicht, dass ich wüsste. Ich gehe davon aus, dass sich manche individuellen Eigenschaften aus dem eigenen Charakter heraus entwickeln, von den äußeren Umständen völlig unabhängig, unbeeinflussbar und vor allem unabwendbar. So bin ich ständig dabei, Fynn, wie ich es auch bei mir selbst tue, auf diese grundlegenden Wesenszüge hin zu analysieren. Wenn man seine eigenen Ursprünge, seine Eltern, seine Herkunft nicht kennt, befindet man sich in einem chronischen Dilemma. Es bleibt einem nur der Blick nach innen, als Versuch zu ermitteln, aus wessen Gestalt sich das eigene Ich zusammensetzen könnte. Eine interne Spurensuche.

Was ist angeboren, was ist anerzogen? Urfrage.

Wir laufen durch das Schmuddelwetter. Obwohl es heute nicht kälter ist als gestern, fühlt es sich deutlich kälter an. Beißend. Verstehe einer, weshalb die theoretisch exakt gleiche Außentemperatur sich mal mild, ein andermal rau anfühlt.

Wir überholen die blöde Tante und den blöden Onkel von vorhin, und ich merke, wie sie uns erneut unverhohlen mustern. Das sind wir gewöhnt. Weil man sehen kann, dass wir nicht Vater und Sohn sind. Ich bin nämlich kein Schwarzer. Und Fynn ist so dunkel, der geht nicht für einen Rassenmix durch.

14

Wir stapfen schweigend weiter durch den feuchten Matsch zum Auto. Dauert ein paar Minuten, wir haben vorhin einfach keinen Parkplatz gefunden, sogar das Parkhaus war voll. Jetzt stehen wir eben am Arsch der Welt.

Fynn ist heute von Anfang an besorgniserregend einsilbig. Und mysteriös ernst. Ich lege ihm im Gehen die Hand auf die Schulter, nur kurz, so als Zwischenmeldung, nehme sie wieder weg und knote meinen Schal zurecht. Ich schalte nebenbei mein Handy ein und bekomme den Eingang neunzehn neuer Nachrichten angezeigt. Neunzehn? In drei Stunden? Während ich meine Mailbox anwähle, gehe ich über eine rote Fußgängerampel, und Fynn ruft: »Nicht! Ist rot!« Schon mitten auf der Fahrbahn schaue ich links und rechts, das Handy bereits am Ohr, dann drehe ich mich ihm zu und rufe: »Oh, stimmt, du hast recht. Na komm schon!« Ich mache mit dem anderen Arm eine einholende Bewegung. Er bleibt eisern stehen. Während wir uns wartend ansehen, ich auf der einen, er auf der anderen Straßenseite, höre ich, dass mir Esther fünf Nachrichten hinterlassen und Ben mir x-mal draufgesprochen hat. Und noch ein paar andere aus dem Büro. Auch meine Sekretärin. Alle sagen was von »mich vorwarnen«.

Nervosität steigt auf. Ignorieren. Mich auf Fynn konzentrieren.

Auch im Auto spricht er kein Wort. Ich muntere ihn halbherzig auf, kann mich nur schwer konzentrieren. Meine Versuche machen auf ihn nicht den geringsten Eindruck.

»Nimm und besorg du alles«, flüstere ich laut und drücke Fynn meinen Geldbeutel in die Hand, als wir gerade das Café betreten und mein Handy klingelt. Der dicke Filzvorhang mit speckiger Lederleiste, den italienische Lokale so gern hinter der Tür hängen haben, rutscht gerade wie Gelee von meiner linken Schulter, als ich abhebe und sage: »Robert, hallo, schön, von Ihnen zu hören. Haben Sie meinen Bericht erhalten?«

Gerade noch bemerke ich die zwei Stufen, auf denen ich tiefer in den Raum vordringe, als er lospoltert: »Sind Sie vollkommen verrückt geworden? Sagen Sie, möchten Sie mich veräppeln?«, dringt es aus dem Hörer. Ich halte ihn etwas weg vom Ohr. Zu laut. Dann antworte ich: »Was meinen Sie denn? Wovon …?«

»Hören Sie, Conrad, ich weiß nicht, was Sie da für eine Nummer abziehen, aber wenn Sie sich selbst lebendig begraben wollen, dann bitte sehr. Ich lasse mich jedenfalls nicht von Ihnen vorführen. Was ist das? Was?«

Ich höre, wie er mit der Rückseite seiner Hand auf ein Blatt Papier schlägt. Mein Bericht, schätze ich. Ich sehe zu Fynn, der sich gerade beim Zahlen ganz gut schlägt. Vorsichtig greift er nach dem Tablett und kommt auf mich zu. Er will immer in diese Selbstbedienungsläden gehen, er sagt, das mache ihm Spaß. Also gehen wir in Selbstbedienungsläden. Ich grinse aufmunternd, nehme meine Hand aus der Tasche und klopfe ihm auf die Schulter. Übernehme einhändig das Tablett und navigiere uns zu einem Tisch. Dabei flüstere ich in mein Handy: »Hören Sie, Robert, wenn Sie mir sagen, was Sie so erzürnt, lässt sich das doch bestimmt aufklären.«

»Ich soll Ihnen sagen, was mich erzürnt? Sagen Sie, schön langsam glaube ich … das ist doch wohl der Gipfel. Ist das denn die … wissen Sie was?«

Ich schweige, natürlich weiß ich nicht was. Obwohl am Telefon, nicke ich wie ein treuer, aber verstörter Mitarbeiter und suche gleichzeitig nach der versteckten Botschaft in Robert Lutz' Worten. Er legt auf.

Ich sehe auf mein Handy, prüfe, ob er wirklich aufgelegt hat, ja, das Basis-Display erscheint. »Oh, Funkloch.« Ich greife nach meinem Bananenshake. Eine vom Schock ausgelöste Überkonzentration vermittelt mir kurzfristig den Eindruck, schärfer zu sehen, lauter zu hören. Ich lächle Fynn zu, versuche krampfhaft, nicht an das Telefonat zu denken, sondern mich nur ihm zu widmen. Ich murmele: »Na, alles glatt gelaufen an der Kasse?«, und ziehe am Strohhalm. Er nickt.

Ein paar Momente hängen wir beide unseren Gedanken nach.

Sonst sprudelt er nur so vor Sachen, die er mir erzählen will. Ich lege mich darauf fest, ihn kommenzulassen, und erwidere einen seiner Blicke mit einem Blick zur Decke. Er folgt meinen Augen, sieht mich dann fragend an, wieso, und ich strecke ihm kurz die Spitze der Zungenspitze raus: reingefallen. Bemüht albern. Vielleicht um mir selbst wieder etwas vertrauter zu werden. Und dann schauen wir noch ein bisschen rum, und seine Hände formen ein Rechteck auf dem Tisch. Meine Daumen und Zeigefinger massieren sich gegenseitig. Und das ist völlig okay. Angenehm gemeinsam schweigen konnte ich auch immer mit Christian.

Hinter der Theke entgleitet einer Angestellten ein Stahltablett, und es kracht laut scheppernd auf den Boden. Metallisch laut und für einen Augenblick buchstäblich ohrenbetäubend. Erheiterung im ganzen Café. Vereinzelt sogar Lacher, sogar mit der Hand vor dem Mund kichern. Was ist das denn? Ich schaue umher. Das gibt's doch nicht. Die Leute sind mal wieder aufgelegt, sich zu amüsieren. Vom Anlass unabhängig. Es kracht, und sie lachen. Aus purer Lust auf dummes Gackern. Immer bereit, etwas Unerwartetes zu einem amüsanten Ereignis in ihrem leeren Leben zu stilisieren. Selbstmanipulation. Ich beobachte das etwas, lache freudlos durch die Nase. Belustigung aus Nichtbeteiligtheit. Ich verstehe das nicht.

Wie um meinen Mund zu zügeln, beiße ich mir auf die Lippe, um Fynn mit meiner hasserfüllten Verwunderung nicht zu belasten.

Wir machen weiter mit dem Verzehr der süßen Pampe. Fynn sagt endlich was und bringt das Kunststück fertig, von der »Moonraker«-Nachbesprechung zu irgendeinem aktuellen Videospiel überzuleiten, von dem ich sicher bin, er möchte es von mir zu Weihnachten geschenkt bekommen. Ich merke mir den Namen, der nach Blut und Gewalt klingt, und als er auf die Toilette geht, sage ich: »Lass dir Zeit und erstatte genauestens Bericht.« Er lächelt, mit einem dekorativen Zug von Souveränität-haha-den-Spruch-kenn-ich-schon-von-dir im Gesicht, und ich greife in meine linke Jackett-Innentasche, entfalte beinahe ängstlich die Kopie der Stellungnahme, die ich Lutz gestern geschrieben habe. Vielleicht finde ich darin den Stein des Anstoßes, den Grund für seine Irrsinns-Wut.

Das gibt's doch alles gar nicht.

Ich ruckle mit meinem Hintern und beginne zu lesen.

15

München, den 24/10/2011

FUCK PISS SHIT FUCK PISS SHIT FUCK PISS SHIT
FUCK PISS SHIT FUCK PISS SHIT FUCK PISS SHIT
FUCK PISS SHIT FUCK PISS SHIT FUCK PISS SHIT
FUCK PISS SHIT FUCK PISS SHIT FUCK PISS SHIT

FUCK PISS SHIT FUCK PISS SHIT FUCK PISS SHIT
FUCK PISS SHIT FUCK PISS SHIT FUCK PISS SHIT
FUCK PISS SHIT FUCK PISS SHIT FUCK PISS SHIT
FUCK PISS SHIT FUCK PISS SHIT FUCK PISS SHIT
FUCK PISS SHIT FUCK PISS SHIT FUCK PISS SHIT
FUCK PISS SHIT FUCK PISS SHIT FUCK PISS SHIT
FUCK PISS SHIT FUCK PISS SHIT FUCK PISS SHIT
FUCK PISS SHIT FUCK PISS SHIT FUCK PISS SHIT
FUCK PISS SHIT FUCK PISS SHIT FUCK PISS SHIT
FUCK PISS SHIT FUCK PISS SHIT FUCK PISS SHIT
FUCK PISS SHIT FUCK PISS SHIT FUCK PISS SHIT
FUCK PISS SHIT FUCK PISS SHIT FUCK PISS SHIT
FUCK PISS SHIT FUCK PISS SHIT FUCK PISS SHIT
FUCK PISS SHIT FUCK PISS SHIT FUCK PISS SHIT
FUCK PISS SHIT FUCK PISS SHIT FUCK PISS SHIT
FUCK PISS SHIT FUCK PISS SHIT FUCK PISS SHIT
FUCK PISS SHIT FUCK PISS SHIT FUCK PISS SHIT
FUCK PISS SHIT FUCK PISS SHIT
FUCK PISS SHIT FUCK PISS SHIT FUCK PISS SHIT
FUCK PISS SHIT FUCK PISS SHIT FUCK PISS SHIT
FUCK PISS SHIT FUCK PISS SHIT FUCK PISS SHIT
FUCK PISS SHIT FUCK PISS SHIT FUCK PISS SHIT
FUCK PISS SHIT
FUCK PISS SHIT FUCK PISS SHIT FUCK PISS SHIT
FUCK PISS SHIT FUCK PISS SHIT FUCK PISS SHIT
FUCK PISS SHIT FUCK PISS SHIT FUCK PISS SHIT
FUCK PISS SHIT FUCK PISS SHIT FUCK PISS SHIT
FUCK PISS SHIT FUCK PISS SHIT FUCK PISS SHIT
FUCK PISS SHIT FUCK PISS SHIT FUCK PISS SHIT
FUCK PISS SHIT FUCK PISS SHIT FUCK PISS SHIT
FUCK PISS SHIT FUCK PISS SHIT FUCK PISS SHIT
FUCK PISS SHIT FUCK PISS SHIT FUCK PISS SHIT
FUCK PISS SHIT FUCK PISS SHIT FUCK PISS SHIT

FUCK PISS SHIT FUCK PISS SHIT FUCK PISS SHIT
FUCK PISS SHIT FUCK PISS SHIT FUCK PISS SHIT
FUCK PISS SHIT FUCK PISS SHIT FUCK PISS SHIT

Mit kollegialen Grüßen,
Dr. Conrad Peng

Ich schaue entsetzt auf, dann ratlos auf irgendeinen Punkt in der Mitte der Luft. Überfliege noch mal die an meiner linken Hand klebende Seite, beginne mit dem Mund die gelesenen Worte zu formen, meine Augenbrauen zittern, sehe zur Herrentoilettentür. Wieder auf den Brief. Balle eine Faust, die Faust verschwindet, als ich meine Hand aufmache.

Mein Gesicht verzerrt sich in wachsender Bestürzung. Es ist einer jener Augenblicke, in denen die Wahrheit im wahrsten Sinne des Wortes schrecklich ist. So sehr, dass einem der Verstand stillsteht und alles um einen herum mit einem Mal seine Selbstverständlichkeit verliert. Kurzatmig starre ich noch mal und noch mal und immer wieder auf diese Zeilen – FUCK PISS SHIT –, dann erneut ins Leere, während ich mit weit aufgerissenen Augen den Brief zusammenfalte und vorsichtig zurück in die Innentasche stecke.

Was hat das zu bedeuten?

16

»Dreh lauter, bitte, Connie«, ruft mir Fynn aufgekratzt vom Beifahrersitz zu. Ich höre ihn kaum, so laut ist der Sound aus den Boxen.

»Okay, du wolltest es ja nicht anders«, schreie ich und setze ein teuflisches Grinsen auf. Und dann puste ich uns die Trommelfelle durch. Volume-Regler auf ein Uhr.

»Sing mit«, schreit Fynn, und ich schreie zurück: »Du weißt

doch, wenn ich einen Ton treffe, ist der tot«, aber er versteht mich nicht. Wäre auch kein Brüller geworden. Ich bewege meine Lippen und tue so, als würde ich lauthals mitgrölen.

Ein kleiner Ruck, und der Wagen stabilisiert sich wieder, als wir durch eine tiefe Matschpfütze donnern. Fynn schaut instinktiv raus, ob wir mit dem Spritzwasser jemanden getroffen haben. Das ist eine unserer leichtesten Übungen. War aber gerade keiner da.

Ohne der Musik seine Aufmerksamkeit entzogen zu haben, lehnt er sich wieder in den Sitz und wippt mit dem Kopf.

Was da läuft, ist sein momentaner Lieblingssong aus diesem megaerfolgreichen Disney-Pop-Musical für Kids, und ich glaube, er ist verknallt in die Hauptdarstellerin. Sie ist rund zwölf Jahre älter als er. Schon mal nicht schlecht.

Als ich vor dem Haupteingang seines Zuhauses zum Stehen komme, weiß ich endgültig, wie ich mir die vagen Andeutungen und die seltsamen Schweigephasen, die den ganzen Nachmittag geprägt haben, erklären kann. Wie jedes Mal weint Fynn ein bisschen. Aber heute etwas verzweifelter als sonst.

In solchen Momenten mache ich mir erst wieder bewusst, dass er ja noch ein kleiner Junge ist. Ich tendiere dazu, das manchmal zu vergessen, wenn er so altklug daherredet und in vielen Situationen ungewöhnlich reif und abgeklärt reagiert.

Seine Augen sind verschleiert, als er sich den Handrücken über die Nasenwurzel zieht. Ich weine nicht, weil er sonst den Eindruck hätte, das wäre normal.

Wohl der sechste Sinn lässt Herrn Weber zur Tür herauskommen. Er wollte sowieso mit mir sprechen, möchte er mir wohl sagen – so deute ich zumindest seinen grüßenden Wink.

Während Fynn seine Tasche aus dem Kofferraum holt und ich das Verdeck langsam schließe, kommt der Heimleiter auf mich zu und fängt unverfänglich zu reden an. Der rückwärtsgehende Fynn winkt mir halbherzig, macht eine müde Drehung und verschwindet im dunklen Korridor, ohne dass wir uns noch mal umarmt hätten. Zurück in den Knast.

Seine Körperhaltung, der gebeugte Kopf, der schlurfende Gang, diese absichtsvolle Langsamkeit verbergen Angst.

Und plötzlich sehe ich wieder mein altes Zehnbettzimmer vor mir. Das kalte Licht und die zweistöckigen Betten. Die Spinde aus weißem Blech und die ganzen Testosteron-geladenen halbstarken Jungs, die mit elf schon Haare an den Eiern hatten und die jedem, der aussah, als könne er fehlerfrei bis drei zählen, immer nur auf die Fresse hauen wollten, und unter denen man immer nur zwei Dinge war: in Gefahr und – allein.

Ich bete, dass der Viertklässler, den Fynn heute dreimal, immer nur ganz kurz und ganz nebenbei erwähnt hat, ihm nur den Kopf in die Kloschüssel gehalten und ihm nicht irgendwas in den Arsch oder Mund geschoben hat. Ich bete zu dem scheiß Gott, an den ich sowieso nicht glaube. Aber vielleicht bete ich auch zu dem Gott, an den Fynn glaubt.

Dann höre ich wieder dem adretten Anstaltsleiter Herrn Weber zu. Ich übertrage meine Aufmerksamkeit von Fynns Rücken auf das Gesicht von diesem kranken Stück Abfall. Ich meine, wer wird denn Heimvorsteher für kleine Jungs oder Gefängniswärter oder Priester, wenn nicht gestörte Sadisten, Soziopaten und abartige Folterknechte?

Tyrannen, Faschisten, Despoten? Versteckt hinter altruistischen Idealen, selbstloser Verantwortung, passgenauer Barmherzigkeit?

Solche Mutmaßungen kommen einem beinah naiv vor. Weil sie zu naheliegend anmuten, zu simplifizierend. Aber ich weiß, dass das Naheliegende der Wahrheit immer am nächsten kommt. Das Offensichtliche ist meist das Wahrscheinlichste. Der Leihopa kann unmöglich ein Kinderschänder sein? Es wäre zu offensichtlich? Der Wärter im Leichenschauhaus kann kein Nekrophiler sein? Zu sehr Klischee? Nein. Ein perverser Irrglaube. Nichts ist grundlos. Nichts, was man sagt oder tut, ist Zufall. Das ist nicht vereinfachend. Das ist wahr.

Und ich gestatte mir die Wahrheit. Aber das kann man nur, wenn man nichts mehr zu verlieren hat.

»Wir veranstalten in drei Wochen den ersten Abend für alle Angehörigen und Paten unserer zweiten Jahrgangsstufe. Elternabend sozusagen.« Herr Weber lächelt mild. »Es wäre sehr schön, wenn Sie auch vorbeikommen könnten. Fynns Klassenlehrerin hält einen kleinen Vortrag über die Lernziele und den Fortschritt der Schüler, und im Anschluss wird dann auf Fragen eingegangen, und es können individuelle Belange besprochen werden. Kaffee und Kuchen gibt es übrigens natürlich auch. Also, wenn Sie kommen würden, Herr Dr. Peng, würden wir uns sehr freuen.« Während er das sagt, sehe ich ihn an, zupfe an einem Fingernagel und nicke langsam. Meine Augen prüfen, beurteilen, durchleuchten ihn und versuchen zu verbergen, dass sie ihn prüfen, beurteilen und durchleuchten.

Vielleicht ist er ja doch nicht so schlimm, wie Pater Cornelius es war, vielleicht werden die Menschen mit der Zeit tatsächlich immer besser, liberaler, einfühlsamer. Vielleicht gilt das auch für Kinder, für Fynns Mitinsassen. Aber ehrlich gesagt habe ich da meine Zweifel.

»Dürfen wir mit Ihnen rechnen?«

»Selbstverständlich komme ich, sehr gerne. Schön, dass Sie eine solche Veranstaltung organisieren.« Ich meine es ehrlich.

Ich bin zu diesem Dauerlächler mit den warmen Augen immer so besonders nett und freundlich, weil ich so sehr hoffe, dass er dann auch besonders nett und freundlich zu Fynn ist. Ich stecke ihm, nur mäßig vertuschend, die obligatorischen hundert Euro für die Kaffeekasse zu. Die Kaffeekasse seiner Frau oder die seines Freundes oder seines Schäferhundes. Das habe ich mittlerweile so oft getan, dass ich dazu begleitend gar nichts mehr sage. So was wie »für die Belegschaft« oder »mit tausend Dank, Fynn gefällt es hier so gut! Danke«. Ich verabschiede mich – besonders nett und freundlich.

Höflichkeit hat viel mit Unterordnung zu tun. Fynn ist längst verschwunden. »Tschüss, Herr Weber.« Tür leise zuziehen. Ich fahre ganz langsam an, um nicht wie ein Angeber rüberzukommen. Ich meine, was verdient so ein Angestellter im Monat? Mein Wagen kostet wahrscheinlich mehr als vier seiner Jahresgehälter. Mein Anzug mehr als sein Monatsgehalt. Also setze ich ein noch untertänigeres Schleimgesicht auf, um zu kompensieren, was zu kompensieren ist.

Er winkt, ich winke, wir winken, ich winke, er winkt.

Erst einen Kilometer weiter kann ich meine Selbstverleugnung zugunsten eines klaren Gedankens eintauschen.

Fuck Piss Shit? Ist das der klare Gedanke von gestern?

Wirklich? Fuck Piss Shit?

Habe ich das geschrieben?

Nein.

Oder doch? Ich weiß nicht.

An diesem Brief gemessen, war Lutz am Telefon gerade eben ja direkt freundlicher, als er hätte sein müssen.

Die Innenraumleuchte geht an, als ich, daheim angekommen, die Wagentür öffne und aussteigen will. Ich sehe zum Beifahrersitz. Das kann tausend Gründe haben. Aber ich denke an Fynn, an seinen gramgebeugten Rücken mit der Tasche über der Schulter, wie er im Dunkel des Schulkorridors verschwindet.

Der Sitz ist leer. Aber sein Schatten ist noch da.

17

Kurz darauf. Neunzehn Uhr fünfundfünfzig. Fünf vor acht. Ich habe den Schlüssel schon gezückt und trete vor dem Haus mit meinem schwarzen Schuh in einen vom Schneepflug aufgetürmten Streifen aus Wassermatsch. Erschreckt ziehe ich ihn raus und begutachte die Vertiefung, die mein Abdruck hinterlassen hat. Sie zerläuft an den Rändern und füllt sich mit Wasser.

Fünf nach acht.

Ich nuckle an ihrer linken Titte, diesem schlaffen Hautlappen. Montags, dienstags und donnerstags ist Ilse eingeteilt, um meine Wohnung in Schuss zu halten. Ich musste sie heute bitten, etwas länger zu bleiben, weil ich mich wegen meiner Verabredung mit Fynn etwas verspätete. Sie sitzt auf der Couch, schaut »Tagesschau«, das weise ich ihr so an, und mein Hinterkopf liegt in ihrem Schoss. Ich sauge und lecke an ihrer Zitze, Stillposition.

Mit einer Hand halte ich sie fest und rücke mir die Brust immer wieder so hin, wie ich es gerade brauche, und mein anderer Arm hängt nutzlos in den Raum hinein. Wenn diese Szene einigermaßen geschmackvoll wirken soll, müsste der Fotograf jenes Detail auslassen.

Auf einmal sieht sie zu mir runter und bemerkt meinen verklärten Blick in ihr Gesicht. Ihre Augen bewegen sich zwischen den Lidern hin und her, sie scheint ständig von meinem linken auf mein rechtes Auge und wieder zurück zu wechseln. Schlieriger Blick. Grauer Star? Ich weiß nicht.

Ich fange an zu schluchzen, und ich ahne schon – also kurz gesagt: Ich kann in letzter Zeit einfach nicht mehr aufhören zu weinen. Ihr Gesicht drückt Mitleid aus, ein unendliches Verständnis. Ich setze mich auf, wende ihr meinen Rücken zu und ziehe eine angewiderte Grimasse.

»Und nun, das Wetter von morgen«, sagt das Fernsehen. Die Welt ist voll von Wetterfetischisten.

Ilse erhebt sich aus der Couch, nickt in Richtung Tür, und ich folge ihr ins Schlafzimmer. Hat sie's heute eilig? Was soll das?

Das Bett ist frisch bezogen. Ich sage, sie soll stillhalten. Sie bläst sich eine kurze Haarsträhne aus dem Gesicht. Wie kann das funktionieren, wenn der Pony hoch über den Augenbrauen endet?

Ich berühre ihre Hängeschultern, fahre zu ihren Hängebrüsten, die Haut fühlt sich feucht an, ich kann nicht besonders gut drüber gleiten. Ihr Körper verströmt heiße Luft. Ihre Tränensäcke, ihre leeren Lippen, ihr langer Hals, ihre gelben, pergamentösen Hände, ihr dichter Busch, meine Augen kriechen über ihre Figur, über sie. All das macht es mir unerträglich, hier zu sein und nicht hier zu sein. Vor Traurigkeit und Hass und Abscheu wird mir ganz zärtlich zumute.

Ohne jemals zu zaudern oder neu zu beginnen, bewegen sich meine Finger Zentimeter für Zentimeter abtastend und untersuchend in und um und unter und über ihre Anatomie.

Wenn es nur schon vorbei wäre.

Ich kann nicht warten anzufangen.

Menschen versuchen verzweifelt, jeden Augenblick der Gegenwart festzuhalten. Ich wünsche einzig und allein, dass die Gegenwart vergeht. So schnell wie möglich.

Ich streife mir die Anzughose zusammen mit der Unterhose verkehrt herum ab, beide Teile hängen ineinander. Blind für alles außer für sie, sage ich, mit gesenktem Kopf, tu dies und tu das. Noch nie habe ich so mit ihr Sex gehabt wie jetzt. Aber es ist jedes Mal anders. Ich schließe die Augen, gegen die Tränen.

Draußen wird der Schneeregen noch heftiger. Die Wolken machen die Nacht so dunkel, dass ich den Eindruck habe, die Dunkelheit krieche bis in den Raum. Über die Fliesen, die

Bettpfosten entlang, über meinen Rücken, über meinen Kopf, bis sie mich vollends umschließt.

Ich kann nicht kommen. Über eine Stunde penetriere ich sie in derselben Stellung. Ich kann einfach nicht kommen. Es scheint mir kein erstrebenswertes Ziel. Ich komme nicht. Ich hacke regelrecht auf sie ein. Bevor ich schließlich doch komme, sage ich Dinge zu ihr, die ich sonst nie sagen würde, ich sage es, weil, sobald das hier vorüber ist, keines meiner Worte mehr wahr sein wird.

Man verschone mich, ich möge mich verschonen, mit irgendeiner Bestandsaufnahme, mit irgendeiner schnöden, schonungslosen Analyse meines Lebens und dessen Konsequenzen. Warum das hier? Alte Weiber ficken? Ich bin intelligent genug, erfahren genug, gebildet genug, reflektiert genug, um mir all das zu erklären und gleichzeitig das Gegenteil zu beweisen. Ich bin clever genug, zu bestätigen und zu verleugnen, Fakten zu verifizieren und anschließend wegzudiskutieren.

Mir krampft sich das Arschloch zusammen. Ich *bin* gekommen.

Erleichterung ist das komplett falsche Wort.

Ich bin chancenlos gegen mich selbst. Jede Diskussion mit meinem Ebenbild kann ich nur verlieren.

Ich nehme Haltung an.

Ilse B. klemmt eine Decke unter ihr Kinn, faltet sie dreimal, räumt auf.

18

Der nächste Tag ist ein Mittwoch.

Der Eisregen fühlt sich an wie mit Salzsäure versetzt. Tropfen spitz wie Nadeln peitschen auf meine Gesichtshaut. Sie sind so kalt, dass ich die einzelnen Einschläge auf der Wange als eine einzige Schneeglasur wahrnehme. Mein Haar hängt mir nass ins Gesicht, und das Wasser rinnt mein Kinn herunter. Ich laufe auf das Restaurant zu, und meine Schuhe klatschen und schmatzen bei jedem Schritt. Der rechte Schuh war heute Morgen schon nass, noch nass von gestern. Das habe ich jedoch erst bemerkt, als es schon zu spät zum Wechseln war. Da hatte ich ihn nämlich schon an.

Ich schlittere über eine spiegelglatte, ehemalige Pfütze und werde von nicht-vereistem Boden gebremst.

Eine Handkante gegen die Scheibe des Chinesen gedrückt, lege ich mein Gesicht auf den Daumen, meine Nasenspitze berührt das Glas. Mit zusammengekniffenen Augen schaue ich ins Innere und sehe Esther an einem Tisch sitzen. Eine große Frau, brünett, etwas ausdrucksloses Äußeres. Esther eben. Ich sehe auf die Zeiger meiner Armbanduhr. 12 Uhr 72. Also zwölf nach eins. Sie ist pünktlich. Ich nicht.

Der runde Rücken eines rotlackierten Plastikdrachens auf der Fensterbank unter mir zeichnet sich hinter der Scheibe ab, als ich meinen Blick auf Nahsicht einstelle. Ich wende mich ab, gehe zum Eingang, dabei dauernd nach einer sicheren Trittmöglichkeit ausschauend.

Trotz des Regens spüre ich einen Pickel auf meiner rechten Schläfe wachsen. Heikle Stelle, dünne Haut, heikle Stelle, nicht hinfassen. Das wird ein rotes Eiterhauben-Monster. Kommt über Nacht, geht aber nicht wieder über Nacht. Wenn er reif ist, werde ich ihn nicht ausdrücken. Ich werde keinen Druck aus dem ockerfarbenen Entzündungsherd entweichen lassen. Die zähe Masse nicht mit 900 bar gegen den Badezimmerspiegel knallen lassen. Wenn er so weit ist – ich werde ihn einfach nicht ausdrücken.

Ich weiche ein paar C-Menschen aus, die über den Bürgersteig durch den Schnee stapfen, und greife nach der Klinke.

Überlege mir: In meinem Kopf sieht's heute anders aus. Und stapfe halbherzig auf dem Fußabstreifer herum. Als ich die Tür des Lokals öffne, den Herren im Wandspiegel grüße und mit meinen nassen Schuhen einen Heidenlärm verursache, hinterlasse ich eine Wasserspur auf dem dunklen Holzboden.

»Du bist ja patschnass«, sagt Esther entsetzt und steht auf. »Du wirst dich erkälten.«

»Keine Gefahr«, sage ich. »Hab ich schon.«

Nicht zur Bekräftigung, nicht aus Boshaftigkeit, rein aus einem Reiz heraus, huste ich ihr in drei Stößen ins Gesicht.

Sie verbirgt ihren erschrockenen Ekel wie eine echte Dame.

Ein dezentes, dunkles Kostüm allererster Güte ziert ihren feingliedrigen Körper.

So wie ich bin, in durchweichtem Mantel, klammem Hemd, mit immer noch tropfenden Haaren, unrasiert und langsam zu dampfen beginnend, setze ich mich ihr gegenüber. Zwei unterschiedlich große Porzellan-Buddhas grinsen verdächtig aufdringlich von der Wandleiste, an die der Tisch grenzt.

Blanker Wahnsinn.

»Dann wollen wir mal sehen, was die hier so haben …«, sage ich und nehme die Karte. Esther mustert mich, als sei ich geisteskrank. Ich blättere vor und zurück und fasse mir dabei nicht ins Haar, als drei erbsengroße Wasserkugeln von meiner Stirn auf der Seite mit dem Mittagsmenü landen. Die Preise müssen Druckfehler sein. Alles einstellige Beträge. Das kann ja nichts taugen.

Ich schaue unter Tagesgerichte. Mickrig. Ich werde à la carte bestellen. Entscheidungsfreudig, jedoch mehrere Optionen wahrend, merke ich mir als Vorspeise entweder Tom Yam Gung oder Tom Yam Gai oder Wan-Tan mit Krupuk vor. Als Hauptspeise stelle ich mir Koloyu, Gung Po oder aber Sukiyaki mit ordentlich Ateca Dressing zur Disposition. Dazu einen Salat, hier entweder Yam Pla Müg oder Yam Te Le, jedoch klingt die Zusammensetzung mit einer Portion Yam Nüa Namtog auch ganz lecker. Sonst keine Beilagen. Ich werde spontan entscheiden, wenn der Kellner kommt.

Ein Gericht heißt Yum Gu *Peng*. Aber mein Nachname hat nichts mit asiatischer Abstammung oder chinesischer Herkunft zu tun. Dieses Gericht, Nummer 231, nehme ich deshalb auch nicht.

Fertig, ich klappe die Karte zu, also ich wäre so weit. Ich lege sie auf die Tischkante, und sie kippt über den Rand. Als ich sie aufgehoben habe, entfleddere und wieder auf den Tisch lege, steht der Kellner schon da, und ich erschrecke kurz, denn ich bin heute tatsächlich etwas durcheinander. Esther aber auch, so scheint mir, sie mustert mich die ganze Zeit mit unsicheren Augen. Ich niese feucht in meine Hand.

Der Ober fragt radebrechend, ob wir schon gewählt hätten, und ich zeige galant auf die Frau mir gegenüber, die Ben immer Trostpflaster nennt, die er aber sonst sympathisch findet. Dann dreht sich der Ober zu mir und fragt, ob ich denn auch schon wüsste. Ich greife nach der Karte, schlage sie auf, ich habe keine Ahnung, was ich nehmen soll. Diese Namen. Das kann sich doch kein Mensch merken.

Esther starrt mich an, als ich mit dem Zeigefinger durch die Liste der Gerichte fahre und der Ober an seinem dunkelroten Kuli kaut. Ein rechter Zappelphilipp. (Asiaten kategorisiere ich nicht. Alle gleich.)

Ich sehe kurz zu Esther auf und stelle fest, wie sich an ihrer Schläfe eine Ader auf und ab bewegt, weil sie ihren Kiefer so fest zusammenpresst. Ich lächle, lese weiter, lege die Karte offen auf den Tisch und reibe mit beiden Händen über meine Oberschenkel, die sich durch den Stoff der patschnassen Hose abzeichnen. Ein Beinkleid dieser Qualität nimmt auch bei einem solchen Wasserschaden keinen Schaden.

Ich beuge mich zu Esther und zeige mit meinen Augen verstohlen auf den chinesischen Kellner, flüstere: »Eine Pizza Capricciosa bitte«, und zwinkere lachend. Dann lehne ich mich wieder zurück.

Der Ober steht steif da. Findet das nicht witzig. Kein Humor, der Wichser. Oder er hat's nicht kapiert. Je länger er dasteht, eine desto schlechtere Figur macht er. Dann sage ich: »Ich nehme das da«, und deute mit beiden Zeigefingern drauf. »Und das da.«

Dann sage ich: »Und!« Ich zeige vielsagend auf eine Zeile und schwenke meine Augen von den Buchstaben hin zu seinen Augen. Er nickt irgendwie seitlich und räumt beide Speisekarten weg. Ich rufe ihm ein »Danke« nach und sehe ihm hinterher.

»Conrad, ich mache mir ernsthaft Sorgen um dich. Was ist denn los mit dir?« Esther klingt besorgt.

Ich drehe mich wieder ihr zu und halte meine Handinnenfläche über die Kerze, die nicht-sichthindernd zwischen uns steht.

»Mit mir, was soll mit mir sein?«, sage ich abwesend und werde den Pickel nicht anfassen, obwohl er pocht und den Eindruck macht, mit jedem Herzschlag zu wachsen.

Die Kerzenflamme flackert, der Docht sondert eine schmale Rußfahne ab. Ich sehe in Esthers ehrliches Gesicht. Ein Gesicht, dem man trauen kann.

»Au«, rufe ich erschrocken und ziehe meinen Arm ein. Schaue meine Handfläche an. Heiß. Dann niese ich feucht in meine andere Hand.

Und fange auch noch an zu husten.

Als ich mich wieder fange, bemerke ich, wie die Leute vom Tisch schräg gegenüber herschauen und so tun, als würden sie nicht herschauen. Fünf Anzugarschlöcher, so wie ich, zwei davon mit Einstecktuch. Was mag der Grund sein, frage ich mich. Kennen wir uns vielleicht? Ich ignoriere sie.

Es ist nicht alles völlig in Ordnung mit mir. Einiges ist sogar in ziemlicher Unordnung. Ich sehe wieder zu Esther. Nicke.

Eine kleine, ungewohnte Distanz ist mit einem Mal zwischen uns.

Vor uns steht Ingwertee in orangeroten Tassen, ungefragt mit Aushändigung der Speisenkarte serviert. Ich greife danach. Er riecht nach alten Socken.

»Und, was gibt's Neues? Gut siehst du aus«, sage ich mitten im Schluck und setze den Tee ungeschickt ab, so dass etwas von dem Inhalt auf das Tischtuch schwappt.

Jemandem zu sagen, dass er gut aussieht, ist eigentlich ziemlich anmaßend. Ich hoffe, dass sich die Qualität der Unterhaltung noch verbessert. Das Wasser auf meinem Körper kühlt immer mehr ab, als Esther mir mitteilt, welch helle Aufregung im Büro herrscht.

Ich stelle mein Messer auf seine Spitze und lege die Mitte meiner Handfläche, die noch von der Kerze angesengt ist, auf das hochragende Ende. Dem Arm einer Marionette gleich, kreise ich mit der aufgespannten Hand, als würde ich das auf dem Kopf stehende Besteck balancieren. Diese Position halte ich, bis mir das Messer nach unten wegrutscht. Mein Kopf verdreht sich, als ich dabei zusehe.

Esther erzählt mir: »Lutz hat Ben und mich gestern Abend noch zu sich ins Büro zitiert. Er hat uns in die *Angelegenheit* mit Air Linus eingeweiht.«

Ich nehme zur Kenntnis, dass sie das Wort Angelegenheit besonders betont. Jetzt bin ich also schon eine *Angelegenheit*!

Sie druckst herum, schiebt ihre Tasse an sich heran.

»Hast du den Vorstand der Fluggesellschaft wirklich beleidigt, Connie? Und unser Leistungsangebot schlecht geredet? Das kann ich einfach nicht glauben. Ich meine, du sollst ziemlich …« Sie sucht nach dem Wort, mir zittern plötzlich die Beine, aber ich glaube nicht, dass sie es bemerkt. »Du sollst ziemlich, äh, ruppig geworden sein. Und …« Als ich anfange zu lachen – ruppig!, ruppig?, gütiger Himmel, wovon reden die alle?, was wird hier eigentlich gespielt? –, unterbricht sie sich, und ich stoppe abrupt mein blödes Gelächter. Es ist, als wäre ich plötzlich wieder nüchtern, obwohl ich gar nichts getrunken hatte.

Ich stoße mir das Knie an dem eisernen Mittelfuß des Tisches.

Schmerz – Knie. Fehlkonstruktion – Tisch. Reiben – Knie. Aber ich habe alles unter Kontrolle.

»Stimmt das, was Lutz uns erzählt hat? Hast du jemanden von denen körperlich bedroht? Ist das wahr?«, fragt sie, als sei eine einfache Antwort auf unerklärliche Weise ihrer Aufmerksamkeit entgangen. Mir fällt auf, dass es mir ähnlich geht. Entweder jemand kompromittiert mich gezielt (eine *maue* Verschwörungstheorie!), oder – oder was? Meiner Erinnerung nach war mein Verhalten tadellos, professionell, charmant. So wie immer eben.

Oder aber, ich habe irgend so was wie … Aussetzer. Die Vorwürfe klingen danach, als hätte ich Aussetzer. Und zwar nicht nur in Hinsicht auf mein Erinnerungsvermögen (das ist mir schon klar), sondern auch in der Art meines Verhaltens. Aber das kann nicht sein. Das darf nicht sein.

»Ähm, Lutz sagte mir, er würde die *Angelegenheit* noch geheim halten und sich erst mit Wendelen besprechen. Also, ich bin jetzt ein wenig irritiert, dass du davon weißt, Esther«, rede ich etwas geschwollen betont herum. In dem Moment fällt mir ein, dass mir diese Zusicherung gegeben wurde, *bevor* ich Robert Lutz den absurden FuckPissShit-Bericht geschickt habe. Und daran, diesen Bericht geschrieben zu haben, kann ich mich ja auch nicht erinnern. Das ist Jekyll & Hyde in Reinkultur.

Auflösungserscheinungen.

Esther sagt, sie wisse auch schon von dem Brief. Lutz habe vorerst nur sie und Ben ins Vertrauen gezogen, weil sie beide die mir nahestehendsten Personen im Büro sind. Sonst niemanden.

Na, Gott sei Dank.

»Lutz ist total betroffen. Er lässt es sich nicht anmerken, aber er ist wirklich schockiert. Er sucht nach Lösungen. Ihm liegt wirklich viel an dir, habe ich das Gefühl. Nach wie vor. Aber das weißt du ja. Ben sagt auch … Ben findet auch, dass er …« Sie bricht ab, und ich erkenne, wie sie sich über mein erneut auflodemdes künstliches Lachen wundert. Ich wünschte ebenfalls, ich könnte es komischer finden, was sie mir da erzählt. Ich wünschte, mein Lachen könnte mich von hier forttragen. Weit fort, bis von der Scheußlichkeit der sich anbahnenden Erkenntnis nichts weiter übrigbleibt als ein einziger großer Irrtum. Leise höre ich sie sagen: »Conrad, wir können uns das nicht erklären. Stimmt das alles? Bitte, sag was.«

Fragen, Fragen, nichts als Fragen. Ich werfe ihr noch einen überbrückenden Woher-soll-ich-das-denn-wissen-Blick zu, bevor mir schwindlig wird. Flackern. Und mir wird mit deprimierender Klarheit bewusst: Mein Stern ist im Sinken begriffen. Als hätte ich es immer geahnt. An den großen Tisch, zu den großen Jungs gehöre ich nicht. Jetzt nicht und nie.

Ich höre: »Kann es denn sein … könnte es denn sein, dass … dass du – ich habe mir das so überlegt, ich denke viel … ich habe viel darüber nachgedacht. Könnte es denn sein, dass du in letzter Zeit einfach … einfach nur manchmal nicht ganz du selbst bist?« Esther, behutsam. Es scheint sie ernsthaft zu beschäftigen. Es ist sonst nicht ihre Art, das Offensichtliche auszusprechen. Es direkt anzusprechen. Ich fahre mir übers Gesicht. Warte. Auf einmal, wie nach einer künstlich selbstauferlegten Verzögerung, platzt die Bombe. Sie hat recht. Kein Zweifel. Ich musste es nur von jemand anderem hören. Ich bin ein Schizo. Plemplem. Das Wort Schizophrenie kracht mir durch den Kopf wie ein Dumdumgeschoss. Ich bin ein verdammter Irrer. Ich scheine die Kontrolle zu verlieren.

Die Erkenntnis breitet sich aus, und ich wünschte, ich könnte es verhindern. Es ist nicht so, dass ich erst jetzt darauf komme, dass ich es nicht geahnt hätte. Aber bis man sich durchringt, etwas konkret in Betracht zu ziehen, dauert es bei jedem eine Weile. Man hat das Gefühl, vollendete Tatsachen zu schaffen, wenn man erst mal anfängt, über eine niederschmetternde Erfahrung nachzudenken – und ihr einen Namen zu geben.

Mich überläuft ein Schauer.

Mit der Gewissheit lässt sich manchmal schlechter leben als mit dem Verdacht. Herrschaftszeiten, reiß dich zusammen!

Vielleicht ist »Schizophrenie« auch der falsche Terminus. Es gibt sicherlich Abstufungen, verschiedene Formen. Oder ein ganz anderes Wort für diese Art von Wahrnehmungsausfällen.

Ganz weit entfernt höre ich: »Air Linus haben einen Rückzieher gemacht und planen, den Auftrag anderweitig zu vergeben. Deshalb sind wir …«

Ein schizophrener Kampfhund. Ich. Es muss eine plausible Erklärung geben. Die gibt es doch immer. Eine einfache Erklärung.

Vor meinen Augen taucht ein Flimmern auf. Es kann nicht mehr lange dauern, bis es sich herumsprechen wird, was mit mir los ist. Sosehr Robert Lutz auch um diskrete Abwicklung bemüht sein muss und nur einen kleinen Kreis einweihen wird. »Irgendwas sickert immer durch«, flüstere ich mir tonlos zu und rolle schnell mit den Augen, schaue in jede beliebige Richtung, breche sofort ab, als ich mir dessen bewusst werde, halte sie sofort wieder still, fixiere Esther eindringlich und schüttle betroffen den Kopf, damit sie nur bloß nicht meint, ich hätte wegen ihr mit den Augen gerollt. Ich höre ihr nicht zu, sehe nur ihre sich bewegenden Lippen.

Wie lange habe ich noch, bevor die Geheimhaltung leckt? Ich muss retten, was zu retten ist. Ich fühle mich schuldig. Einer undefinierbaren Instanz gegenüber. Ich weiß wirklich nicht welcher. Immer nur Schuld.

»Wenn ich deine Schuld nicht sühnen würde, wäre das etwa nicht auch eine Sünde?«, hat Pater Cornelius mich immer gefragt, nachdem er mich für eine Verfehlung mit Prügeln bestraft hatte. Und ich sah die Äderchen auf seiner Nase, und sein breiiges, schiefes Grinsen erinnerte mich an eine wächserne Satansmaske. Manchmal höre ich ihn noch fragen: »Gefällt dir das, was ich da tue?« Das kann man nicht wiedergutmachen.

Meine Pupillen springen auf und ab. Ich sauge tief Luft ein und fülle meine Lungen. Hilflosigkeit und Irritation durchströmen mich mit solcher Heftigkeit, dass ich mich zur Ablenkung wieder auf Esther zu konzentrieren versuche. Sie spricht von Kollateralschaden, von Lutz' Sorge um das Ansehen der Firma, sie zitiert ihn, fragt, ob mir der Ernst der Angelegenheit klar ist, fragt schon wieder wieder wieder, warum ich denn nichts sage, und den Rest verpasse ich oder kann ihn nicht einordnen.

Ich lasse ihr Zeit. Der Eisregen prasselt vernehmbar gegen die Scheiben. Ich lege meine Hand auf ihre. Das ist unserem Verhältnis überhaupt nicht angemessen, aber ich weiß, dass sie mich gern hat. Und vielleicht täte es mir gerade ganz gut, es so wie alle anderen zu machen. Mich auf eine Frau einlassen, die man schätzt und liebt und so.

Eine Frau, die zu lieben man sich bis an sein Lebensende vortäuschen kann. Und die ungefähr genau so viele Mondphasen erlebt hat wie man selbst. Oder gar ein paar weniger. Ich lächle Esther ins Gesicht.

Ich glaube, sie gehört zu den Menschen, die lieber geben als nehmen. Und aus unseren zahllosen Gesprächen weiß ich, dass wir uns in so vielen Kleinigkeiten und Lebensfragen wundersam einig sind. Sie zieht ihre Hand nicht zurück. Wenn nur der plötzlich aufgetretene Anteil von Mitleid aus ihrem Blick verschwinden würde.

Die Selbstmordrate von Verheirateten ist deutlich niedriger als die von Alleinstehenden, Verwitweten oder Geschiedenen.

Ehe, Partnerschaft, Liebe. Das eben. Das ist die gesündere Lebenseinstellung. Ist das wirklich die höchste Stufe des Glücks? Ich schweife ab.

Starre ich einfach zu angestrengt immer auf das nächste Ziel und übersehe dabei ganz, was am Wegesrand auf mich wartet?

Regelmäßig frühstücken, regelmäßig Sport treiben, Obst, Oper, Kosenamen. Ich besitze nicht mal einen Regenschirm. Und schon wieder abgeschweift.

Aus irgendeinem Grund spüre ich das Bedürfnis, Esther zu fragen, ob sie auch diesen ewigen Eindruck hat, sich selbst in der Welt zu beobachten und fehl am Platz zu sein. Ob sie sich auch fragt, ob die Anderen sich wohl genauso fühlen – und warum die Anderen eine klarere Vorstellung von dem zu haben scheinen, was sie tun, und sich nicht so viele Gedanken machen.

Aber ich frage nicht. Es klänge lahm.

»Jetzt lass uns erst mal was essen«, sage ich gespielt munter mit meiner Conrad-Sorglos-Stimme und pieke fröstelnd mit der Gabel in den mittlerweile servierten Salat. Gruppiere Gurken und Tomaten um. Ihre blau-grünen Augen stehen weit offen über ihrem im selben Zustand befindlichen Mund. (Wenn ich kaue, spüre ich meinen Pickel.) Ausgelöst durch meinen Themenwechsel ist Esther wie versteinert. Aber ich kann nicht anders. Ich muss das Gespräch von mir weglenken. Das muss ich selbst klären. Jetzt heißt es, auf Zeit spielen, das Essen durchziehen. Nichts anmerken lassen.

Ich lege die Gabel beiseite, niese unterdrückt und mit vorgehaltener Hand, ziehe die Holzstäbchen aus der Papierhülle, die neben dem normalen Besteck liegen, breche sie auseinander und klemme sie zwischen die Finger.

»Wie geht's *dir* denn so?«, frage ich und fühle mich kein bisschen ruhiger. Ich runzele die Stirn. Die Stimme, die immer zu mir spricht, Christians Stimme, brabbelt schon den ganzen Tag vor sich hin. Völlig konfus. So kenne ich das nicht. Ich verstehe kein Wort, es ist nur ein Kauderwelsch, das die ganze Zeit wie ein Störgeräusch durch meine Sinne rauscht.

Esthers Antwort steht noch aus, wenn ich das richtig sehe.

Doppelschläge links der Stirn. Hände weg von dem Pickel.

Ich sage »Hmm?«, um sie noch mal an meine Frage zu erinnern. Sie scheint nicht recht zu wissen, wie sie darauf reagieren soll. In Betracht ziehend, dass mein Themenwechsel zu abrupt war, lasse ich verlautbaren: »Morgen bin ich übrigens bei Joel und hole mir seine juristische Meinung ein. Mal sehen, was er zu sagen hat.«

Esther nickt und wartet darauf, dass ich das ausführe. Tue ich aber nicht. Ich kleckere etwas von dem Dressing auf die Tischdecke. Sie sagt: »Du hast da etwas an der Backe«, und zeigt auf meine linke Wange. »Nein, weiter links. Ja. Jetzt ist's weg.«

Ich tupfe mir den Mund mit meiner Serviette ab, die ich davor aber noch kurz vor die Nase halte. Ich rieche daran. Riecht nach nichts. Mehrere braune Flecken auf weißem Stoff umzingeln meinen Teller. Esthers Tischhälfte ist makellos sauber. Ich schaue zu ihr. Sie sieht mir in die Augen, als könnte sie mir in die Seele blicken. Unangenehm. Ich fühle mich echt beobachtet. Da. Das kommt davon. Ein Salatblatt, eine kleine Tomate und zwei Sojasprossen fallen von meinen Stäbchen und landen mit erschreckender Zielsicherheit auf meinem Hemd. Ich schaue an mir herunter, greife nach der Serviette.

»Conrad, bitte geh zu einem Arzt, du musst was unternehmen, ich mache mir solche Sorgen … Du machst mir Angst«, sagt Esther, während ich mir schon die nächste Ladung Salat einverleibe.

Ich mampfe und balle meine Faust vor dem Mund, schlucke, lache und räuspere mich zugleich, entferne meine Hand vom Mund und sage, immer noch kauend: »Ach was, das ist nur eine kleine Erkältung, nichts Ernstes. Das wird schon wieder.«

19

Ich stolpere aus dem Restaurant, verabschiede mich von Esther, laufe zum Auto, die Straße entlang. Es regnet nach wie vor. Ein Bus dröhnt vorbei. Ein Audi spritzt mich beinahe mit Wasser voll. Auch schon egal. Beim Wagen angekommen, drücke ich versehentlich die falsche Wippe auf dem Infrarotschlüssel, und die Klappe des Kofferraums geht auf. Meine darin liegende Aktentasche wird vom Regen vollgesprenkelt. Tropfen perlen ab, rinnen auf die Matte. Kofferraumklappe wieder zuschlagen. Ich schließe die Fahrertür, sitze da und lausche der Stille des Wageninneren. Endlich allein.

Jekyll & Hyde also!

Sieht ganz danach aus.

Keiner von uns sagt ein Wort. Ich nicht und ich nicht. Und das ist genauso, wie es klingt. Paranoid.

Kalter Schweiß steht auf meiner Stirn, meine Ohrläppchen fangen an zu glühen. Ich fühle mich entsetzlich. Im Durcheinander meiner Gedanken dringt so vieles auf mich ein, und diese entsetzliche Leere durchmisst meinen Kopf, zieht ihn zusammen, dehnt ihn wieder aus, zieht und dehnt, zieht und dehnt. Langsam kapiere ich, wie der Hase läuft. Langsam.

Eben auf so eigenartige Weise langsam, immer nur Schritt für Schritt, kann ich meine Lage begreifen. Es ist wie ein böser Traum.

Mein dauerndes Hadern mit mir selbst – natürlich bin ich ein vielschichtiger Charakter, aber das ist der Großteil. Es gelang mir bislang hervorragend, alles im Inneren zu halten. Wenn ich das Bedürfnis hatte, etwas Dampf abzulassen, mir etwas Erleichterung zu verschaffen, dann nur in Gedanken, nur in meinen Fantasien. Doch etwas hat sich geändert. Irgendwo auf der zurückgelegten Strecke hörte ich auf zu funktionieren. Daran ist nicht zu rütteln.

Ich kann mich nicht mehr auf mich verlassen.

Noch immer in Parkposition stehend, angespannt bis in jede Faser, warte ich auf die Rückkehr irgendeiner Form von Ruhe. Ich weiß, das wird nichts bringen.

Aus einem Karton im Fußraum des Rücksitzes fische ich eine Dose Red Bull. Ich öffne sie mit weit von mir gestreckten Armen. Das gummibärig schmeckende Gesöff schwemmt meine heute dritte Insidon die Kehle hinunter.

Obwohl ich die Strecke im Schlaf fahren könnte, tippe ich meine eigene Adresse in den Navi. »Destination«, »Home«, »OK«. Beschäftigungsmaßnahme zum Zeitgewinn. Ich strecke mir im Rückspiegel die Zunge raus. Dicker, weißlicher Belag, punktuell rosa durchsetzt von der noppenartigen Zungenhaut. Ich schließe meinen Mund wieder und sehe mich durchdringend an. Lasse meine Welt zusammenschrumpfen auf das schmale Rechteck des Rückspiegels, in das nur meine Augenpartie und die Nasenwurzel passen. Fehlt noch das Fadenkreuz in meinen Pupillen. Im rechten Hintergrund dieses Bildausschnitts taucht das Abblendlicht eines Autos auf, reflektiert in der Heckscheibe und verschwindet wieder. Nach einer kompletten Denkpause, die schon etwas lang zu werden drohte, starte ich den Wagen. Der inzwischen regelrecht herabstürzende Regen nimmt mir fast die Sicht. Bin so eng eingeparkt worden, dass die Abstandssensoren beim Vor- und Zurückzuckeln ein wahres Schreikonzert aus kurzen und langen, hohen und tiefen Signaltönen abliefern. Nach etwa einem halben Kilometer muss ich an einer Ampel halten, die in all den Jahren, die ich diese Strecke schon fahre, nicht ein einziges Mal grün war. Und mache für einen Augenblick beinahe die Ampel für all mein Elend verantwortlich. Vielleicht, weil man in schwachen Momenten falsche Schuldzuweisungen für seine Bedrückung macht.

Ich weiß genau, wer mich zu dem gemacht hat, was ich bin, wem ich die Schuld an meiner Misere geben kann. Ich neige nicht zu revisionistischer Geschichtsschreibung.

Traumatische Ereignisse im Rückblick einordnen und als eine Art Schule begreifen zu wollen, sie als Hilfe für den eigenen Reifungsprozess umzudeuten und schönzureden, als wären sie zum Erreichen der Jetztzeit unerlässlich gewesen – das ist nichts für mich.

»Aber es hat mir nicht geschadet.«

»Im Rückblick möchte ich diese Erfahrung nicht missen.«

»Das hat mich zu der Person gemacht, die ich jetzt bin.«

Wenn ich das schon höre. Diese kompromisslose Unlogik ist von solch naiver Heftigkeit, dass sie ans Unbegreifliche grenzt. Die fahle Kapitulation um eines trügerischen Friedens willen. Was schlimm war, wird immer schlimm bleiben! Es hat nicht den Horizont erweitert. Es hat ihn verringert.

Aber Menschen pflegen einen seltsamen Umgang mit Ereignissen, von denen sie entschieden haben, dass sie ihrem Lebensweg einen Rahmen geben sollen. Ihr seltsames, nicht zu Ende gedachtes Glück-Pech-Universum. Was ist was?

Jemand überlebt einen schweren Unfall weitgehend unverletzt. Gerade noch so davongekommen. Ist das Glück? Viele würden sagen: ja. Dumme Leute behaupten so was. Aber hält man es auch für Glück, dass diese Person überhaupt in einen Unfall verwickelt wurde?

Hat jemand Glück, wenn er bei einem Unfall nur *ein* Bein verliert und nicht beide? Wenn er nur querschnittgelähmt ist und nicht tot? Wo fange ich an, die beiden Glück-Pech-Parameter zeitlich anzusetzen? Im Moment des Aufpralls? Zum Zeitpunkt des Besteigens des Autos? Zum Zeitpunkt der Planung der Autofahrt? Oder zum Zeitpunkt der Geburt? Zeugung? Urknall?

Otto Normalverbraucher versucht sich vorzulügen, hinter seinem Pech stecke ein übergeordneter und langfristig als Gewinn deklarierbarer Grund. Scheiß drauf. Sich selbst so was als Bereicherung zu verkaufen ist etwas, zu dem ich nicht imstande bin. Ich weiß genau, was schlecht lief, und es ist unveränderlich schlecht. Und die Ampel kann nichts dafür. Sie springt auf Grün.

Sich aussöhnen mit damals, vergeben, vergessen, verzeihen.

Niemals. Niemals. Unmöglich.

Ich werde nichts verzeihen.

Niemals. Niemandem.

Auch wenn ich jetzt daran endgültig zu zerbrechen drohe.

Verrückt werde.

Vielleicht war diese Eskalation von Anfang an absehbar. Unausweichlich, wie ich mir inzwischen sicher bin. Es ist, als wäre ich unfähig, den mir vorgeschriebenen Pfad zu verlassen und das Schwarze in mir zu bezwingen.

Ich werde niemandem vergeben.

Weil ich nicht zu verzeihen im Stande bin. Denn wenn ich es tue, kann ich nicht mehr mit mir selbst leben.

Weil ich es bin, für den es keine Vergebung gibt.

Ich fahre vorbei am Gebäude des Gebrauchtwagenhändlers, an dessen Hauswand, auf Höhe des ersten Stockwerks, die vordere Hälfte eines echten Autos aus der Mauer ragt. Die aufgemalten Ziegelsteine und wegspritzenden Betonsplitter inklusive. Als würde der Wagen in voller Fahrt von innen die Wand durchbrechen und herausschießen. Eher ein Landdisco-Motiv.

Heute schaue ich mir diese Geschmacksverirrung fast schon übergenau an, als ließe sich irgendeine Hoffnung daran knüpfen.

Ich komme mir vor, als wäre ich mir Leidgenosse und Kontrahent in einem. Ich weiß, auf mich wartet ein einziges großes Versteckspiel. Die Verdunklung des Umstands, dass ich nicht mehr funktionsfähig bin. Aber vielleicht war ich das auch noch nie.

»Sie haben ihr Ziel erreicht«, sagt Frau Navigator fünfzehn Minuten später. Ein Drittel sinnlich, ein Drittel bestimmt, ein Drittel abgehackt. Für mich klingt ihre Stimme nach einer attraktiven Person. Aber nichts täuscht so sehr wie Stimmklang.

Den Rest des Tages verbringe ich völlig erschlagen vor dem Fernseher. Mich hat's grippal schwer erwischt. Nicht nachlassender Schüttelfrost. Ich habe mir sogar selbst einen Tee gekocht. Bis ich so was mache, muss schon einiges passieren. Auf meinem Schoß und neben mir auf der Couch, ein Meer von gebrauchten Tempotaschentüchern. Telefon aus.

Ich hänge in den Polstern wie ein nasser Sack. Das hochfrequente Piepen, das der Fernseher von sich gibt, nervt mich, sogar wenn der Ton läuft. Die Fernbedienung in meiner schlaffen, ausgestreckten Hand, zappe ich so lange hin und her, bis ich nicht mehr damit aufhören kann.

Bei einer Schiffskatastrophe kamen fünfzig Menschen ums Leben. »Darunter auch zehn Kinder und dreizehn Frauen.« Der streng gescheitelte Sprecher betont das wohl gesondert, weil Kinder und Frauen mehr wert sind als die anderen, vermute ich. Nächstes Thema. Die Mutter eines gestern entführten und getöteten Siebenjährigen tut das einzig Logische: Sie gibt ein Fernsehinterview. Wohl weil der Aufwand von Gefühlen sich erst dann richtig lohnt, wenn andere es wahrnehmen – und weil die rituelle Inszenierung von Trauerarbeit erst durch Öffentlichkeit ihre wahre Bedeutung erlangt. Ohne Zuschauer ist letztlich alles vergeudet, was man tut. Dann hat noch jemand, von dem man das nie vermutet hätte, seine Familie abgemurkst. Und diese Meldung wird abgelöst von einer euphorisch dargebrachten Wettervorhersage. Zum Ausrasten. Man hat das Gefühl, die Hälfte der arbeitenden Bevölkerung besteht aus Meteorologen, und die andere Hälfte hängt gespannt an ihren Lippen. Der blöde Quasselheini sagt, das Wetter bleibe schlecht. Aber er will damit sagen, es bleibt kalt. Da besteht ein Unterschied. Nach der Schlussmoderation und dem »Wir melden uns wieder um 1 Uhr 30 mit den Spätnachrichten, bis dahin, guten Abend« schaltet die Regie nicht gleich auf Abspann, und man fühlt sich fast bei der Komplettverrohung ertappt, als es weder dem gleichmütig in die Kamera lächelnden Sprecher noch mir null peinlich ist, dass er eben noch zwanzig Sekunden wie bestellt und nicht abgeholt schweigend in die Linse starren muss, bis es endlich mit dem Programm weitergeht. Das nur geringfügig spannender ist. Ich schalte auf zwei, acht, neun, bleibe kaum wo länger als ein paar Sekunden hängen. Ein Regionalsender bringt sogar Stadtteilwetter. Dann läuft irgendwas mit Kochen und irgendwas mit Liebe. Und ein Talk mit Promis, die bereits in zu vielen solcher Shows ihr Leben durchgenudelt haben. In einem amerikanischen Beziehungsthriller erwische ich die Szene, in der ein Mann seine Ehefrau in flagranti mit einem Anderen im eigenen Schlafzimmer erwischt. Und der Hornochse schickt sich an, den splitternackten Lover zu verprügeln. Dabei müsste er doch seine Frau verdreschen. Ich meine, die hat ihm doch die Treue geschworen und nicht der Typ, mit dem sie fremdgegangen ist. Ich checke das nicht. Grundsatzproblem. Muss unverzüglich umschalten. Ich ziehe mir noch ein Tempo aus der Packung. Seit der Erfindung von Papiertaschentüchern hat sich die durchschnittliche Dauer von Erkältungen verringert, weil die früher verwendeten Stofftücher länger benutzt wurden und die darin zurückbleibenden Bazillen mehr Chancen auf Neuangriff hatten. Segen der Wegwerfgesellschaft. Ich schnäuze und lande auf Kanal 11. In einem britischen Krimi findet eine Achtzehnjährige heraus, dass sie adoptiert wurde, und kriegt gleich einen Hysterischen. Obwohl ihre Adoptiveltern offensichtlich liebevoll und fürsorglich waren. Daraus soll mal einer schlau werden. Sie kreischt und wütet, macht Ex-Mama und Ex-Papa Vorwürfe, ihr die Wahrheit vorenthalten zu haben. Ein Tobsuchtsanfall. Sie will sie sogar verklagen. Krieg dich wieder ein, Mädel. Lief doch prima für dich. Was interessiert dich, wer deine biologischen Eltern sind? Wäre mir an deiner Stelle total gleichgültig. Wollen wir wetten? Sie macht immer noch eine Szene und möchte auf der Stelle nachforschen und ihre echten Erzeuger unbedingt treffen. Was verspricht sie sich davon? Ich verstehe das nicht. Die Leute wollen kein Happy End. Kann man nicht mit anschauen. Also zappe ich weiter und erwische eine Reportage über einen schwarzen US-Amerikaner in orangenem Overall, der seit siebzehn Jahren in einem kühl gekachelten Zellentrakt auf seine Hinrichtung wartet. Morgen ist es so weit. Ein paar Klugscheißer diskutieren über Pro und Kontra der Exekution an und für sich. Ethik, Moral, Gewissen, Verantwortung. Diese leeren Worthülsen passen zu ihren Gesichtern. Was gibt's da zu diskutieren? Hinrichtung ja/nein. Schon die Frage ist falsch. Es geht doch nicht darum, ob Tod eine sinnvolle und zu rechtfertigende Strafe darstellt. Weil der Tod überhaupt keine Strafe ist. Jemanden in eine Nicht-Existenz zu versetzen – also in denselben Zustand wie *vor* dessen Geburt –, bedeutet bestenfalls, ihn vor einer *echten* Strafe zu verschonen. Ich verstehe die Denkvorgänge normaler Menschen hinten und vorne nicht. Kurz bevor ich ausschalten will, um ins Bett zu gehen, bleibe ich bei einem Bericht über einen Extrembergsteiger hängen, der ohne Seil und Hilfsmittel eine Steilwand erklettert. Die Sonne brennt erbarmungslos auf einen konturenlosen, Hunderte Meter hohen Felsblock. Der Freeclimber hängt in der Wand und arbeitet sich nur mit Geschick und Muskelkraft in hoher Geschwindigkeit nach oben. Geschmeidige, kraftvolle Bewegungen. Unvorstellbare Willensaufwendung. Ein angespannter, sehniger Körper. In der nächsten Einstellung meistert er einen Überhang, hängt nur an seinen beiden Armen in schwindelerregender Höhe. Und dann frage ich mich, wie der da wohl wieder runterkommt. Dort raufklettern, ohne alles – schön und gut. Aber den Abstieg, den sieht man nie. Der Abstieg. Der ist doch eigentlich viel schwerer.

20

Drei Stunden Schlaf. Ich reibe mir die Augen. Ich habe Mühe, wach zu werden. Im Bett hatte ich Mühe, müde zu werden. Trotz doppelter Tablettendosis Vivinox bekam ich heute Nacht meinen Kopf einfach nicht frei. Außerdem kann ich nur schwer Ruhe finden, wenn ich weiß, dass ich am nächsten Morgen zeitig aufstehen muss. Ein lautes Rumoren in meinem Magen erinnert mich an das chinesische Essen gestern. Es verursacht noch immer Sodbrennen, wie es nur Glutamat in Verbindung mit mangelnder Küchenhygiene hervorrufen kann. Mein Befinden: bescheiden. Von meiner Erkältung ganz zu schweigen. Und trotzdem geht es mir in puncto geistiger Klarheit heute deutlich besser. Habe ich das Gefühl.

Durch das Badfenster sehe ich, wie der Regen sich langsam

in Schneeflocken transformiert. Flocken, die schmelzen, bevor sie den Boden berühren. Ich lasse das Wasser laufen, es braucht ein paar Sekunden, bis es warm kommt. Die Außenjalousien schlagen bei jedem Windstoß hörbar gegen die Scheibe. Heftiger Sturm.

Die Tür des Spiegelschränkchens über dem Waschbecken quietscht ein bisschen, als ich sie öffne. Und zwar auf Höhe eines spitzen Drehwinkels von ungefähr 42 Grad zur Frontfläche und dann noch einmal im Bereich des stumpfen Winkels bei 110 Grad.

Ich nehme die Kunststoff-Schiene aus dem Mund, die verhindert, dass sich mein Gebiss zu schnell abschmirgelt. Ich malme im Schlaf, bin ein notorischer Zähneknirscher. Ich spüle den Plastikeinsatz mit Seife unter dem immer noch laufenden Wasser ab. Im Anschluss halte ich mein Gesicht kopfüber unter den Hahn und verpasse mir eine Nasenspülung. Das eine Loch, dann das andere. Nachdem ich mich wieder aufgerichtet habe, pruste und huste ich wie der Teufel. Spucke röhrend ins Handtuch.

Es ist noch etwas Red Bull von gestern im Glas, mit dem ich meine Schlaftabletten runtergespült habe. Ich drücke mir eine Insidon in die Handfläche, werfe sie in den Mund und trinke nach.

Es ist noch nicht ganz hell draußen. Aus dem Augenwinkel sehe ich, wie in der Küche der gegenüberliegenden Wohnung das Licht angeht. Sie scheint heute auch früher dran zu sein.

Die brünette Zwanzigjährige, die allmorgendlich in ihrer kleinen Küche Tee kocht. Sie ist wie immer nackt. Unter ihren Achselhöhlen bis hin zur Hüfte ist ihre Haut erkennbar heller. Ein weißer Streifen als Indiz für Solariumbräune. Sonnenbank ist wieder schwer im Kommen, habe ich das Gefühl.

Ich mache einen Schritt zurück in den Sichtschutz der Tiefe meines Badezimmers, damit sie mich nicht bemerkt. Sie streckt sich, um die Teedose zurück ins oberste Regal zu stellen. Ihr unordentlich zusammengebundener Pferdeschwanz wackelt dabei hin und her. Sie bewegt sich völlig natürlich. So als denke sie gar nicht darüber nach, ob sie jemand beobachten könnte. Würde sie es provozieren, gesehen zu werden, wäre das Ganze weniger attraktiv. Man würde es merken. Sie, bei ihrer Morgenprozedur: Der Herd wird aufgedreht, die Kanne mit Wasser gefüllt und auf das Ceranfeld gestellt. Ich recke den Hals, um die Situation zu überblicken, aber nur noch mechanisch. Der Ausblick nutzt sich schnell ab. Jeden Tag dasselbe. Dieselben Bewegungsabläufe. Dieselben Rituale. Dieselben gebräunten Arschbacken. Voyeurismus befriedigt bei mir nur einen Beobachtungsreflex, keine Geilheit.

Die junge Teetrinkerin von gegenüber verschwindet in den hinteren Räumen ihrer Wohnung. Ich bleibe trotzdem noch etwas stehen, die gewohnten drei Meter vom Fenster entfernt. Versunken, etwa in der Stimmung, in der man ist, wenn man stumpf dem Freizeichen nachhorcht, nachdem jemand bereits aufgelegt hat.

Ihr Tee kocht. Ich sehe, wie die Dampfsäule aus dem Schnabel der Kanne emporsteigt. Sie kommt wieder rein und hebt die Kanne eilig vom Herd. Vielleicht hat es gepfiffen, die Szenerie hat Stummfilmcharakter. Aus dem Nichts dreht sie sich ganz plötzlich zum Fenster und sieht zu mir herüber. Entsetzt und wie vom Blitz getroffen, stehe ich da. Sie starrt mir direkt in die Augen. In der einen Hand hält sie den Wassertopf. Sie trägt jetzt ein Höschen, an der freien Hand einen Armreif, von dem ich nicht weiß, ob sie ihn vorhin auch schon anhatte. Ihr Blick zielt genau auf mich. Ich rühre mich nicht, mein Mund steht einen Spalt offen. Und dieser Mund bewegt sich in seiner Offenheit hilflos und kläglich. Ein klein wenig zu, auf und wieder zu, ohne sich ganz zu schließen.

Sie kann mich unmöglich sehen. Die Spiegelung der Scheibe,

die Dunkelheit des Raums, meine Distanz zum Fenster. Unmöglich.

Ihr Gesichtsausdruck, überrascht?, spöttisch?, vorwurfsvoll?

Ich weiß nicht, wie ich mich verhalten soll. Also lasse ich ein paar Sekunden vergehen. Das ist mir noch nicht passiert. Es fühlt sich an, als sei etwas Unausweichliches endlich eingetroffen. Im Luftraum zwischen uns, zwischen den Häusern, wehen einzelne Schneeflocken. Unsinn, sie sieht mich nicht. Und doch habe ich den Eindruck, wir haben Augenkontakt.

Auf hervorgekehrt beschäftigte Art wende ich mich zum Waschbecken und mache den Wasserhahn auf, sehe weg. Sie hat so unvermittelt herübergeschaut. Zielgenau. Ohne Andeutung, ohne Vorwarnung. Wird sie ab morgen das Rollo runterlassen oder sich was anziehen?

Ich überlege, ob sie noch guckt. Gespielt routiniert greife ich zum Handtuch und drehe meinen Kopf wie beiläufig in ihre Richtung, während ich mir die trockenen Hände abtrockne.

Ihre Küche ist geisterhaft leer. Sie ist verschwunden.

Ich atme aus und hänge das Handtuch auf seine Stange. Vorbei. Dennoch will keine rechte Erleichterung aufkommen. Ich fühle mich irgendwie schuldig.

Ich gehe in die Küche, grüße die Fischlein im Aquarium, obwohl nur ein Zehntel der Belegschaft zu sehen ist, gieße mir ein Glas Orangensaft ein und trinke es stehend aus. *Hemden aus Reinigung holen* trage ich in Ilses Erledigungsliste ein.

Im Swimmingpool im Untergeschoss des Hauses ziehe ich meine siebzehn Bahnen. Achtzehn. Neunzehn. Neben mir irgendjemand aus dem vierten oder sechsten Stock. Irgendein Mann oder eine Frau oder ein Kind. B-Mensch. Kommt mir nicht in die Quere, krault wie ein Profi. Ich bin kein guter Krauler. Mir bleibt nur Brustschwimmen und ab und zu Rücken, aber das halte ich nie lang durch.

Zurück in der Wohnung, das Chlor abduschen. Ich nehme

mir meine von Ilse vorportionierten 300 Gramm ungewürzten Rindertartar aus dem Kühlschrank. Gibt Power, was ich ganz bewusst nutze, da ich von jeher das Gefühl habe, auf lediglich 20 Prozent meiner körpereigenen Energieressourcen Zugriff zu haben. Ich muss mich zu allem zusammenreißen. Anderen scheint alles viel leichter von der Hand zu gehen. Es könnte natürlich sein, dass sich die anderen auch nur den Anstrich müheloser Aktivität geben (so wie ich) und sich (so wie ich) nach außen nichts anmerken lassen. Aber das glaube ich irgendwie nicht.

Ich klopfe gegen die Glasscheibe des Aquariums und winke Elton John verabschiedend zu. Als ich neun Minuten darauf vor die Wohnungstür trete, nehme ich abgestandenen Zwiebelgeruch im Treppenhaus wahr. Stammt noch von gestern. Das Ehepaar über mir kocht regelmäßig mit Zwiebeln. Wer kocht denn heute noch mit Zwiebeln! Zwiebeln. Das ist irgendwie rangniedrig. Unverschämt. Rücksichtslos. Das ganze Haus riecht danach, der Mensch dünstet es aus.

Es ist wirklich schön langsam an der Zeit, wieder umzuziehen. Zwiebeln. Mein Koffer und die Umhängetasche sind tierisch schwer.

Ich gehe vorbei am Concierge – Gruß – hinaus in die Kälte und lasse die Haustür zuknallen. Die massive Klingel- und Briefkastenanlage scheppert laut vernehmlich. Ich stelle den Koffer ab und muss überlegen, wo ich geparkt habe. Wie jeden Morgen. Mit eingezogenen Schultern rücke ich meinen anthrazitfarbenen Anzug und meine englische Designerkrawatte zurecht. Eigentlich verleiht Männern nur die Wahl ihrer Krawatte einen minimalen Ausdruck von Individualität. Zwiebeln! Ich schüttle den Kopf. Ah, jetzt weiß ich, der Wagen steht gleich um die Ecke.

Meine Lippen sind etwas rissig. Es ist ein trostloser Morgen. Der Schneeregen legt eine Pause ein. Aber die Wolken hängen tief und schwer. Bereit, sich jederzeit wieder zu entleeren. Mein Reisegepäck werfe ich auf die Rückbank des Porsche. Erst seit siebenundvierzig Minuten bin ich wach, es fühlt sich an wie eine Ewigkeit. Ich halte vor einer Drogerie, um mir einen Abdeckstift für meinen Pickel zu kaufen. Schnell werde ich vor dem Kosmetikregal fündig. Als ich mich noch nach einem Parfum umsehe und ein paar durchteste, kommt eine Verkäuferin auf mich zu. Eine typische Drogerie-Nebelkrähe. D-Mensch. Zu viel Rouge, zu viel Farbe im Gesicht, zu viel Haarfärbemittel, zu viel Goldapplikationen auf der Jeans unter ihrem offen wehenden weißen Kittel, zu viel Chanel-Geruch, zu viel von allem.

»Kann ich Ihnen helfen?«, fragt sie mit zu viel samtiger Piepsstimme. Jeder, der genauer hinsieht, kann entdecken, dass auch hinter dieser übergutgelaunten Art nichts als Selbstbetrug lauert. Eine große Dosis davon.

Ich habe bereits eine Vorauswahl von zwei extrem teuren Düften getroffen. Bei Parfums nicht sparen, ganz wichtig!

»Ja, das wäre sehr freundlich. Ich kann mich nicht entscheiden, welches würden Sie denn nehmen?«, sage ich in irgendwie besorgtem Ton, als ginge es um Leben und Tod. Ich halte ihr zuerst mein linkes eingesprühtes Handgelenk hin, sie schnuppert daran und nickt ein Zur-Kenntnis-genommen-Nicken. Dann reiche ich ihr das rechte Handgelenk. Sie nickt wissend. »Eindeutig das da!« Sie zeigt auf meine rechte Hand. In der Art, wie sie es sagt, klingt es, als habe sie einfach recht. Ich hebe das zugeordnete Flakon in Form eines Obelisken in die Höhe und sage: »Also das da? Das da ist Ihr Favorit?« Sie nickt. Klare Sache. Super. Das hilft mir bei der Entscheidungsfindung. Ich nicke zurück, sage: »Wunderbar, vielen Dank!« Sie lächelt. Und klar, ich nehme das andere. Nicht auszudenken, wenn man auf so jemanden hören würde. Ich stelle die von ihr empfohlene Packung zurück ins Regal. Sie sieht's. Und klar, sie lächelt nicht mehr. Sie starrt mich wie vor den Kopf gestoßen an. Ich schaue verabschiedend zu ihr rüber, nichts für ungut, und gehe mit dem ermittelten Parfum Richtung Kasse, im sicheren Wissen, die richtige Auswahl getroffen zu haben. Das nennt man Ausschlussverfahren.

Ich stehe in der kurzen Schlange vor der Kasse und knöpfe mir den Mantel zu, als ob das meine Abfertigung beschleunigen würde. Und wie es der Zufall so will, stellt sich das nackte Teemädchen von der Wohnung gegenüber hinter mich. Vollständig angezogen. Ich habe sie wirklich noch nie auf der Straße oder sonst wo getroffen. Heute erstes Mal. Ausgerechnet heute. Das wirkt ominös. Ich erschrecke zunächst unmerklich und lasse meinen Blick nicht zu lange auf ihr haften, um zu eruieren, ob sie mich erkennt. Das sollte möglich sein. Sie schaut mich an, und ihre Mimik legt kein Wiedererkennen an den Tag. Sie hat eines dieser Gesichter, dem grundsätzlich kein Lächeln entkommt. Und auch sonst nicht viel. Das ist gut. Dann geht es mit uns beiden weiter wie bisher.

Ich drehe mich vollständig von ihr weg, als hätte ich gerade etwas enorm Wichtiges erledigt, und stelle den Pickel-Abdeckstift und meinen kleinen Karton von Yves Saint Laurent auf das Laufband. An der Kasse sitzt ein Contergan-Opfer. Eine kleine, verhutzelte Frau, mit chronisch vornübergebeugtem Körper. Ein verkümmerter Unterarm, der direkt aus der Schulter wächst. Auf der anderen Seite ihres Oberkörpers eine Hand, die spastisch nach innen gewinkelt ist. Es tut direkt weh, ihr beim Kassieren zuzusehen, aber sie stellt sich erstaunlich geschickt an. Ist wieselflink. Der Pharma-Skandal dürfte um 1961/62 gewesen sein. Die Geschädigten werden auch schön langsam alt. Schlimme Sache. Ich schätze mal, diese entstellten Kreaturen haben ebenfalls alle einen ziemlichen Hass auf ihre Mütter. Contergan war bloß ein Schlafmittel. Ich meine, die dummen Trullas hätten doch damals das Zeug nicht schlucken müssen. Schlaflosigkeit gehört zu den typischen Schwangerschaftssymptomen, und man muss doch nicht wegen jeder Kleinigkeit was einschmeißen. Gerade wenn ich schwanger bin, nehme ich doch keine Chemie zu mir. Die Leute sind echte Pillenfresser. Wegen jedem Dreck. Und dann kommt so was bei raus. Ich schiebe der Conti-Frau die Packung bis kurz vor den Scanner. Ihr verkrüppeltes Händchen schnellt vor. Einhändiges Eintippen, nicht schlecht. Einhändige Geldannahme. Beim Abzählen des Silbers bewegt sie die Lippen, als wiederhole sie immer und immer wieder ein merkwürdiges Mantra. Einhändige Geldrückgabe. Einhändige Ausgabe einer Tüte. Einhändiges Greifen nach der Ware des nächsten Kunden. Nicht schlecht. Wirklich.

Ich hätt's dann. Wiedersehen. Gruß an die Mutter. Nein, Schlafmittel während der Schwangerschaft genommen zu haben, könnte ich ihr auch nicht verzeihen.

Und hey, Teemädchen, bin jetzt zwei Wochen weg, da sehen wir uns nicht. Also, du mich ja sowieso nicht.

21

Und eine halbe Stunde später bin ich auf dem Parkplatz vor Joel Wagners Büro. Joel ist ein ehemaliger Studienkollege. Er betreut alle meine Vertragsangelegenheiten. Das macht er gut, soweit ich es beurteilen kann. Ob er mich in meinem Anliegen bezüglich Lutz & Wendelen optimal vertreten wird, kann ich nicht wissen. Er hat zwar einen hervorragenden Ruf, harter Hund, sehr gute Gewinnquote, Promimandantschaft und der ganze Schmus, aber was macht einen kompetenten Anwalt wirklich aus? Das ist wie mit Arztempfehlungen. Heikel. Erfolgreich im einen Fall bedeutet nicht, erfolgreich auch im nächsten. Denk ich mir jedes Mal.

In der Eingangshalle des Palastes aus Glas, Marmor und Stahl herrscht großräumige Stille. Alles scheint plötzlich ruhiger, als hätte ich einen Ort betreten, an dem die Welt um einige Dezibel leiser ist. Ich gehe vorbei an einer sicherlich hoffnungslos überteuerten Skulptur aus verspiegeltem Silber. Mit schwarzen Kleckserereien veredelt. Sieht aus wie eine aufgeblasene schwangere Christbaumkugel mit Mondkratern und Einschusslöchern. Unübersehbar wie ein Hundehaufen in einer Kristallschale. Gordon F. Lightboddy, »The Cluster«, verrät die Plakette auf dem Boden. Wenn die Frage nach Ästhetik, nach schön oder nichtschön eindeutig zu beantworten ist, dann hier. Unabhängig des eigenen Geschmacks. Dies ist der Beweis des Hässlichen. Die moderne Kunstszene hat es doch tatsächlich vollbracht, beliebig abstrakten Werken, die auch der Hand eines schwerbehinderten Fünfjährigen entstammen könnten, den Nimbus kultureller Relevanz zu verschaffen. Das alles ist geradezu grotesk überschätzt. Strategisch gut gemacht. Kann man aus marketingtechnischer Sicht nicht besser lösen. Aus Scheiße Gold. Clever. Hätten Lutz & Wendelen jeder x-beliebigen Marketingagentur auch nicht optimaler in Auftrag geben können.

»The Cluster.« Pah. Reimt sich auf Zaster. Nur Zufall.

Ich finde sowieso alle abstrakten Werte lächerlich. Ein beliebiges Edelmetall, Gold, Silber, Platin, ist genauso bedeutungslos wie ein Häuflein Blech. Das wäre die Wahrheit. Aber unsere Wahrheit beruht auf einem Konsens. Der Wert einer Sache bemisst sich nur aus dem Umstand, dass die Mehrheit sich darauf einigt, den Wert als solchen zu respektieren. Ich schweife ab. Kommt von diesem blöden Kunstwerk. Aber wenn ich das sehe, denke ich mir das.

Jedes Mal.

Die Jacke des gelbzahnigen Portiers sieht aus wie ein Skianorak. Er (E-Mensch, ein AA könnte bei ihm nur für Anonyme Alkoholiker stehen) erhebt sich und will mich anmelden. Ich gebe ihm aus einiger Entfernung ein Zeichen, noch zu warten, und gehe Richtung Toilettentür mit einem großen G. G für Gents. Pseudo. Denk ich mir jedes Mal.

Es dauert eine Weile, bis ich vor dem Pissbecken in Gang komme. Ein Aufkleber fordert mich auf:

Bitte nur ins Pissoir urinieren

Man hätte auch schreiben können:

Bitte nur ins Urinal pissen

Denke ich mir jedes Mal. Doch so oder so, leider ist mir beides nicht hundertprozentig gelungen. Vereinzelte Spritzer am Boden und eine kleine Lache. Vor dem Spiegel trage ich den Abdeckstift auf meinen Pickel auf. Hilft nicht viel. Die Handwäsche nehme ich mit einer Seife vor, die laut Spender »Dermatologisch getestet« ist. Was mir nichts bringt, wenn man mir das Ergebnis dieses Tests nicht mitteilt. Denk ich mir jedes Mal.

Ich lege einen Euro und drei Ein-Cent- und vier Fünf-Cent-Stücke, also mein ganzes Silber eben, in eine umfunktionierte weiß-blau gepunktete Untertasse. Für die unbekannte Klofrau.

Als ich aus der Toilette komme, achtet der Portier darauf, die Hintern zweier vorbeilaufender Sekretärinnen keines Blickes zu würdigen. Er schaut mit einem Gleichmut weg, der Selbstauslöschung ist. Die Absätze der Schnepfen klackern wie Pferdegalopp und sind so hoch, dass einem unwillkürlich auch die eigenen Füße wehtun. Rangordnungsbedingt darf ich ihren tadellosen Popos (A-Klasse) nachsehen, während ich ihm deute, er könne mich jetzt anmelden. Was er auch tut. Er wird ganz rot im Gesicht. Süß. Er telefoniert mit einer Fistelstimme, für die er in der Schule sicher viel hat einstecken müssen. »Karl-Heinz Möslechner, Pforte/Security«, verrät das Kärtchen an seinem Revers. Verflixt, hätte Mozart nicht Mozart, sondern

Metzger geheißen oder Picasso nicht Pablo, sondern Horst, ich bezweifle, dass ihrer aller Ruhm auch heute noch dermaßen leuchtend und zeitlos strahlen würde. Denk ich mir öfter.

Ich nicke Mösi leicht zu, er mir auch. Zeichen gegenseitiger Ehrerbietung und Abstandswahrung in einem. Vielleicht täuscht sein nichtssagendes, schmerbäuchiges Äußeres, und er malt auch Kunst. Und arbeitet gerade an seinem Meisterwerk. Und kommende Generationen werden über ihn berichten als einen der Superstars, der erstaunlicherweise – man mag es nicht glauben – zu Lebzeiten kaum beachtet wurde.

Ich gehe zum gläsernen Fahrstuhl und drücke den Aufwärtsknopf. Ich steige ein, und zwei Wichser in Anzügen kommen angelaufen, schießen auf mich zu und springen noch mit rein, so dass die Tür, die bereits zur Hälfte geschlossen war, wieder aufgeht und extra lange benötigt, um erneut zu schließen.

Wir mustern einander schnappschusskurz. Meine Schuh-Mantel-Hemd-Kombination ist die teuerste in der Kabine. Ich hasse diese hohle Abgleicherei, auch wenn ich unbeirrt weitermache, als käme es darauf an, dass diese beiden Fremden den Eindruck von mir bekommen, den ich für angemessen halte. Die beiden Hutzelmännchen (C-Menschlein) sind keine fünfundzwanzig, und wenn ich sie mir in T-Shirts vorstelle, sehen sie aus wie Pausenmilchverschütter.

Der eine ist locker zwei Meter groß und überragt den anderen auf etwas unglückliche Weise. Es muss daran liegen, dass der Riese in mir zusätzliches Publikum wähnt, weshalb er anfängt, dem anderen Bubi zu erzählen: »Aber den kennst du noch nicht, oder? Sagt der Arzt zum Patienten: Es ist sehr ernst, und es tut mir leid, Ihnen das mitteilen zu müssen, aber Sie haben zwei Krankheiten – Krebs und Alzheimer. Darauf sagt der Patient: Na, Gott sei Dank keinen Krebs!« Prustendes Gelächter. Altherrenwitze! Höre ich immer wieder gern. Ich spüre den prüfenden Blick des Zyklopen, ob ich auch schmunzeln muss und damit ganz locker ein Gefühl von Affinität und Beziehung herstelle. Eher friert die Hölle zu, Bürschchen. Stattdessen ziehe ich einen Mundwinkel hoch, was meine Miene nicht gerade aufhellt, und schaue gelangweilt an ihnen vorbei in die Ferne. Aber ich habe trotzdem das Gefühl, verloren zu haben.

Draußen zieht eine weitere Etage an uns vorbei, und ich wüsste zu gern, wer diejenigen sind, die erfolgreiche Witze erfinden. Die Allerallerersten. Frag ich mich sehr oft.

Ich schaue auf meine Schnürsenkel. Einer ist halb offen.

11. Stock. Die Jungs steigen aus. Ist das die Möglichkeit, ich glaube noch zu hören, wie die beiden über mich und meine Spaßresistenz feixen, bevor der Lift wieder schließt. Die Beschriftung neben den Stockwerktasten verrät mir, dass sie für eine Anwaltskanzlei arbeiten, deren Firmenname aus sechs Teilhabernamen besteht. So viele Namen, das ist impertinent. Denk ich mir jedes Mal.

14. Stock. Ich steige aus. KENT & PARTNER. Ein riesiges, schwarzumrandetes Chromlogo begrüßt mich. Die ganze Etage gehört der Anwaltskanzlei, für die Joel arbeitet. Er wurde gleich nach seinem Studium hier festangestellt. Das verlief ähnlich wie bei mir. Von der Eliteschmiede direkt in ein Eliteunternehmen. Beste Gesellschaft.

Als sich die Glastür der Lobbygalerie hinter mir schließt, ist es, als hätte ich einen noch ruhigeren Hafen erreicht: gedämpft, klinisch, exklusiv. Ich sehe mich um, ob mich niemand beobachtet und knie mich hin, um den Schuh zu binden. Aber anstatt an dem halb geöffneten Schnürsenkel nur die notwendige zweite Hälfte des Bindevorgangs vorzunehmen, öffne ich den Knoten erst ganz und binde ihn dann komplett neu. Ein Gefangener meiner einstudierten Bewegungsabläufe.

Aus meiner bodennahen Perspektive betrachte ich den

hochwertigen, trittschallschluckenden Teppich, der mich an den bei uns im Büro erinnert. (Ich sage immer noch *uns.*) Er hat dieselbe Un-Farbe, weder blau noch grau. Weder weich noch rau seine Beschaffenheit.

Eine Sicherheitskamera surrt, das Objektiv fokussiert mich. Als hätte ich das nicht längst gewusst. Ich stehe auf, hebe den Kopf und streife mit meinem Blick die Linse. Ein reiner Reflex, der jedoch in die gespielte Ordnung eines suchenden Blicks übergeht. Fast schon filmreif.

Hallo, ihr Arschlöcher. Denk ich mir jedes Mal.

22

»Klopf klopf«, sage ich gespielt manieriert und drücke die angelehnte Tür vorsichtig auf. Mittelgroßes Büro in der Vorzugsmöblierung modern-hell. Sonst alles wie überall.

»Mmmh, komm rein«, nuschelt Joel hastig mit vollem Mund, beugt sich vornüber und legt das Sandwich beiseite, das so schlecht zusammengefaltet ist, dass ein Teil des Inhalts herausfällt. Er kaut beschleunigt am letzten Bissen, dabei schießen seine Augenbrauen zum Haaransatz hoch. Sein Haar sitzt wie immer blitzsauber. Er wischt sich den Mund ab und deutet auf einen der beiden Stühle vor seinem Schreibtisch.

»Iss ruhig weiter«, sage ich und lasse mich in den Sitz fallen. Ich bin ganz froh um jede Verzögerung, da ich immer noch überlege, wie ich Joel mein Anliegen darlegen soll. Schließlich bin ich gezwungen, einen Sachverhalt zu schildern, der aus einer Phase resultiert, an der ich zwar maßgeblich beteiligt war, welche mir aber nur aus zweiter Hand bekannt ist.

»Nein, nein, schon gut. Ich habe nur noch nichts gefrühstückt. Sorry.« Joel schluckt hastig und fegt den halbherzig ins Packpapier gerollten Rest des Brötchens beiseite. Er tut das genau mit der lässigen Souveränität, die ich mein Leben lang bestenfalls imitiere.

»Komm, lass dich nicht abhalten, wirklich! Iss bitte zu Ende!«, rufe ich monoton wie ein Roboter. Auf keinen Fall darf ich ihm gestehen, dass ich mich an nichts erinnern kann. Obwohl Joel neben Ben mein engster Freund ist. Aber so was kann sich ganz schnell ändern. Traue niemandem. Insgeheim hoffen wir doch alle, dass der andere scheitert. Man ist immer allein. Pater Cornelius hat mal gesagt: »Zwischenmenschliche Beziehungen sind von einer grundlegenden Feindseligkeit geprägt.« Da hatte er einmal mehr recht, Pater Cornelius, die blöde sadistische Sau.

Wichtig ist also nicht nur, was ich Joel erzählen werde, sondern vor allem, was ich ihm *nicht* erzählen werde.

»So jetzt. Entschuldige. Wie geht's dir?«, sagt er mit so viel Räuspern, dass ich ihn kaum verstehen kann. Joel hat keinen Bart. Ist keine eins achtzig. Ist nicht blond. Optisch guter Typ, jungenhaft alternd. Er und ich sind gleich alt. Am selben Tag Geburtstag. Er flippte beinahe aus, als wir das herausfanden. Ich nicht. Die Wahrscheinlichkeit, jemanden zu treffen, der am selben Tag Geburtstag hat, ist genauso groß, wie jemanden zu treffen, der 78 Tage vor einem Geburtstag hat.

»Gut, danke. Wo ist eigentlich deine Sekretärin? War niemand da, als ich reinkam«, frage ich leichthin.

»Elisabeth? Die ist bis Freitag in den Flitterwochen. Hat geheiratet. Einen Kollegen aus der Kanzlei, Markus Reitinger. Könnte sein, dass du ihn mal gesehen hast. Hat sein Büro zwei Türen weiter.«

»Elisabeth die Wuchtbrumme hat geheiratet!« Ich gebe mich schockiert. »Schön! Sie-je isse doche Pollien, odda?«

»Ja, richtig. Ursprünglich aus Warschau.«

»Sieh an, dann hat sie ja alles richtig gemacht. Einen Deutschen geheiratet. Ich glaube, das gilt in Polen als Weltkarriere.«

»Das sowieso, und Michael ist zudem Akademiker, promoviert … Das darfst du nicht vergessen. Das ist die Premium-Weltkarriere mit Stern und Anstecknadel aus Weißblech.«

»Plus Eintrag ins Goldene Buch der Stadt Krakau«, sage ich zügig, und schon verfallen wir in den zwischen uns üblichen Ton.

»Und Verleihung der Ehrendoktorwürde Dr. Polski …«

»… honoris causae! Sich jetzt noch schwängern lassen, drei Jahre Ehe durchhalten, Scheidung – ich nehme an, du würdest sie vertreten …?«

»Selbstredend. Wenn sie mir einen bläst auch zum halben Preis!«

»… genau, und dann, voll alimentiert: Ausgesorgt!«

»Jawohl. Punkt, aus, gebongt, alles richtig gemacht, die kleine Fickliesl. Ich hol das Maximum raus.«

»Alles richtig gemacht!«, sage ich, und dabei fällt mir wieder ein, dass ich im Begriff bin, gerade alles falsch zu machen.

Pater Cornelius schaffte es, dass ich mir immer selbst die Schuld für alles gab, wofür er mich bestrafte. Der erstbeste Vorwand genügte, und ich war fällig. Auch wenn ich ihn umgebracht habe, bin ich dennoch immer sein Gefangener.

Joel nippt zimperlich am Kaffee, der nicht mehr heiß sein dürfte, und auf seine Frage, ob ich auch einen wünsche, entgegne ich: »Danke, nein«, was die instinktiv richtige Variante ist. Denn es besteht ein himmelweiter Unterschied zwischen »danke, nein« und »nein, danke«. Ähnlich wie zwischen »nicht so« und »so nicht«.

Joel quittiert mit einem einfachen Zum-Glück-keine-Umstände-Nicken, was das intuitive Gegenteil eines Dann-eben-nicht-Nickens ist, und wirft sich umgehend in Geschäftspositur (das, was er dafür hält), in der Version jung und dynamisch, nimmt seinen Kuli, streicht seine Krawatte glatt, macht sich auf einem Block eine Notiz, die er unterstreicht, eine Überschrift wahrscheinlich (»Fall Conrad Peng« plus Datum von heute?), und zieht unfreiwillig eine Riesenshow absoluter Seriosität ab. Freundschaft hin oder her, jetzt mal Tacheles, ich bin ganz Ohr, in etwa.

Er sieht mich auffordernd an und sagt: »Okay, dann erzähl mal.«

Knapp erläutere ich die beiden Vorfälle, die in Konsequenz eventuell meine Kündigung nach sich ziehen werden. Das A. L. I.-Meeting und mein schriftlicher Bericht. Ich schöne meinen Auftritt bei Air Linus, indem ich sage, der Vorstand hätte mich unangemessen attackiert und kritisiert und dadurch mein harsches Verhalten geradezu provoziert. Ist das lügen, wenn ich die Wahrheit sowieso nicht kenne? Es geht auf jeden Fall nicht anders. Ich glaube, langsam zerreißt es mich. Joel hört aufmerksam zu, und ich komme ins Stocken, als er mich bittet, ihm meinen Bericht an Dr. Lutz vorzulegen. Ich verspreche, ihm diesen zu e-mailen. *Jetzt* lüge ich. Aber darin habe ich Routine. Mein ganzes Leben ist eine Lüge. Niemand weiß zum Beispiel, nicht mal Ben oder Joel, dass ich mir schon als kleiner Junge ein Stottern eingefangen habe, das ich erst in meinem ersten Unisemester losgeworden bin. Das geht keinen etwas an. Ich könnte den Gedanken nicht ertragen. Ist ja auch egal. Bloßes Abschweifen.

»Sobald ich am Computer sitze, schicke ich dir den Bericht zu.«

Nichts dergleichen werde ich tun. Wenn Joel meinen Fuck-Piss-Shit-Bericht zu lesen bekäme, würde sich mein eigentliches Problem enthüllen. Und das ist kein juristisches, sondern ein medizinisches, das ist mir klar. Und deshalb beende ich diese meine löchrige Faktenpräsentation und sage: »Ja, und das war's. So sieht's aus. Für mich wäre jetzt wichtig zu wissen, womit ich seitens Lutz & Wendelen im Ernstfall einer Kündigung zu rechnen habe und ob du denkst, wir sollten selbst etwas unternehmen, um ihnen zuvorzukommen. Vielleicht sofort selbst kündigen, oder ... keine Ahnung.« An dieser Stelle geht mir die Energie aus, so als wäre es zu viel gewesen, ständig um den heißen Brei zu reden. Versteckspiel eben. Ich schiebe mein Kinn vor, um den Druck des Kragens auf meinen Hals zu lindern. Was mache ich hier? Was erwarte ich mir eigentlich?

»Weißt du«, sage ich schleppend, »ich dachte mir, es wäre womöglich gut, bereits im Vorfeld etwas zu tun. Zuvorkommen. Vorkehrungen treffen. Szenarien durchspielen. Ich weiß nicht. Ich bin momentan zu ungeordnet. Wie ich dich kenne, wirst du sagen, erst mal nichts tun ist das Klügste, schon klar, aber zu Besonnenheit bin ich gerade nicht in der Lage. – Scheiße.«

Sofort komme ich mir vor wie meine Kunden. Eigentlich will ich von ihm nur hören, was ich ihm hier suggeriere. Joel sieht mich ernst an. So ganz kapiert er die Lage nicht. Würde ich auch nicht, angesichts meiner halbherzigen, vagen Schilderungen – eher: Verschleierungen. Er trinkt nachdenklich (Grüblerpose) einen Schluck Kaffee und wischt sich mit dem Handrücken den Mund ab. Das wirkt komisch, etwas hilflos. Ich schweige und halte ab und an die Luft an, damit meine Nervosität etwas zum Spielen hat. Wenn ich in seinen Aschenbecher blicke, würde ich sagen, er zündet sich gerade die zu vielte Zigarette des Tages an.

Mit seiner routiniert milden Stimme erklärt er, »Das ist schon brenzlig, mein Lieber«, lehnt sich zurück, lässt das Feuerzeug zuschnappen. »Was hast du denn da angestellt? Ich meine, so kenne ich dich gar nicht. Du bist doch eigentlich die Ruhe selbst.«

Schon gut. Das hör ich letztens öfter.

Wir reden noch etwas weiter so herum, für mich ist die Zeitverschwendung offensichtlicher, weil ich die Wahrheit kenne, und wir beschließen – wer hätte es gedacht –, tatsächlich erst einmal abzuwarten. Joel sagt, er wird gleich morgen meinen Arbeitsvertrag noch mal durchsehen und dann vorschlagen, was wir von uns aus unternehmen könnten. Ich wusste doch, das hier würde nichts bringen.

»Gesetzt den Fall, dein Arbeitsverhältnis endet kurzerhand – von wem nun eine Kündigung ausgesprochen wird, sei jetzt mal dahingestellt –, du bist finanziell doch abgesichert, oder?«

»Ja, ja, das ist nicht das Problem. Keine Sorge.« Ich weiß nicht warum, aber irgendwie nervt mich die Frage. Ihm sind meine Einkommensverhältnisse doch bekannt. Ich habe mehr als nur den halben Weg zum Wohlstand zurückgelegt. Vermutlich rührt Joels Frage daher, dass er durch die Wirtschaftskrise vor zwei Jahren enorm viel Geld verloren hat (Aktien) und seine Neid-Hass-Projektion auf mich immer noch nicht abgeklungen ist. An mir ging der Crash nämlich komplett vorbei. Ich lege konservativ an. Gemäßigt, aber gesichert. Glückspiel ist was für Idioten. Aber genau diese Idioten machen sich über Sicherheitsgeher lustig, wenn ihre Börsenwerte gerade gut stehen. Du-Angsthase-, Was-ne-lächerliche-Rendite-, Nur-wer-wagt-gewinnt-Gefeixe. Aber wehe, wenn's nach unten geht. Und nach unten geht's immer.

»Okay, na, dann ist ja gut«, bestätigt Joel mir. Er hebt die Hände und lässt sie mit einem Klatschen auf seinen Oberschenkeln landen. Er sieht mich aufmunternd an. Bin ich so von meinem Argwohn vergiftet, dass ich in allen Äußerungen nur Kalkül entdecken kann? Ich niese und lasse einen Hustenanfall vom Stapel, der mindestens eine Minute dauert. Ich entschuldige mich. Diese Erkältung kriegt mich nicht unter. Ich schnäuze mich in ein Tempo, knülle es zu einem Klumpen zusammen und werfe es in den ungefähr drei Meter entfernten Abfallkorb hinter Joels Sessel. Versenkt.

Joel fragt: »Brauchst du für Nowosibirsk noch irgendwas

von mir?« Er schaut dabei der Wurfbahn hinterher und nimmt meinen Volltreffer zur Kenntnis. Ich gucke, als hätte ich noch nie danebengeworfen, und antworte: »Ich hab alles, danke. Mein Flug geht in drei Stunden.«

»Na, da wünsch ich dir viel Glück. Wenn was ist, ich bin ja immer erreichbar ... Du, übrigens ...« Er lehnt sich nach vorne und greift nach seiner Marlboro Light.

»Was denn?«

»Du hast da was!« Joel zeigt mit dem Finger auf meinen Kopf. Ich kneife die Augen zusammen, als würde ich nicht verstehen und bilde einen Satz mit den Worten *leck* und *mich,* fahre mit dem Zeigefinger knapp unter meinem pochenden Pickel herum und sage: »Ja, ich weiß. Mist, ärgerlich, unnötig, einfach Mist.«

»Pass auf. Damit ist nicht zu spaßen. Trotzki ist an einem Pickel sogar gestorben.«

»Trotzki? Leo Trotzki?«

»Genau der.«

»Na gut, aber ich glaube, das war kein Eiterpickel, sondern ein *Eis*pickel, kann das sein? Und zwar in seinen Schädel getrieben! Aber du hast schon recht, man kann nie vorsichtig genug sein.« Ich schenke ihm ein dünnes Grinsen. Er mir nicht mal das. Normalerweise kann er über seine eigenen Scherze am besten lachen. Draußen geht eine Autoalarmanlage los. Joel und ich, wir denken kurzzeitig beide das Gleiche, erkenne ich an seinem Blick. Ach nein, unwahrscheinlich. Wir entscheiden, im Café um die Ecke noch kurz was trinken zu gehen, so viel Zeit habe ich noch, und nehmen für die fünfhundert Meter sein neues Auto. Porsche Cayenne Turbo S, Sondersonderausstattung, das ganz neue Modell. Verbraucht in der Stadt nur rund 25 Liter. Das geht. Riecht wie eine teure Handtasche. Hat noch mehr Extras als meiner. Kann man nichts machen. Aus Pflichtschuldigkeit nicke ich anerkennend vom Beifahrersitz, als wir schon ein paar Meter gefahren sind. Ja, ja toller Wagen. Streiche mit der Handfläche bedächtig über eine Konsolenfläche, die gerade in Reichweite ist. Autos üben nicht die geringste Faszination auf mich aus, interessieren mich einen feuchten Kehricht. Ich beurteile sie ausschließlich nach ihrem sozioökonomischen Status. Jammerschade. Denn im gesellschaftlichen Kontext sind gegenläufige Tendenzen anstrengend. Man muss sich immer verstellen und seine wahre Meinung verschleiern. Nüchternheit ist viel anstrengender als Begeisterungsfähigkeit. Einmal mehr in meinem Leben sage ich also ein langgezogenes »Seeehr schön«, hätte das erledigt und wende meinen Blick von den edel verkleideten Armaturen ab. Ein feiner, trüber Regen fällt geräuschlos vom Himmel auf die Fensterscheiben, wie ein dünnes, durchsichtiges Leichentuch. Joel sieht zu mir herüber, macht den Mund klein und nickt, was seinen Stolz auf den Wagen als aufrichtige Bescheidenheit ausweisen soll. Der Anblick ist zum Speien. Ich sage: »Nu krieg dich wieder ein, du hast das Ding ja nur gekauft. Nicht gebaut.«

23

Etwas später biege ich auf die A9 Richtung Flughafen und werde sogleich von einer dunklen Unterführung aus Stahl und Beton verschluckt. Als sie mich wieder ausspuckt, gehe ich richtig in die Eisen, fahre dem Wagen vor mir bis auf zwei Meter auf und betätige ungeduldig die Lichthupe. Das Café-Gespräch mit Joel gerade eben war ziemlich öd, völlige Zeitverschwendung, weil er in letzter Zeit ziemlich öd geworden ist, seit er mit dieser Kuh verheiratet ist, die mich nicht ausstehen kann. Und seit er Vater geworden ist. Wir spielen seitdem nur noch einmal im Monat Tennis.

Ich ziehe an meiner Krawatte, zerre am Knoten und öffne den obersten Hemdknopf.

Joel hielt es für angebracht, mir zu erzählen, dass Yvette (Yvette!) letztes Wochenende auf einem Flamenco-Seminar war. Gut zu wissen, danke. Flamenco-Seminar. Ich schaffte es fast, mir das Lachen zu verkneifen, und erlaubte mir zu sagen, dass das verdächtig nach Jodeldiplom klingt. Ich hätte gedacht, er findet das lustiger, aber er hat doch tatsächlich nur so schief gegrinst, weil er es wahrscheinlich doch für irgendwie süß hält. Liebe verblödet wirklich total. Mittlerweile sind Joel und Yvette eine Institution, die eine verlässliche Meinungsgleichheit pflegt. Geheiratet wurde letztes Jahr – natürlich am 10. 10. 10. Klar. (Kotz.) Sie sind jetzt offiziell »Wir«! Das dürfte Yvette (ächz) sehr entgegenkommen. Denn abgesehen von Flamencotanzen hat sie keinerlei eigene Interessen und daher überhaupt keine Wahl, außer Partnerschaft als alleinigen Lebensinhalt zu betrachten und die Ansichten ihres Joels zu ihren eigenen zu machen. Sie ist eine typische »Bist'n Schatz«-immer-in-Eile-Chanel-Gucci-Hermes-Tusse mit unglücklich-verwöhntem Gesicht (A-Kategorie, zugegeben), die permanent den Eindruck erweckt, alles sei unter ihrer Würde. Nutzlos in Erbfolge: Bereits ihr Vater gelangte mit Erlangen des einundzwanzigsten Lebensjahrs an ein einstelliges Millionenvermögen, das genau groß genug war, um jegliche beruflichen Ambitionen komplett im Keim zu ersticken und ihn fortan als Privatier reüssieren zu lassen. Randnotiz: Es gibt ein Familienwappen. (Würg.) Töchterlein Yvette steht ihrem Herrn Papa in punkto Respektabilität in nichts nach. Ihre Kernkompetenz bestand früher im Gekonnt-rumstehen in Nobeldiscos, nahm einen Umweg über eine (auf halbem Weg abgebrochene) Ausbildung zur Heilpraktikerin (Naturheilkunde als Sinnbild für seelisches Komplettvakuum) und kulminiert mittlerweile in der Verkörperung des klassischen

Hausdrachens. Sie ist die ultimative Entsprechung des post-post-post-feministischen Frauentyps. Eine Frau, die das klassische Rollenbild vor dessen 68er-Demontage nicht mehr augenzwinkernd karikiert, indem sie es kultiviert und bewusst konservativ auftritt. Nein. Sie meint das schon wieder ernst. Das ist der aktuelle Trend. (Spei.) Zurück zur Nudelholz-in-die-offene-Hand-klatschenden Parademutti. Wo-bist-du-so-lang-gewesen-na-warte-komm-du-mir-heim-mäßig. Viel Spaß. Wie Joel mir erst kürzlich anvertraute: Seit Geburt des Kindes ist Schicht im Schacht. Kein Zugang wird erteilt. Joel wichst zweimal am Tag. Ich einmal.

Der Peugeot vor mir hat endlich Platz gemacht, und ich fahre mit 240 an einem großen, reizlosen, düsteren Müllberg vorbei.

Und außerdem ließ Joel vorhin seinen Cappuccino zurückgehen, weil ihm der Schaum nicht schaumig genug war. Ich hasse diese Zurückgehenlasserei. Es sind solche Momente, in denen mir plötzlich wieder einfällt, dass ich Joel nicht ausstehen kann. Oder zumindest eine ganze Menge an ihm. In solchen Momenten merkt man, dass einen an jedem Menschen so vieles stört. Gerade bei nahestehenden Personen. Je mehr man über einen Menschen weiß, desto schlimmer wird er. Wenn ich so recht darüber nachdenke, merke ich, wie sehr er mich regelrecht anwidert. Und ich darf das sagen. Ich bin sein bester Freund. Ihm wird's nicht recht viel anders gehen. In so manchen Augenblicken würden wir wohl beide freimütig zugeben, dass wir uns nicht im Geringsten leiden können. Und doch haben wir gleichzeitig einvernehmlich beschlossen, uns bis auf Weiteres zu ertragen. Wir entscheiden von Mal zu Mal. Seit zehn Jahren. So ist das eben. Man muss einen Menschen nicht mögen, um mit ihm ein wohlgesinntes Verhältnis einzugehen.

Für zwanzig Sekunden bleibe ich durchgehend auf der Hupe. Noch so ein Trödler. Will nicht weichen. Partout nicht.

Gibt's doch nicht. Macht keine Anstalten. Haben die nichts zu tun, jetzt hau schon ab. Ja, fahr halt zur Seite, fahr zu, jetzt hebt er doch glatt seinen Arm, ich sehe sein motzendes Maul in seinem Seitenspiegel. Seine Frau macht auf dem Beifahrersitz ebenfalls Gezeter. Was seinen Gesten viel von ihrer Wirkung nimmt. Er hat die Schweizer Autobahnvignette Sichtfeld einschränkend an der Windschutzscheibe auf der Fahrerseite angebracht. Das passt zu dir! Beweis A: Du seien doof. Jetzt fahr nach rechts, du! Mann, ist das ein Scheißtag heute.

Ich würde nur Joel und Ben als echte Freunde bezeichnen, und ich verwende große Sorgfalt darauf, dass die beiden einander nicht mehr als flüchtig kennen. Jeder hat schließlich seine eigene, ganz individuelle zwischenmenschliche Funktion für mich. Zufällig handelt es sich bei beiden um Jungs aus stinkreichen Familien. Meine Freundschaft mit ihnen erscheint mir wie ein einziges Experiment zur Erforschung meiner eigenen Grenzen. Ihre Nähe gibt mir eigentlich nur zu verstehen, was sie mich vergessen lassen sollen. Ihre Freundschaft erinnert mich dauernd daran, was ich nicht bin, was ich nicht habe, was ich nie sein werde, woher ich nicht komme. Sie macht mir bewusst, dass ich nicht weiß, wohin ich gehöre, und dass ich wahrscheinlich nirgendwohin gehöre.

Das macht unsere Verbindung zu einer selbstauferlegten Dauerherausforderung, die mich auf Trab hält. Außenseiter versus Goldener Löffel. An der Uni habe ich mich bewusst an sie gehalten, weil ich wusste, der Umgang mit den richtigen Leuten wird für meine Zukunft entscheidend sein. Und auch wenn ich großes Geschick entwickelt habe, auf ihrem gesellschaftlichen Parkett zu tanzen, habe ich stets das Gefühl, eine angelernte Fähigkeit zu praktizieren, die ihnen von Natur aus zufiel. So gut es mir auch gelingt, sie auszutricksen, ich werde niemals die Angst verlieren, als Betrüger und Eindringling in ihre Kreise entlarvt zu werden. Wenn ich so darüber nachdenke, sind sich beide eigentlich ziemlich ähnlich. Daher ist es sowieso gut, dass sie sich nicht näher kennen. Viele glauben ja, das Zusammenführen ihrer eigenen Freunde wäre sinnvoll, weil sie von der irrtümlichen Annahme ausgehen, Menschen mit ähnlichen Eigenschaften oder Interessen würden automatisch zueinander passen. »Du musst ihn kennenlernen, ihr habt so viel gemeinsam! Du wirst ihn mögen!« Meist ist das Gegenteil der Fall.

So ist's brav, so geht's doch auch. Der VW vor mir macht schön Platz, räumt die linke Spur, weil er mich heranrasen sieht. Ich rausche an ihm vorbei.

Alle paar Kilometer steht auf dem Seitenstreifen ein mahnendes Verkehrsplakat mit einem Mädchen darauf, welches das Trauerfoto seiner verstorbenen Eltern in Händen hält. *Runter vom Gas.* Die Kleine blickt aber so düster drein, mit ihren dunkel umrandeten Augen und dem Schwarz-Weiß-Bild von Mami und Papi vor der Brust, dass man eher den Eindruck gewinnt, sie habe ihre Eltern auf dem Gewissen.

Ich reiße mir einen Schokoriegel auf (Mars), öffne das Fenster auf der Beifahrerseite einen Spalt, piep-piep-piep, checke die gerade eintrudelnde SMS, von Esther, sie schreibt was Nettes, nett, und überhole dabei einen popligen Ford rechts. Was soll ich denn tun, wenn er keinen Platz macht? Linksströdler! Eine GB-Plakette klebt auf seiner Stoßstange. Engländer. Hat wohl ein Umgewöhnungsproblem vom Linksverkehr. Preisfrage: Sind bei englischen Autos, trotz Lenkrad auf der anderen Seite, die Fußpedale dennoch so angeordnet wie bei unseren Wagen oder spiegelverkehrt? Ich schweife ab. Ich würdige den Briten keines Blickes, als ich rechts auf seiner Höhe bin, gehe mit einem verächtlichen Stirnrunzeln über ihn hinweg. Und schere schön knapp wieder nach links ein. Nimm das, Motherfucker. Im Rückspiegel erkenne ich, er muss stark bremsen. Ich empfinde warme Genugtuung. Hier wird anders gefahren, Buddy. Gewöhn dich dran. Erniedrigung ist doch eins der besten Gefühle, die es gibt. Er hat eine silberne Heiligenfigur auf dem Armaturenbrett angebracht. Mittig. O jemine. Die Ministatue eines Kopftuchpropheten mit ausgebreiteten Armen. Wahrscheinlich Sankt Christophorus. Der Schutzpatron aller Wichser.

Während ich mit 230 km/h das Autobahnkreuz passiere, dessen Nummer und Namen ich mir genauso wenig merken kann wie Dinge, die ich mir nicht merken will, drehe ich das Radio voll auf. Wegen einer Geisterfahrermeldung wird ein Song unterbrochen, und ein Organ brüllt mich an, dass einem auf irgendeiner A soundso ein Hirnamputierter entgegen kommt. Dann setzt der Song wieder ein und ist nicht mal mehr halb so geil wie davor. Also gebe ich noch mehr Gas. Presse meinen Kiefermuskel zusammen. Er wird steifer und steifer. Ein halbes Red Bull später beendet eine vermutlich kehlkopfkrebskranke Privatradio-Moderatorin ihre Staumeldungen mit dem Satz »Wo's rollt, gute Fahrt«. Ja, und wo's nicht rollt, sollen die Leute verrecken, oder was? Ich tippe hektisch auf den Radiostationstasten rum und übergehe eine Wettervorhersage, die mir haargenau schildert, wie das Wetter da ist, wo ich gerade bin. Vollgas.

Ich weiß auch nicht warum, aber was meine Aggression betrifft, kann ich mir noch so oft sagen: Ist ja gut!

Nichts ist gut.

Gerade werden im Radio Tickets für den heute Abend stattfindenden Gig von Pink verlost. Der vierzehnte Anrufer gewinnt zwei Tickets für den Auftritt. Der vierzehnte Anrufer ist Gerlinde aus Nie-gehört. Der Moderator klingt frenetisch: »Gerlinde, Gratulation, die Karten gehen an dich. Freust du dich?« Und wie sie sich freut. Sie lässt einen schrillen Quietsch los, genau so, wie wir alle gelernt haben, uns öffentlich zu freuen. Aber sie ist tatsächlich euphorisch. Verständlich, denn wie sie uns verrät, ist sie ein Riesenfan von Pink. So riesig, dass sie sich die Karten bei Vorverkaufsstart vor drei Monaten einfach mal nicht selbst gekauft hat.

»Gerlinde, wen nimmst du heute Abend mit?«, möchte der Radiomann schließlich noch wissen. Ich schätze ihren Freund Shreck – und schalte um, bevor Gerlinde, das G-Menschlein, die Chance hat zu antworten.

Kurz vor der Abzweigung zum Flughafen will ich mich einfädeln, als ein auf der mittleren Spur fahrender Renault plötzlich einen Tick nach links zieht, auf meine Spur. Ich erschrecke, steige in die Bremse und nähere mich gefährlich der Leitplanke. Hupe! Hupe! Hupe! So ein Schürfstreifen an der Flanke würde sich ja vielleicht ganz gut zu meinem Lackkratzer machen. Das würde dir so passen, du Arschloch, hä? Hupe! Hupe! Hupe! Ich habe immer noch über 200 drauf, du Asi. Pass doch auf! Der Renault-Heini reißt das Steuer rum und verzieht sich wieder auf seine Mittelbahn. Er schaut zu mir rüber, lädierte Visage, D-Mensch, hebt die Hand und entschuldigt sich für seinen Schlenker, und ich Idiot ringe mir doch tatsächlich ein nachsichtiges Lächeln ab. Was ist denn jetzt los?

24

Sechs Stunden später stehe ich am Gepäckausgabeband des Moskauer Flughafens Domodedowo. Ankunft planmäßig. Obwohl vor dem Start die Tragflächen enteist werden mussten und wir mitten in einem Hagelsturm abhoben, der den Rumpf schwanken machte.

Ich fülle meine Lungen mit der öligen Hallenluft. Inhaliere sie stoßweise. Weil mir schlecht ist. So schlecht. Der ganze Flug war eine unruhige und holprige Angelegenheit. Und auch wenn ich seit einigen Minuten raus aus der Maschine bin, befinde ich mich gerade auf diesem markanten Höhepunkt der Übelkeit, von dem ich jedes Mal aufs Neue annehme: So schlecht war's mir noch nie. Und vielleicht täuscht dieser Eindruck manchmal. Kann schon sein.

Aber jetzt? Also echt, so schlecht war's mir noch nie.

Ich sehe mich gezwungen, mich uneingeschränkt beschissen zu fühlen. Das Gepäckförderband setzt sich in Bewegung. Natürlich in die andere Richtung als angenommen. Zielsicher habe ich mich mal wieder direkt neben die falsche Öffnung gestellt. In der Sache habe ich den Bogen raus. Jemand hinter mir lässt eine Kaugummiblase platzen. Ich erschrecke. Die ersten Koffer und Taschen rollen vorbei.

Ich postiere mich ungefähr auf mittlerer Höhe des Bandes. Denke an Esther, was sie wohl gerade macht. Die Bord-Crew mit ihren kleinen, identischen Rollköfferchen geht hinter mir vorbei. Von den Stewardessen ist keine über 25. Schätze ich. Je älter ich werde, desto weniger kann ich Alter einschätzen. Scheiße, ist mir schlecht. Nicht mal meine Flugangst kann sich dagegen durchsetzen. Ich stehe da wie ein kurzatmiger Ölgötze, der gleich zu hyperventilieren anfängt. Da kommt mein Koffer. Ich wuchte ihn vom Band und gleich wieder zurück aufs Band. Gehört doch nicht mir. Der Fünftletzte ist dann meiner.

Ich mache mich auf den Weg zur Passkontrolle, da ich den Flughafen wechseln muss, um meinen Anschlussflug zu bekommen. Eine Riesenschweinerei. Ich bin immer noch dabei, diese Nachricht zu verdauen. Habe ich vorhin erst erfahren.

Den Flughafen innerhalb Moskaus wechseln! Ist denn das zu fassen!

Das musste ich all die vierzehn Mal, die ich bislang in dieser Stadt zwischengelandet bin, noch nicht. Ich laufe gemächlich zum Check Out, während ich die Erinnerung Revue passieren lasse, wie ich vor drei Jahren oft durch diesen Terminal gewandert bin, auf meinen Anschlussflug nach Sankt Petersburg wartend, wo wir damals mit Lutz & Wendelen ein knapp vor der Insolvenz stehendes Logistikunternehmen sanierten, das einem Deutschen gehörte. Einem neureichen fränkischen Volltrottel, der ständig »Siehste« sagte und jeden duzte. Herbert Eberle. »Nur Herbert für dich.« Er trug eine goldene Krawattennadel in Form einer Mistgabel mit aufgespießter Bratwurst. Sein Maskottchen. Unser Lösungsansatz, um seine Firma zu retten, hat ihn ruiniert. Wir wandten unsere Standardleier an und dezimierten erst mal die Belegschaft. Weil Leute zu entlassen immer im Trend ist. Statt effizienterer Unternehmensabläufe und von uns prognostizierten Umsatzzuwächsen kollabierte das Unternehmen binnen kürzester Zeit. Denn wir bezogen nicht mit ein, dass wir mit der Personaleinsparung auch Angestellten den Laufpass gaben, die hochqualifiziert und vor allem hochmotiviert waren, sich für den Betrieb einzusetzen. Es blieben zu viele Billigkräfte übrig. Und die verfügten weder über das Fachwissen noch die Motivation zu persönlichem Einsatz, um effektive Arbeit zu leisten, da ihnen ihre befristeten Arbeitsverträge und niedrigen Sozialleistungen kaum Perspektiven zusicherten. Ohne qualifizierte und engagierte Manpower kann kein Betrieb langfristig überleben. Herberts Laden ging kein Jahr später pleite. Pech. Falscher Ansatz unsererseits. Nicht, dass uns so was zum ersten Mal passiert wäre. Unsere Erfolgsquote liegt im Durchschnitt unter dreißig Prozent. 30 zu 70. *Unsere* Quote und die von Unternehmensberatern allgemein. Und was? Wir bekamen unsere Beraterprämie. Und damit hatte es sich.

Ich atme mit aller mir zu Gebote stehenden Konzentration flach, sonst kotze ich. »For private purpose«, sage ich akzentuiert an der Passkontrolle und erspare mir damit einiges. Ich klinge, als hätte ich Polypen. Meine Erkältung ist in der grausamen Blütephase. Aber dafür erfreue ich mich an dem Gedanken, den ein oder anderen im Flieger angesteckt zu haben. Die Infizierungswahrscheinlichkeit über Klimasysteme liegt bei dreißig Prozent. 30 zu 70. Also in etwa vergleichbar mit der Erfolgsquote von Unternehmensberatern.

Ich werde durchgewinkt; von zwei Beamten mit Schirmmützen, die Homosexuelle auf Fetischpartys tragen. Passiere die Zollschleuse und laufe dabei über einen querverlegten Teppichboden, den ich mir nicht so hart vorgestellt hätte. Komme von einer überheizten Zone in eine unterkühlte. Stecke meinen vorbereiteten Ausweis wieder ein. Hat keinen interessiert. Was mich ein wenig rührt. Verbuche beim Treffen des Schlitzes meiner Innentasche einige Fehlversuche. Weil mir doch so schlecht ist …

Das könnte, fällt mir gerade ein, auch an dem Joghurt liegen, den ich an Bord gegessen habe. Und an den Blähungen, die mich zusätzlich fertigmachen. Laktose-Intoleranz. Für Milchprodukte muss ich büßen. Jedes Mal. Dabei mag ich Milchprodukte so gern. Nicht alles, was man mag, ist gut für einen.

»Connecting flight to Nowosibirsk here please«, ruft ein grauhaariger Mann in Uniform. Typisch russisches Gesicht, breit, weich und doch wild. Ich folge ihm.

In der länderbezogenen Selbstmordstatistik nimmt Russland Platz 3 ein. Litauen auf Rang 1. Im gesamten Osten ist Suizid äußerst beliebt: Ungarn, Slowenien, Kasachstan, Lettland, Ukraine. Jedoch auch in Japan, Schweden und Weißrussland. In Deutschland nehmen sich jährlich ungefähr 12 000 Menschen das Leben.

Ich trotte dem Uniformierten hinterher. Bin wohl der einzig Unglückselige mit dieser Umsteigeverbindung. Hinter vorgehaltener Hand gähne ich so ein tiefes Übelkeitsgähnen.

Ich wundere mich über die Hand vor dem Mund. Sieht mich ja keiner.

Ich stelle meine Armbanduhr um fünf Stunden vor. Scheiße, ist mir schlecht.

25

Als die Limousine sich in Bewegung setzt, öffne ich den Ordner und ackere mich durch die Unterlagen. Der schwarze Mercedes Zwölfzylinder mit seinem Fünf-Liter-Motor rast durch die matschigen Straßen. Es ist kühler geworden und schneit seit vorgestern ununterbrochen. Der Fahrer holt mich jeden Morgen um die gleiche Zeit ab, seit sechs Tagen. Er trägt eine Schildkappe. Wie sämtliche Privatchauffeure weltweit hat er den Blick stoisch und angewidert zugleich geradeaus in das immer selbe Nichts gerichtet. Im Wagen riecht es nach russischem Männerschweiß der Güteklasse D. Immer wenn eine besonders intensive Wolke um meine mittlerweile kaum mehr verstopfte Nase weht, sieht das blasse Grün seines Jacketts irgendwie noch scheußlicher aus. Wenn ich dann das Fenster einen Spalt öffne, steigt mein Atem gleich in kleinen Wölkchen auf. Irre kalt draußen.

Nach 20 Minuten Fahrtzeit durch ödes sibirisches Niemandsland und nachdem wir die Schranke an der Einfahrt des Industriegeländes passiert haben, kommen wir vor der Fertigungshalle an. Eine mehrere Hektar große Stahlkonstruktion, ähnlich einem überdimensionierten Flugzeughangar, in der Trägerteile für Raketensysteme und Militärsatelliten spezialangefertigt werden. Ein Security-Mann in dunklem Anzug, mit Hörer im Ohr und Halfter unterm Jackett, der Gewichtestemmen zu seiner Lieblingsbeschäftigung zählt, öffnet mir die Tür des Fonds, und ich springe heraus und laufe eilig zum Eingangstor, wo mir ein weiterer identisch gekleideter Zerberus mit taudicken Oberarmen die Drahtglastür aufhält. Ich gleite hinein wie ein Luftzug. Im gleißend weißen Licht dreier Deckenstrahler wird mein Körper von einer Dame in unvermeidlichem Schwarz mit einem Detektor in Form einer Fliegenklatsche abgesucht. Sie bläst dabei mitfühlend die Backen auf. Ich füttere ein Magnetlesegerät mit einer Plastikkarte, es macht tütüt-piep-tüt, und der Fahrstuhl befördert mich in ein Kellergeschoß.

Hier probe ich also meinen Alleingang und setze den Startpunkt für meine lang geplante Selbständigkeit. Bei meinem Kunden handelt es sich um MARISCHKA Inc., was ein sehr viel niedlicherer Name ist, als die Firma, die dahinter steckt, inhaltlich und umsatzbezogen darstellt. Den patriarchalischen Chef und Namensgeber kenne ich persönlich aus vorangegangenen Projekten, bei denen Lutz & Wendelen beauftragt wurden, Marischkas Umsatzprobleme auf dem südamerikanischen Markt zu bekämpfen. Bei einem kürzlich in Dubai abgehaltenen Meeting gelang es mir schließlich, ihn L & W komplett auszuspannen und davon zu überzeugen, mich ein großangelegtes Leistungssteigerungskonzept mit einem eigenen Team erarbeiten zu lassen. Zu Sonderkonditionen als Anreiz, versteht sich. Ein Festpreisansatz für meine zweiwöchige Analyse. Um meinen Fuß in die Tür zu bekommen. Richtig gewinnträchtig wird sowieso immer erst die darauffolgende Phase, wenn wir unser empfohlenes Konzept auch umsetzen. Da rechnen wir dann branchenüblich nach der Kostenvoranschlag-Variante ab, die wir wie immer bis zu hundert Prozent überziehen. Wir Unternehmensberater arbeiten in der Regel nicht auf Erfolgsbasis. Das wäre so gut wie Russisches Roulette spielen, bloß mit schlechteren Überlebenschancen. Unsere Kunden lassen das anstandslos mit sich machen.

Meine Operation Dolchstoß gegenüber L & W ist riskant,

aber nicht waghalsig. So was ist in unserer Branche gang und gäbe.

Es ist blöd, dass meine Probleme mit L & W ausgerechnet jetzt auftreten und sich mit diesem Auftrag hier zeitlich überlappen. Ein eigenartiger Zufall. Manchmal ist das Leben eben so.

Aber eine solche Gelegenheit bekommt man nicht alle Tage. Die Waffenlobby gehört zu den lukrativsten Marktsegmenten und somit zu den attraktivsten Kunden überhaupt. Damit ist der Zeitpunkt gekommen, eine eigene Firma zu gründen und die Ernte einzufahren. Dann werde ich vom Gesamthonorar nicht bloß ein Zehntel sehen, wie bisher, weil der Rest in die Taschen der Geschäftsleitung geht. Dann geht alles in meine Tasche. Als Eigentümer eines Beratungsunternehmens kann man ausgesprochen wohlhabend werden. Die Brutto-Verdienstspanne in der Beraterbranche liegt bei bis zu achthundert Prozent. Geld ohne Ende. Und in einem Großunternehmen wie Lutz & Wendelen die Karriereleiter bis zum gleichberechtigten Partner zu erklimmen ist so gut wie aussichtslos.

Ich entere den fensterlosen Raum, der mir für meinen Aufenthalt als Büro dient. Der Bodenbelag besteht aus sich wölbenden Veloursfliesen, die Fugen sind rissig, die Heizung funktioniert nicht richtig. Ich werde bereits von einem nervösen Angestellten erwartet, den ich auf Herz und Nieren prüfen werde. Er ist ein farbloser Mann, bei dem alle Züge eine Tendenz nach unten aufweisen, Augen, Nase, Mundwinkel. Typ: dichter Bartwuchs, auch unmittelbar nach der Rasur unrasiert. Er sitzt auf dem schäbigen Gästestuhl, trägt eine dunkelblaue Jacke mit Chinesenkragen, dazu eine Bundfaltenhose. Kleidungsstücke, die er sicher nicht erst gestern erworben hat.

Hallo Wiegehts? Freutmichsehr. Peng. Vorname: Mister.

Normalerweise mache ich, meiner Position entsprechend,

schon längst keine Interviews mehr. Aber das hier ist eine Sondersituation, und ich möchte auch in der Basisarbeit mitmischen.

Der arme Kerl, Ivan Soundso, über dessen Schicksal als Vorarbeiter ich gleich entscheiden werde, versucht, seine Nervosität zu überspielen. Mein Schatten eilt mir voraus. Er hat diese immer nassen Lippen, egal, wie oft man sie abtupft. Wenn ich mit ihm fertig bin, werden auch seine Augen nass sein, schätze ich. Die Arbeitsmarktlage hier in Novosibirsk ist, gelinde gesagt, nicht gerade rosig. Hier möchte man nicht auf der Straße sitzen. Hier blüht die Korruption, hier klickt es in der Leitung immer noch ostblockmäßig, wenn man das Telefon abhebt.

Laut Stadtführer, den ich mir am Airport gekauft habe, ist Novosibirsk die größte Stadt Sibiriens und die drittgrößte Russlands. 1,4 Millionen Einwohner. Wie viele Millionenstädte es weltweit doch gibt, die für mich weitgehend unbeschriebene Blätter sind. Eine Schande. Aber nur, wenn man geografische Bildung für relevant hält. Und das tue ich nicht. Kommt mir genauso sinnlos vor wie Fahnenkunde.

Ivan lautet also der Name des Mannes mir gegenüber. Es gibt Völker, die haben pro Geschlecht nur drei Vornamen zur Auswahl, habe ich den Eindruck. Olga, Irina, Natascha. Wladimir, Alexej und eben – Ivan. Schmales Spektrum.

Ich schaue in Ivan Rebroffs Personalakte. Mitte 40, Diplom-Ingenieur, Spezialist für Elektrotechnik, Frau, drei Kinder. Na ja, selbst schuld, wenn man sich Verantwortung aufhalst. Ich starte meine übliche Fragerunde, nachdem ich ihm einen Kaffee angeboten habe, den er ausgeschlagen hat. Das Gespräch führen wir auf Englisch. Obwohl er gut deutsch kann. Die sprechen hier alle ganz gut. Deutsch ist das Englisch des Ostens.

Mit der Genauigkeit meiner So-kundschaftet-man-Leute-aus-Verhörtechnik lasse ich mir von ihm seine Arbeitsabläufe schildern und stelle Fragen zu Logistik und firmeninternen Strukturen. Um was genau, also ganz genau, es in diesem Werk im herstellungstechnischen Sinne geht, weiß ich nicht. Muss ich auch nicht. Konkret lautet mein Auftrag, diese Fertigungseinheit, deren Auftraggeber Rüstungsunternehmen aus aller Welt sind, wirtschaftlich wieder auf Vordermann zu bringen.

Ivan spürt während des Interviews instinktiv, dass ich ihn nach Strich und Faden aushorche. Mehrfach lässt er sich bei der Beantwortung bestimmter Fragen Zeit. Wenn sie nachdenken, lügen sie, diese kleinen Würmer. Und mehrfach überführe ich ihn durch analytische Schlussfolgerungen der Unwahrheiten, von denen er meint, sie seien geschickt und zu seinem Vorteil. Lügen liegt einfach in der Natur des Menschen. Ich werfe es niemandem vor.

»Was genau machen Sie wann? Weshalb decken Sie diesen, Ihr Kollege aber nur jenen Bereich ab? Folgt dieser Ablauf denn wirklich einer streng logischen Plausibilität? Was hielten Sie von folgender Art der Zusammenlegung? Ist es denn wirklich der Knackpunkt, wenn Sie Ihre Ergebnisse dorthin leiten?« Ich und mein Besserwisser-Repertoire eben. Anschließend frage ich wieder ein wenig nach diesem und jenem, um das Eis zu brechen und ein bisschen genaueren Einblick in sein Arbeits- und Privatleben zu bekommen. Das ist ungeheuer wichtig. Der Gesamteindruck, den eine Belegschaft vermittelt, hilft mir, die richtigen Entscheidungen zu treffen und die richtigen Kandidaten zu eliminieren. Außerdem finde ich ein paar private Details immer amüsant, und es lockert diese eintönige Arbeit auf.

Nach zwanzig Minuten lasse ich von ihm ab. Das war's. Ich weiß genug. Ich gebe ihm mit jovialer Geste meine Hand und klopfe ihm aufmunternd auf die Schulter. Er ist extrem eingeschüchtert. Keine Sorge, alles wird gut. Die Ungewissheit nagt an ihm. Seine Augen blitzen, die Flügel seiner Adlernase ziehen sich zusammen und weiten sich wieder, in ihm begehrt etwas auf. Vielleicht wünscht er sich ja gerade die goldenen Zeiten zurück, in denen alles besser war, noch nicht verwestlicht. Vielleicht schlägt er gerade in seinem Köpfchen unter S wie Sozialismus nach und sehnt sich heimlich nach dieser institutionalisierten, lächerlichen Utopie von der Leugnung menschlicher Leistungsbezogenheit. Aber ob mit oder ohne kapitalistische Triebfeder, ein Russe ist ganz schnell wieder bei W wie Wodka. Russland wird immer gleich bleiben, egal, unter welcher Regierungsform. All die soziokulturellen und wirtschaftlichen Verrenkungen werden vergeblich sein. Die russische Volksseele ist die eines korrupten Nichtsnutzes. Oder Ivan? Habe ich doch recht! Sagen doch sogar eure eigenen Dichter und Denker. Vor allem die.

Er streicht sich mit der Hand übers Gesicht. Die reinste Karikatur eines Pechvogels. Er sieht mich immer noch verängstigt an, versucht an meinem Gesicht abzulesen, was ich vorhabe. Herauszufinden, was ich denke und tun werde, ist seit meiner Ankunft die Hauptbeschäftigung der gesamten Belegschaft. Ich bin wohl momentan der meistgehasste Mensch im Gebäude. Der Aufräumer und Durchputzer. Besser, ich achte auf meine Rückendeckung.

Im Stehen, schon an der Zimmertür lächle ich höflich. Ivan der Schreckliche fühlt sich daher zu der Vermutung berechtigt, noch etwas sagen zu dürfen, und fängt plötzlich einfach so zu reden an. Wohlgemerkt unaufgefordert! Unaufgefordert! Mit frömmelndem Blick, als würde er sich in einem tobenden Ozean am letzten Strohhalm festzuhalten versuchen, bevor ihn die gigantische Flutwelle wegreißt. Einen auf persönlich machen, mitleidheischender Augenausdruck, plumper Überlebenskampf. Er labert, er schüttelt den Kopf – der Kopf schüttelt ihn. Ich glaube, man kann sich's vorstellen. Ich, in der paradoxen Rolle des Henkers und des Beichtvaters. Russen haben so was schwülstig Pathetisches, wenn sie um ihr Leben flehen. Oder ihren Job. Zu viel Tamtam. Seine Brillengläser sind leicht von Tränendampf beschlagen. Das hier ist das vielleicht tausendste Gespräch dieser Art, das ich in meinem Leben führe. Sollte er doch im Stande sein, sich das zusammenzureimen. Sollte er sich doch denken können, dass ich seine überschwängliche Anbiederung als Zumutung empfinde. Sollte er doch ahnen, dass mein Lächeln nichts weiter als eine hinauskomplimentierende Gebärde ist. Er ist nicht besonders helle im Kopf, das ist mir gleich aufgefallen. Jedes Wort zu viel. Ich koche.

Ivan Blöd plappert weiter, rechnet mir sein sowieso schon so niedriges Gehalt vor, faselt etwas von Nähe am Existenzminimum und stellt es in Vergleich zu westlichen Gehältern. Tölpelhafte Taktik, eine unverblümte Milchmädchenrechnung noch dazu. Will der mich für blöd verkaufen? Ich weiß Umrechnungswert und Kaufkraft sehr wohl zu unterscheiden. Ich nicke verständnisvoll. Es kommt mir für einen Moment fast so vor, als würde groteskerweise *er mir* gut zureden. Macht die Sache auch nicht gerade besser, als er was von seinen drei Töchtern zu erzählen beginnt und wie überlebenswichtig seine Anstellung in der Firma ist. Wir wollen doch nicht *zu* platt werden. Doch, wollen wir. Er gestikuliert und zeigt halbherzig auf seinen Ehering, dieses weißgoldene, plunderhafte Symbol unnötiger Verpflichtung. Und bekommt dabei feuchte Augen. Nicht doch. Das ist ja peinlich. Richtiggehend entwürdigend, dieses Rudern im Treibsand. Verzweifelt ringt er um jeden Meter. Aber ich weiß, dass sein Kampf vergeblich ist. Jetzt sind wir gleich beide verlegen. Der hat wirklich überhaupt keine Skrupel, mir nicht nur meine Zeit zu stehlen, sondern auch noch mein Fremdschäm-Konto zu plündern.

Als Kind, immer wenn eine der Schwestern oder ein Erzieher gedroht hat, mich wegzusperren für etwas, das ich getan hatte, für jede scheiß Kleinigkeit, dann habe ich meine Augen zugemacht und mir ganz fest vorgestellt, dass nichts für immer ist und dass sogar das Schlimmste, das einem zustoßen kann, irgendwann später, vielleicht viel später etwas Gutes in einem bewirken kann. Weil die Zukunft alles ist, was man hat. Ein bisschen profitiert man von jedem Ereignis, selbst wenn man das in jenem Moment nicht glauben mag. Und mit diesem Gedanken habe ich mir das Schreien abgewöhnt und das Weinen. Ich habe aufgehört, mich gegen das Unabänderliche zu wehren, in der Hoffnung, meine Stille und die Zeit mögen dem Spuk ein Ende bereiten. Ich weiß nicht, ob das richtig war. Ich weiß nicht, ob wirklich jede Wunde verheilt. Aber wahrscheinlich ist es damit so, wie mit allem, was man denkt – es ist vollkommen richtig und doch nur zur Hälfte wahr.

Ivan macht auf jeden Fall gerade genau das Falsche. Er liefert sich mir aus. Scheint die Regel nicht zu kennen: Wer die Macht hat, missbraucht sie auch. Darum gib niemandem das Gefühl, er hätte Macht über dich. Merksatz von Pater Cornelius. Er wusste immer, was wann tun. Was wann sagen. Er wusste immer, was er uns beibringen wollte. Unendliche Lebensklugheit, philosophische Leitfäden. Unstimmig an Papas, äh, an Pater Cornelius' mannigfachen Weisheiten war bloß, dass er an uns das Gegenteil von dem praktizierte, was er predigte. Wir konnten machen, was wir wollten, wir waren seiner unseligen Macht hilflos ausgeliefert. Aber das ist lange her.

Ich versuche, das hier zu beenden, tätschle Ivans Schulter und sage: »Mr. Sokolow, don't worry. Trust me. Everything will be fine, you're in no danger, okay? Believe me, seriously.« Eine gnadenlose Übung in hochgestochener Schäbigkeit. Verständniskontingent längst aufgebraucht. Ich zähle ihn innerlich an. Er speichelt beim Sprechen sogar in die Mundwinkel. Ich lege die Hand auf die Klinke. Wippe mit einem Fuß. Nicke. Sehe:

Offenbar zittert er. Jede Faser meines Körpers kommuniziert: So jetzt aber! Geduldsfaden längst gerissen! Dann doch schneller als erwartet, endlich Ende, thematisch von selbst leer geblutet. Vielleicht kann er auch einfach sein eigenes schlechtes Englisch nicht länger ertragen. Ich halte Ivan Lendl die Tür auf und zwinkere ihm noch mal zu. Pure Herablassung im vorgespielten Mitgefühl. Ein bisschen kann ich ihn ja verstehen. Aber trotzdem. Ich bin viel zu sehr mit meinen Selbstzweifeln beschäftigt, um noch Mitgefühl für andere übrig zu haben. Und selbst wenn dieser Russe das nie glauben würde, im Gegensatz zu mir geht es ihm blendend. Womöglich gleicht sich jetzt alles nur einfach aus.

»Do swidanija.«

»Do swidanija.« Mein Blick sagt: Keine Gefahr für Sie. Indianerehrenwort. Er verlässt den Raum mit einem dankbaren Lächeln. Da geht er hin, Ivan Ivanowitsch. Wie leicht es doch ist, einen verängstigten Menschen dazu zu bringen, in dir einen Seelengefährten zu sehen. Durch den Zufall, auf mich getroffen zu sein, wird sich Ivans Leben jetzt negativ verändern. Nur solange der blinde Zufall dich verschont, bleibt alles halbwegs so, wie es ist.

Ich vermerke mir: Ivan Sokolow, Dipl.-Ing., der Mann wird nicht mehr benötigt.

Da hat dir dein Diplom auch nichts gebracht, Wertester.

Mein Blick schweift durch das Zimmer. Die zusammengewürfelten Büromöbel hier drin gehen mir derart auf die Nerven, wie Büromöbel es eigentlich nicht können sollten. Ein schlechtes Zeichen. Meine vierzehn Tage Nowosibirsk werden kein Zuckerschlecken. Kein freier Tag. Ich kann eben einfach nicht auf der faulen Haut liegen. Irgendwann habe ich die Fähigkeit verloren, etwas Positives zu empfinden und mich zu entspannen. Und jedes andere tiefe Gefühl. Außer Angst und Hass. Aber ich gebe zu, meine gnadenlose Härte mir selbst gegenüber erfüllt mich zumindest mit einer Art verächtlicher Befriedigung.

Ich tippe weiter an meinem Ivan-Gesprächsprotokoll. Geschreibsel. Meine Entlassungsempfehlungen muss ich ja auch jeweils in einem Zwanzigzeiler begründen.

Gedämpft höre ich, wie sich die berüchtigte Maschinengewehrlache meinem Büro nähert. Karl Josef Marischka, KJM, der große Chef, klopft kräftig an und steht schon vor mir. Ich fahre mit dem Cursor über das kleine Diskettensymbol und klicke, um zu speichern.

»Ihre Leute sind bereits im B-Trakt, habe ich gesehen«, sagt er ohne Einleitung. Viel Energie, wenig Zeit. Er streicht sich durch seinen buschigen Schnurrbart und postiert sich in der Mitte des Zimmers. Sudetendeutsche Abstammung, Privatjetbesitzer, 64, weitgehend kahlköpfig und robust. KJM ist der Typ, dem jeder Raum gehört, in dem er sich gerade befindet. Ihn umweht die souveräne Arroganz des Kapitals und die Selbstverständlichkeit derer, die daran gewöhnt sind, ihren Willen zu bekommen. Im Schlepptau sein Sohn, der unter der väterlichen Dominanz kläglich leidende Junior-Chef, sowie zwei Assistenten, unter der großherrschaftlichen Strenge aufblühende Rosettentaucher.

Ich entgegne: »Guten Morgen. Ja, ich hoffe, wir stören dort niemanden?«

»Habe ich das gesagt?«, schmettert Marischka mir gereizt entgegen, durch gewaltigen Reichtum und Macht der alltäglichen Beschränkungen des gesunden Menschenverstandes längst entledigt, frei von den Prinzipien empfohlener Umgangsformen. So, als sei bereits ein Minimum an Manieren und Einfühlungsvermögen ein Anzeichen mangelnder Durchsetzungskraft. Sein Sohn zuckt zusammen, wie immer, wenn sich sein Vater aggressiv unfreundlich verhält, und starrt mich aus weit aufgerissenen Augen an. Ohne zu antworten, schüttle ich verhalten den Kopf, in stiller Weißglut. Jede Faser meines Körpers ist durchdrungen von tiefer Übersättigung an Demütigung. Die Assistenten lachen, ernst schauend, in sich hinein. Schadenfreude. Sie kommen rüber wie Anstandswauwaus. Aalglatte, ehrerbietige Schleimer und verklemmte Steigbügelhalter, die grundsätzlich lieber nichts sagen. Aus Erfahrung weiß ich: Vorsicht, stille Wasser.

»Sie kommen also gut voran?« Marischkas Stimme ist nicht laut, sie ist durchdringend. Ich liebe diesen rustikalen Ansatz (ja, ich hasse ihn), bloß keine Zeit verschwenden. Man hat das Gefühl, der Subtext bei allem, was er sagt, laute »Stillgestanden«. Nicht umsonst wird er hinter seinem Rücken »Der General« genannt. Er tut so, als bekäme er es nicht mit. In Wahrheit schmeichelt es ihm. Ich nicke und sage, mit einer Prise entwaffnendem Enthusiasmus: »Morgen können wir die ersten Auswertungen gemeinsam durchgehen. Bis heute Abend sind wir durch mit unserer ersten Phase und den Matrix-Sequenzen.« Sir, ja, Sir.

An meiner Nasenspitze ist es feucht und braun. So ist das. Eben wurde mir noch in den Arsch gekrochen, und jetzt bin ich dran. Das hört nie auf, egal, in welcher Position du bist. Vor irgendjemandem musst du immer buckeln, irgendjemandes Gunst musst du immer sicherstellen. Und das ist hier besonders ratsam. Wie sollte es auch anders sein, auch KJM hat bereits vielfach schlechte Erfahrungen mit Consultern gemacht. Ich möchte keine Namen nennen. Auf die großen Namen der Branche hat er keine Lust mehr, die haben viel verbrannte Erde hinterlassen und noch mehrere Millionen mitgehen lassen. Abgezockt. Eigentlich ist er mittlerweile allergisch auf Berater. Es könnte sein, dass ich sein letzter Versuch bin, einen externen Consultant hinzuzuziehen. So weit hergeholt es klingen mag, glaube ich, dass dies mit mir persönlich zu tun hat. Denn trotz Marischkas herablassender Art verspüre ich ein Quäntchen Zuneigung. Diese könnte in Richtung »der Sohn, den ich nie hatte« gehen. Sein Sprössling scheint ihm selbst nämlich eindeutig vernachlässigenswert. Karl Josef Marischka also in: »Der Vater, den ich nicht wollen würde.« Ab Donnerstag im Kino.

»Wenn Sie noch Personal brauchen, lassen Sie es Premrow wissen.«

Er zeigt auf den jüngeren der beiden Lakaien an seiner Seite, dessen sklavische Duckhaltung ihn zu einer ermüdend substanzlosen Figur macht. Premrow! Mit seinem verunstalteten Mund, einer mangelhaft operierten Hasenscharte. Er sieht mich voll perfekt verstecktem Abscheu an. Premrow ist der Schlimmste. Er möchte meine Arbeit mit allen Mitteln sabotieren. Wir beschränken direkten Kontakt auf das Nötigste. In den nur sechs Tagen, die ich hier bin, sind wir mittlerweile an einem Punkt angekommen, an dem wir uns nur noch mit einem knappen Nicken begrüßen, wie zwei alte Erzfeinde, die sich gegenseitige Achtung aber nicht verweigern. Der Knabe spinnt seine Intrigen derart komplex, dass er dabei fast schon selbst den Überblick verliert.

Zurück zu Marischkas entgegenkommendem Angebot, dieser als Unterstützung getarnten Überprüfung. Reine Berechnung. Vielleicht unsere eine große Gemeinsamkeit. Ich, aufrichtig: »Besten Dank, aber soweit sind wir optimal aufgestellt.«

Marischka sieht mich an, prüft meinen Blick ohne Eile und mit ernster Gründlichkeit. Dann sagt er: »Gut. Bis später«, dreht sich um, lacht lauthals über etwas, das ihm Premrow zugeflüstert hat, und verlässt den Raum. Mit dem Zuschlagen der Tür bricht sein Lachen ab. Ich greife mir in meinen etwas zu engen Hemdkragen, reibe an meiner gereizten Halspartie und schnuppere dabei gleichzeitig unauffällig. Die konkurrierenden After Shaves sämtlicher eben Anwesender lassen den bedrückenden Raum noch enger wirken.

Ich schaue auf die Uhr, warte noch etwas, um sicherzugehen, dass der Tross um Seine Durchlaucht den General sich verzogen hat, und verlasse mein Büro. Gehe und hole mir einen Kaffee. Werfe mir was ein. Instruiere einen aus meiner Crew, den ich in seinem Büro aufsuche. Kehre in mein eigenes zurück. 11 Uhr ist es. Ein Russe kommt rein. Das nächste Interview beginnt. Bis 15 Uhr 30 arbeite ich durch und unterbreche immer bloß kurz, um lebensnotwendigen Bedürfnissen nachzukommen.

Um 15 Uhr 32 summt mein iPhone. Wenn man so heißt wie ich, ist man gezwungen, sich am Telefon immer mit vollständigem Namen zu melden. Oder man sagt einfach nur »Hallo«! Ist sowieso klüger. Also: »Hallo?« Joel ist dran. In seiner Inkarnation als mein Anwalt. Lutz & Wendelen haben mir vorgestern tatsächlich gekündigt. Diese Ratten. Ich bin gefeuert. Joel und ich planen nun, anhand einer Klausel in meinem Arbeitsvertrag auf eine zusätzliche Abfindungssumme zu klagen. Solange wir uns also in dieser juristischen Schwebephase befinden, darf niemand von meinem Marischka-Job wissen, sonst wird das von L & W noch gegen mich verwendet. Joel ist der absolut Einzige, der informiert ist. Und seitens Marischka sehe ich in Sachen Diskretion keine Probleme. Er ließ mich nämlich eine zusätzliche Schweigeklausel unterzeichnen. Sehr viele oberste Industrielenker möchten nicht, dass bekannt wird, dass sie Berater hinzuziehen. So was verletzt ihre Eitelkeit, sie wollen sich alles auf die eigene Fahne schreiben. Und hier und jetzt kommt mir diese Geheimhaltungsstufe sehr entgegen.

Joel klingt etwas belegt. Er hat News. Die Verbindung ist exzellent. Er teilt mir mit, Lutz & Wendelen sind nicht bereit, unseren Abfindungsforderungen zu entsprechen. War zu erwarten. Sie werden versuchen, Gründe zu finden, die gegen meine vertragliche Kündigungsklausel sprechen. Joel hatte

Lutz persönlich an der Strippe, und er meint, es wurde laut zwischen ihnen. Harte Bandagen, »So nicht, nicht mit uns«-Gelaber, wir sollen ruhig klagen, dann werden wir schon sehen, et cetera. So weit Joel Wagner. Und dann noch mal Joel Wagner: »Hör zu, Connie, die werden auf die Psycho-Karte setzen.«

Ich knete am Ladekabel, während ich zuhöre. Schließe die Augen, während die Panik in meine Seele kriecht.

Er fährt fort: »Die werden psychische Probleme ins Feld führen. Hörst du?«

Ich murmle gedankenverloren ein Hmm, als hätte ich eine Wahl.

»Warum hast du mir das mit dem Brief nicht gesagt?«, zischt Joel beschwörend.

»Was meinst du?«

»Du weißt, was ich meine.«

Ich schweige und stütze mich mit den Ellbogen auf den Tisch, der sich zu bewegen scheint.

»Du weißt, was ich meine, Connie. Der Brief fängt mit Fuck an und hört mit Shit auf. Klingelt's?«

So, wie er das sagt, sollte die Antwort »Ja« lauten. Er lässt eine Pause, ich unterbreche sie nicht. Stattdessen beiße ich mir in die Innenseite meiner Unterlippe. So fest, dass es zu bluten beginnt. Es tut höllisch weh. Ich fahre mit der Zunge über die Schnittwunde, ich spüre rohes Fleisch. Dann beiße ich noch mal auf die Stelle. Kurz möchte ich stöhnen vor Schmerz. Nichts da.

»Warum hast du mir das nicht gesagt?«

Ich habe das Vertrauen zu mir verloren. »Frag nicht.«

»Was ist los, Connie?«

»Frag nicht«, sage ich, lauter als zuvor.

»Du hättest es mir sagen MÜSSEN, verdammt!«

Dagegen habe ich kein Argument. Ich fange an, in den Hörer zu schreien, unschönes Zeug, und antworte dann, aufgesetzt ruhig und entspannt: »Tu ich doch gar nicht«, nachdem Joel mich angeherrscht hat: »Gib die Schuld nicht dem Überbringer schlechter Nachrichten.«

Ich bin damit beschäftigt, schreckliche Zusammenhänge erneut zu begreifen. Ich, noch mal, etwas leiser: »Tu ich doch gar nicht.«

»Ich hoffe bei Gott, du weißt, was du da machst, Connie.«

Es gäbe noch einiges zu sagen, aber das würde zu nichts führen. Ich murmle eine zerknirschte Entschuldigung: »Schon gut, tut mir leid. Bis später.« Ich lege auf. Mit einem Mal empfinde ich eine so abgründige Leere, dass ich fürchte, darin für immer verlorenzugehen. Als hätte jemand ein tiefes Loch in meine Seele gebohrt.

Insidon. Zwei Stück.

Etwas später: Da es in Deutschland gerade 11 Uhr vormittags ist, rufe ich Esther an. Ich weiß auch nicht, warum. Es gibt nichts Neues, aber es ist nett, ihre Stimme zu hören. Und ich muss zugeben, dass ich sie nie im Mindesten langweilig finde, wenn wir uns unterhalten. In letzter Zeit gibt es mir etwas. Dann spreche ich Fynn, der gerade im Unterricht sitzt, auf die Mailbox und schreibe ihm noch eine E-Mail und noch eine SMS. Inhalt aller drei Nachrichten: Ruf mich an, wann du willst. Bitte bald. Wir sprechen jeden zweiten Tag. Er soll immer mich anrufen, dann weiß ich sicher, dass er in der richtigen Stimmung ist. Gesprächstarife spielen keine Rolle, sein Handy zahle sowieso ich. Er ist so verdammt traurig in letzter Zeit und bedrückt. Ich kriege immer noch nichts aus ihm raus. Heute ruft er nicht zurück.

Auch dieser Arbeitstag vergeht. Ich komme gut voran, mein Team funktioniert. Unsere erste Implementierungsstufe ist vortragsreif. Morgen großes Meeting. Bereits um 21 Uhr verlasse ich das Gebäude. Sonst nie vor 23 Uhr. Heute erschöpfungsbedingte Ausnahme. Gestehe es mir zu. Ein Kraftakt für sich. Begegne auf dem Weg zur Ausgangs-Sicherheitsschleuse ausgerechnet Premrow, der auch Schluss für heute macht. Ich unterdrücke ein leicht erschrecktes Zucken und tue leutselig. Er macht unvermittelt eine kurze Verbeugung, während seine Augen wachsam und zurückhaltend bleiben. Premrow, ich traue dir nicht. Ich weiß, er ist gegen mich. Ich wünsche ihm alles Schlechte. Mein Chauffeur wartet mit aufgehaltener Tür. Als wir vom Gelände fahren, liegt Schnee, ein Weiß, das inzwischen grau und schmutzig geworden ist und vom Regen durchlöchert. Immer wieder beiße ich mir in die offene Wunde auf der Innenseite meiner Unterlippe. Werde sie nicht zuwachsen lassen. Es blutet.

Später am Abend führe ich eine uralte Schachtel, irgendeine mongolische Oma von der Hotelbar, zum Essen aus. Sie ist keine Prostituierte. Ins Bett kriege ich sie nicht.

26

Am Tag darauf presche ich durch die Katakomben von Marischkas Fertigungshalle, obwohl ich keine Sekunde geschlafen habe. Keine Sekunde. So was sagt man oft und meint damit: schlecht oder kaum geschlafen. Ich aber meine es wortwörtlich. Keine Sekunde.

»Guten Morgen, Steve, gut geschlafen? Was macht Ihre Zeitersparnis-Quote? Haben Sie sie schon auf unter vierzig gedrückt?«, frage ich streng, als ich in das Zehn-Personen-Büro trete, in dem meine Mannschaft untergebracht ist. Unser temporäres Headquarter. Der Raum ist nichts Großartiges. Tische, Stühle, Apples. Unzählige Dokumente und Pläne hängen an den Korkplatten, mit denen die Wände vom Boden bis zur Decke beklebt sind.

»Krieg ich hin, Conrad, ein paar Zahlen muss ich noch angleichen«, antwortet Steve rasch.

(An/glei/chen = biegen, brechen, dehnen, strecken, stauchen. Je nach Bedarf.)

Wir grinsen uns an. Ich nehme mir einen Red Bull aus dem kleinen Kühlschrank in der Ecke.

Steve Whittaker, fünfundzwanzigjähriger US-Amerikaner aus Boston, ledig, mein wichtigster Mann in Nowosibirsk, hochrote Hände, vorstehendes Kinn, seine Hosen sitzen zu stramm um seine rundlichen Waden, dicker Hals. Sein Gesicht gemahnt mich immer wieder zu äußerster Vorsicht, denn nur weil er aussieht wie ein Arschloch, heißt das noch lange nicht, dass er keines ist.

Nein, ich kann ihm eine gewisse Sympathie nicht versagen.

Er hilft mir die vierzehn Tage, die wir hier sind, als zweiter Analyst. Fungiert somit als mein erster Offizier. Vielleicht übernehme ich ihn, wenn wir die Arbeit an diesem Projekt beendet haben. Leistet hervorragende Arbeit. Ich ahne, er wird's mal weit bringen. Das ärgert mich. Ein karrieregeiler junger Kerl, der nur zu gern da wäre, wo ich bin.

Menschen wie ich kommen mit Menschen wie mir nicht gut aus.

Das Großraumbüro erstrahlt im Glanz abscheulicher Neonleuchtröhren. Das berührt mich nicht. Alle sitzen an ihren Arbeitseinheiten. Zeit zu handeln.

Ich gebe ein Zeichen und einen Laut von mir. Also, ich schnalze. Meine zwölf Leute erheben sich von ihren Plätzen und folgen mir zu dem großen Sitzungstisch im angrenzenden Konferenzraum. Ich rufe Steves Vornamen, was soviel heißt wie, er möge mit Tagesordnungspunkt eins beginnen, dem Vortrag seines Zwischenberichts.

Jemand öffnet ein Fenster. Ungefragt. Frischluft macht mich nervös. Ich mache ein ungehaltenes Was-soll-das-denn-

Gesicht, stehe sofort auf, mit Ich-packe-selbst-an-Gesicht, und schließe das Fenster demonstrativ. Dann mache ich ein Muss-man-denn-alles-selber-machen-Gesicht. Ist angekommen.

In dem Konferenzraum, in dem wir uns gerade befinden, werden wir auch unsere Präsentation morgen vornehmen. Regel Nummer eins: für Meetings, den Kunden aus seinem Büro ins eigene Revier locken.

Steve bringt in vier Minuten alles Wesentliche auf den Punkt. Ich suche vergeblich nach Lücken in seiner Argumentation. Die könnten wir uns morgen vor Marischka auch nicht leisten.

»Ausgezeichnet. Danke, Steve, hervorragend«, sage ich, die Dose in der Hand, kippe meinen Stuhl zurück und schaukle ein wenig hin und her. Ohne rechte Lust darauf, schmeckt Red Bull irgendwie anders.

»Was deine Festlegung der Eckwerte bei der Implementierung betrifft«, ich verstumme, um größere Wirkung zu erzielen, »leg dich bitte morgen bei der Präsentation zahlenmäßig nicht fest, lass das offen. Sonst laufen wir Gefahr, dumm dazustehen, wenn die sich einbilden, unser Analysesystem auseinandernehmen zu müssen. Glaube zwar nicht, dass sie das tun werden, aber sicher ist sicher.« Man hängt an meinen Lippen.

»Ach ja, noch was zu Wladimir Premrow! Ich glaube, auf den können wir nicht zählen, der lässt sich nicht auf unsere Seite ziehen. Aber er ist für die Vergabe ein wichtiger Entscheidungsträger. Also, Steve«, ich schaue Steve eindringlich an, »check seine Abteilung noch mal durch. Bring mir alles, was wir gegen ihn verwenden können. Irgendwelche Unstimmigkeiten in seinem Team oder im Aufgabenbereich, Animositäten, Gerüchte, was weiß ich. Da wird sich schon was finden lassen. Bis morgen muss ich etwas in der Hand haben, um ihn bei Bedarf kaltzustellen. Alles klar?« Man kann nie genug über die Leute wissen, mit denen man arbeitet. Ob Freund, ob Feind. Jeder hat seine Achillesferse, und es ist so meine Art, die aller Menschen um mich herum zu finden und mir gut zu merken. Immer die eine oder andere vertrauliche Information in der Hinterhand haben – ausgesprochen hilfreich. Steve nickt, er weiß Bescheid, was zu machen ist. Er kennt die Suchkriterien zur Schädlingsbekämpfung. Er ist schließlich Katholik.

Wir fahren mit dem Meeting fort. Wenn ich mich umsehe, erkenne ich kollektiv den Du-bist-der-Boss-Ausdruck auf den Gesichtern der Ritter meiner Tafelrunde. Ich hasse ihre Gefügigkeit und inhaliere sie zugleich. Mir stehen siebzehn Assistenten zur Verfügung, die ich über eine Londoner Headhunterin rekrutiert und höchstpersönlich ausgewählt habe. Jeder für sich genommen ein Ass. Aber ich muss höllisch aufpassen. Es kann allerhand schiefgehen mit einem nicht eingespielten Team. Noch dazu in solch ungewohnter Umgebung. Deshalb, Top-Leute hin oder her, du kannst trotz strengster Auswahlkriterien nie sicher sein, wie sich jemand während eines Jobs entwickelt. Und nichts entgeht meiner Wachsamkeit.

Ich stopfe meine Krawatte in die Jackentasche und klappere dabei alle zum tausendsten Mal mit meinen Blicken ab.

Die Hände der gutaussehenden Clara Henkel, die neben Steve sitzt, zittern, und sie versucht es zu verbergen. Man entwickelt ein Näschen für vom Stress dauerkranke Weicheier, die in der Oberliga nicht klarkommen. Ich werde sie im Auge behalten.

Ebenso wie Wolfgang von Thielen. 49 Lenze. Notiert sich nen Wolf, kratzt ständig seine schuppenflechtige Neurodermitis an der Nase und schwitzt. Ein Tropfen, vielleicht Angstschweiß, zittert auf seiner schorfigen Nasenspitze. Sein Wasserglas enthält ein wenig zu offensichtlich nur Wasser. Getreu dem Motto: Wenn dich niemand saufen sieht, bist du auch kein Alkoholiker. Er hat schon zu viele Jahre auf dem Buckel, um noch richtig mitmischen zu können. Ein verbrauchter Ackergaul, der seinen Höhepunkt längst überschritten hat. Typisches Beispiel.

Wolfgang scheint meine Musterung zu bemerken und sieht zu mir rüber. Ich vollführe ein kleines freundschaftliches Zwinkern mit beiden Augen. Er sieht mich überrascht an, reagiert aber nicht. Schaut wieder zu Steve, der seine Idee darlegt. Ja, Steve wird's mal weit bringen. Sehr gut, sehr kreativ. Ich nicke. Jemand fügt etwas hinzu, einen Sekundenbruchteil später beginnen alle zu überlegen, entwerfen erste Ideen. Ein lautloser Wettlauf intensiven Brainstormings beginnt. Ein paar verziehen das Gesicht zu einer Grimasse. Einer nimmt die Brille ab, seine Miene ist ausdruckslos. Jeder hat seine eigene Art nachzudenken. Ich zwinge mich, ernst zu bleiben. Lasse meine Crew mal machen, behalte meine Lösungsbeiträge jedoch noch für mich, obwohl ich schon weiß, wie wir's schlussendlich angehen werden. Ich will ihnen die Spannung nicht verderben.

Wie nebenbei betaste ich meinen im Rückzug befindlichen Pickel. Er ist nicht mehr infektiös. Die Zeit, ihn auszudrücken, ist abgelaufen. Jetzt habe ich einen geröteten Huckel an der Schläfe. Wohin verschwindet ein Eiterpickel, wenn man ihn nicht ausdrückt? Rücklauf ins Blut? Ekelhafte Vorstellung. Ich sehe momentan aus wie das letzte Einhorn, dem das Horn auf die Schläfe gerutscht ist.

Alle um mich rum sind noch in Gedanken vertieft.

Von einer plötzlichen Welle des Kummers überwältigt, höre ich plötzlich wieder Christians Pubertätsorgan, sein markantes, gerolltes R. Unablässig in meinem Kopf:

Wir sind den ganzen Nachmittag draußen,
wenn du's dir doch anders überlegst, komm einfach nach.

Und ich kriege die Krise.

Komm einfach nach.

Ich bin ganz Ohr. Mir wird schwindelig. Mein Gehirn fühlt sich an wie die reinste Rumpelkammer. Christian. Die anderen. Ich bitte um Absolution. Unbemerkt von allen. Keine Augenzeugen. Niemand sieht's.

»Was denkst du, Conrad?« Steves Stimme dringt zu mir vor. Ich konzentriere mich. Das rettende Ufer ist nur ein paar Meter entfernt. So schnell wie möglich wate ich durch den Morast meiner Erinnerung zurück in die Realität.

»Find ich gut. So machen wir's!«, sage ich hastig, als hätte ich mir gerade selbst eine Lektion in Sachen Reaktionsfreudigkeit erteilt. Wir sind durch. Ich teile die Mannschaften ein, versehe jeden einzelnen meiner Höflinge noch mit einem anweisenden Kurzkommentar, erhalte nickende Zustimmung, sehe auf meine Uhr, und in dem Moment stehen auch schon alle auf und kramen ihre Unterlagen zusammen. Ich gebe die Uhrzeit für unser heutiges Abschlussmeeting bekannt. Alle wieder hier, um 18 Uhr.

Mein Stuhl quietscht beim Zurückschieben.

Wir diskutieren in kleinerem Kreis noch fünf endlose Minuten über einige strategische Fragen, und ich mache – ganz kollegial und offen – ein paar Vorschläge. Alle nicken und geben mir recht.

Es ist furchtbar, ich würde am liebsten meine Meinung ändern, sobald ich das Gefühl habe, jemand stimmt mir zu.

Ich gehe zurück in mein Büro im Untergeschoß. Ich möchte kurz allein sein. Ich vertrage Menschenkontakt nur eine bestimmte Zeit, muss mich im Anschluss regenerieren.

Die Firmenmitarbeiter Marischkas, denen ich auf dem Gang begegne, beäugen mich verunsichert und misstrauisch. Bin ich gewöhnt, ist immer so. Der Consulter, der Feind im eigenen Haus.

Tür zu.

Es ist fast halb zwölf.

27

Zwölf Stunden später beende ich auch diesen, meinen siebten Arbeitstag. Ich schlucke zwei Beruhigungstabletten und lege mich ins Bett, voller Erschöpfung und überdreht. In die Decke bis zu den Augen eingemummt. Der sich anbahnende Rechtsstreit geht mir durch den Sinn. Keine Hoffnung auf Schlaf.

Ich ziehe mich noch mal an und verlasse mein Zimmer.

Fahre mit dem Lift ins zweite Tiefgeschoß des Hotels. Betrete den hauseigenen Nachtclub.

Ohrenbetäubend druckvoll stampft ein monotoner Technobeat Takt für Takt voran. Giftgrünes Stroboskoplicht-Geflacker auf der Tanzfläche. Lässt die Szenerie aussehen wie einen Film aus schnell aufeinanderfolgenden Standbildern. Zu sehen sind ekstatisch verzogene Gesichter in einem Meer aus Menschen. Auf den Mienen des wogenden Pulks zeichnen sich Drogenrausch, Hingabe, Wut, Verzückung, Kapitulation, Leere und Exzentrik ab. Sie recken ihre Fäuste nach oben, gehen auf den irrsinnig lauten Sound des dunkel bebrillten DJs ein.

An diesem Abend lerne ich eine Deutsche kennen. Neunzehn. Brünett. Glänzendes Gesicht. Etwas weich. Ich sitze abseits, in einem nur unwesentlich ruhigeren Bereich, in der vierten Nische rechts, wenn man vom Eingang hereinkommt. Bei meinem dritten Gin Tonic (der nach Chlor schmeckt). Sie spricht mich an. Ob hier noch frei ist. Sie nimmt ungeschickt auf dem Stuhl gegenüber Platz. Die Konversation ist ein Tiefpunkt in der Geschichte der Kommunikation.

Ich frage sie, woher sie kommt. Sie nennt einen Ortsnamen (ein Kaff) und sagt nicht automatisch dazu, wo das ungefähr liegt. In der Nähe welcher größeren Stadt? Ich muss nachfragen. Und erfahre dabei: Sie kommt nicht aus dem Taunus, sondern aus dem *schönen* Taunus.

Ich frage sie, was sie so macht. Sie sagt, sie studiere und sagt nicht automatisch dazu, was sie studiert. Ich muss nachfragen.

Vernünftig wie eh und je, beschränke ich mich auf das, was von mir erwartet wird. Ich frage nach. Beiläufig, in nichtssagendem Tonfall. Und zerknülle dabei eine Serviette.

Als sie mich danach fragt, erzähle ich ihr, was ich hier in diesem Nest mache. Niemals würde ich eine Auskunft verweigern. Sie sagt »wow!« und findet es mehrere Minuten total geil, weil sie »jemanden« kennt, der auch so was macht. Nämlich Consulting-cool-krass-wow. Anscheinend ist dieser Jemand gut situiert, und das wiederum scheint sie feucht zu machen. Sie lässt nicht locker und sagt noch mal »wow!«. Ich würde es wirklich vorziehen, wenn sie nicht so beeindruckt von meinem Job wäre. Diese lächerliche Bewunderung! Im Büro nennen wir solche Frauen Business-Men-Schlampen. Weiber, die nur auf Geschäftsleute stehen und bei denen Männer ohne Krawatte und teure Schuhe keine Chance haben. »Wow« also. Ich gebe mir etwas Zeit, um diese Information zu verarbeiten. Sehe in der Düsternis einer Sitzecke gegenüber vereinzelte Glutpunkte von Zigaretten aufflammen. An unserer Nische gehen ein paar Gäste vorbei, breitspurig und hilflos zugleich, wie man es bei Clubbesuchern so häufig beobachten kann.

Dann setze ich es fort, unser dumpfes Frage-Antwort-Spielchen. Möglicherweise lohnt es sich ja. Geistesgestörte Weiber vögeln meistens außerordentlich gut. Klar ist sie mir zu mädchenhaft. Aber das ist jetzt egal. Leichte Beute. C-Girlie. Warum nicht?

Meine Stimme ist schon heiser, weil ich ihr ständig ins Ohr schreien muss. Ich frage: »Und was führt dich hierher?«

»Du, ich bin hier als Au-pair bei einer total netten Familie, das is echt cool, die sind voll locker.«

Jetzt sage *ich:* »Wow. Cool. Au-pair!« Was für eine Talentvergeudung. Au-pair, aha. Also Putz- und Kochsklavin für die

Dame des Hauses und Lustobjekt für deren Mann. Und ausländischer Abschaum für die Kinder. Au-pair ist ein prima Konzept. Kein Wunder, der könnte ich auch was vom Leben auf dem Jupiter erzählen.

Mit dem unverwechselbaren Mitteilungsbedürfnis dummer Frauen erzählt sie mir von ihrer letztjährigen Au-pair-Anstellung in Südafrika. Wohin sie unheimlich gerne wieder zurückkehren würde. Ich ahne, was jetzt kommt. Sie wird mir erst sagen warum, wenn ich mich danach erkundige. Also gut: »Und weshalb möchtest du wieder zurück nach Südafrika?«, frage ich, als ob's wichtig wäre.

Sie brüllt mir ins Ohr: »O weißt du, ich möchte lieber heute als morgen nach Johannesburg, weil dort der Lebensstandard so hoch ist. Weißt du, dort gibt es in jedem Haus mindestens vier Angestellte, weißt du. Das ist so angenehm. Köche, Putzpersonal, Chauffeur, Gärtner. Weißt du, das ist mit hier gar nicht zu vergleichen. Die Neger dort kosten ja fast nichts.«

Oh.

Klar.

Kurze Stille. Von der pulsierenden Musik abgesehen. Pause. 3,14159 Sekunden Schockstarre. (Die Zahl Pi.) Einseitig. Sie lächelt, streicht über den Rand ihres Glases. Es ist beruhigend, dass nur mir auffällt, dass das hier jetzt irgendwie schräg ist. Na ja. Sag was. Vorsorglich, falls sie es doch anders gemeint haben sollte (auf welche Weise auch immer), tue ich für einen Moment ernsthaft amüsiert. Aber Entwarnung, sie meint das eins zu eins. Also bedeute ich ihr mit einer Handbewegung, dass sie recht hat. »Aha. Schön.« Ich nicke echt nett. Sie nickt echt nett zurück. Ich ahne, das ist nicht Dummheit. Das ist etwas anderes. Und genau das ist ihr ins Gesicht geschrieben. Ich füge noch ein »Mmh« an. Eigentlich genau die richtige Begrifflichkeit, um meinen grenzenlosen Respekt für diese Schlampe in Worte zu fassen.

Wie zur Bestätigung meiner Gedanken flüstert sie mir im Verlauf ihrer sprudelnden Afrika-Schilderungen (es muss ihr dort *wirklich* gut gefallen haben) unter anderem noch – »Jetzt mal ehrlich, Neger sehen doch alle gleich aus« ins Ohr.

(Nicht lachen. N i c h t l a c h e n .)

Und etwas über deren ungünstige transpirative Geruchsentwicklung. In geringfügig rustikalere Worte verpackt – nicht originell genug, es zu rekapitulieren. Zweifellos, sie ist auf eine Weise beschränkt, die Schuld ausschließt.

Einschub: Rassistische Äußerungen sind mir inhaltlich komplett egal. Das ist nicht der Punkt. Ich schulde niemandem irgendwelche pseudo-korrekte Zurückhaltung in dessen Abwesenheit. Nur sagen sollte man bestimmte Dinge nicht laut. Denn stromlinienförmiges Verhalten gilt in dieser Welt als so etwas wie ein Indiz für geistige Gesundheit. Die Wahrheit ist immer heikel. Warum, weiß der Teufel. Aber ich halte mich daran. Von Belang ist nämlich nur, dass man sich durch Missachtung des Kommunikations-Kodex fahrlässig selbst disqualifiziert. *Das* ist das Unverzeihliche. Erlaubt man sich selbst gegenüber geistige Offenheit, ist das Leben ein einziger Balanceakt. Nicht allerdings, wenn man so schlicht ist wie dieses Hohlköpfchen hier. Dann plappert man einfach selig drauflos. Und das tut sie unaufhörlich, während die Musik weiterpumpt und ich angestrengt zuhöre. Ich schaue ihr dabei die ganze Zeit in die Augen und nicke geduldig, ausdruckslos, ab und an mit einer pikierten Prise Du-bist-mir-ja-eine-hoho. Aber das dechiffriert sie gar nicht.

Ihr Lachen ist dreckig. Sie hat stechend blaue Augen. Sie sieht auf gewöhnliche Weise gut aus. C eben. Sie ist mittelfickbar. Pflicht! Ihre ganze Erscheinung lässt sich am besten dadurch beschreiben, dass sie die Art Mädchen ist, die auf ihrem Facebook- oder MySpace-Profil ein Foto von sich beim ausgelassenen Feiern mit Bierflasche in der Hand reinstellt.

Eindeutiges Indiz dafür, dass eine Frau *keine* Hure ist, dürfte mittlerweile sowieso sein, dass sie *kein* Twitter- oder Facebook-Mitglied ist. Ich bin sicher, meine Kleine hier ist in jedem online-Portal doppelt und dreifach angemeldet.

Ich lege meine Hand auf ihren Oberschenkel. Schwafelei. Präzisionsarbeit. Diese kleine versaute Schnalle ist verdammte neunzehn. Nicht der Anflug einer Ich-zier-mich-noch-ein-bisschen-Nummer; also bei mir. Ich bin bereit, Ablenkung wird mir guttun. Gerade juckt's mich nicht, dass sie jung ist, dass sie noch so frisch ist, nichts Mütterliches an sich hat. Wird schon irgendwie gehen. Vielleicht liegt es auch daran, dass ich gestern bei der alten Mongolin abgeblitzt bin.

Sie spricht noch etwas von sich selbst. Das heißt, ich lasse sie noch etwas von sich selbst sprechen. Und genieße das große Privileg, ihren wirren und widersprüchlichen Ansichten über die Welt und ihrem Palaver über die Gesellschaft lauschen zu dürfen. Gesättigt mit intimen Einblicken in ihre Vergangenheit. Ich verspüre gleichzeitig ein Bedürfnis, mich zu übergeben und sie heftig zu penetrieren. Die Zusammenführung des Profanen mit dem Erhabenen. Und als sie erfährt, dass ich hier im Hotel wohne, ist die Zeit reif ... Alles klar, gehen wir. Na also, geht doch.

Lass es fünfzehn Minuten später sein.

»Nein, nicht am Schaft.« Sie versucht mir einen zu rubbeln. Ist megaschlecht. Hätte ich jetzt nicht gedacht. Alter Trick: »Versuch's an der Spitze.« Sie scheitert auch da. Hat einfach kein Händchen. »Kannst ruhig ein bisschen härter machen.« Sie muss mir einen wichsen, weil sie ihre Tage hat. (Wäre mir egal.) Blasen will sie nicht. Ich frage mich, warum sie dann überhaupt mit aufs Zimmer gekommen ist. Hier komme ich nicht weiter. Werde von ihrem Rumgemache nicht richtig hart. Wahrscheinlich auch, weil ihre Haut so straff und frisch ist. Ein Reinfall. Die kahle Beleuchtung in meinem Zimmer ist zudem nicht gerade anheimelnd. An den dünnen Rändern um ihre Iris kann ich erkennen, dass sie Kontaktlinsen trägt. Ich sage: »Hör zu, darf ich mich aufsetzen? Kannst du meinen Hintern streicheln, und ich mach's mir selbst? Ist das okay? Ich spritz dir auf die Titten, okay?« Ist für sie okay. Auch die Wortwahl.

Nie werde ich ihren Namen erfahren. Sie hat ihn mir gleich zu Beginn gesagt. Ich habe ihn nicht wahrgenommen. Und jetzt ist es zu spät, um nachzufragen.

Aus der Hocke komme ich auf ihre festen jungen Brüste. Habe seit vier Tagen nicht mehr gewichst, bin zu traurig. Vier Tage angestaut. Entsprechend ist die Menge, die sich über sie ergießt. Mit einigem Druck. Da schaust du, was? Hättest mir ruhig selbsttätig deinen Finger in den Arsch stecken können, wenn ich schon nicht in dich rein darf. Muss man alles immer erst sagen? Ich taxiere sie. Nach der Ejakulation ist sie deutlich hässlicher als davor. Für die in dunkelblau eintätowierte Bärentatze über ihrer rechten Titte könnte ich ihr eine reinschlagen. Wie bescheuert muss man sein! Sie hebt ihren Oberkörper, dreht ihren Kopf, als suche sie nach etwas zum Abwischen. Ich bleibe unverändert auf ihr sitzen, gebe nicht nach, beuge mich nach vorn und schmiere ihr eine. Linke Wange. Nicht unfest. Sie fällt zurück auf das Kissen. Und erwartungsgemäß versetzt sie das in Panik. Nicht zu unrecht, möchte ich sagen. Ich greife ihr an den Hals. Lasse davon aber gleich wieder ab. Ihre Augen huschen hin und her. Ausdrucksvariationen umspielen ihr Gesicht. Der rasche Wandel von Überraschung in Schock, in Angst bis zur Empörung. Sie sucht nach Worten. Ihre Hände machen Kratzbewegungen in der Luft. Und schon nach einigen Augenblicken vermittelt mir ihre Miene, dass sie jetzt eher verblüfft als entsetzt ist. Dass sie im Unerwarteten etwas Unschickliches sieht. Sie fährt mich an, was das soll. Ich throne unverändert auf ihrer Hüfte und sehe auf sie herab. Schweige.

Halte mich zurück. Mache nicht weiter. Warum, weiß ich nicht. Jetzt etwas beruhigter, fängt sie an, mich vorwurfsvoll zu belehren, so was müsse man doch absprechen. Absprechen? *Absprechen*? Dass ich nicht lache. Ja, das mit der Absprache, ein weitverbreiteter Denkfehler. Ich starre sie an, seufze und zucke die Schultern. Wenn ich könnte, wie ich wollte! (Würde ich dir mit der Faust das Bewusstsein aus dem Leib prügeln, Liebes.) Wenn ich wollte, könnte ich ihr sagen, dass ich mein Leben lang immer nur nach Dingen suche, für die es sich zu leben lohnt. Aber was würde das bringen? Sie entspannt sich zusehends. Ich schweige noch immer. Das Unterlassen jeglicher Stellungnahme scheint für sie eine stichhaltige Begründung meines Verhaltens zu sein. Irgendwie fand sie das doch nicht so schlimm, habe ich das Gefühl. Hatte ich doch recht. Sie fand es interessant, genoss es. Mal was anderes. Speziell, aber nicht ernsthaft bedrohlich. Was könnten ein leichtlebiges Flittchen wie sie auch die breit gefächerten sexuellen Bedürfnisse der Menschen noch ernstlich überraschen? Sie hat doch bestimmt schon mit Männern zu schlafen begonnen, nachdem ihre erste Blutung eingesetzt hatte. Raus mit ihr. Ich sehe sie auf einmal an wie eine Aussätzige. Ich werde das andere Bett nehmen, um heute darin zu schlafen.

Was ist das? Sie legt sich hin, macht Anstalten zu bleiben!

Raus mit ihr. Ich kriege es irgendwie hin. Gebe ihr die Handynummer vom Weihnachtsmann.

28

Es ist später Vormittag, als ich schon längst wieder über der Arbeit brüte.

Meinem Magen? Geht's momentan ganz gut, danke.

Es klopft, das wird mein nächstes Interview sein.

Noch jemanden feuern, denke ich mir. Ich rufe »Ja, bitte«, mit grimmigem Unterton, und sehe nicht auf, als die Tür sich öffnet.

»Hey, Saftsack!«, höre ich eine Stimme sagen. Mein Blick hebt sich. Ben steht mit ausgebreiteten Armen in der Tür.

Überrascht stemme ich sofort meine Hände auf die Armlehnen, um aufzustehen. Er bedeutet mir mit ausgestreckter Hand und erhobenem Zeigefinger, sitzen zu bleiben und gut zuzuhören.

»Ich habe einen neuen. Achtung! Was hältst du von dem?« Er hebt den ankündigenden Zeigefinger noch etwas weiter und sagt mit erhobener Stimme: *»Da krie'ch so'nen Hallls!«* Dann starrt er mich mit dem gespielten Ernst des Witzboldes an. Ich wiege meinen Kopf, abschätzend, kann nicht kontern, da ich gerade nichts parat habe. Also meine ich: »Nicht schlecht, nicht schlecht. Der Punkt geht an dich! Kommt definitiv in die vorderen Ränge.« Wir lächeln uns an mit Zähnezeigen. Ein Beitrag aus unserer Rubrik »Dem Bodensatz der Gesellschaft aufs Maul geschaut«. Unsere Sammlung von Floskeln, derer sich Mitglieder bildungsferner Schichten häufig befleißigen und glauben, damit irgendwie beredt zu erscheinen. Asozialen-Erniedrigung als Ventil und Druckausgleich. Je verächtlicher, desto befreiender. Je derber, desto erleichternder. Wir dürfen das. Wir dürfen alles.

Ich stehe auf, beiße in die Wunde auf der Innenseite meiner Unterlippe, bis es blutet, und lasse Ben wissen, dass es schön ist, dass er hier ist, während ich auf ihn zugehe, um ihn zu umarmen. »Wir rocken den Laden«, sage ich, mein Kinn über seiner Schulter, mein Mund voller Blut. Er wiederholt das, macht nach jedem Wort einen Absatz und klopft mir dabei auf den Rücken.

»Ja, das werden wir.«

Und ich geb's zu, ich freue mich echt.

29

»Dein Anruf vorgestern hat mir klargemacht, welch verschlungene Komplexität und Durchtriebenheit in dir stecken«, sagt Ben am Abend, Stunden später, in der Lobby unseres Hotels *Siberian Palace*, Betonklotz außen, 1970er Atmosphäre innen, fünf Sterne. Ich gäbe drei.

»Wie meinen?« Ich zeige auf eine Sitzecke, wir nehmen Platz.

Körnig-trübes Licht.

»Ich konnte es nicht fassen, als mir Lutz sagte, er hätte dich rausgeworfen.«

»Ich hätte auch nicht gedacht, dass es so schnell geht. Die Sache ist aber noch nicht ganz durch. Lutz und Konsorten versuchen gerade mit allen Mitteln, einen Grund zu finden, mit dem sie meine Abfindungsklausel torpedieren können.«

»Von wie viel reden wir?«

»Diese Information würde dir weder Glück noch Vorteil verschaffen«, sage ich und mache eine angedeutete Verbeugung über die Getränkekarte hinweg.

»Nun, dir aber auch keinen Nachteil. Sag schon.«

»Eine einmalige Zahlung in Höhe von siebenhunderttausend.«

Ben pfeift durch die Zähne. Wenn man es weiß, kann man erkennen, dass er beim Zuhören den Kopf immer ganz leicht schräg hält und unwillkürlich das linke Ohr vorstreckt. Er hört rechts schlechter, seit jemand an einem Silvesterabend einen brachial lauten Kracher direkt neben ihm zündete. Knalltrauma. Kortison, Verband, Schonung. Ist nie wieder ganz verheilt.

»Meine Güte, wie hast du denn solch eine Deal-Option hingekriegt? Alle Achtung. Dann sieh mal zu, dass die Herrschaften auch zahlen. Was nimmst du?« Er gibt dem Kellner einen Wink.

Die weiße Serviette über dessen angewinkeltem Arm lässt den Arm wie gebrochen wirken. Ben und ich bestellen dasselbe. Der Ober nickt wie über eine weise Entscheidung. Ich schiebe die Karte auf das Tischchen, rücke mich in meinem Sessel zurück und sage entspannt: »Aber nun zu dir. Ich bin wirklich froh über deine Entscheidung, mich zu unterstützen. Hat Lutz blöd geschaut, als du ihm eröffnet hast, dass du kündigst?«

»Ich hab's nicht persönlich gemacht. Mein Anwalt wickelt das ab. Ich bin sofort in den Flieger gestiegen, nachdem du mich angerufen hast.«

Der mongolische Kellner rauscht mit einem Tablett voller bunter Cocktails heran. Der preiswerteste Cocktail hier kostet 19 Euro. Dafür hat der Drink eine halbe Orangenscheibe und eine halbe Ananasschnitte im Glasrand stecken und ein Schirmchen. Eine lohnende Investition. Der Ober serviert diskret unsere beiden Exemplare und entfernt sich mit tippelnden Rückwärtsschritten. Er sieht fast aus wie ein Eskimo, fällt mir auf. Ethnische Zugehörigkeit ist ein entscheidender Faktor in den Selbstmordstatistiken. Asiatische Länder sind äußerst suizidfreudig. Sogar wenn Japaner, Chinesen oder Koreaner bereits seit mehreren Generationen im Exil leben, spielen sie noch vorne mit. In den USA kommt Selbstmord bei Weißen doppelt so häufig vor wie bei Schwarzen, jedoch nur halb so oft wie bei Asiaten. Möchte man nicht glauben. Diese Asiaten. Ich schweife ab.

Ben sagt: »Ich habe wirklich nicht gewusst, dass du Marischka so gut kennst. Wie hast du diesen Job klargemacht? Das ist ein echt dicker Fisch!«

Ich hebe meine Schultern an, wir trinken von dem Cognac aus vorgewärmten Schwenkern. (Ich hoffe, er beseitigt den lästigen Nachgeschmack des Astrachan-Kaviars vom Mittagessen.) Ich bleibe eine Antwort schuldig.

»Du bist ein verkapptes Genie.«

»Sonst noch was, das ich bereits weiß?«

»Meister der dubiosen Machenschaften.«

»Wieso eigentlich *verkappt*?«

»Nein, ehrlich, du bist wirklich durchtrieben, ich fasse es nicht, dass du mir nichts davon erzählt hast. Eigentlich sollte ich sauer auf dich sein und nichts mehr mit dir zu tun haben wollen. Weißt du, da frag ich mich doch, was du sonst noch so alles treibst, im Stillen und Geheimen«, sagt er und stützt sich mit einem Ellbogen auf die Lehne.

»Du würdest dich wundern!« Wir lachen.

»Ich glaube dir ab sofort gar nichts mehr.«

»Richtig so, glaube immer nur, was du willst«, sage ich und fahre fort: »Aber sei nicht zu beleidigt. Keine Sekunde, nachdem mir L&W ihre Kündigung gemailt hatten, habe ich deine Nummer gewählt. Du warst mein erster Gedanke!«, säusle ich und tue so, als wollte ich meine Hand auf sein Knie legen. Er zieht es weg und lässt einen leisen spitzen Schrei los, seine Schwulen-Paradeparodie.

»Es ist gut, dass du da bist, ich kann deine Hilfe gebrauchen. Es bleiben uns sechs Tage netto, und ich muss noch eine komplette Fertigungseinheit erfassen. Unser Team ist nicht eingespielt genug, um das effektiv hinzubringen, aber wir beide können das beschleunigen.«

Ben sagt: »Eingespieltes Team, ja.«

»Ja, da geht nichts drüber. Erfahrung kann man mit nichts bezahlen.«

»Außer mit Geld«, schnurrt er und schwenkt sein bauchiges Glas.

»Und wie ist Marischka so drauf, was ist er für ein Typ? Welche Schiene, schlägst du vor, sollen wir fahren?«

»Was weißt du denn schon aus eigener Recherche von ihm?«, frage ich, wissend, dass Ben stets spitze vorbereitet in einen neuen Job geht.

»Selfmademan mit beeindruckender Biographie. Testpilot in den Fünfzigern, anschließend Corps Diplomatique in Saudi-Arabien, einer der ersten Hersteller von Soft- und Hardware für computergesteuerte Waffensysteme, Vermittler von Rüstungsgeschäften zwischen zahllosen US-Konzernen und aufstrebenden Golfstaaten in den Sechzigern. KJM, der große Krieger aus dem Böhmerwald, titelte einst ein Branchenmagazin. Rastloser Irrwisch, bärbeißiger Despot, der mit Gegenfragen antwortet, laut Einleitung eines Zeitungsinterviews von 1987. Gründet nach wie vor neue Firmen im Rekordtempo, zahllose Beteiligungen in den verschiedensten Branchen. Gehört zu den ruhelosen Gestalten, auf die der Spruch zutrifft: Der Grund, weshalb er zum Millionär geworden ist, ist auch der Grund, weshalb er es nie genießen können wird.«

Ich stimme lachend zu und füge fließend an: »Ja, so ist das wohl richtig gesagt. Ich habe außerdem das Gefühl, seine jugendliche Aufgekratztheit zeigt, dass er erkannt hat, nicht mehr jung genug zu sein, um noch seine Zeit zu vergeuden.«

Wir beide nicken kurz, etwas zu nachdenklich.

Etwas leiser füge ich an: »Marischka ist Faschist der ganz alten Schule. Die Firma wird beinahe patriarchalisch geführt. Aber seine Art besitzt eine gewisse Originalität. Ich habe erst getestet, ob er seiner Belegschaft gegenüber loyal ist.« Ich sage das bewusst routiniert und abgeklärt, Marke: eiskalter Hund. »Ist er Gott sei Dank nicht. Ich habe ein paar Fährten gelegt, habe was gesagt in Richtung soziale Verantwortung, Mitspracherecht der Mitarbeiter, du weißt schon, da ist er aber gleich richtig explodiert von wegen, seine Angestellten hätten nichts zu sagen, ›Arbeit ist kein Wunschkonzert‹, ›faule Schweine‹. Ich habe sofort umgeschaltet und ihm Brocken hingeworfen, wir müssten streng durchgreifen, straff durchorganisieren, keine Rücksicht nehmen, blabla, das hat ihm gefallen. Wird also nicht schwer, einen Keil zwischen ihn und das Personal zu treiben und ihn auf unsere Seite zu ziehen. Deshalb legen wir unser Augenmerk momentan auf die Arbeitsabläufe und innerbetrieblichen Verbindungen des Personals. Dort müssen wir die Schwachpunkte aufspüren.« Das ist mal ganz was Neues. Ben nippt und nickt.

»Da setzen wir an«, ergänze ich, der Ordnung halber. »Uns sollten hier besser keine allzu großen Fehler unterlaufen. Ich habe ziemliche Fixkosten und Vorauslagen für meine Mannschaft. Ich meine, er macht mir das Leben nicht gerade leicht, und einige Kampfhunde aus seinem Management haben verstärktes Interesse daran, mich auf die Fresse fliegen zu sehen«, flüstere ich und halte es für nötig, erneut zu lachen. Ich atme ein. Verlieren ist keine Option. Als hätte mich etwas nach unten gezogen, stockt mir der Atem, und ich erfahre den Schmerz einer weiteren heftigen Angstwelle. Die ich-weiß-nicht-wievielte heute. Eine Heidenangst. Mir entkommt beinahe ein Würgelaut. Nach einer kurzen Pause sage ich, Optimismus simulierend: »Aber am Ende werden *wir die* ficken. Wenn alles so läuft, wie ich mir das vorstelle, dann habe ich eine Gewinnerwartung von zwei Mio netto für das kommende Jahr. Erst mal. Klingt das attraktiv genug für dich, das Ding mit mir zusammen zu schaukeln? Teilhaber, Vice President?«

Ich sehe Ben an.

Sein Lächeln ist nicht breit, aber der Ausdruck darin scheint nicht gekünstelt. Er sagt: »Klingt einwandfrei«, und macht ein feierliches Gesicht. »Ich bin dabei. Verfüge über mich.«

»Peng & Kerschenbaum klingt jedoch, gelinde gesagt.« Ich breche ab und verziehe den Mund.

»Nein, Kerschenbaum & Peng klingt wirklich nicht international. Und auch wieder doch.«

»Uuh, eine von Befangenheit diktierte Bemerkung, nichts weiter.«

Er legt zwei Finger auf die Lippen und murmelt: »Wir brauchen einen guten Namen. Ein Name, ein Name, Moment. Moment, ich überlege.«

»Tu dir nicht weh.«

»Vielleicht liegt unser Namensproblem momentan ja nur darin, dass wir noch nicht betrunken genug sind.«

»Dann lass uns das beheben«, sage ich.

»Masel tow.« Er hebt das Glas.

Ich mache es ihm nach. »Heil Hitler.« Running Gag.

»Auf den Beginn einer neuen Zeitrechnung.«

»Die Stunde null, sozusagen!«

»Stunde null.«

»Du gehst mir jetzt schon auf den Geist.«

»Dito.«

Wir sind in Hochform. Unsere Art Männergespräch. Eins muss man uns wirklich lassen, den unerquicklichen Kinderkram, den wir verzapfen, kann man nicht mehr übertreffen. Aber für mich ist das sehr angenehm. Bens Gesellschaft ist in dieser Hinsicht ein unbezahlbares Privileg. Nur mit klugen Menschen kann man unendlich dumme Witze machen, ohne sich im Nachhinein wie ein Idiot vorzukommen.

Ben hält inne, sieht zu einem Tisch unweit des unseren und fragt mich erstaunt: »Ist das da drüben etwa Tom Jones?«

Er zeigt auf jemanden. Ich sehe in die Richtung seines dezent ausgestreckten Fingers und sehe dort einen Typen sitzen, der vorhin an uns vorbeigegangen ist und sage: »Ich weiß nicht, ob Tom Jones tschechisch spricht. Aber wenn ja, könnte er es durchaus sein.« Die Stimme gesenkt, skandiere ich: »Sex bomb-ova, sex bomb-ova, you're my sex bomb-ova.«

Ich setze mein Glas behutsam ab. Ben ebenfalls.

Wir sehen ein bisschen rum, lassen unsere Blicke umherschweifen, die an der gegenüberliegenden Bar hängen bleiben. Zwei junge Frauen in Habachtstellung, die aussehen wie Prostituierte, die sich als Hausfrauen rausputzen, die aussehen wie Prostituierte, die sich als Hausfrauen rausputzen, sitzen am Tresen. Gibt's in russischen Hotelbars massenhaft. Ihr Gesichtsausdruck kommt direkt aus der »Cosmopolitan«, Seite 64, Rubrik »Wie verführe ich Männer – der laszive Blick leicht gemacht«. In Russland müssen sich Frauen ranhalten, da es in diesem Staat zehn Millionen mehr Frauen als Männer gibt.

Ben fixiert die eine Dirne, setzt eine präsente Miene auf, wie man sie aus Hollywood-Blockbustern kennt, sagt mit schiefem Mund zu mir: »Würd ich ficken.« Ich tue so, als fände ich beide scharf, indem ich ihre Körper mit abschätzend-beifälligem Blick betrachte. Antworte: »Mmh, ja.« Eigentlich interessiere ich mich eher für die überschminkte Alte, zwei Barhocker weiter. Auch eine Käufliche. Ende 50. Finde ich scharf. Aber das würde ich vor Ben niemals zeigen. Eher schneide ich mir die Zunge ab. Die Alte schenkt mir einen taxierenden Blick aus wässrigen Augen. Und wahrscheinlich verursacht meine Erektion eine Phantasie, in der sie mir bedingungslos Untertan ist. Oder die Phantasie verursacht die Erektion. Weil jeder Mann einen Machtkomplex hat, der eine mehr, der andere weniger. Ich sehe weg. Aber ganz schnell. Verzwickte Schamgefühle.

»Sag mal, musstest du in Moskau auch den Flughafen wechseln?«, quassle ich in kumpelhaftem Ton, um mir selbst nicht verfänglich vorzukommen.

»Den Flughafen wechseln? Nein, wieso?«, fragt Ben und schaut dabei weiter die beiden Huren aus dem Lehrbuch an.

»Ach, nur so. Ich musste. Egal.«

Unser Gespräch beruhigt sich mit einem Mal, und wir erreichen eine neue Stimmungsebene. Ich beiße erneut auf die Wunde an der Innenwand meiner Unterlippe. Es blutet ein bisschen, ich schmecke es. Ich nehme mir vor, diese Stelle so bald nicht zuwachsen zu lassen.

»Du hast sicher auch schon daran gedacht, Esther zu fragen,

ob sie Interesse hätte, bei uns mitzumachen, oder?«, sagt Ben mit meisterhaft zur Schau getragener Unbeteiligtheit.

»Wie kommst du denn jetzt auf Esther? Nein, nein. Eigentlich nein. Na ja. Es gibt noch eine ganze Menge ›Vielleichts‹. Und ich weiß, ich hätte bloß ein schlechtes Gewissen, wenn irgendwas nicht funktioniert und das Ganze doch den Bach runtergeht und sie dann L & W nur unseretwegen verlassen hat. Bei dir ist mir das egal, du kannst ruhig in der Gosse landen, und für mich kann ich schon sorgen. Aber Esther? Nein.« Ich mache eine Pause.

Ben nickt und betrachtet die Aschenkrone am Ende seiner Zigarette mit nachdenklichem Gesicht. Er raucht Kette, hält das Ding aber immer noch wie ein Anfänger in der Probephase. Das ist ziemlich befremdlich.

Irgendwas, das ich mir kaum erklären kann, lässt mich sagen: »Ist dir schon mal aufgefallen, dass Esther nie schlecht über andere Menschen redet?«

Ben sieht mich verwundert an, und sein Blick sagt: Hä? Als würde er sich fragen, wie ich denn jetzt dadrauf komme, und antwortet: »Also, wenn man mal davon ausgeht, dass da was dran ist, dann glaube ich, das spricht eindeutig für sie.« Dann ruft er dem Kellner zu »One more, please«, zeigt mit seinem kreisenden Zeigefinger auf unsere Tischplatte und sagt, erheblich leiser zu mir: »Aber weißt du was? Ficken würde ich sie trotzdem nicht.«

Und ich reagiere mit stiller Bestürzung auf diese Bemerkung, weil mir klar wird, dass das für mich eigentlich nicht mehr zutrifft. Was mich etwas erstaunt. Klar ist sofort, dass ich das Thema wechseln und diese Erkenntnis für mich behalten sollte. Darum raune ich belustigt und krame in meinen Taschen, wie um von diesen Gedanken abzulenken: »Für meinen Geschmack wird der Ficken-Aspekt dieser Unterhaltung langsam etwas penetrant.«

»Soll das ein Witz sein? Ficken ist kein Kraftausdruck, sondern ein Tätigkeitswort von geradezu euphemistischer Kraft, also hab dich nicht so.« Ben macht einen Schmollmund, ich imitiere ihn. Jedes Gespräch erreicht einmal den Punkt, an dem es ins Bedeutungslose umkippt und sich das Ende ankündigt. Von uns vollkommen unbemerkt, hat sich die Bar inzwischen wie von Zauberhand gefüllt. Proppenvoll. Es geht zu wie in einem Taubenschlag. Ich sage in resigniertem Nachrichtensprecher-Tonfall: »Ich hatte gehofft, unsere gemeinsame Firmengründung könnte womöglich den Beginn unseres langersehnten Erwachsenenlebens darstellen, aber …«

»Sag bloß.«

»… aber schon jetzt sehe ich da schwarz.«

»Jetzt mach mal nen Punkt. Wir könnten es doch zumindest versuchen«, räumt Ben ein und schaut dabei wie ein Lämmchen.

Dann streckt er sich, macht ein ernstes Gesicht und sagt mit gespielt unbändigem Tatendrang in der Stimme: »Aber weißt du was?«

»Ich höre.«

»Morgen um sieben legen wir los und entwickeln Herrn Karl J-Punkt Marischka und seinen Pappenheimern einen Strategieplan, den sie so noch nicht gesehen haben.«

»Absolut!«, flüstere ich klar und deutlich: »Morgen ficken wir die.«

30

Meine Koffer sind gepackt. Am letzten Abend in Nowosibirsk lege ich mich um Mitternacht ins Bett. Decke mich zu. Beiße an meiner Innenlippe rum. Danach passiert fünf Stunden lang nichts. Dazu ist nichts weiter zu sagen. Ich schlafe um zwei vor fünf ein – und schrecke um eins nach fünf wie vom Blitz getroffen auf, in der Angst, verschlafen zu haben. Als mich die rot leuchtenden Digitalziffern des Radioweckers beruhigen, sinke ich aufgewühlt aufs Kissen zurück. Und es überrascht mich kein bisschen, als ich mit einem Mal wieder Christians Stimme höre. Aus dem Off meiner Hirnwindungen. Hallo! Lang hat sie geschwiegen, die ganze letzte Woche. Der Wortwechsel, der komplette letzte Wortwechsel zwischen Christian und mir, der, den ich seit dreizehn Jahren immer und immer und immer wieder höre, läuft ab, rattert vor sich hin. Wie eine Tonbandschleife in meinem Kopf.

Ich knipse das Nachttischlämpchen an, um die Stimme zu verscheuchen. Der Schein der matten Birne erleuchtet das Zimmer schwach und deprimierend. Es beeinflusst Christian nicht im Geringsten. Er hält nicht mal inne, wartet nicht mal ab, bis ich wenig später wieder ausschalte. Alles wird schwarz. Ich höre, wie er mir zuruft, ich solle mitkommen, zum Fußballspielen, mit mir würden sie zwei gleich starke Mannschaften zusammenbekommen, ohne mich fehle ein Mann, ich könne mir die Rückennummer aussuchen. Warum komme ich denn nicht mit, was ist denn los mit mir? Und ich höre mich selbst antworten: »Ich fühle mich nicht besonders, geht mal ohne mich, vielleicht komm ich ja noch nach.« Es war ein sonniger Hochsommertag. Und Christian und die anderen Jungs gehen gemeinsam aus dem Bild meiner Erinnerung, stapfen über die hohe Wiese. Es war heiß und trocken. Und das war das letzte Mal, dass ich ihn gesehen habe. Es war der 23. Juli. Der letzte Tag meiner Kindheit. Ungefähr eine halbe Stunde später, als sich nur noch Pater Cornelius und verschiedene andere Lehrkräfte im Schultrakt des Klosters befanden und vielleicht noch ein paar wenige Mitschüler, von denen ich sowieso keinen leiden konnte, habe ich das Feuer gelegt. Im Schlafsaal, mit einer brennenden Tageszeitung. Das Feuer breitete sich rasend schnell aus, zerstörte den kompletten Westflügel des Heims, inklusive großer Teile der Abtei. Was ich nicht wusste, was ich doch nicht wissen konnte, war, dass Christian sich gleich in den ersten Spielminuten am Schienbein verletzt und das Krankenzimmer im Keller der Schule aufgesucht hatte. Er konnte sich wie all die anderen Zurückgebliebenen nicht mehr in Sicherheit bringen. Dabei war Christian doch der Letzte, dem ich durch den Brand Schaden zufügen wollte. Im Gegenteil, ich tat es doch für uns beide. Für uns. Als Vergeltung für all das, was man ihm und mir zugefügt hat. Ich hab es doch für uns getan.

Christian war doch der Letzte, den ich hätte umbringen wollen.

Du warst doch der Letzte, den ich umbringen wollte.

Ich will Heia machen. Endlich Ruhe. Hör doch auf, zu mir zu reden, bitte schweig, bitte sag nichts, nur einen Moment. Die Stimmen sprechen klar und deutlich weiter, in Endlosschleife, wiederholen ihren altbekannten Dialog ein ums andere Mal. Schauer überlaufen mich. Ich wünschte, ich wäre bei dem Brand gestorben.

Und nicht du.

31

»Hi, Fynn.«

...

»Das ist großartig«

...

»Und so geht's dann immer weiter?«

...

»Nein, wie kommst du darauf? Ich bringe dir doch nichts mit! Wie käme ich denn dazu?«

…

»Hey, nicht frech werden. Haha, na mal sehen, aber, nein, nein, vergiss es.«

…

»Das kannst du vergessen.«

…

»Du Dings, äh, na, Dings, äh, F-F-Fynn, hat das mit dem Elternabend geklappt? – Ja? – Ja, Esther ist sehr nett. Ich hab ihr schon danke gesagt, dass sie für mich eingesprungen ist.«

…

»Wieso? Nein, morgen Abend bin ich doch wieder da, dann kriegen wir das hin.«

…

»Nicht, dass ich wüsste, aber wart mal …«

…

»Für den Fall der Fälle. Ah, in Ordnung.«

…

»Hier ist es schon kurz vor sieben – ja, abends. Sibirien ist fünf Stunden nach vorne, hab ich dir doch schon gesagt.«

…

»Genau, wir werden jetzt gleich abgeholt. Und das mit eurem Hilfsprojekt für Pottwale – mein ich ja, Grauwale, musst du mir morgen sofort genauer erklären.«

…

»Nööö!«

…

»Hier ist das Wetter superschlecht. Und in München? Ach, sag's mir nicht!«

…

»Hahaha.«

…

»Ja. – Genau. Okay, bis morgen. Mach's gut. Tschau. – Tschau.«

Ich behalte den Hörer am Ohr. Lege nicht auf. Warte, bis er es macht. Alles, was ich zu hören bekomme, ist das Tuten. Noch ein Weilchen. Ich lege auf. Stehe auf. Sehe auf. Befinde mich in der Hotelhalle und warte auf den Fahrer, der mich zum Flughafen chauffiert. Ein Page rennt vorbei und grüßt mich, als würde er mir eine Bedeutung zuordnen, die ich gar nicht besitze. Fynn hat am Telefon gerade wieder die ganze Zeit von Tieren gesprochen, darüber, was er gelesen hat und im TV gesehen hat. Ich liebe ihn für seine Sensibilität. Es macht ihn besonders. In seinem Alter habe ich auch nie daran gedacht, so wie die anderen Jungs, Katzen zu quälen, Vögel abzuschießen und mit leuchtenden Augen ihren Todeskampf zu bejubeln, Hasen die Pfoten abzuschneiden und verbluten zu lassen, oder Reptilien aufzuspießen und ihnen beim Verenden zuzusehen. Diese Lust der anderen an der Brutalität, ich versuchte sie, an mir abprallen zu lassen – vergebens. (Tiere und Mitschüler nicht quälen zu wollen hielt ich einige Zeit lang sogar für ein Defizit an mir selbst.) Vor allem zu Beginn der Pubertät erreicht das grausame Verhalten von Jungs unvorstellbare, grenzenlos perverse Ausmaße. Sie sind die Inkarnation alles Schlechten. Meine komplette Verständnislosigkeit führte unweigerlich zu bodenloser Verzweiflung. Selbst wenn sie als erwachsene Männer so etwas nicht mehr tun und man es sich bei ihnen auch nicht vorstellen kann, waren sie dennoch als Kinder so brutal. Sag mir einer, wie soll ich es schaffen, die Menschheit *nicht* zu verachten? Mein Empfindungsvermögen ließ mich damals wie heute fühlen, als sei ich ein Aussätziger. Ein Außerirdischer nach einer Fehllandung, der das alles nicht versteht. Egal jetzt.

Von der Ecke aus, in die ich mich postiert habe, beobachte ich, wie zig arabische Machos durch die Lobby des Hotels stolzieren. Mitten durch, mit der Selbstverständlichkeit von Weltherrschern. Schwarze Schnurrbärte in weißen Kaftanen. Passen gut in diese Gegend. Wer, bitte, hat festgelegt, dass das Gegenteil von weiß schwarz ist? Ich schweife ab. Schon wieder.

Im Schlepptau haben diese Iraker oder Iraner oder Kuwaiter ihre größtenteils unverschleierten Frauen. Die doch immer so einen Riesenzinken im Gesicht hatten. Den charakteristischen Perserkolben. Mittlerweile sind alle operiert und haben Stupsnäschen. Alle dieselben. Sehen in diesem massenhaften Aufgebot aus, als wollten sie zu einem Kongress international anerkannter Stupsnasenmodelle. Könnte sein. Wie ich nämlich schmerzhaft erfahren musste, wird seit einigen Tagen tatsächlich irgendeine Messe oder ein Kongress in der Stadt abgehalten, was unsere Zimmerpreise eklatant hat in die Höhe schießen lassen. Und ich zahle ja für meine ganze Crew. Jetzt zwei Drittel mehr. Überhaupt, wieso erhöhen sich die Tarife für Hotelzimmer, je größer die Nachfrage? Ich meine, Preis ist doch Preis, oder? Ich verstehe das nicht. Vielleicht später einmal. Mir ist zum Heulen zumute. Ich stehe immer noch da, iPhone in der Hand, zu beiden Seiten ein Koffer. Radarartiger Zustand. Wann kommt denn mein Flughafenshuttle? Ich beobachte den arabischen Pulk, wie er erhaben die Halle durchschreitet, unter den opulent geschmacklosen Kronleuchtern hindurch, vorbei an den gesprenkelten Marmorsäulen. Als würde ihnen das Hotel gehören, als hätte man ihnen in ihrem ganzen Leben noch nie etwas abgeschlagen. Die wenigen vermummten Weibchen schlurfen in lachhaften schwarzen, bodenlangen Burkas über die gewienerten Lackfliesen. Auf dem Kopf unheimliche Gesichtsmasken mit winzigem Sehschlitz, flatternde Gewänder, wie aus einem Geisterschloss. Kleidung gewordenes Symbol für die frömmelnde Unterdrückung der Frau, aber paradoxerweise mit Stolz und Überzeugung getragen. Daher kein Mitgefühl nötig.

Eine Nichtvermummte mit Katalognase schaut auf die Uhr.

Aber da sie keine hat, begutachtet sie ihr Handgelenk. Der Oberperser, wohl der Anführer der Sippe, macht eine komische Verrenkung. Spaßig gemeint. So lustig wie ein Schuss ins Knie. Iraner haben keinen Humor in sich. Die anderen lachen, übertriebenes Entzücken, aber ihre schwarzen Augen glimmen vor Wildheit. Anderer Kulturkreis, andere Art von Witz.

Alles anders.

Wer kennt sie nicht, die Geschichten von Arabern, die im Flur des Nobelhotels von der Überwachungskamera gefilmt werden, wie sie im Gehen Stuhlgang haben und einfach unbeirrt weiterlaufen, während der Kot unter ihrem Kaftan auf den Boden plumpst und dort in Häufchenform liegen bleibt. Wer kennt sie nicht, die Geschichten von den Scheichs, die den westlichen Edelnutten während ihrer Sex-Orgien in der Hotelsuite die Brustwarzen abbeißen und die Wände mit Scheiße beschmieren. Wer kennt sie nicht, die Geschichten vom cholerischen Kuwaiter, der das Hotelpersonal verbal so lange drangsaliert, bis ein Portier genug hat und es ernsten Ärger zu geben droht, woraufhin der Araber ein Bündel Dollarscheine aus dem Ärmel zieht, Zehntausend abzählt und sie dem Angestellten besänftigend zusteckt und dabei deeskalierend auf die Schulter klopft.

Wer kennt sie nicht, diese Geschichten, vom Hörensagen.

Das ist schon ein lustiges Völkchen.

Die Auslöser meiner Gedanken haben die Halle mittlerweile hinter sich gelassen, sind schon da, wo die Fliesen auf den Teppichboden treffen. Sie lachen noch immer, während ich ihnen sinnierend nachsehe.

Was die hier wohl machen, in Nowosibirsk? Ach ja, der Kongress.

32

Es ist 0 Uhr. Die dreistrahlige Tupolew TU 154 schießt auf ihrer Reiseflughöhe von 39 000 Fuß durch die mondlose Nacht über Russland. Ben und ich sind auf dem Weg nach Moskau, werden dort umsteigen, und ab nach Hause. Das gelbliche Licht an Bord ist gedämmt. Das Runterdrehen der Beleuchtung ist billiger als Putzen, wird aber als Nachtruhe verkauft. Die schummrige Stimmung lässt einige Passagiere vor sich hin dösen. Spitzer Geruch zieht durch die Kabine. Die Lufttemperatur bewegt sich im subtropischen Bereich. Eine fliegende Tropfsteinhöhle.

Ben sitzt rechts neben mir und arbeitet an seinem Laptop, den er auf dem Tisch vor sich postiert hat. Das Notebook könnte genauso gut ein aufgeklappter Pizzakarton sein. Das fahle, kaltweiße Licht strahlt sein Gesicht an. In diesem Licht der Leuchtröhren erinnert mich sein Antlitz an einen Schlossgeist. Eine Solarium-Funktion via Computerbildschirm wäre eine große Erfindung. Bräunung per Internet. Get-yourtan.com. Aber dabei handelt es sich ganz sicher nicht um eine Erstidee. Ich schweife ab.

Wir haben vier Tage länger als geplant benötigt, um mit unseren Analysen fertig zu werden. Achtzehn Tage insgesamt. Unsere Vorschläge zur Maximierung des Produktionsketten-Auslastungsniveaus haben Marischka überzeugt. Aber jetzt sind wir ziemlich ausgelaugt. Oder das, was von uns übrig ist.

Ehrlich eingestanden, fühle ich mich ziemlich zersetzt. Die ganze Phase in Nowosibirsk über litt ich an Schlaflosigkeit. Meine fiese Erkältung ist erst seit gestern so richtig abgeklungen. »Drei Tage kommt sie, drei Tage bleibt sie, drei Tage geht sie.« Großmütterzitat. Macht zusammen gute drei Wochen. Omas wussten eben auch nicht alles. Dafür sind sie sexy.

Die stumme Tastatur, auf die Ben einhämmert, gibt keinen

Laut von sich. Er brütet über der Rechnungsstellung an Marischka. Auch wenn wir höchstwahrscheinlich den Zuschlag für zwei Folgeprojekte erhalten werden, schlagen wir auf unsere Festansatzrechnung erst mal 25 Prozent auf, unvorhersehbare Mehrkosten, zusätzlich zum verbrieften Kostenvoranschlag. Sicherheitshalber. Spielraum schaffen. So geben wir Marischka die Möglichkeit, noch ein bisschen mit uns über den Preis zu feilschen und verschaffen ihm letztlich die Befriedigung, sich vormachen zu können, er hätte uns ganz schön runtergehandelt.

Eine Stewardess schlängelt sich vorbei. Auf ihren Lippen ein mechanisches Lächeln, lieblich gemeint, aber etwas verdörrt vom übermäßigen Gebrauch. Ein Glockenton veranlasst mich aufzusehen. Der Schriftzug neben dem NO SMO ING-Zeichen erleuchtet: FASTEN Y UR SEATB LTS. Meinen Gurt habe ich die ganze Zeit eng um die Hüfte gezurrt. Ich prüfe nur noch mal das Schloss. Auf. Zu. Auf. Zu. Wir sitzen in etwa in der Mitte des Passagierraums, zwei Reihen vor den Tragflächen. Die museumsreife Maschine knarzt und ächzt in jedem Winkel, der Boden vibriert durchgehend. Irgendwas klappert unaufhörlich unter dem Ansturm des Gegenwindes. Der Wartungszustand dieser fliegenden Kiste ist erbärmlich. Mal abgesehen davon, dass auf meinem Sitz noch ein paar Plastik-Essensverpackungen meines Vorgängers lagen und an dem Bezug der Kopflehne drei schwarze, fettige Haare klebten, bin ich überzeugt, diese Oldtimer werden höchstens neu betankt, nicht aber von technischem Fachpersonal durchgecheckt.

Nicht, dass mich das kaltließe. Weit entfernt davon. Plötzliches Pulsrasen. Ich schaue Ben an. Er ist die Ruhe selbst und starrt unverändert konzentriert auf seinen Bildschirm. Das ist meiner Flugangst eher noch zuträglich. Ich tue vor mir selbst ganz gelangweilt, was aber gar nichts bringt. Oh, heute ist es besonders schlimm. Vielleicht denke ich das aber auch jedes Mal. Ich prüfe meine Uhr, in einer guten halben Stunde landen wir. Mich überkommt die Frage, ob denn so was Simples und Zufälliges, wie einfach in diese, gerade diese Tupolew zu steigen, tatsächlich zu meinem eigenen Verderben führen könnte? In mir wechseln sich hysterische Nervosität und die Bereitschaft ab, mit irgendeiner abstrakten Gottheit um mein Leben zu feilschen. Tod? Nicht jetzt, nicht heute, nicht hier.

Ich setze mich aufrecht. Bei solchen Gedanken neige ich immer dazu, in mir zusammenzusinken. Mein Mund ist trocken wie Sand. Ich nehme einen Schluck aus einer mitgebrachten Mineralwasserflasche, die dennoch irgendwie nicht leerer wird. In der Hoffnung, mich abzulenken, stelle ich mir vor, was meine Wohnung gerade macht, jetzt, da ich nicht in ihr bin? Ich male sie mir stockduster aus, verlassen, einzelne Möbelstücke im fahlen Mondlicht. Meine Fischlein fischen im trüben. Leises Uhrticken. Vergeht Zeit überhaupt, wenn niemand da ist, sie zu messen? Das geht mir im Kopf herum. Ganz gleich, trotzdem dauert dieser Flug noch siebenundzwanzig Minuten. Meine Augen brennen, immer noch angsterfüllt. Ich befeuchte mir die Lippen, die ich, wie schmollend, vorgeschoben habe. Dabei blicke ich abwechselnd auf meine ausgestreckten Zeigefinger, mit denen ich Achten auf die Armlehnen zeichne. Weil ich Ben um seine Ruhe beneide, habe ich das Gefühl, ihn irgendwie dafür bestrafen zu müssen. Ich remple ihn mit dem Ellbogen an und reiße ihn aus seiner Konzentration. Er drückt seelenruhig auf Speichern, sieht mich an, mit seinem typischen Ich-stehe-ganz-zu-deiner-Verfügung-was-kann-ich-für-dich-tun-Blick, wie das so seine verdammte nette Art ist, und sagt: »Was gibt's?«. Mir fällt überhaupt nichts ein, was es geben könnte. Ich stammle ein längeres »Ähm« heraus und frage dann eindringlich nach dem inzwischen wieder fast komplett verschwundenen Horn auf meiner Schläfe: »Sieht man eigentlich noch den Pickel?« Ich zeige halbherzig auf meinen Kopf.

Ben zieht die Stirn kraus und sieht mich an, als ob er nicht glauben könne, dass ich ihn deswegen bei der Arbeit unterbrochen habe. Er richtet die Augen auf die fragwürdige Stelle über meinem Ohr und sagt: »Nur, wenn man hinsieht.« Dann wendet er sich kopfschüttelnd wieder dem Bildschirm zu.

Ich denke ein oder zwei Sekunden darüber nach.

»Das war witzig«, konstatiere ich und nicke lächelnd vor mich hin. »Das war wirklich witzig.« Ich schüttle grinsend den Kopf, als würde ich mich gar nicht mehr einkriegen, und rücke meine Krawatte zurecht. Und lockere mit einem routinierten Schlenker die Manschetten an meinen Ärmeln. Ich beiße in meine sorgsam offen gehaltene Wunde an der Innenseite meiner Unterlippe. Es tut verflixt weh. Blutgeschmack. Noch sechsundzwanzig Minuten bis zur Landung. Ich beiße noch mal rein. Es muss wehtun. Alles. Sonst gilt es nicht.

Ein gleißender Lichtstrahl erregt meine Aufmerksamkeit, ist aber so schnell wieder weg, dass ich kurz glaube, ich hätte ihn mir nur eingebildet. Schiebe es auf meine klaustrophobischen Zustände. Ich bin heute so irrsinnig durcheinander, dass ich es mir nicht erklären kann. Ich weiß, da hilft auch kein weiteres Insidon. Also schüttle ich mir rasch eins aus der schmalen Dose in die Handfläche und schlucke es mit mühsam zusammengesammelter Spucke runter. Erst als es nicht richtig flutschen will, nehme ich noch einen Mundvoll aus der Wasserflasche. Das war meine letzte Tablette, mein Vorrat ist zu Ende. Es wird wirklich höchste Zeit, dass wir wieder nach Hause kommen. Ich drehe das Döschen um, ob vielleicht doch noch etwas herausfällt. Und dann bohrt sich ein blitzartiger Lichtimpuls in die mit einem Mal grellweiß erleuchtete Kabine. Einen Moment lang bin ich wie geblendet, von der Gegenständlichkeit des so klaren Anblicks der Räumlichkeit. Ich erschrecke. Denke schnell. Schon im nächsten Augenblick überdeckt ein markerschütterndes Krachen jedes andere Geräusch. Es ist so gewaltig, dass man es eher erahnt als bewusst wahrnimmt. Eine Detonation. Sekundenbruchteile später fegt die monströse Druckwelle über unsere Köpfe hinweg. Mein Schädel wird an die Kopflehne gepresst. Sogleich fallen gelbe Sauerstoffmasken aus der Decke. Die Explosion hat ein fahrradreifengroßes Loch verursacht. Die ausgefranste Öffnung klafft in der Außenwand wie eine offene Wunde, gibt die Sicht auf die minusgradkalte Nacht frei. Schwarzes Schwarz, kaltes Kalt. Die Tupolew gerät ins Wanken, links, rechts, links, rechts. Der Boden gibt unter den Passagieren nach. Die Maschine neigt sich mit einem Mal vornüber und rast im Sturzflug unvermindert, mit sechshundert Kilometern pro Stunde rüttelnd auf die Erde zu. Verliert rapide an Höhe. Turbinen jaulen auf. Sofort: kollektives Heulen, ein unbeherrschbares Winseln vor Angst. Schluchzen, das nicht mehr aufhören kann. Panik. Die Armlehnen zittern unter den Ellbogen der Passagiere, sie halten sich daran fest und warten mit verkrampfter Anspannung sämtlicher Muskeln auf eine Entspannung der Lage. Adrenalinschübe. Die Sitzgurte ziehen sich straff und schneiden ins Fleisch. Knochen und Gelenke versteifen sich. Durchdringende Schreie, schrille Hilferufe des Entsetzens. Von einem der Triebwerke ertönt ein ohrenbetäubendes Brausen. Währenddessen rast das Flugzeug mit unvorstellbarer Geschwindigkeit weiter hinab. Unerträglicher, grausamer Lärm. Inferno. Der Alptraum nimmt kein Ende. Alle denken nur noch das eine: lebend hier rauskommen. Die einzige Hoffnung besteht darin, dass ein Wunder geschieht. Jeder Augenblick wird mit einem Mal zu einem Moment unwiderruflicher Vergänglichkeit.

Conrad sitzt mit angezogenen Beinen da, empfindet ein Maß an Gleichgültigkeit, als hätte er das alles bereits durchlitten und dies wäre nur eine Rückblende. Eine Sinnestäuschung, die ihm nichts anhaben kann. Er erinnert sich, wie Pater Cornelius immer gesagt hat, es gebe keine Bedrohung, wenn man bereit ist zu sterben. Wenn man die Unausweichlichkeit des Endes bereits akzeptiert habe. Conrad hatte nie verstanden, warum Cornelius das immer gesagt hat.

Er kann beobachten, wie ein Gepäckstück von irgendwoher durch die Luft fliegt und aus dem Flugzeug katapultiert wird. Durch das scharfkantige Sprengloch in der seitlichen Bordwand, wo eben noch zwei Fenster waren. Mehreren ungeheuren Schlägen folgt ein Pfeifen der japsenden Düsentriebwerke und schwillt an. Conrad gesteht es sich noch nicht ein, aber der Gedanke nähert sich: Bereite dich auf einen Abgang vor. Es ist Zeit zu sterben.

Juhu.

33

Nach wenigen Sekunden stabilisiert sich der Rumpf, die Maschine schwenkt wieder in die Horizontale. Die hysterischen Schreie der Passagiere verstummen wie auf Kommando gleichzeitig. Stattdessen beginnen sie zu hyperventilieren. Panisches Greifen nach den Atemmasken. Gesichter zucken. Ein Kurzschluss kappt die Beleuchtung. Alles wird verschwommen und dunkel, und man hört jemanden »Help!« rufen. Und dann nichts mehr. Nur Leere und Schwärze. Die Notbeleuchtung schaltet sich ein. Alarmierte Gesichter. Ungläubigkeit gesellt sich zu dem Horror in ihren synchronen Blicken. Und plötzlich beginnt Barry Manilow »Mandy« zu trällern. Ein Versehen, eine Fehlfunktion der Bordelektronik. Mit einem Mal fällt auch der Höllenlärm auf, der mit dem Fahrtwind durch die runde Aussparung in der Außenwand eindringt.

Leise beigemischt ertönt *Oh Mandy, well you came and you gave without taking.*

Unterdessen murmelt der Fluglotse im Moskauer Tower zu den Kollegen hinter seinem Rücken, die gebannt über seine Schulter auf das Radar starren, dass die Maschine noch achtzehn Minuten von Moskau entfernt ist. Eine Notlandung kann nur am Zielflughafen stattfinden, er ist der nächstgelegene. Ein ganzes Gate wird abgesperrt und zum Notlager umfunktioniert, die höchste Alarmstufe ausgerufen.

Die Sogwirkung der achtzig Zentimeter breiten Sprengöffnung ist enorm. Conrad sitzt nur wenige Meter entfernt davon, in der Sitzreihe jenseits des Gangs. Lediglich halb soweit entfernt, zwischen ihm und der Öffnung, befindet sich eine hochschwangere Frau, die die Sesseldreiergruppe direkt neben dem Loch ganz für sich hat. Sie sitzt auf dem mittleren Stuhl. *But I sent you away, oh Mandy.* Wild wehende Haare. Verzweifelt versucht sie, sich an ihren Armlehnen festzukrallen, sie gleitet ab und probiert es an irgendwas anderem, aber das Material zerreißt in ihren Händen. *Well you kissed me and stopped me from shakin'*. Ruckartig wird sie von dem Luftstrom aus ihrem Sitz gehievt, kippt zunächst fast vornüber und hat keine Chance, an irgendetwas Halt zu finden, als sie mit ungeheurer Wucht rücklings in Richtung der Öffnung gesogen wird. Ihr Körper wird von dem Leck förmlich aufgenommen. Ihr Hinterkopf schlägt mit grausamer Kraft gegen den oberen Rand, und ihr unförmiger Köper, ihre Arme und Beine verhaken und verkeilen sich so im Rahmen, dass ihr Rücken und Hintern aus dem Flugzeug hängen und die gesamte Öffnung ausfüllen, wie der Stöpsel einer Badewanne. Schlagartig stoppt der Luftzug, jetzt wo sie die Öffnung mit ihrem üppigen Hinterteil wie ein Korken versiegelt. Blut läuft ihr über die Stirn, sie schreit wie am Spieß, zappelt hilflos, strampelt mit letzter Kraft, wie eine Wahnsinnige, versucht sich zu befreien, schafft es nicht. Die

Gnade der Bewusstlosigkeit wird ihr verwehrt. Es kann sich nur noch um wenige Momente handeln, bis sie vollends in den Orbit katapultiert wird. Für den Bruchteil einer Sekunde blickt sie hilflos in Pengs Gesicht. Der einzige Grund, weshalb sie noch pfropfengleich feststeckt, liegt in ihrer Körperfülle begründet, ihr Torso ist zu breit für den achtzig Zentimeter breiten Riss. Kreischend streckt sie eine Hand hilfesuchend aus. *And I need you today, oh Mandy.* Sie steht unter Schock, sieht niemand Bestimmtes heulend und flehend an, bedeutet mit ihren Gesten, ihr zu helfen. Erneut setzt ein Schlingern ein, und die Maschine beginnt zu wackeln. Mit einem verdächtigen Glanz in den Augen öffnet Conrad Peng seinen Gurt, schiebt Ben Kerschenbaums Arm beiseite, der sich – in der Absicht, ihn zurückzuhalten – um seine Schulter legt und verlässt seinen Sitz. *Oh Mandy.*

34

Vierzehn endlose Minuten später setzt die Maschine auf. Also waren die beiden Düsenjäger, die die Tupolew die letzten Kilometer flankiert haben, doch Geleitschutz und kein Abschusskommando. Erleichterung in einer ihrer vielfältigen Formen. Das Gefühl, man könnte vielleicht noch mal davongekommen sein, macht sich in den Köpfen der Leute breit.

Als das Flugzeug zum Hangar ausrollt, wird es von zahllosen Feuerwehrwagen verfolgt. Die Augen der Passagiere, die aus den Fenstern schauen, haben Mühe, die vorbeiziehenden Gebäude und Gegenstände scharf zu sehen. Ihre Pupillen flackern hin und her. »Mandy« spielt nicht mehr. Gar keine Musik. Die Maschine kommt schließlich ruckartig zum Stehen. Ein Tanklaster sprüht Schaum auf die Tragflächen. Ein Militärhubschrauber kreist jetzt über der Tupolew. Die Düsenjäger haben abgedreht. Mit der niedrigen, basslastigen Frequenz der Rotorblätter übertönt der Helikopterlärm die Sirenen der Einsatzfahrzeuge.

Auf der Anzeigetafel in der Ankunftshalle des Airport Moskau erscheint das Wort »Arrived«.

Conrad streicht sich durch das vom Wind zerzauste Haar. Konfusion reihum. Er schaut aus einem der noch intakten Fenster, die alle mit Regentropfen gesprenkelt sind. Das Licht auf dem Betonboden des Rollfelds ist grünlich, die Nacht stockfinster. Man kann nicht viel erkennen. Als er seine Augen sich in der Fensterscheibe spiegeln lässt, präsentiert ihm sein Ebenbild ein vollkommen ausdrucksloses Gesicht.

Was ist hier passiert? Er kapiert nicht und kapiert doch. Der Steward, der neben ihm sitzt, steht auf und läuft zum Cockpit, klopft und verschwindet hinter der Tür.

Ben ruft: »Alles klar bei dir?«, und wedelt mit den Armen, um die Aufmerksamkeit von Conrad zu erlangen, der jetzt zwei Reihen entfernt sitzt, gegenüber dem Gang. Conrad hört ihn nicht.

»Hey, Connie, alles klar bei dir?«, ruft Ben noch mal.

Conrad schluckt heftig. Er weiß es nicht. So, wie es ihm geht, geht es ihm nicht gut, aber anders kann es ihm wohl nicht gehen.

Als die Türen der Maschine geöffnet werden und ein Pulk vermummter Feuerwehrleute in die Kabine stürmt, wird Conrad schlagartig kotzübel. Sicher von der kalten Moskauer Luft, die an Bord klettert. Er schaut rüber zu Ben, schluckt und lächelt, als er dessen zerbeulten Laptop sieht.

»Der sieht aber gar nicht gut aus«, sagt jemand, und ich erkenne meine Stimme. Ich zeige mit meinem Kinn auf seinen Apple und füge hinzu: »Auf dem wirst du nichts mehr finden. Du hast's aber auch mit dem Verlieren von Daten. Oder hast du eine Sicherheitskopie angefertigt?«

Das pure Chaos droht auszubrechen, als der Großteil der weitestgehend unversehrten Passagiere aufstehen möchte, aber angewiesen wird sitzen zu bleiben, bis die Rettungskräfte die Verletzten evakuiert haben. Ein Sanitäter führt Wiederbelebungsversuche an einer jungen Frau im Heck der Maschine aus. Die Reanimation sieht aus, als würde er Herzmassage an einer Attrappe üben. Der Gestank um uns herum ist dick wie Nebel. Ich bin schweißgebadet. Meine Lungen brennen wie Feuer. Kurz denke ich an mich, als sei ich jemand anderes. Doch ich rufe mich zur Ordnung. Ich sehe, dass Ben am Hals Blutspuren aufweist. Aber nicht besonders schlimm, würde ich sagen.

Ben fragt mich nochmals, ob alles okay ist, das frage ich ihn auch, indem ich ihm »Alles okay! Und bei dir?« zurufe. Dann sehe ich mich in der Kabine um. Ein Schlachtfeld. Wirklich schrecklich. Und doch seltsam fesselnd. Mein Schädel dröhnt, mein Herz klopft zum Zerspringen, mein ganzer Körper ist jenseits der Erschöpfungsgrenze. Was geht hier ab? Ich tappe im Dunkeln. Ich weiß von nichts. Und ahne dennoch sofort, ich hatte schon wieder einen Aussetzer. Einen Filmriss. Ich hatte gehofft, ich hätte den Tiefpunkt schon erreicht, dabei grabe ich unbeirrt weiter. Ganz offensichtlich kann ich mein Hirn nicht daran hindern, zu tun, was es tut. Von befremdlicher Faszination gepackt, suche ich nach der Antwort auf das Gemetzel um mich herum. Diese entsetzliche Ungewissheit. Alles wäre besser als das. Jetzt keine Panikattacke. Ruhig. Was immer hier auch geschehen sein mag – ich werfe einen Blick auf meine Armbanduhr –, wir sind pünktlich gelandet.

35

Dann geht es weiter. Zunächst werden die Schwerverwundeten, die aber bei Bewusstsein sind, aus dem Flieger evakuiert, dann die Leblosen, dann die Verstörten und Traumatisierten, allen voran eine Dicke mit Babybauch, die wirklich angegriffen aussieht, und als Allerletzte Ben und ich.

Ich finde das unerhört. Ich habe auch eine Beule auf meiner Stirn, wie ich gerade ertaste, nur, dass die nicht so plakativ ist. Und Schürfwunden an den Händen. Wir dürfen ewig lange zuschauen, wie irgendwelche Verwundeten versorgt und abtransportiert werden. Uns sofort rauszulassen hingegen hätte keine zwanzig Sekunden gedauert.

Meine Übelkeit ist wie weggefegt. Ich habe einen Bärenhunger.

Ein Helfer taucht aus dem Nichts auf, schreit mir was zu – auf Russisch, Ukrainisch, Slowakisch? – und verschwindet dann einfach wieder. Ich werde nie erfahren, was er von mir wollte.

Schreierei ist mir zutiefst zuwider.

Die ganze Zeit über läuft Berieselungsmusik, immer wieder überlagert vom schrillen Quäken von Funksprüchen. Und zur Krönung des Wahnsinns ertönt ein paar Mal die Stimme des Piloten aus den Lautsprechern. Am Tonfall erkennt man, dass er versehentlich auf die Sprechtaste gekommen sein muss. Hört sich an, als telefoniere er mit seiner Frau. Russisches Gebrabbel.

Ein Typ der Rettungscrew bleibt wenige Meter vor mir stehen, wischt sich mit dem Handrücken über die Stirn. Dabei hinterlässt er einen Rußstreifen oder Ölfilm auf seiner Haut. Wir bekommen ein Zeichen. Eine auffordernde Kopfbewegung von einem armen Würstchen in einer Uniform, die nach Heilsarmee aussieht. Ist wohl der Einsatzleiter.

Ich spüre etwas in den Knien knacken, als ich aufstehe.

Das habe ich schon seit ein paar Jahren. Knackt nur, nichts sonst.

Der Einsatzleiter reicht uns weiter. Wie die Schulkinder werden wir aus der Maschine geführt, von zwei Typen in nassen, dunkelgrünen Regenmänteln. Man bedeutet uns, mitten im Gang, noch mal kurz stehen zu bleiben. Ich ahne, alles Protestieren würde nichts nützen. Aber ich stoße einen verärgerten Seufzer aus. Ben hält sein silbernes Gehäuse lieblos in der Hand. Wie erwartet, ist der Laptop dahin. Unsere Boss-Anzüge auch.

Weiter geht's. Wir stapfen durch die Kabine, steigen über einzelne, verstreut herumliegende Hindernisse und treten in die eisige Nachtluft. Der Wind treibt mir Tränen in die Augen. Er ist kalt, aber ich friere nicht.

Auf dem Asphalt spiegeln sich Richtscheinwerfer. Tristes Grau. Es nieselt und nieselt. Beständig. Die Tropfen riechen nach Kerosin. Ich mache ein paar Halslockerungsübungen. Mir ist danach.

Strahlen von Taschenlampen huschen hier und da herum. Ein Feuerwehrwagen fliegt fast in unsere Richtung. Irgendwo brüllen ein paar Leute, und mit plötzlichem Zischen tritt Dampf aus einem Ventil eines der Löschfahrzeuge. Der Boden im Umkreis von ein paar Quadratmetern verschwindet darunter. Die dunstige Fläche wirkt wie die Kulisse für ein achtziger Jahre Musikvideo, das dank des großzügigen Einsatzes einer Nebelmaschine erst so richtig atmosphärisch rüberkommt. Bevor ich die Gangway hinabsteige, betrachte ich die zig Rettungswagen, die mit blinkendem Blaulicht um unser Flugzeug herumstehen, während das Heulen der Sirenen, irgendwelcher Sirenen, anhält. Eine Unzahl anderer Geräusche strömt auf mich ein. Ich hinke etwas, mein rechter Fuß ist leicht lädiert. Wie aus dem Nichts zieht ein Pulk schwerbewaffneter Soldaten an uns vorbei. Maschinengewehre geschultert. Lächerlicher Laufschritt, befremdlich. Einer der trabenden Soldaten stolpert, kurz bevor der Tross um eine Ecke verschwindet. Ich gestatte mir lediglich ein verlegenes Grinsen. Vorsicht ist geboten.

Wir werden direkt über den Flugplatz in ein gläsernes Gate geführt, das auf die Schnelle zu einem provisorischen Erstversorgungslager umfunktioniert wurde. Schwarzer, glänzender Steinboden.

Ben und ich bleiben am Eingang stehen und sehen uns um. Bilanz: zahlreiche Verletzte und, wie ich dem Herrn vom Personal entnehme, der mit gebrochenem Englisch in sein Walkie-Talkie redet, zwei Tote. Angaben ohne Gewähr. Mit den vielen Ärzten, Feuerwehrleuten und Sanitätern, die die Passagiere versorgen, macht es fast den Anschein, als sei die Zahl der Opfer um rund die Hälfte geringer als die der Helfer.

Viele Passagiere sind hysterisch vor Glücksgefühl, zappeln herum und umarmen einander wie die Blöden. Tränen, Gelächter, Nicken und Schweigen, Starren und Schwafeln, Mitteilungszwang, Sentimentalitätsattacken, Neugeburt, Erfahrungsaustausch, emotionale Situationsschilderung, feierliche Gelöbnisse. Von der Versicherung, dass einem nichts – gar nichts – passiert ist, bis zum Wettstreit darum, wem es schlechter geht. Diese extremen Gefühlswandel kotzen mich wahnsinnig an. Sich erst in die Hosen scheißen und dann feuchte Augen bekommen, weil das eigene Leben ganz knapp verschont geblieben ist. Lottogewinn, Weihnachten und Ostern zusammen – die Tour, schon klar. Sinneswandel extrem. Ganz entfernt erinnert mich das an patzige Bedienungen, die einen, wenn's zum Abkassieren kommt, ganz plötzlich scheißfreundlich anlächeln und mit Engelsstimme den Preis ansagen. Von einem ins andere.

Ich schwanke ja auch zwischen Geistesabwesenheit und Raserei, überwältigender Erstarrung und Amok. (Auf jeden Fall muss ich mich unter den Armen waschen.) Aber ich halte meinen Mund. Das Wichtigste. Das Mindeste, was ein zivilisierter Mensch aufzubringen im Stande sein sollte. Sorgfältig darauf achten, was man tut.

Zur Verlagerung der schwarzen Panik in meiner Magengrube beobachte ich alles um mich herum. Widme mich dem förmlich. Einer zum Beispiel, acht Meter Luftlinie entfernt, ein hellhäutiger Inder mit gelber Ausstrahlung und schreckgeweiteten Augen (D), stottert zum Gotterbarmen. Und ich frage mich, ob er das schon immer tut oder es sich um eine Folge des Ereignisses handelt. T-T-T-T-T-T-Trancezustand. Sch-Sch-Sch-ock-k-be-be-be-dingt. In seinem Gehörgang klebt angetrocknetes Blut.

Ich bin überdreht. Ich habe nur eine vage Ahnung, was im Flugzeug vor sich gegangen sein muss. Ein undeutliches Gefühl, in eine sonderbare Katastrophe verwickelt gewesen zu sein, über der die Unwirklichkeit einer dicken Nebelschicht liegt.

Ich stecke tief in der Scheiße.

Immer wenn Ben mich ansieht, drücken sich in seinem Gesicht Besorgnis und eine seltsame Distanziertheit zu mir aus.

Jemand nimmt mich bei der Hand und führt mich zu einer Trage. Man misst mir Puls, Herzschlag, Blutdruck, stellt einfach zu beantwortende Fragen über mein Wohlbefinden, untersucht meine Haut, prüft meine Reflexe, und ich sehe dabei zu, wie an Ben genau dasselbe zur selben Zeit, mir nur wenige Meter gegenüber, gemacht wird. Ich ahne, unseren Anschlussflug morgen früh können wir vergessen. Es ist zwei Stunden nach Mitternacht.

Die anderen Gates, die ich von hier aus sehen kann, sind menschenleer. Auf einer Anzeigentafel steht ganz oben der Flug, der morgen – also heute, also ziemlich bald – als Erstes startet, um Punkt sechs Uhr, nach Irkutsk, was wie ein Schreibfehler aussieht.

Man wird sich morgen noch mal medizinisch mit mir befassen, erfahre ich von einer Ärztin (C).

Benötige ich psychologische Betreuung? Soll jemand nach mir sehen? Ich antworte »No thank you, I'm alright. Really.« Ich werde mich hüten. Was ich benötige, ist ein neues Outfit. Du entsteigst einem Wrack, du siehst aus wie nach einem Maulwurf-Contest. Verdreckte Kleidung, verschmiert, verkrumpelt. Du warst wohl Teil einer Katastrophe. Und im Anschluss geht alles normal weiter. Was auch sonst. Es ist so wie: Wir gingen gerade durch die Hölle. Mehr aber auch nicht.

Ben und ich warten noch zwanzig Minuten, ohne zu wissen worauf, und sehen zu. Man wird uns schon mitteilen, was mit uns passiert. Immer wenn ich in Bens Richtung blicke, ertappe ich ihn, wie er mich forschend und ungläubig anstarrt.

Ich mache Ben auf eine alte Hexe aufmerksam. Graue Haare mit schlierig gelben Strähnen, Runzelmund. Sie sitzt ermattet auf einem Stuhl und starrt vor sich hin. Ihr Gesicht zeigt keinerlei Regung. Der Trubel erzeugt nicht den kleinsten Ausschlag auf ihrem Antlitz. Statt ihrer Augenbrauen hat sie zwei überraschte Bögen aufgemalt. Es lässt ihr Gesicht aussehen wie das eines dauerverwunderten Clowns. Und in diesem Zusammenhang wirkt ihre regungslose Erscheinung wie aus einem sorgsam inszenierten Sketch. Als nach einer Weile ein Sanitäter mit Hasenscharte ihr vorsichtig auf die Schulter tippt, fährt sie zusammen, als sei ihr in den Rücken geschossen worden, springt auf und läuft davon. Tippelt hektisch, stolpert beinah, fängt sich, rennt einfach weg, raus aus der Halle. Bizarr. Ich sehe Ben an. Tolles Rahmenprogramm. Wir schmunzeln. So ein Lächeln aus letzten Kräften heraus.

Aber ich finde das auch nach einigen Minuten noch unerwartet witzig. Ich weiß auch nicht.

Zu unserer Verwunderung werden wir nach weiteren fünf Minuten Wartezeit durchsucht, und ein Security-Mann überstreicht mich einmal mehr mit einem Metalldetektor.

Ich schlendere auf einem Parcours von vielleicht fünf Quadratmetern herum, wo ich niemandem im Weg stehe. Eigentlich gehe ich eher nervös im Kreis hin und her, die Arme auf dem Rücken verschränkt, wie in einem imaginären Käfig. Ich versuche mich zur Ruhe zu zwingen. Inzwischen liegt eine Aura der Erschöpfung über der Halle. Als ich wieder mal zu Ben sehe, ob er mich immer noch anstarrt, winkt er mir genau in dem Moment zu, in dem mein Blick ihn trifft und seinen Ruf im Mund abfängt, bevor er ihm über die Lippen kommt. Und ich galoppiere ihm humpelnd hinterher und hole ihn ein. Wir beide folgen einer lebenden Uniform. Zu guter Letzt drehe ich mich noch einmal um, bevor wir das Gate verlassen und schaue auf die Verletzten und das ganze Versehrtenlager. Was für ein niederschmetternder Anblick! Hinter einer Glaswand sehe ich eine Reporterschar auf einen armen Kerl der Presseabteilung (wahrscheinlich) des Flughafens einreden. Vor und über ihm ein Wald aus Mikrofonen. Das Stimmengewirr hebt und senkt sich über dem Surren der Kameras. Blitzlichter flackern in ihrem eigenen Rhythmus.

Unser Beamter, der im Gehen Bens und meine Personalien auf seiner Liste mit unseren Angaben abgleicht, dirigiert uns den ziemlich weiten Weg zum Flughafenhotel. Durch den Zentralbereich und weiter über ein Tunnelsystem. Wir folgen diesem sowjetischen Staatsdiener durch einen schleusenähnlichen Gang mit breiten Deckenlampen, die im Abstand von einem Meter schwaches Licht absondern. Ich starre auf seinen links von der Kopfmitte sitzenden Haarwirbel und die daran abstehenden Haare. Alle zwei Schritte ändert er seinen Helligkeitston. Licht, Schatten, Licht, Schatten, Licht, Schatten.

Was das Leck in der Bordwand der Maschine verursacht

haben könnte, sei noch nicht geklärt, beantwortet er meine Frage, ohne sich umzudrehen. Strenggenommen beantwortet er sie damit ja eigentlich nicht.

Als Ben und ich unser Hotel lebend betreten, ist es fast 2 Uhr 55. Unser Begleiter flüstert dem Portier etwas zu und verabschiedet sich dann. Unser Gepäck bekommen wir voraussichtlich morgen zurück. Muss noch überprüft werden. Na toll. Na immerhin. Ich stehe an der Rezeption, sehe raus in den Regen und fühle mich wie ein Fremder in einem fremden Land. Nicht ganz unberechtigt, aber mehr als nötig.

Weitere fünf Passagiere betreten die Hotel-Lobby. Sie sehen genauso lädiert wie Ben und ich aus. Und ihr Begleiter ähnelt dem unsrigen verblüffend. Typ Bestattungsunternehmer, diskret, ernst, offiziell.

Ben und ich füllen einen Anmeldezettel aus. Dafür benötige ich meinen Ausweis. Er steckt prompt in der Jackentasche, in der ich als Letztes nachsehe. Ich schreibe, wie unter Punkt 7 von mir verlangt, mühsam meine Passnummer ab. Passnummer abschreiben, meine liebste Übung. Bei der neunten Ziffer verschreibe ich mich, streiche durch, schreibe drüber, ein Gefrickel – können die das nicht übernehmen? Vier Sterne! Ich gäbe jetzt schon höchstens zwei. Einmal mehr in meinem Leben unterzeichne ich den Wisch und schiebe ihn zusammen mit dem Kugelschreiber weg von mir, hin zu dem Portier (D/E-Mensch). Er muss etwa in meinem Alter sein. Seine Schneidezähne lösen sich schnalzend von den Lippen, als er mir die Schlüsselkarte aushändigt. Nr. 231. Werd's mir merken.

Ben hat 234. Ist leichter zu merken, aber ebenso leicht mit 123 zu verwechseln.

Der segelohrige Page läuft uns voraus wie eine Lenkrakete. In dem Etagenflur riecht es nach Desinfektionsmittel, einem von der Sorte, von der man den Eindruck hat, es werde eingesetzt, um einen anderen Geruch zu überdecken. Auf meinem Zimmer drücke ich dem Koffer-Boy zehn Euro in die Hand. Er wünscht mir in russisch gefärbtem Englisch alles Gute und viel Spaß, mit so einem komischen anzüglichen Grinsen, das ich sicher falsch interpretiere. Er kann doch wohl sehen, dass wir völlig verdreckt und fertig sind und gerade einem Flugzeug entstiegen sind, das im Begriff war abzustürzen. Er trottet zur Tür, Ben sieht noch mal in meinem Zimmer umher, geht dem Pagen hinterher und sagt: »Bis gleich«, bevor er durch die Tür und auf sein Zimmer verschwindet.

Wie! Bis gleich! Er will doch wohl nicht noch drüber reden, sich aussprechen, sich austauschen, einfach reden? Ich gebe mir einen Ruck und lächle. »Ja, bis gleich.« Er ist raus. Ich schließe die Tür hinter ihm ab und bin durchdrungen von einer wilden Verzweiflung, die ich, wenn auch nur andeutungsweise, zum Ausdruck bringe, indem ich mir eine Flasche Bier aus dem kleinen Kühlschrank der Zimmerbar nehme.

Auf dem Bett liegen in Cellophan verpackte Hemden, Hosen, Unterwäsche und ein Beutel mit Pflegeutensilien. Die Fluggesellschaft hat das aber ziemlich schnell organisiert. Haben wohl Übung.

Ich wähle natürlich die Seite des Doppelbetts, die zur Wand steht. Werfe mich auf die Matratze und breche in Tränen aus. Sie fließen kurz, befreiend und voller Wehmut. Paranoia.

Und wenn schon.

Ist gleich vorbei.

Vermutlich wird es immer erst schlimmer, bevor es besser wird.

Ich schalte den Fernseher an. Keine Chance auf Konzentration. Es ist, wie ins Leere starren.

Ich brauche meine Tabletten. Ich brauche jemanden, der mich wieder in Ordnung bringt. Ich brauche meine Kontrolle wieder.

Vor unseren Türen werden Bodyguards postiert, hat man uns an der Rezeption gesagt. Das begreife ich nicht. Nachsehen, ob wirklich jemand da steht, möchte ich nicht. Ändert nichts. Bin auch zu erschöpft. Bodyguards? Zu unserer Sicherheit oder damit wir nicht abhauen? Sind wir Verdächtige?

Vielleicht sollte ich doch gucken, ob jemand auf Posten steht. Interessehalber. Ach nein. Ich wende meinen Blick von der Tür ab, neben der ein roter Rettungsplan genietet ist, mit Instruktionen für das korrekte Verhalten im Brandfall. Als ob das was helfen würde. Der TV-Apparat flimmert unangenehm. Nur die ersten vier Programme sind störungsfrei zu empfangen.

Ich erschrecke, als ich auf Kanal 2 einen Bericht über ein Flugzeugunglück sehe. Es ist unsere Maschine. Wie schnell die beim Fernsehen sind! Explosion, Telefon, zack, zack, schon auf Sendung. Kyrillische Schrift untertitelt den Bericht, der von einer russischen Studio-Kommentatorin präsentiert wird, die ununterbrochen auf ihren Ohrhörer drückt. Ein Vor-Ort-Reporter wird eingeblendet. Ein Interview mit einer Stewardess, die mir vor drei Stunden noch das Essen serviert hat. Ein Interview mit einem Feuerwehrmann mit einem wirklich großen Helm. Ein Kameraschwenk über das Gate, in dem ich gerade erstversorgt wurde. Meine Güte, eine Großaufnahme des Lochs in der Flugzeugwand. Es sieht martialisch aus. Ich wundere mich, dass ich lebe. Dann wieder die Moderatorin im Studio, und dann, klar, eine verdammte Wettervorhersage in aller Ausführlichkeit, mit Satellitenbildern, die sich doch keine Sau jemals wirklich ansieht.

Der rote Ausschaltknopf der Fernbedingung ist durch Abnutzung schon sehr tief eingedrückt, und ich muss es mehrmals mit der Fingerspitze versuchen. Ich schalte das Licht meiner Nachttischlampe aus. Leider muss ich feststellen: Nur weil es nicht hell ist, ist es noch lange nicht dunkel. Ein

Scheinwerfer oder eine Straßenlaterne leuchtet mir direkt ins Zimmer.

Ich mache das Licht noch mal an und gehe pinkeln. Schiebe anschließend ein Handtuch vor die Zimmertür, damit es durch die Ritze nicht zieht. Zwecklos. Lege mich wieder ins Bett. Ich muss nachdenken. In meiner Situation hilft nur sachliche Analyse. Das drängt auch die echten und eingebildeten Ängste zurück. Aber ich verfalle in richtungsloses Grübeln. Die Realität überfordert mich. Das weiche Bett ist sicher schlecht für den Rücken. Als ob ein hartes das nicht auch wäre. *But I sent you away, oh ...*

Was ich nicht verstehe, ist, wieso mir die ganze Zeit die Melodie von »Mandy« durch den Kopf geht. Merkwürdig. Als der Schüttelfrost einsetzt, dass meine Zähne klappern, merke ich, wie körperlich ausgelaugt ich bin. Biss in meine innere Unterlippe.

Ich nehme eine Unterhose aus einer der Verpackungen und ziehe sie mir über den Kopf, damit meine Augen verdeckt sind. Eine provisorische Schlafmaske gegen den grellen Außenstrahler.

Ich lösche das Licht. Meine Geduld mit mir ist erschöpft.

Oh Mandy, well you came and you gave without takin' ...

Komisch.

36

Drei Stunden zähneknirschenden Schlafs. Es ist noch so früh, dass es hier im Zimmer nur zwei Farben gibt. Grau und Schwarz. Draußen Nieselregen. Ich habe einen schweren Kopf, meine Beule im Gesicht schmerzt, sie ist seit gestern gewachsen. Vorsichtig betaste ich die Wucherung und lasse mich nicht dazu hinreißen, Form und Umfang mit einer Zitrusfrucht zu vergleichen. Die Luft ist dick und stickig. Toxische Schimmelsporen. Könnte sein, da ziemlich viele kleine, verschiedenfarbige Teppichflächen und Läufer im Zimmer ausliegen. Nichts wie raus hier. Schnelle Katzenwäsche. Ich steige in den Slip, der noch warm von meinem Kopf ist, reiße eine Zellophanhülle auf und schlüpfe in die schwarze Anzughose, mindere Qualität, zerfetze die nächste Packung, werfe mir das weiße Hemd über und steige in meine Schuhe. Mache mich auf die Beine. Stelle fest, meinem Fuß geht es wieder besser, eigentlich schon wieder vorbei, keine Schmerzen, kein Humpeln. Was schnell kommt, geht auch schnell.

Bevor ich die Zimmertür ganz öffne, spähe ich durch den Schlitz, als genierte ich mich. Kein Securitymann vor meinem Zimmer. Zwei Gäste eilen in jeweils entgegengesetzter Richtung durch den Flur. Niemand nimmt Notiz von mir. Trotzdem fühle ich mich beobachtet.

In dem Moment, in dem die Tür ins Schloss fällt, bemerke ich, dass ich meine Schlüsselkarte vergessen habe. Ich rüttle an der Drehklinke und beschließe, dass es dieser Tür noch leid tun wird, dass sie mich ausgesperrt hat. Zur Bekräftigung trete ich mit dem Fuß dagegen. Mir selbst kann ich meine jähzornige Seite nicht verhehlen. Vielleicht eine Folgeerscheinung permanenter beruflicher Kampfbereitschaft.

Ich betrete den Frühstücksraum, ein Riesensaal mit einem Glaskuppeldach. Man hat das Gefühl, in einer so großen Halle könnten sich Quellwolken bilden. Eingerichtet das Ganze in etwa: Moskau zur Zarenzeit.

Da ich zu dauerndem Stirnrunzeln neige, tue ich ebendies und sehe mich ausgiebig um. Wenige Tische sind besetzt. Auf allen steht ein identischer bunter Strauß Schnittblumen. Überrascht, dass mich der Herr kennt, der mit seiner Frau nahe am offenen Kamin sitzt und mich winkend zu seinem Tisch ruft, gehe ich schnurstracks auf ihn zu. Könnte jemand aus dem Flugzeug sein, dessen Gesicht ich vor lauter Trubel vergessen habe. Noch ehe ich etwas zur Begrüßung sagen kann und mein fragendes, aber offenes Gesicht aufsetze, ruft er mir »Some more coffee, please« zu und zeigt halbherzig auf eine versilberte Thermoskanne. Ich bleibe abrupt stehen und schließe die Augen, bis das Verlangen nachlässt, ihm eine reinzuhauen. Hält mich dieser britische Commonwealth Lackaffe doch glatt für einen Kellner. Ich entgegne, mit zur Seite geneigtem Kopf: »Yes, Sir, coming.«

Dann gehe ich zu einem weiter entfernten, freien Tisch, setze mich demonstrativ hin, ignoriere dabei den englischen Schwachmaten mit seinen weit auseinanderstehenden Augen (D-Mensch), nehme gleichzeitig zur Kenntnis, dass mein Tisch wackelt, muss das vorerst aus Coolnessgründen jedoch ebenfalls ignorieren und nehme die nächsten zwanzig Minuten zur Stärkung ein Cholesterin-Special ein. Zwei fetttriefende Eier, Speckscheiben auf Schinken, Pommes und eine sorgsam drapierte Petersilienranke.

Die ganze Zeit über feixt und johlt eine Formation ausgelassener Touristen an einem Tisch zwei Reihen weiter. Vandalen. Immer wieder sehe ich hin, wenn eine besonders laute Lachsalve herüberweht. Was ist so komisch? Ein altes Problem von mir. Ich kann keine Gruppe mit lachenden Leuten sehen, ohne dies gleich auf mich zu beziehen. Ich muss immer prüfen, ob sie über mich lachen.

Sie interessieren sich keinen Deut für mich.

Ich warte auf das nächste Freudengeheul der Windstärke 10. Diese Possenreißer sind völlig aus dem Häuschen. Sie johlen mit einer Art von Begeisterung, wie ich sie in meinem ganzen Leben noch für nichts aufgebracht habe. Ein Häufchen Verlierer. Mit Motiv-T-Shirts, bunten Socken und Proletarier-Hüftrettungsringen. F-Menschen. Aber bitte. Muss es ja auch geben.

Ich ordere noch zwei gekochte Eier mit russischem Senf und Schinken. Ein Bissen von der dunklen Blutwurst, oder was das ist, liegt wie eine zweite Zunge in meinem Mund. So schweres Essen wirkt bei mir wie eine Schlaftablette. Hinzu kommt der Knoblauch, der meinen Kreislauf zusätzlich noch runterschraubt und mich so richtig müde macht. Und das am Morgen. Ich bin so unvernünftig. Gute Nachricht: Hier gibt's Red Bull. Ich bestelle also genau das bei einem Ober, der wirklich ähnlich wie ich gekleidet ist, kille gleich mal eine Dose und zerdrücke das Blechding, während ich es mir ins Glas schütte. Das mache ich nur mit Red-Bull-Dosen. Die sind besonders weich. Ob Red Bull, so wie Coca Cola, auch seine Formel in überholt romantischer Manier vor der Konkurrenz geheim hält?

Zum Abschluss genehmige ich mir noch eine kleine große Auswahl an Mehlspeisen, die ich mir vom Büfett geholt habe. Das können die Russen. Ostblock generell. Bin pappsatt. Schaue etwas umher, als ich mir das letzte Stück einer Quarkschnitte in den Mund schiebe. Der Engländer hat den Saal bereits verlassen. Jetzt noch ein Abschlusskäffchen. Nach der Bestellung nehme ich mir eine Papierserviette und tauche kurz unter den Tisch, weil es mir mit dem Gewackel endgültig langt.

Ben steht vor mir, als ich meinen Kopf von unter der Platte wieder über die Tischkante hebe. Seine Augen haben mich noch nie so fremd angeblickt, und auch der mitfühlend resignierte Zug um den Mund ist mir neu.

»Morgen! Aah!« Ich stöhne und richte mich ganz auf. »Wie viele Servietten ich auch an ausgewählt strategischen Punkten unterschiebe, das Ding wackelt«, sage ich bewusst wie ein zerstreuter Professor, um dem Moment das Absurde zu nehmen, und rüttle testweise am Tisch, wie um die Aussichtslosigkeit des Unterfangens zu belegen. »Das wird nichts.«

»Ja, sieht so aus! Guten Morgen. Du hast bereits gefrühstückt? Seit wann bist du denn schon wach?«, fragt Ben, attraktiv wie immer, trotz der dunklen Schatten unter den Augen, mit noch nassen Haaren, das gleiche Hemd wie ich am Leib.

»Frag nicht!«

»Nicht gut geschlafen, was?«

»Frag nicht, und du?«

Er brummt eine beipflichtende Antwort, die eine zusätzliche weitreichendere Bedeutung hat, und setzt sich mir gegenüber.

Wir stützen in einer Imitation des anderen beide die verschränkten Unterarme auf die Tischplatte.

»Wir müssen reden«, sagt er, mehr ratlos als fordernd. Ahoi. Mein Lieblingssatz in letzter Zeit. Er fixiert mich und fährt mit seiner Zeigefingerkuppe über den Rand des Glases vor ihm, das für Orangensaft vorgesehen ist. Die Seele sitzt ihm in der Pupille. »Das, was du da gestern …«

In dem Moment – ich wusste doch, wir werden beobachtet – steht aus dem Nichts neben uns ein C-Mann Ende dreißig, Anfang vierzig, in schlecht sitzendem, mittelprächtigem Anzug, der gern kostspielig aussähe. Flankiert von zwei uniformierten Beamten.

»Herr Peng? Herr Kerschenbaum?«, fragt er diskret und sieht uns nacheinander an. Leichte Gänsehaut. Seine Augen, dynamisch und wach, strafen sein graumeliertes Haar Lügen. Ich stelle fest, dass ich diesen Typen problemlos hassen kann. Sage, frage vielmehr »Ja?« und spähe dabei über Bens Schultern, ob irgendwo noch mehr Beamte zu sehen sind. Die Situation hat etwas latent Bedrohliches. Mit einem vorgeblich liebenswürdigen Blick wendet er sich mir zu, sagt »Herr Peng, bitte sehr« und reicht mir meine Schlüsselkarte. »Die haben Sie auf ihrem Zimmer liegen lassen!«

Wie nett. Eine Unverschämtheit! Ich nehme das Plastikrechteck und tue mein Bestes, sein gummiartiges Lächeln zu erwidern. Nicht ohne ein irritiertes Zittern in der Stimme bedanke ich mich, etwas zaghaft ironisch.

Er fährt fort: »Es tut mir leid, Sie stören zu müssen, aber wir hätten noch einige Fragen zu dem gestrigen Vorfall. Würden Sie uns bitte folgen?« Während er spricht, zückt er einen Ausweis. Dem einen prüfenden Blick zuzuwerfen schenke ich mir. Was kann man auf Ausweisen schon erkennen oder daraus schließen, was einem mit Sicherheit etwas mitteilt?

Ich atme ein, wappne mich. Irgendwas stimmt hier nicht. Ich spüre, dass es nicht nur um ein paar Formalitäten geht, hoffe es aber. Schweiß benetzt meine Handflächen. Ich würde mich gern noch mit Ben absprechen, nicht, dass ich wüsste, was es abzusprechen gäbe, aber ich fühle mich überrollt.

»Wäre es möglich, damit noch eine halbe Stunde zu warten? Herr Kerschenbaum kam noch gar nicht dazu, etwas zu essen, er stieß eben erst zu mir«, sage ich, als ob die drei das nicht wüssten. Ich sehe ihren Anführer an, ihn und seinen zu dicken Krawattenknoten. Er erwidert meinen Blick, ohne mich aufzuschrecken oder zu beruhigen.

»Es tut mir leid, meine Herren, aber ich muss Sie wirklich bitten, uns unverzüglich zu begleiten.« Ohne mit der Wimper zu zucken. Herren spricht er als *Chiärren* aus.

Ich rutsche unbehaglich hin und her. Ben sieht mich an und wir nicken. Also dann. Wir erheben uns und brechen unseren synchronen Aufstehvorgang auf halbem Weg ab, bleiben wie erstarrt in den Knien stehen, als uns der Typ nämlich plötzlich eine einfach gefaltete russische Zeitung hinhält. Warum gerade jetzt, wo wir seiner Aufforderung bereits Folge leisten? Wohl aus Übereifer.

Auf der oberen Hälfte der Titelseite prangt das Foto einer Tupolew. Die kenn ich. Immer noch halb stehend, halb sitzend, mit rundem Rücken, stütze ich mich auf den Armlehnen ab. Er klappt die Zeitung ganz auf, und ich sehe darunter ein großes Farbbild. Wirklich groß. Er tippt mit seinem Zeigefinger darauf, sieht mich durchdringend an und nickt dabei.

Ich starre auf das Motiv, sehe ihn, Ben, an, vergesse zu atmen, meine Kehle wird zur Dürrezone, schaue wieder auf das Foto.

Damit habe ich nun wirklich nicht gerechnet.

37

Ein enger Raum. Es ist ein winziges, in einem unmöglichen Grauton gestrichenes Büro mit einem kleinen Fenster, durch das man auf einen baufälligen Hangar sieht. Der Gegenentwurf zum Frühstücksraum. Draußen schneit es inzwischen.

»Setzen Sie sich, bitte«, sagt Herr Preobrashenski, wie er sich mittlerweile vorgestellt hat, und lässt seine Stimme möglichst schmierig klingen. Aus zwei langen Rissen im Stoffbezug des Drehsessels quillt Schaumstoff hervor wie Eiter. Ich nehme Platz.

Er fragt: »Wie fühlen Sie sich?«

»Danke«, antworte ich und versuche, nicht aufmüpfig zu erscheinen. Immerhin verschaffte man sich Zugang zu meinem Zimmer und ließ es mich wissen, indem man mir meine darin vergessene Schlüsselkarte überreichte. Mein Handy wurde mir eben abgenommen, und Ben wurde in einen anderen Raum gebracht, um uns getrennt voneinander zu verhören.

Herr P ist sehr klein, wie mir jetzt erst auffällt. Das macht mir etwas Angst. Er ist klein genug, um jeden auch nur geringfügig größeren Menschen inständig zu hassen. Ich glaube, er trägt Plateausohlen. Er sagt: »Kein Grund zur Sorge, Herr Dr. Peng, kein Grund zur Sorge.« Eine sonderbare Bemerkung.

Nach einer kurzen Pause nicke ich langsam und fokussiere wieder die Gazette von vorhin, die jetzt auf dem Tisch zwischen uns liegt. Eine Tageszeitung namens »Trud«, auf deren Titelseite immer noch mein Bild prangt, direkt unter dem Foto des nächtlich beleuchteten Flugzeugs samt Sprengloch. Die Schrift kann ich nicht lesen. Ich starre auf mein Zeitungsbild, das mich mit schmutzigem Gesicht und zerknautschtem Hemdkragen zeigt, von dem ich keine Ahnung habe, wer es wann und wie und wo heute Nacht aufgenommen haben könnte. Sieht noch dazu so aus, als sei es aus kürzester Entfernung gemacht worden. Kann es sein, dass ich ziemlich debil aussehe? Wie auf einem schlechten Trip hängengeblieben. Anders gefragt, sehe ich immer so aus? Auch wenn das jetzt weniger eine Rolle spielt, schießt es mir trotzdem durch den Kopf: Da bin ich mal auf der Titelseite eines Weltblatts, und dann hauen die mir ein so unvorteilhaftes Foto rein. Auch noch mit Albinohasen-Augen. Hab ich so einen großen Zinken? Nein, oder? Das ist die Perspektive.

Startende und landende Flugzeuge ziehen dauernd über uns hinweg. Wir sitzen hier wohl ziemlich nah an der Einflugschneise.

Eine blonde Frau tritt ein, eine reichlich aufgeblasene Henne, zwei, drei Kilo mehr könnten nicht schaden. Sie legt Herrn P eine Diskette auf den Tisch und verschwindet. Gleichzeitig kommen zwei Männer herein, andere als die, die uns eben am Tisch abgeholt haben. Finstere Gestalten, kahlgeschoren, in schwarzen T-Shirts unter ihren Sakkos und mit voll verspiegelten Sonnenbrillen. Beide sehen einfältig aus. Sie postieren sich hinter P, der mir gegenübersitzt. Drei gegen einen. Die Haut des einen sieht aus wie nach einem Säureattentat. Nur eine Vermutung, aber ich möchte nicht dagegen wetten.

Zwischen uns ein Schreibtisch mit Lampe und grauem Telefon. Und einem Kassettenrecorder samt Mikrofon. Er drückt auf die Record-Taste und sieht mich an, ob ich das mitbekomme. Ich nehme an, das Ausbleiben meines Widerspruchs ist die Einwilligungserklärung für eine Gesprächsaufzeichnung. Jetzt fühle ich mich endlich angekommen in einer Verhörsituation mit KGB-Touch. Die vergangenen fünf Minuten hat er mich ein paar Einzelheiten über das Flugzeugunglück erfahren lassen. Terroranschlag, Tellerbombe, Fehlzündung, noch kein Bekennerschreiben, höchstwahrscheinlich Separatisten. Nationale Angelegenheit, aber internationale Aufmerksamkeit. Großes Medieninteresse, doch man hält sich mit Informationen noch zurück. Wohl, weil man kaum welche hat. Mittlerweile sind drei Tote zu beklagen. Eine Frau hat ihr Kind verloren. Sonst alle außer Lebensgefahr. Schön. Und was hat das mit mir zu tun?

Herr P sieht auf seine Uhr und sagt: »In vierzig Minuten beginnt unsere Pressekonferenz.«

Pressekonferenz? Ich verarbeite diese Informationen schweigend.

Was hat das mit mir zu tun? Eine endlose Reihe vollkommen belangloser Fragen folgt. Dauer meines bisherigen Aufenthalts, Ort meiner Unterkunft, Menge an mitgeführtem Bargeld, Drogen, politische Gesinnung, usw. Erwartet er, ich würde seine Erkundigung, ob ich einer terroristischen Vereinigung angehöre, bejahen, wenn dem so wäre? Zutreffendes bitte ankreuzen?

Immer wieder dreht er sich um, wenn ich antworte, und durchquert den Raum mit auf dem Rücken verschränkten Armen. Er weiß, dass meine Augen ihm folgen.

Aus der Art, wie er fragt, glaube ich, schlussfolgern zu können, dass meine persönlichen Daten bereits durchleuchtet wurden und er seine Liste nur noch der Form halber abarbeitet. Die Antworten kennt er längst. Mit einer Variation der Bedeutung des Worts Ja beantworte ich alles, was er noch wissen will. Lauter Fragen, die ich ihn schon habe stellen hören, bevor ich hier reinkam.

Der Kassettenrecorder läuft immer weiter und hört zu. Dann schlägt der Blitz ein. Ein Reflux-Anfall lässt mich lauthals abhusten. Magensäure schießt mir in den Hals, die brennende Säure. Das Frühstück war wirklich nichts für mich und meinen feinfühligen Magen. Vier harte, stoßweise Husteneruptionen. Mich schüttelt es regelrecht durch. Das hätten wir also auch auf Band.

Die beiden Schießbudenfiguren mit ihren jämmerlichen Brillen stehen stumm und bewegungslos da. Sie könnten sonst wer sein. Weiß der Kuckuck, wie viele es von denen im sowjetischen Staatsdienst gibt. Ich fahre mir mit dem Handrücken über den Mund. Betont seelenruhig steckt P sich ein Zigarillo an. Blauer Rauch quillt zwischen seinen Lippen hervor. Die Szene in diesem kargen, kleinen Zimmer wirkt so unnatürlich, so aufgeladen mit unterschwelliger Spannung, dass mir erst jetzt bewusst wird, dass ich mal wieder keine Ahnung habe, was man eigentlich von mir will. Ich denke: Nur nicht persönlich nehmen. Jeder könnte hier sitzen. Durchhalten.

Mein Hustenanfall hat wohl eine willkommene Zäsur markiert, und P erklärt das Interview für vorerst beendet, indem er mit der Diskette wedelt und sie in einen Player unter einem kleinen Fernseher schiebt, den ich zwar die ganze Zeit gesehen, aber nicht wahrgenommen habe. Ohne weiteren Kommentar drückt er auf Play, setzt sich auf die Kante des Schreibtisches und betrachtet mich. Unsere Augen treffen sich, er erweist mir einen spöttischen kleinen Salut. Bis jetzt ist mir nur ein fanatisches Glitzern in seinen Augen aufgefallen, aber jetzt erkenne ich darin auch einen Hauch von Amüsement. Oder Sadismus. Wenn der alte Mythos von den angewachsenen Ohrläppchen stimmt, muss ich mich vor ihm doppelt in Acht nehmen.

Der Diskettenfilm rauscht zunächst, und man sieht nur den üblichen grauen Schneesturm. Auf dem Bildschirm erscheint ein Kreis um eine vier. Eine drei. Ein Countdown. Zwei eins null. Dann kristallisiert sich eine grünstichige Aufnahme von erstaunlicher Qualität heraus.

Die Säure ist in meinem Magen explodiert. Sie möchte raus. Ich halte die Scheiße ein. Kriege leichte Krämpfe, die so schnell nicht vergehen werden.

Ich lehne mich vor. Herr P zeigt mit der Fernbedienung auf den Fernseher. »Sehen Sie sich das mal an, Herr Dr. Peng.«

Und ich sehe es mir an.

38

Was ich da erkennen kann, raubt mir den Atem. Der Film beginnt wenige Sekunden vor der Explosion, die das Loch in die Kabine gesprengt hat. Man sieht den Passagierraum der Tupolew, rechts unten am Bildschirmrand steht das Datum von heute und die Uhrzeit: 00:03:25. Stunde, Minute, Sekunde.

Die Perspektive, aus der die Kamera des Videoüberwachungssystems die ganze Flugzeugkabine von oben herab erfasst, lässt erkennen, wie einer massiven Erschütterung eine Luftdruckwelle folgt, die die Passagiere wie Pappfiguren gleichzeitig in ihre Sitze drückt.

Die Bildqualität entspricht der einer grünstichigen Nachtaufnahme mit einer Infrarotkamera. Es gibt keinen Ton und die identisch verzerrten Grimassen und nach hinten wehenden Haare sehen grotesk aus. Wie von einer unvermittelt angeschalteten Windmaschine verursacht. Und Action! So in etwa.

Ich strecke meinen Kopf weiter nach vorne, näher an den Bildschirm, um besser erkennen zu können, was vor sich geht.

Nach einigem Suchen finde ich mich, wie ich neben Ben auf meinem Platz sitze, mich festzukrallen versuche und umherschaue. Angsterfüllte Augen. Ich sehe, wie Gegenstände durch die Gegend wirbeln, Menschen verletzt werden. Ein Mitglied der Crew sucht sich einen Platz, um nicht den Schwankungen zum Opfer zu fallen. Das Ganze gleicht einem Inferno. Die Hölle bricht los.

Mein Herz schrumpft. Ein Getränkewägelchen fliegt durch die Luft wie ein federleichter Karton. Und jetzt erkenne ich, wie die Dicke, die auf der gegenüberliegenden Gangseite meiner Reihe sitzt, nach vorn überkippt und über die Fläche vor ihr geschleift wird, auf der vorher eine Sitzgruppe stand, die jetzt nur noch aus einem einsamen, verbeulten Sessel besteht. Der Perspektive der Kamera geschuldet, verschwindet sie für einen kurzen Augenblick hinter einer Lehne, taucht dann wieder auf. Sie dreht sich auf den Rücken, wohl um ihren schwangeren Bauch freizulegen, wird von der Anziehungskraft des Unterdrucks aber schnell wieder auf den Bauch gedreht und unaufhaltsam, wie von unsichtbaren Fäden, Richtung der Öffnung in der Bordwand gezogen, bis ihr Hintern sich darin verkeilt. Sie strampelt und sucht Halt, das hilft aber nichts. Ich kann es nicht anders sagen, es ist furchtbar und zugleich wirklich zum Brüllen. Ein Hingucker.

Ein fetter Arsch als Pfropfen, der ein Leck stopft. Mir fehlen die Worte. Und wie sie schreit! Zeter und Mordio. Tragödie! Komödie! Ich habe das Verlangen, vor Anteilnahme in Tränen auszubrechen, allerdings ein genauso großes Verlangen, hysterisch zu lachen. Ich pisse mir fast in die Hosen, so sehr versuche ich, beides zu unterdrücken. Das alles erscheint mir derart fremd und völlig losgelöst von mir, dass ich buchstäblich erschrecke, als ich am linken Bildrand erkenne, wie ich mich aufmache, der Dicken zu Hilfe zu kommen. Durch den Winkel der hoch angebrachten Kamera bin ich etwas verkürzt.

Gebannt beobachte ich, wie ich mich langsam auf sie zu bewege, mich Schritt für Schritt an Lehnen und den Deckenleisten abstütze, um nicht das Gleichgewicht in der rumpelnden, wackelnden Maschine zu verlieren. Meine Bewegungsabläufe wirken beinahe mechanisch, mein Körper folgt lediglich den Bewegungen, als wäre ich ein Aufziehspielzeug. Der Schwerkraft trotzend.

Und ich werde Zeuge, wie sie mir ihren Arm ins Gesicht rammt, als ich nach ihr greife – das also ist der Grund meiner Beule –, wie ich mich wieder erhole und erneut versuche, sie zu bergen, wie ich mich mit einem Fuß gegen die Wand stemme und sie schließlich mit aller Kraft aus ihrer Falle befreie, kurz bevor sie vollends durch die Öffnung gesogen oder vor Unterkühlung ohnmächtig wird.

Und – fließender Übergang – ich werde Zeuge, wie ich sie in einen angrenzenden Sitz zerre, ihr hastig einen Gurt um den Oberschenkel binde – und wie mir nach ihrer Fixierung drei Männer das Leben retten, als sie kurz darauf verhindern, dass es mich selbst aus dem Leck des Fliegers zieht, indem sie nach mir greifen und mich von hinten zurück in die Kabine reißen. Aber Moment! Da stimmt was nicht. Es mag nicht für jeden erkennbar sein, für mich ist es das! Kurz bevor die Männer mich erreichen, sieht es so aus, als würde ich schlafwandelnd von dem Loch in der Bordwand angezogen. Wie magisch. Als würde ich aufrecht gehend in seine Richtung krabbeln. Als würde ich mich ohne ein eigentliches Hindernis vordrängeln. Als wolle ich unsinnigerweise den entstandenen Schaden inspizieren. Plausibler ist allerdings eine andere Erklärung.

Vergebens beginne ich in Ecken und Winkeln meiner Erinnerung zu stöbern. Suche nach Brücken, die mir auf die Sprünge helfen könnten. Doch ohne Erfolg. Was weiß ich eigentlich? Es ist mir auch so völlig klar, was ich vorhatte. Meine ungelenken Bewegungen, meine Blicke, meine Stoßrichtung verraten es mir. Ich mache keine Anstalten, mich irgendwo festzuhalten oder abzusichern. Nicht mal, als ich heftig ins Wanken gerate. Allem Anschein nach vereiteln die drei, die mir zu Hilfe kommen, nichts weniger als meinen Versuch, mich aus der Maschine zu stürzen. Konfrontiert mit dieser verrückten, vollkommen unerwarteten Entwicklung, bin ich verwirrter als zuvor. Verkehrte Welt. Der Film geht weiter. Am äußeren Bildrand zuckt jemand zusammen, von einem unsichtbaren Projektil am Hals getroffen. Herr P stellt auf Vorlauf. Ich lasse es ohne Protest geschehen. In Zeitraffer beobachten wir die endlosen Minuten bis zur Notlandung, die eigentlich eine reguläre Landung war. Die Rettungskräfte, die das Flugzeug stürmen, als wollten sie uns zunächst alle erschießen, und schließlich – Herr P schaltet wieder auf reguläre Abspielgeschwindigkeit – die Evakuierung, die übrigens auf Film deutlich schneller vonstatten geht, als ich es gestern empfunden hatte.

P schaltet den Fernseher ab, sagt kein Wort. Ich stütze mein Kinn auf meinem Arm ab, der auf meinem Knie steht. Eine scheinbar altruistische Rettungsaktion und im Anschluss ein Selbstmordversuch also. Erinnerung Fehlanzeige. Wie gelähmt sitze ich in diesem Nebel aus Hilflosigkeit und lasse die Zeit verstreichen, beiße mir in die Wunde an meiner inneren Unterlippe, bis Blut kommt. Bei Vollmond bluten Wunden stärker, wir haben kurz nach Neumond. P drückt seinen halb gerauchten Zigarillo in einem schmutzigen gläsernen Aschenbecher aus, greift sich einen Bleistift vom Tisch und dreht zwischen Daumen und Zeigefinger das Radiergummiende hin und her. Wie jemand, der auf mich mit dem müden Zynismus desjenigen herabsieht, der es besser weiß, sagt er langsam: »Tja, Herr Dr. Peng! Sie sind ein Held!«

Jetzt also Sarkasmus. Ich kneife meine Augen zusammen und lege meinen Kopf zur Seite. Dann erst fällt mir ein, was er meint. Es sieht wohl ganz danach aus. Zu meiner eigenen Verwunderung bin ich verlegen. Und dieser fehlmotivierte Gefühlsausschlag versetzt mich gleich darauf nochmals in Verlegenheit. Vielleicht deshalb fragt mein Blick zur Überbrückung: Wie bitte?

»Sie sind jetzt ein Held, Herr Dr. Peng!«, wiederholt P nachhaltig. »Das sind Sie doch, nicht wahr?«

Jetzt also Provokation. Dafür fehlt mir im Moment der Sinn. Vielleicht deshalb sagt mein Blick: Bedaure, keine neuen Erkenntnisse, ich kann Ihnen immer noch nicht folgen. Ein Spiel auf Zeit. Ein Duell der Blicke.

»Sie haben dieser Frau das Leben gerettet. Man wird Sie dafür feiern, es wird eine Menge auf Sie zukommen!« Er lächelt. Schnell erwehre ich mich des naiven Gedankens, er könnte es womöglich gut mit mir meinen, mir helfen wollen. So ist der Mensch nicht. Er nicht, und ich auch nicht.

»Sie können froh über dieses Filmmaterial sein. Sie müssen wissen, der Einbau der Videokamera erfolgte erst vor einem Monat, Herr Dr. Peng. Diese standardisierte Sicherheitsmaßname wurde erst Mitte dieses Jahres für alle unsere Maschinen beschlossen.«

Na, was für ein Glück! Stoßseufzer. Mein Herz rast wie wild. Noch immer habe ich das dumpfe Gefühl, der Hauptteil dieses Gesprächs kommt noch. Den Schweißfilm auf meiner Haut und mein unruhiges Dauerwippen mit dem Fuß führe ich aber hauptsächlich auf die Entzugserscheinungen zurück. Ein Salzwassertropfen macht sich von meiner Stirn auf den Weg zur Oberlippe. Ich brauche eine Insidon.

»Herr Peng, ich will offen sein.« Er zeigt auf den dunklen Bildschirm. Unsere Konturen spiegeln sich darin. »Was wir da eben gesehen haben – da – nun, da geht doch nicht alles mit rechten Dingen zu, sehen Sie das auch so?« Dem ist nichts hinzuzufügen. Ich füge dem nichts hinzu.

»Nun, wie gesagt, ich will offen mit Ihnen sein. Wir haben Sie überprüft, Herr Dr. Peng. Und ich darf gleich vorausschicken, wir glauben, dass Sie nichts mit den terroristischen Machenschaften zu tun haben. Zunächst waren wir etwas stutzig, als wir herausfanden, dass Sie in Nowosibirsk in einem von Karl Marischkas Werken gearbeitet haben.«

Schreck durchzuckt mich, meine Augen verengen sich zu Schlitzen. Kenntnis meiner persönlichen Daten … Das gefällt mir gar nicht, war aber klar.

»Kurzzeitig hielten wir Sie und Herrn Kerschenbaum sogar für mögliche Ziele dieses Anschlags. Wie dem auch sei, Herr Peng, geradeheraus, Sie haben dieser Frau Hilfe geleistet, keine Frage, aber wir glauben auch – und ich berufe mich hier auf eingehende Analysen unter Hinzuziehung von Spezialisten –, also wir glauben, dass Sie versucht haben, sich aus dem Flugzeug zu stürzen.« Kunstpause. Treffer. »… sich aus dem Flugzeug zu stürzen. Aus welchen Gründen auch immer«, fügt er an, damit es endgültiger klingt. Ich lache. Zufälligerweise lacht sonst keiner im Raum.

Er beugt sich vor. Flüsterton: »Sehen Sie, uns ist egal, weshalb Sie sich so verhalten haben, verstehen Sie?«

Immer diese Nachfragerei. Oder?, richtig?, nicht wahr?, verstehen Sie? Als müsse er dadurch schwer erkennbare Mikro-Pointen in seinen Sätzen nachträglich kenntlich machen.

»Es betrifft uns nicht. Wir haben – unter uns – ein ganz anderes Problem.«

Ach ja? Er geht auf Tuchfühlung, beugt sich noch ein Stück vor, direkt vor mein Gesicht. Macht auf vertrauensselig. Mein Puls schlägt immer härter.

»Wie Sie bereits gesehen haben, wurde Ihr Foto heute Nacht von irgendjemandem an die Presse gereicht. Zusammen mit Ihrer Rettungsgeschichte. Wir wissen nicht, wer das getan hat.«

Es macht mir Sorge, dass er mir dieses interne Detail offenbart. Müsste er nicht. Je mehr er preisgibt, desto brenzliger wird die Lage für mich. Ich versuche, sein Gebaren zu lesen. Was zählt, sind die kleinen Dinge. Genau wie es immer die kleinen Dinge sind, die einen sauer machen.

»Nun, aufgrund von diesem – nennen wir ihn – Trojaner dürfen Sie in der heutigen Ausgabe der ›Trud‹, die in diesem Moment, in dem wir hier sitzen, in ganz Russland ausgeliefert wird, Ihr Bild bestaunen. In die reguläre Morgenausgabe hat es die Meldung des Flugzeugunglücks nicht mehr geschafft, daher druckt der Verlag eine Sonderausgabe, die heute Nachmittag nachgeliefert wird. Das können wir nicht mehr verhindern. Zu spät. Und der Anschlag ist nun mal eine Sensation, und das macht Umsatz, vor allem, wenn man der Erste ist, der davon berichtet!«

Ich versuche mich an einer zerknautschten Beipflichtung. Die beiden Muskelberge stecken kurz die Köpfe zusammen, einer murmelt etwas, der andere nickt nicht.

»Das einzige Problem ist dieses Video.« P zeigt auf den schwarzen Bildschirm und betrachtet für einen Augenblick ratsuchend den Boden, bevor er fortfährt: »Und da vor allem Ihre Glanzvorstellung.« Noch ein müder Affront. Ich reagiere nicht.

»Gewollt oder ungewollt, Ihr Versuch, sich aus dem Flieger zu befördern, gleicht einer Generalstabsaktion«, doziert er und beginnt zu lachen. Es ist nur eine Nebenbemerkung. Ich, keine Reaktion. Fünf, sechs, sieben Sekunden lang.

»Verzeihung. Darf ich Ihnen eine persönliche Frage stellen?«

Könnte ich das doch nur glauben. Schön langsam sehne ich mich nach Hilfe, werde weich. Aber ich antworte mit kräftiger Stimme und ironischer Betonung: »Ich bevorzuge persönliche Fragen.«

»Ich bin bloß neugierig.«

Ich nicke, schon gut, nur zu.

»Meine Theorie dieser Geschichte lautet, um es vorsichtig auszudrücken: Sie haben also versucht, ähm, sagen wir mal, Ihrem Leben ein Ende zu bereiten. Ein Zufall, das mit der Tellerbombe. Reiner Zufall und gleichzeitig eine Chance, nicht wahr?«

Dieses ständige Nachhaken finde ich unerträglich. Okay, reg dich ab. Denk an etwas anderes.

»Mich jagen Sie nicht ins Bockshorn, Dr. Peng.«

Ich rümpfe unmerklich die Nase. Ich befinde mich im Zustand schwerer Überreizung, werde noch zappeliger. Muss Kräfte aufbringen, um es nicht über meinen Körper abzuleiten und es dadurch zu erkennen zu geben.

»Ich darf behaupten, es gibt momentan wahrscheinlich niemanden auf der Welt, der besser über Sie und Ihre Lebensumstände Bescheid wüsste als wir. Sie haben ein wenig verbrannte Erde in Deutschland hinterlassen. Wahrlich. Ziemlich merkwürdiges Zeug, was Sie da veranstaltet haben, wenn Sie gestatten.«

Auf rätselhaft charmante Art zwinkert er mich an. Ich frage mich plötzlich, woher er so gut deutsch kann. Eliteeinheit, garantiert. Ich zittere wie Espenlaub, glaube aber trotzdem, dass es niemand mitkriegt. Ein Königreich für ein Insidon. Hier drin ist es schweißtreibend heiß von den Lampen.

Er öffnet den Deckel eines weinroten Pappordners und zieht ein Papier hervor.

»Hier zum Beispiel: Sie hatten ein kleines Aggressionsproblem während einer Präsentation in Wien, bei einer Fluggesellschaft! Wie passend! Ferner ist uns zu Ohren gekommen, dass aufgrund eines von Ihnen sehr *individuell* (Lacher) gestalteten Berichts an Ihren Arbeitgeber Lutz & Wendelen ein Kündigungsverfahren anhängig ist, in dem Lutz & Wendelen gegenwärtig mit psychologischen Gutachten versuchen, Ihre Zurechnungsfähigkeit in Frage zu stellen.«

Er hat nicht geblufft. Zu meiner Überraschung. Er ist über mich informiert. Und wie. Peinigende Gewissheit. Was geschieht hier?

Es ist ernst. Ich sage: »Sie wollen mir erzählen, Sie hätten mich innerhalb von«, ich rechne kurz nach, drücke dabei zählend meine Fingerkuppen, eine nach der anderen, gegen meine Oberschenkel, »von nur fünf Stunden durchleuchtet? Das Video haben Sie nicht vor drei Uhr ausgewertet. Und jetzt ist es halb neun. Also in etwas mehr als fünf Stunden?«

»So ist es, Herr Peng.«

»So schnell geht das?«

»So schnell geht das!«

»So so …«

»Ja, so schnell geht das«, bekräftigt er.

Ich beschließe mal wieder, das nicht weiter zu kommentieren.

Er steht herausfordernd da. Auch wenn niemand hinter mir steht, habe ich den Eindruck, jeden Moment könnte mich von hinten eine Hand anfassen.

»Sie sind nicht geistig umnachtet, Peng, bei Gott nicht. Sie sind sogar ziemlich auf Zack. Aber ich habe Sie beobachtet, als Sie sich eben das Video angesehen haben. Sie haben keine Ahnung, was Sie da getan haben.« Er funkelt mich unverwandt an. Ich schweige, fassungslos darüber, dass er tatsächlich zu diesem Schluss gelangt ist.

Dass ich mich vermeintlich von Bord stürzen wollte, okay, das habe ich auch erkannt. Aber meine punktuelle Amnesie zu diagnostizieren?

Mich quält der Gedanke, dass beides stimmt.

»Sie haben da ein kleines Problem. Sie verlieren die Kontrolle über sich, habe ich recht?«, sagt er mit einem echten, jetzt auf einmal fast mitleidigen Lächeln, das seine Respektlosigkeit kurzzeitig wettmacht. »Und das ist Ihnen selbst klar. Sie sind komplett ausgetickt und können sich an nichts mehr erinnern, stimmt's?« Jetzt wieder diabolisches Grinsen, ich warte darauf, dass er sich die Hände reibt. Himmel ja, es war nichts weniger als ein surreales Erlebnis, das ich vorhin als Videoaufzeichnung auf dem Monitor gesehen habe. Ein schlechter Scherz, ein böser Traum. Ein Traum, aus dem ich seit Wochen den Ausgang nicht finde. Doch diesmal ist es anders. Bisher verlor ich die Kontrolle, mein Verhalten richtete sich gegen andere. Aber jetzt, versuchter Suizid? Absurd. Und mein Versuch sah nicht nach Halbherzigkeit, sondern nach fester Entschlossenheit aus. Nicht so wie der Typ auf dem Dach, der dann doch nicht springt, die Tablettendosis, die keine Überdosis, sondern nur ein Hilfeschrei ist, das Pulsadern aufschneiden, das nur ein Anritzen ist.

Ich schäme mich irgendwie und bin irgendwie wütend auf P., ich sage: »Nicht im Geringsten!«

Er nickt langsam, presst den Mund zusammen und dreht sich weg. Schaut aus dem Fenster, auf dem eine dicke Schmutzschicht liegt. Er benimmt sich wie ein arrogant taktierendes Arschloch. Und nichts anderes ist er. Ich strecke mich. Blinzele ein paar Mal. Dann sage ich: »Ich habe keine Ahnung, wovon Sie sprechen. Und ich möchte nicht unhöflich erscheinen, aber ich wüsste gern, wie sich Ihre Planung bezüglich Herrn Kerschenbaums und meiner Rückreise gestaltet.«

Aus heiterem Himmel entfährt dem rechten Bodyguard ein dermaßen heftiges Niesen, dass wir anderen drei ihn völlig überrascht ansehen. Eilig greift er in seine Jacketttasche und zieht eine Packung Papiertaschentücher hervor, reißt sie auf, nimmt eins raus, legt es über seine beiden Zeigefinger, fährt gleichzeitig in beide Nasenlöcher und stochert in völliger Selbstvergessenheit darin herum, bis sein Kopf hochrot wird. Dann faltet er das Tuch und stopft es zurück in seine Seitentasche. Erst dabei bemerkt er, wie wir anderen jede seiner Bewegungen regungslos mitverfolgen und sein Bravourstück das ganze Gespräch zum Erliegen gebracht hat. Erschrocken glotzt er uns der Reihe nach an und bleibt schließlich an seinem Chef hängen. Einen Moment lang – Standbild. Die ganze konspirative Bedrohlichkeit, die P so mühsam aufzubauen versucht hat, ist vorerst zum Teufel. Erst ich mit meinem Hustenanfall und jetzt das. P feuert seinem Untergebenen einen Gesichtsausdruck entgegen, in dem Verständnis keine hervorragende Rolle spielt. Reumütig ordnet der Muskelmann sich und schaut nach vorn. Das mimische Äquivalent zu einem Muschelrauschen. Noch während wir anderen uns wieder fassen, frage ich P: »Kann ich jetzt gehen?«

Ich weiß auch nicht, wieso ich so einen Blödsinn frage, doch es ist mir momentan vollkommen unwichtig, vor mir selber gut dazustehen.

Er antwortet forsch: »Moment noch, Herr Dr. Peng, ich bin noch nicht fertig. Ganz so einfach ist die Sache nicht.«

»Dachte ich mir«, gebe ich zu und lehne mich wieder zurück.

»Uns ist nicht daran gelegen, Sie bloßzustellen. Wie Sie aber selbst gesehen haben, könnten aufmerksame Beobachter darauf stoßen, dass an Ihrem so löblichen Verhalten ein Haken ist. Wenn die Medien das Band in die Hände kriegen und unter der Lupe auswerten, könnte es ein Mordstheater um Ihre Person geben.« Er senkt das Kinn, gefällige Pose. »Daran ist uns nicht gelegen.«

So wie sich das anhört, scheint es sich hier um eine Staatsangelegenheit höchster Priorität zu handeln. Was in krassem Gegensatz zur Mickrigkeit des Raums steht, in dem wir uns befinden. Dieser Umstand wiederum lässt das Ganze langsam noch dramatischer erscheinen. Und wieder zieht ein unsichtbarer Flieger dröhnend über unsere Köpfe.

»Wir werden nun folgendermaßen vorgehen. Im Gegensatz zu Ihrem Foto und der Geschichte in der ›Trud‹, ist das Video noch nicht in Umlauf gebracht worden. Nachdem wir uns geeinigt haben, Herr Peng, werden wir der Öffentlichkeit unsere eigene, bearbeitete Version dieses Bands präsentieren. Unsere für die Öffentlichkeit bestimmte Kopie ist bereits an den entscheidenden Stellen editiert. Soll heißen, einige Sekunden vor und unmittelbar nach der Explosion fallen der Schere zum Opfer, da wir mit technischen Details nicht hausieren gehen wollen. Das könnte unseren Ermittlungen hinderlich sein. Wir möchten bestimmte technische Informationen nicht publiziert wissen. Und natürlich werden die Sekunden nach Ihrer Rettung der schwangeren Dame ebenfalls herausgeschnitten. Subtil und unter Berücksichtigung des Time Codes und der ganzen Feinheiten, das lassen Sie mal unsere Sorge sein. Sie werden in den Augen des Zusehers der makellose Held bleiben, als der Sie heute von der Titelseite prangen. Und das kommt Ihnen vielleicht ganz gelegen und schmeichelt Ihnen doch sicher! Der Held des Tages, haha.«

Ja, bald wird es alle Welt wissen. Ist P womöglich meine einzige Hoffnung, nicht als lebensmüder Psycho aufzufliegen?

Er lacht nach seiner konzentrierten Rede jetzt wieder herzlich.

Schalk im Nacken, Messer in der Hand. Mal geht Feindseligkeit, mal Kumpelhaftigkeit von ihm aus. Wechsel im Sekundentakt. Aber alles dargebracht mit einer gewissen Leidenschaft für das, was er da tut, die mich abwägen lässt, wer von uns beiden ein Problem hat. Aber das stimmt schon, er ist es nicht.

Was. Soll. Ich. Bloß. Tun? Ich habe panische Angst davor, dass es mir bald wieder den Schalter umlegt. Es kommt mir vor, als schöben sich die Wände zusammen und als senkte sich die Decke herab. Ich versuche zu denken. Nachdenken. Ich kann mich einfach nicht von der Ahnung lösen, dass ich etwas übersehe. P, Bodyguard 1 und Bodyguard 2 stehen da wie Teilnehmer eines Exekutionskommandos. Ich setze mich mit einem Ruck zurecht und sage: »Okay, klären Sie mich auf! Was wollen Sie von mir? Weshalb ist Ihnen so daran gelegen, mich ordentlich aussehen zu lassen? Es kann Ihnen doch egal sein, ob das Filmmaterial mich diskreditiert? Wieso erzählen Sie mir diesen ganzen Zinnober überhaupt?«

»Ganz ruhig, Dr. Peng, nur kei- …«

»Woher rührt Ihr so dringliches Interesse, meinen vermeintlichen Amoklauf gegen mich selbst zu vertuschen?«

»Vermeintlich ist gut, haha, vermeintlich ist sehr gut.« Er lacht impertinent überheblich, beugt sich vor und macht Anstalten, mir auf den Arm zu klopfen. Ich drehe mich frühzeitig zur Seite, er lässt es bleiben. Ich fühle mich trotzdem so klein mit Hut.

»Herr Peng, wir versuchen jeglichen Aufruhr zu vermeiden. Damit wäre niemandem gedient. Sehen Sie, ich setze Sie lediglich in Kenntnis, was Sache ist, was auf Sie zukommen wird, und dass wir Ihnen entgegenkommen. Das müssen Sie doch schließlich wissen, wenn wir gleich vor die Presse treten. Wir helfen Ihnen. (Pause.) Wir helfen Ihnen, Ihr Gesicht zu wahren.«

Mir helfen? Sonst nichts? Ausgeschlossen. Jeder will etwas. Entgegenkommen hat nichts mit Herzensgüte zu tun, sondern mit Opportunismus. Dem oberflächlichen Eindruck nach ist das hier gerade nämlich gar kein Deal, kein: Eine Hand wäscht die andere, keine Klüngelei oder Allianzenschmieden. Da blicke ich nicht durch. Was ist faul? Ich rattere verschiedene Möglichkeiten durch. Ich komme nicht drauf.

Er wirft einen Blick auf die runde Bahnhofsuhr neben dem Metallschrank. Sie zeigt die Zeit falsch an.

»Also, für uns stellt sich die Sache so dar: Was Sie da getan haben, ist strafbar. Ist Ihnen sicher bewusst. Die Männer, die zu Ihrer Rettung eilten, werden in diesem Augenblick gesondert verhört und angewiesen, in unsere Version der Geschichte einzustimmen. Nämlich über Ihren Suizidversuch Stillschweigen zu wahren. Herr Peng, wir könnten Sie sofort in Gewahrsam nehmen. Aus tausend Gründen. Sollten Sie nicht mitspielen, kann ich nichts mehr für Sie tun.«

»Das ist alles? Sie wollen lediglich zusätzliche Aufmerksamkeit vermeiden?« Das bezweifle ich. »Es kann Ihnen doch vollkommen egal sein, was aus mir wird, ob irgendwas von dem, was Sie da behaupten, auffliegt!«

»Nun, was aus Ihnen wird, liegt allerdings tatsächlich in meinem Ermessen. Wir wollen keinen Aufruhr, das sagte ich Ihnen doch bereits! Wir haben mit dem Terroranschlag an sich schon genug zu tun, da brauchen wir nicht noch einen Nebenkriegsschauplatz namens Conrad Peng. Kurzum. Und ›eingeschränkte Zurechnungsfähigkeit‹ machte sich nicht besonders gut in Ihrem Portfolio. Noch dazu zum jetzigen Zeitpunkt, da Sie mit Ihrem Arbeitgeber vor Gericht stehen werden. Mann, tun Sie sich selbst einen Gefallen und stellen keine weiteren Fragen … Seien Sie doch froh«, sagt er – Preobrashenski der Versöhnliche – und fährt mit der Hand über den Deckel des Ordners, der entweder meine Akten enthält oder rein weißes Papier, das nur als Requisite dient.

»Mal angenommen, wir enthüllen Ihre Geschichte, was hätten wir davon, außer aufwendigen Erklärungen …?« Er hört auf, weil ich ihm gar nicht mehr zuhöre und nur darauf warte, dass er zum Ende kommt. Alles Schwachsinn. Ich verdrehe die Augen. Es reicht. Zwar erhalte ich keine Antworten auf meine Fragen, aber vielleicht haben meine Fragen auch längst keine Bedeutung mehr. Gut möglich.

»Herr Dr. Peng, auf Ihren Konten und Festgeldanlagen befinden sich in Summe momentan 1,4 Millionen Euro, ist das richtig?«

So in etwa. Er schiebt mir einen Zettel vor die Nase. »Wir gehen jetzt in mein Büro, von dort aus werden Sie eine Onlineüberweisung dieses Betrags an diese Kontodaten veranlassen. Einverstanden?« Seine Finger gleiten über das Papier, während er mir auf der Suche nach einer Gefühlsregung in die Augen sieht.

Patsch. Da hätten wir ihn.

Den springenden Punkt.

Besinne dich. Denk nach. Was bleibt mir anderes übrig? Nichts anderes bleibt mir übrig. Ich muss es versuchen. Die machen mich fertig, wenn ich nicht einwillige. Und wenn sie nur die Wahrheit ans Licht kommen lassen. Das darf nicht publik werden. Nicht auszudenken. Nicht auszudenken, was denen noch so einfällt, um mich zu schikanieren. Die machen mir die Hölle heiß. Hinrichtung. Tortur. Nabelschau. Alles vorbei. Beruflich würde ich kein Bein mehr auf die Erde kriegen.

Bloß Geld. Als Gegenleistung für meinen Frieden. Skepsis, ob ich bekomme, was mir zugesichert wird. Skepsis ist immer angebracht. Aber kein Zweifel, was zu tun ist. Strategisch gesehen. Das einzig Richtige. Weil alles andere das garantiert Falsche wäre. Fraglos. Oder? Ja.

Korrekt kombiniert.

Hypothesen durchgespielt.

Folgerichtig abstrahiert.

Bereit? Alles klar.

Ich nicke. Einverstanden, wir sind handelseinig geworden.

»Ach und noch mal: Alles, was hier gesprochen wurde, muss unter uns bleiben.« Er lächelt, ganz Showman, klopft mit seinen Fingerknöcheln bekräftigend auf die Tischplatte, wirft den Arm aus, winkelt ihn an, liest die Uhr an seinem Handgelenk und sagt: »Höchste Zeit. Lassen Sie uns aufbrechen.«

Er rutscht von der Tischkante. Blitzartig gehorchen seine beiden Wachhunde dieser Geste und setzen sich in Bewegung. Ich erhebe mich und hänge schief zwischen meinem Stuhl und dem Tisch, so linkisch, wie man eben steht, wenn man nicht weiter kann, weil Herr Bizeps und Herr Trizeps an einem vorbei- und vorausgehen. Und vielleicht auch, weil ich soeben um 1,4 Millionen Euro erleichtert wurde und *nur einen winzig kleinen Moment gezögert habe.*

P gibt mir ein Zeichen, bitte zu folgen. Dabei deutet er eine kurze polemische Verbeugung an und sagt: »Snajete gospodin P, shisn, eto odin bolschoi sakulisny torg.«

Und das Eigenartige ist, ich weiß, was er meint.

39

Schon wieder einen Gang entlang. Auch dieser Korridor ist endlos tief und relativ eng. Die zwei Bodyguards rumpeln vorneweg. Mit ihren massigen Schultern und den Stiernacken sehen sie von hinten irgendwie verschwistert aus.

Wie im zweireihigen Entenmarsch trabt P auf seinen Einlegesohlen neben mir. Auf seiner Wange klebt etwas Asche von dem Zigarillo. Ich neige nicht dazu, jemanden auf so was hinzuweisen. Vor nicht mal einer Minute habe ich eine Überweisung über rund eine halbe Million Euro in die Wege geleitet. Den Rest des Schweigegelds (Freikaufgeldes?) kann ich erst anweisen, sobald ich meinen Mann bei der Bank telefonisch erreiche. Es ist zu früh in Deutschland, noch keine Bürozeit.

Wenn ich das richtig sehe, sind wir auf direktem Weg zur Pressekonferenz. Oder kann ich mich davor noch mal frisch machen oder ein bisschen Luft schnappen? Ich frage lieber nicht nach. Bin platt.

Man führt mich wohin. Gefangener bin ich aber wohl keiner. Eher ein Kooperator. Spielt das eine Rolle? Ich ziehe die Schulter nach hinten, wie um eine Rückenverspannung zu beseitigen.

Ein paar Meter weiter den Flur entlang. Obwohl ja die beiden Kraftpakete vor mir gehen und es abkriegen müssten, laufe ich durch ein unsichtbares Spinnennetz, das sich erst auf meiner Nase verfängt und sich dann in mehrere Richtungen über meine Wangen spannt. Ich wische mir hektisch übers Gesicht und ziehe dabei ein Fratzengesicht, einem Grinskrampf nicht unähnlich.

Im Gehen händigt jemand, der springteufelhaft aus einer Seitentür tritt, Herrn P ein Handy aus, nickt ernst. P reicht mir mein Handy weiter. Als ich es anschalte und dabei auf die Anzeige schaue, kann ich zusehen, wie es sich sofort wieder abschaltet. Ich versuche es erneut, aber der Akku ist leer.

Das reicht.

Ich lasse das Telefon in die Hose gleiten. Dann kommt's. Ich erstarre, das Blut schießt mir in die Wangen und in die Stirn, es hämmert unaufhörlich in meinen Ohren. Fünf Buchstaben, eine Silbe: Krieg. – Ja, fünf ist korrekt. In solchen Momenten kann man sich nur auf sich selbst konzentrieren, nichts anderes. Ich weiß, was jetzt nottut. So in etwa. Ich trete dem linken Zuchtbullen vor mir heftig ins Kreuz, und als er ins Hohlkreuz kippt, schlage ich ihm mit der Faust in seine Nieren, Hinterkopf, wieder Nieren, noch mal Hinterkopf. Er fällt vorneüber. Dann ein High Kick für den rechten Vasall, auf die linke Schläfe. Tot. Sofort. Ach, du grüne Neune! Vom Nervenkitzel gepackt. Offen gesagt wusste ich gar nicht, was ich vorhatte. Zu spät. Hitzkopf. Weiter. P schreit mich an, ich solle es lassen, ich hätte keine Chance zu entkommen. Ich bringe ihn mit einem klassischen Rechtsausleger zum Schweigen. Egal, wie man es betrachtet, dies ist ein Selbstzerstörungstrip. Aber das geht in Ordnung. Damit hab ich keine Probleme. Alle drei liegen k. o. am Boden und schnaufen schwer. Also zwei davon. Einer ist ja tot. Der liegt da mit einer Körperhaltung, die ihm zu Lebzeiten sicher peinlich gewesen wäre. Nun haben sie ausgespielt, die Herrn. Es stimmt einfach: Ich bin im Einstecken nicht so gut wie im Austeilen. P stützt sich mit den Armen am Boden auf. Sein Gesicht: irreparabel entstellt. Zumindest von meiner Warte aus. Er murmelt etwas schwer Verständliches vor sich hin: »Ifspoiuklatz.« Irgend so was. Also Ifspoiuklatz kann alles Mögliche bedeuten. Ich runzle die Stirn. Ein Spitzname? Russisch für: »Treiben Sie es nicht zu weit«? Mein Blut nähert sich langsam aber sicher dem Siedepunkt. Leckt mich alle kreuzweise. Ich renne los. Nicht durchs Treppenhaus. Ich wähle die waghalsigere Alternative durch ein Fenster. Springe vom ersten Stock auf den Vorplatz und sprinte rüber zum Hangar. (Den Teil mit dem mongolischen Zyklopen, dem ich den Arm breche, lasse ich weg.) Vorbei an ein paar gaffenden Idioten, Mechanikern und einem vollkommen verdutzten Typen mit »Follow Me«-Schild in der Hand. Ich erreiche den Hangar. Kriege kaum Luft in der Kälte. Spucke seitwärts. Blicke in die Richtung, aus der ich gekommen bin. Betrete die Halle, leer, verstecke mich hinter einem Wall aus blauen Metalltanks. Für ein paar Sekunden verharre ich in meinem Versteck. Kauere mich zusammen. Rapple mich auf. Muss wieder in Deckung gehen, als ich jemanden kommen höre. Lausche. Doch nichts. Ich entdecke eine 747, strahlend weiß, am anderen Ende des Hangars. Wer A sagt. Muss auch. Usw. Jetzt oder nie. Los. Ich laufe. Egal, wenn ich dabei draufgehe. Und in mehr als einer Hinsicht ist es mir auch gleichgültig. Muss ich an der Maschine hochklettern? Nein, auf der anderen Seite steht eine fahrbare Treppe. Ich nehme je drei Stufen auf einmal. Ehrlich gesagt bin ich jetzt schon am Rande der Erschöpfung. Lege also noch eine Verschnaufpause von 1,389 Sekunden ein. Schaue in die Halle. Noch kein Störenfried in Sichtweite. Merkwürdig. Betrete die

Maschine, gehe ins Cockpit, setze mich auf den Captain-Sessel und starte den Motor. Die Bedienung der Geräte ist kinderleicht. Völlig logisch. Lenkrad, Gas, Bremse. Kupplung? Automatik? Rolle auf die Startbahn. Ein verhältnismäßig ruhiger Start für einen Debütanten. Muss man sagen. Mein Highlight des Tages. Ich war ja noch nicht einmal in einem Flugsimulator. Null Vorkenntnisse. Ja, gar nicht schlecht, muss man wirklich sagen. Bei aller gebotenen Bescheidenheit. Zumal wenn man bedenkt, was ich heute schon alles einstecken musste. Eins Komma vier Millionen …

Ich schüttle meine offene rechte Hand aus. Sie schmerzt von den Schlägen, die ich verabreicht habe.

Steigflug. Genau richtig steil. Ich erreiche Reiseflughöhe. Über den Wolken ist die Sonne so schön, dass man ihr ins Auge schauen *muss*. Aber nicht zu lange. Von den Randinformationen der letzten Sonnenfinsternis weiß ich: Gefahr für die Netzhaut. Wahre Horrorgeschichten habe ich da gehört.

Ich gewinne wieder ein bisschen Fasson. Lenke die Boeing so vor mich hin. (Auch mein zweifacher Looping tut hier nichts zur Sache.) Ängste und Zweifel Äonen entfernt. Beim Betrachten der Aussicht ereilt mich sogar ein Anfall von Verzückung. Der Himmel ist von einem süßlich-blauen Farbton, dass es beinahe schmerzt. Frostig glitzerndes Lagunenmeer. Schade, dass Fynn jetzt nicht hier sein kann. Das wäre das Größte für ihn. Schade. Ich schalte auf Autopilot, frage mich, ob ich wusste, dass ich überhaupt zu so einer Aktion fähig bin. Und bin froh, ganz offensichtlich nicht einem Bild entsprechen zu müssen, das ich mir von mir gemacht habe. Ich breite eine Wolldecke mit dem Logo der Airline über mich – A. L. I., Zufall – und mache ein Nickerchen.

Sehr viel später lande ich in München.

Mörderaktion! Einfach so zu fliehen.

Und genau das hätte ich tun sollen.

40

Die ganze Pressekonferenz findet auf Englisch statt. Im Erdgeschoss meines Hotels, in einem großen, luxuriösen Tagungsraum. Berstend voll. Reporterscharen sitzen eng an eng in zahllosen Stuhlreihen. Dutzende neugieriger Augenpaare. Hungrige Geier, die unter Scheinwerfern und Abgabefristen schwitzen und sabbernd nach frischen Sensationen dürsten. Und rechts vor der Empore, hinter einer provisorischen Absperrung, haben sich zahllose Kamerateams aufgebaut, Kabel schlängeln sich über den Boden.

Ich sitze an dem Tisch auf dem Podium, links außen, eine Randperson, starre in unser Publikum, sehe aber niemanden direkt an, sondern registriere nur ihre oberflächliche Erscheinung. Ein Stelldichein der Weltjournaille. Alle sind sie da: CNN, FOX, teleSUR, France 24, BBC, ABC, Sky, EuroNews, TVN24, Russia today, TV Biznes, CNBC.

RTL und ZDF fallen mir natürlich als Erstes auf. Respektive die Schriftzüge auf den Mikrofon-Schaumstoffüberzügen. Deren Besitzer mustere ich etwas genauer. Könnte nicht sagen: typisch deutsch. Die eine ist sehr jung, sieht aber trotzdem attraktiv aus. Der andere hat ein klassisches Konfrontationsgesicht, seine gescheitelte Frisur die Geschmeidigkeit von Drahtwolle.

Jetzt, wo ich die Auslandskorrespondenten-Köpfe in ihrer Gesamtheit einer genaueren Betrachtung unterziehe, muss ich sagen: einer schöner als der andere. Mit Ausnahme eines amerikanischen Vertreters. Die Hässlichkeit seiner Mundpartie grenzt an Körperbehinderung. Wahrscheinlich ist er deshalb der Beste von allen.

Ich blinzele ins grelle Scheinwerferlicht. Pochen in meinem Kopf. Hier oben zu sitzen ist übel. Mir ist nicht wohl dabei. Meine Perspektive erscheint so unwirklich, als befände ich mich in einem Paralleluniversum. Mikroskopisch kleine Staubkörnchen auf meinem Ärmel erfordern plötzlich immense Zuwendung. Ich zupfe daran herum. Das sieht bestimmt nicht gut für die Kameras aus, aber das kann ich jetzt nicht berücksichtigen. Es beruhigt kurzzeitig.

Seit zehn Minuten trägt der Leiter der Untersuchungskommission (noch nie gesehen, sitzt in der Mitte des Tisches) seinen vorläufigen Bericht vor.

Die hungrige Meute versucht vergebens, mit lauten Zwischenrufen Fragen zu stellen. Es gleicht mehr einem unkontrollierten Toben, als investigativem Nachhaken. Die eng miteinander verwandten Worte Terror, Terroristen und Terroranschlag fallen vielfach.

Wir sitzen hier wie am Pranger. Mir wurden vorhin von Herrn P zuvorkommenderweise zehn Minuten zugestanden, mich in der Boutique der Hotellobby neu einzukleiden. Garrick-Krawatte, knopfarmer Blazer. Der Anzug ist todschick.

Wenigstens das.

Zum Abschluss seines Vortrags zum Ermittlungsstand schiebt der Inspektor mit den raspelkurzen Haaren abwesend sein Wasserglas so nah an den Rand des Tisches (der ist da ja wie ich), dass ein Reporter ihm etwas für mich unverständliches zur Warnung zuruft. Er antwortet geistesgegenwärtig etwas, das ich ebenfalls nicht verstehe, diesmal inhaltlich, und schiebt das Glas wieder in die Mitte des Tisches. Er erntet ein paar Lacher, trotzdem lässt die Spannung im Raum nicht nach.

Während jetzt eine vor dem Podium stehende Brünette, die als Pressekoordinatorin fungiert, auf einzelne Journalisten zeigt, die sich artig erheben, den üblichen Kram erfragen und auf alles zu hören bekommen, dass man dieses und jenes noch nicht wisse, werfe ich einen kurzen Blick durch die großen Fensterwände. Auf die kreuz und quer vor dem Hotel stehenden Kleinbusse mit den Symbolen der Nachrichtensender auf der Seite und Satellitenschüsseln auf dem Dach. Dann fallen mir die zig Raubvogel-Silhouettenaufkleber an den Scheiben des Konferenzraumes auf. Bussarde oder Adler.

Die Pressereferentin, aus deren Brusttasche eine rote Brille ragt, reicht einem Reporter ein Foto, das ich von hier aus nicht richtig erkennen kann. Sie zeigt geschäftig auf einen weiteren Kopf aus dem Meer der Anwesenden und ruft: »Last question please.« Vornehmtuerin.

Eine französische Torfnase lässt irgendeine saublöde mehrteilige Frage vom Stapel: über die Art der Notlandung, den Verlauf der Rettungsmaßnahmen und den Verbleib der beschädigten Tupolew. Ich höre ihm und seinem französisch gefärbten Englisch halbherzig zu und frage mich, weshalb Franzosen andere Sprachen nicht einigermaßen akzentfrei über die Lippen bekommen und immer gleich klingen wie Klischeetrottel, deren muttersprachlich gefärbtes Englisch man kinderleicht imitieren kann. Isch binn ahien Frontsoosäh! Schweden zum Beispiel können andere Sprachen viel akzentfreier adaptieren. Denen hört man ihr Herkunftsland nicht so stark an. Woran das wohl liegen mag? Nicht wichtig. Ich schweife ab.

Die Belanglosigkeit der Frage des Franzosen nervt alle im Raum. Aber der Flugzeugingenieur und technische Sachverständige, in diesem Fall ein Zweihundertkilomann, der am von mir aus gesehenen anderen Ende des Tisches sitzt und so aussieht, als esse er als Beilage zu seinem Gulasch ausschließlich Ragout, bleibt cool, sieht über den Rand seiner Brille hinweg ins Auditorium und antwortet mit gutmütiger und zugleich überlegener Miene das, was man antwortet, wenn es nichts zu antworten gibt, weil die Frage bereits beantwortet wurde. Alle Achtung. Ein kühler Kopf auf schweren Schultern.

Dann schiebt doch noch jemand eine weitere Frage dazwischen – warum man nicht in Betracht gezogen hätte, den Inlandsflugverkehr kurzzeitig einzustellen –, und der Inspektor legt die Hand aufs Mikrofon, um mit seinem Nachbarn kurz die Antwort abzusprechen, die da lautet: »Kein Kommentar zum gegenwärtigen Zeitpunkt.«

Die Pressetante verkündet mit wirklich furchtbar affektiertem Gehabe: »Genug der Fragen.«

Jalousien fahren herunter, der Raum wird verdunkelt. Links von mir schwebt eine weiße Leinwand von der Decke.

Das Video wird gezeigt. Das editierte Video, das in wenigen Minuten weltweit über die TV-Stationen flimmern wird.

Es geht los. Wieder zuerst das Schneegestöber, diesmal ohne Rauschen. Wieder der Countdown, vier, drei, zwo, eins, null. Totenstille im Raum. Stumme Faszination über ein optisches Dokument der Katastrophe. Was gibt es Schöneres!

Ich erkenne auch in der Dunkelheit die hungrigen Augen der Journaille. Ihr leichenfledderisches Interesse. Ich drehe mich zu der Leinwand. Sehe das eben bereits Gesehene in der überdimensionalen Wiederholung. Das da, das da, das da links am Bildrand, ja, das bin ich. Da, ich stehe gerade auf. Ich hangle mich Richtung der Dicken. Als würde ich ihr helfen wollen, sie retten wollen.

Verblüffung. Jetzt sehen es alle. R E T T E R. Ich, der Retter.

Mein Stolpern bemerke ich erst jetzt, beim Durchgang vorhin ist es mir entgangen. Eine Medaille für Eleganz und Geschmeidigkeit wird mir nicht verliehen werden. Ich starre auf die Leinwand und tue gleichzeitig mein Bestes, das abgekratzte Etikett einer Wasserflasche, das ich in den letzten Minuten zusammengeknüllt habe, wieder glattzustreichen. Das Video ist und bleibt der Kategorie »Das muss man gesehen haben, um es wirklich zu glauben« zugehörig. Immer noch voller Zweifel, aber was wir an die Wand projiziert beobachten, hat sich ereignet. Akzeptier's endlich! Ein für alle Mal. Deshalb sitzt du hier. Es gibt kein Zurück mehr. Komm klar. So ist das jetzt. Und aus.

Ich merke, wie mich bereits einzelne Blicke durch den dunklen Raum taxieren und abgleichen, ob ich der Typ sein könnte, der da auf der Leinwand gerade ein Menschenleben in Sicherheit bringt.

Der Heiland der morgigen Titelseiten. Ist er das? Köpfe drehen sich hin und her. Ihre Neugierde ist geweckt. Ja, das ist er.

Ich genieße ihre Aufmerksamkeit. Und zwar die volle.

Mir geht auf, ich werde gerade präsentiert. Ein Präsent. Den Löwen zum Fraß vorgeworfen.

Ich weiß, jetzt gehöre ich den Medien. So gut wie.

Freigegeben zur Abschlachtung. So ungefähr.

Ich weiß, sie sind mir überlegen. Und zwar haushoch.

Als könnte ich entfliehen, schaue ich zu der Ausgangstür am weit entfernten anderen Ende des abgedunkelten Saals. Unter der Tür – ein Lichtstreifen.

Ich habe Angst. Und wie.

Ich bin … Panisch ist gar kein Ausdruck.

Ich malme – was ich mir abgewöhnen muss. Schleunigst.

Ich ahne, das war's. Ziemlich sicher.

Das macht mich fertig. Und zwar richtig.

Es fährt mir durch die Glieder.

Ich bin geliefert. Aber so was von.

41

Der Film endet, das Licht geht an, und die Jalousien fahren surrend hoch. Alle Blicke sind auf mich gerichtet. Die ganze Pressemeute stiert mich an, als hätte sich meine Hautfarbe plötzlich in Violett verwandelt. Ihr unersättlicher Appetit auf verwertbares Frischfleisch steht ihnen auf die Stirn geschrieben.

Obwohl ausdrücklich verboten, werden Fotos gemacht, was mir einen Schreck einjagt. Ich bin damit beschäftigt, jenes Plastikgesicht aufzusetzen, das man aufsetzt, wenn man Mühe hat, nicht laut zu kreischen. Zumindest bewirken die Blitzlichter, dass ich nicht sofort in erdrückende Lethargie verfalle. Nichts wäre jetzt tödlicher als Gleichmut.

In beinahe hypnotischer Versenkung nehme ich wahr, wie Herr P das Wort erhebt, Details zur Installation der Kamera an Bord erklärt und berichtet, wie sehr das Videomaterial zur Rekonstruktion der Geschehnisse beitragen wird. Die laufende Auswertung werde noch viele aufschlussreiche Hinweise zur Klärung des gesamten Unfallablaufs liefern. P spricht konzentriert und wohlformuliert, wie auswendig gelernt. Manche haben diese Gabe.

Ich höre das alles wie durch einen milchigen Schleier, als würde ich es nicht genau jetzt erleben, sondern Revue passieren lassen.

Das Baumeln an meiner Brust, als ich mich leicht vorbeuge und meinen Stuhl zurechtrücke, weist mich darauf hin: Mein Gesamtbild wird durch einen laminierten Ausweis mit Foto, den ich an einer Schnur um den Hals trage, gestört. Verstohlen nehme ich ihn ab, ziehe ihn langsam und möglichst unauffällig über den Kopf und lege ihn auf den Tisch. In diesem Moment sieht P zu mir, und ich fange an, noch stärker zu zittern, weil ich weiß, dass ich jetzt an der Reihe bin. Ich habe tatsächlich so was wie Lampenfieber. Mein Name fällt, er zeigt mit dem Arm auf mich und schaut wieder zu den Reportern.

Die Fragen prasseln auf mich ein. Marktschreierisch. Alle auf einmal. Das Hinlängliche. Sattsam bekannte Erkundigungen nach der Befindlichkeit, der Motivation, dem Ablauf. Erst geht's durcheinander, drunter und drüber. Dann sorgt die brünette Schickse für Ordnung, bitte der Reihe nach, ja Sie hier vorn, – yes you – ja Sie zuerst, bitte. Ich bin mit einem Mal sehr müde. Müde wie noch nie zuvor. Aufwachen. He, wach auf. Erde an Conrad. Erste Frage: »Wie lief die Detonation genau ab?« Noch bevor ich etwas sagen kann, ruft jemand etwas Unverständliches dazwischen, was alle Anwesenden kurz aufsehen und sofort darauf einen Behalt's-für-dich-Blick abfeuern lässt. Eine Blitzablenkung. Ich antworte auf die vorangegangene Frage mit einer Stimme, die, wie ich selbst finde, gestelzt klingt. Suche und finde zitierfähige Aussagen, fasse mich kurz, gebe mich bereitwilliger, als mir zumute ist. Denn nichts ist schlimmer, als jemandem etwas aus der Nase ziehen zu müssen.

Zweite Frage: »Was haben Sie gefühlt, als ...« Gott, was für eine Scheißfrage, die burschikose Hosenanzug-Lady, die das wissen will, scheint noch grün in ihrem Job zu sein. Ich hebe Schultern und Augenbrauen, verharre einen Moment so und lasse beides wieder fallen. Antworte dann bewusst kleinlaut, damit sie mein Verhalten nicht etwa in den falschen Hals bekommt, denn ich habe wirklich einen Heidenrespekt vor ihrer Macht. Was sie schreibt, werden unter Umständen Legionen lesen. Ich bleibe konstant scheinlocker. Mit Lässigkeit kommt man viel weiter. Es funktioniert. Meine Hände öffnen sich beim Sprechen wie ein Buch. Funktioniert auch. Tadellos.

Dritte Frage: »Wann kam die Entscheidung auf, Natalija Madowa (so heißt der schwangere Pottwal also) zu Hilfe zu eilen?« Das fragt Pro7. Auch da. Während ich das Gesicht des Reporters nach einem Funken Ironie absuche, versuche ich mich auf das erleichternde Gefühl zu konzentrieren, dass das hier auch vorbeigehen wird. Ich gebe zu Protokoll, was ich für sinnvoll halte, vermeide pathetische Bescheidenheit und unterdrücke gleich darauf die daraus resultierende übertriebene

Scheinheiligkeit. Verwende ausgefallenes Vokabular und weniger naheliegende Formulierungen, weil ich das Gefühl habe, schlau rüberkommen und etwas bieten zu müssen. Denn die Wahrheit, die ich zu erzählen hätte, wäre bestenfalls eine Geschichte von verstörender Qualität.

Ich komme in Schwung; ermahne mich manchmal ruhig, ganz ruhig zu bleiben, wenn ich zu hyperventilieren beginne, bin aber inzwischen eher erregt als verängstigt. Überprüfe mich, immer wieder. Ich erfahre, Natalija Madowa sei heute bei der Kernspintomographie, und sie möchte sich bei mir bedanken. Uh, nee. Sprich: oh, ja, großartig, noch eine Frage? Nur zu, noch eine Antwort, bitte schön, da ist sie, faselfasel. Und plötzlich bin ich völlig zufrieden damit, einen falschen Eindruck von einem falschen Hergang zu hinterlassen, denn meine Theorie lautet: Wenn erst mal genug Leute an eine Lüge glauben, ist es eben keine Lüge mehr. Dasselbe gilt für Gott, dasselbe gilt für Moral, dasselbe gilt für Tradition, dasselbe gilt für so ziemlich alles.

Ja, was wäre denn, wenn die Wahrheit auch nur eine Lüge wäre?

Ein Holländer mit Knopf im Ohr ruft mir was zu, nennt zuerst den Sender, für den er arbeitet. Seine Haut ist so braun gebrutzelt, wie Ente süß-sauer, so braun, dass seine Zähne jedes Mal aufblitzen, wenn sie sichtbar werden. Er wirft einen Blick in seine Unterlagen, kramt in seiner Zettelwirtschaft, formuliert gleichzeitig seine Frage. Währenddessen mache ich meinen obersten Kragenknopf auf, allmählich wird mir warm. Die Sonne kreist um mich. Ich bin der Held, den keiner braucht. Na und? Noch eine Frage, klar, bitte, ich schieße ja aus der Hüfte. Eine weitere Situationsschilderung. Um dieser meiner Aussage besonderen Nachdruck zu verleihen, steche ich mit meiner Zeigefingerspitze auf die Tischplatte ein.

Wozu das alles? Was mache ich hier? Ich will mich nicht in

Einzelheiten verlieren, aber eine Seite in einem kann es nicht verhehlen: Man kommt endlich in seinem wahren Leben an. Dort sein, wo man hingehört. In die öffentliche Aufmerksamkeit. Das menschliche Wesen folgt da einer klaren Gesetzmäßigkeit. Mein Präsentationsdrang ist endgültig größer als mein Nervenflattern. Ist das verwerflich? I wo. Es ist nur recht und billig. Strenggenommen weiß ich gar nichts mehr. Außer, dass die Welt, so wie ich sie kenne, endgültig aus den Fugen geraten und mit dieser Pressekonferenz unwiderruflich untergegangen ist. Zäsur, Einschnitt, Weichenstellung. Himmel, bin ich drauf. So sehr, dass ich weiß, ich werde erst Stunden später abschalten können.

Letzte Frage? Ja, komm, immer her damit. Der südamerikanisch anmutende Schreiberling wirkt mit seinen zurückgekämmten feuchten Haaren ein bisschen wie ein Otter. Er stellt sich als Lopez vor. Lopez, Gonzalez, Martinez, Alvarez, Rodriguez, Estevez, Ramirez.

Keine Beton-Eselsbrücke der Welt vermag mir zu helfen, mir hispanische Nachnamen zu merken. Für mein Hirn phonetisch zu wenig unterscheidbar. Seine Frage zielt auf die Erstversorgung ab. Meine Antwort folgt auf dem Fuße. Nicht zuletzt, weil einem mittlerweile alles, was gesagt oder geschrieben wird und was man selbst sagt oder schreibt, so bekannt vorkommt, als ob man's schon irgendwo gehört hätte, versuche ich sogar schon, verinnerlichte Sätze aus der Floskeldatenbank weitestgehend zu vermeiden. Dazu ein beherzter Griff in die Grimassenkammer. Und für einen Moment schwankt der Boden unter mir, und ich halte alles für irreal. Aber real, das ist es: die Meute vor mir, die Geschichte, die ich erzähle. Und als ich vier Minuten später den Saal auf dem Weg nach draußen durchquere und dabei einen Stapel mir entgegengestreckter Visitenkarten einsammle, überkommt mich ein Schaudern. Wie eine Ermahnung. Und mir geht auf: Manche Geschichte erzählt man, und dadurch erledigt sie sich – aber diese Geschichte, diese Geschichte erledigt mich. Endgültig. Wer in den Himmel spuckt, kriegt es wieder zurück. Alles wird rauskommen. Meine A. L. I.-Entgleisung, mein Brief an Lutz, mein Marischka-Alleingang, die Suizidversuch-Zugabe bei der Flugzeugkatastrophe, und ich weiß immer noch nicht, wo ich die beiden Tage nach meiner Beförderungsfeier war, als ich neben Lutz' Tochter aufgewacht bin. Ein irritierendes Resümee alles Vorausgegangenen. Ich schlucke nicht. Schlucken ist für heute gestrichen.

Knüppeldick wird es kommen. Keine große Denkleistung. Ich habe mittlerweile zu viel Dreck am Stecken. Ich bin fällig.

Doch bin ich schon zu weit gegangen, um jetzt noch stehen zu bleiben, ehe ich nicht das Ende gesehen habe.

Es wird bestimmt unerträglich wehtun, wenn ich auf dem Boden der Realität aufschlage. Aber ich möchte verdammt sein, wenn der Weg dorthin nicht der reinste Rausch ist. Halleluja.

Es möge geschehen.

42

Während ich mit Joel telefoniere, schaue ich in Bens Augen, in denen ich das sehen kann, was er auch in meinen sieht. Raumgreifendes Misstrauen. Er fläzt sich auf einem Stuhl in der Ecke. Die ganze Zeit schon behält er mich im Blick. Sieht nicht ein einziges Mal weg, wenn ich zu ihm hinsehe.

Joel hat von München aus alle Formalitäten mit den Behörden geklärt. P soll sehr zuvorkommend gewesen sein. Noch heute können wir Moskau verlassen.

»Das ist großartig, danke. Du bist als Anwalt doch nicht so

schlecht, wie alle sagen. Ein richtig abgefeimter Winkeladvokat. Danke auch von Ben«, murmle ich munter, ausgestreckt auf der weichen Couch meines Hotelzimmers liegend, und wende meinen Blick dabei von Bens regungslosem, gespenstisch bleichen Gesicht ab. Er ist so aufgebracht, wie ich ihn noch nie erlebt habe. Unsere vorangegangene einstündige, phasenweise melodramatische Diskussion rund um alle Aspekte des Themas »Hast du (– also ich –) schon mal an eine Therapie gedacht? Du (– also ich –) bist psychisch schwer krank!« ist vorüber, steht ihm jedoch noch ins Gesicht geschrieben. Ich habe ihm meine größte Dankbarkeit versichert, wenn wir nicht mehr über das Thema reden.

Natürlich krame ich dauernd verzweifelt in meinem Hirn, irrlichtere darin umher. Ich bin mir doch im Klaren darüber, dass mich nur eine hauchdünne zivilisatorische Schicht von meinem anderen Ich trennt. Dennoch bin ich fest entschlossen, der Außenwelt mit einer Zuversicht gegenüberzutreten, die ich nicht im Geringsten empfinde. Leugnen, leugnen, leugnen.

Gewitterregen prasselt gegen die drei Fenster. Bald glaube ich es wirklich: Das Wetter folgt mir. Die reinste Folter.

Ich schildere Joel ein paar Einzelheiten von der Pressekonferenz, kaum drei Stunden ist die her. Er staunt, stöhnt manchmal kommentierend und lacht gedämpft am anderen Ende der Leitung. Er sagt: »Ich bin hier gerade auf Abendzeitung-online. *Münchner rettet Schwangere bei Flugzeugunglück.* Titelseite! Und daneben prangt ein heiliges Antlitz: unser über alles geliebter Conrad, wer sonst!« Ich höre, wie Joel auf der Tastatur klackert. Er lacht erneut und stellt mit kaum unterdrücktem Spott fest: »Das klingt doch nicht schlecht. Aber das Bild von dir, also dieses Bild ist etwas, na sagen wir, ungünstig. Du siehst in natura zwar tatsächlich ziemlich scheiße aus, aber so scheiße, wie hier … Also, das hast du nicht verdient.«

Das hat wohl seine Richtigkeit. Er fügt an: »Entschuldige, wenn ich das sage, aber du siehst da auch leicht behämmert aus.«

Wir beide lachen. Obwohl mir jetzt klar wird, dass die weltweite Berichterstattung tatsächlich eingesetzt hat, habe ich (trotz Beklemmung) aus unerfindlichen Gründen auch einen Anteil guter Laune in mir.

»Dein Video läuft auf n-tv übrigens alle zwanzig Minuten. Also, was du da an Akrobatik ablieferst … Ich glaube, das ist noch nie dagewesen.«

Während er mir das erzählt, stehe ich auf, um das Zimmer zu verlassen, weil ich nicht möchte, dass Ben das Folgende mitbekommt. Ben deute ich mit meinem Blick an, dass ich austreten muss. Leise schließe ich die Badezimmertür von innen und setze mich auf den Rand der Badewanne. Dabei wechsle ich das Handy aufs rechte Ohr. Normalerweise halte ich es immer am linken.

»Okay«, flüstere ich, obwohl außer Bens Hörweite, »jetzt können wir sprechen«, verlautbare ich sinnloserweise, als hätte ich vorhin »wart mal kurz« gesagt. Was ich nicht habe. »Also, was gibt's Neues von Lutz?« Ich wechsle wieder aufs linke Ohr. Da höre ich irgendwie besser. Macht der Gewohnheit.

»Okay. Lutz & Wendelen haben sich für Option A entschieden. Ihr Anwalt hat mir geschrieben, dass sie jedwede Abstandszahlung ablehnen und im Falle einer Klage mit starken Geschützen auffahren werden. Sie meinen, du seiest nachweislich psychisch labil. Jetzt halt dich fest: Ein psychologisches, achtseitiges Gutachten haben sie mir als pdf-Datei zugeschickt …«

»Halt, warte mal. Ein Gutachten? Allen Ernstes?« Mich überkommt ein schwindeliges Gefühl von Übelkeit. Innerer Aufruhr. Ohne Insidon – wie soll ich das bloß überstehen?

»Ja, natürlich kannst du da ein Ei draufhauen auf so eine

Ferndiagnose, aber eine gewisse Schlüssigkeit infolge der Faktenlage lässt sich beim besten Willen nicht leugnen. Tut mir leid, Connie, das sagen zu müssen. Ich habe dir das Ding weitergeleitet. Bist du gerade online?«

»Äh, nein, später – später, ähm, ich weiß noch nicht wann. Ich sehe zu, dass – also später, ich weiß noch nicht genau, wann wieder. – Ja.«

»Gut, ja schau's dir einfach an, wenn du wieder Zugang hast. – Okay, und ihr Anwalt meinte außerdem, sie hätten noch einiges Weitere gegen dich in der Hinterhand. Mehr hat er dazu nicht geschrieben. Könnte ein Bluff sein. Oder verschweigst du mir wieder mal was?«

»Hmm, ich glaube nicht. Nicht, dass ich wüsste«, stammle ich, mehr oder weniger aufrichtig.

»Hör zu, Connie, lass es dabei bewenden. Akzeptiere die Kündigung, akzeptiere, dass du keine Abstandszahlung erhältst. Wer weiß, was die sich einfallen lassen und denk daran, deinen Brief haben sie gegen dich auf jeden Fall in der Hand. Eventuell könnte man das noch irgendwie zurechtbiegen, aber alles in allem würde das in eine Schlammschlacht übelster Sorte ausarten. Ewig lang noch dazu.«

Ich überlege. Joel sagt, beinahe geheimnistuerisch, was unterstreicht, wie ernst es ihm ist: »Was denkst du, wollen wir einfach Ruhe geben? Die sollen dir noch drei Monatsgehälter und deine ausstehenden Provisionen auszahlen, und gut ist! Ich rate dir, unter Freunden, nicht weiter vorzugehen. Du weißt, ich habe überhaupt kein Problem, Klage einzureichen, aber es ist wirklich nicht besonders erfolgversprechend. Im Gegenteil.«

Ich überlege. Joel spricht ohne Punkt und Komma.

»Und das Geld, ich würde sagen, vielleicht kannst du ja darauf verzichten. Hinzu kommt, deine neugewonnene Medienpräsenz könnte dazu führen, dass ein möglicher Prozess öffentlich ausgetragen oder diskutiert wird und Dinge an die Öffentlichkeit gelangen, auf die du keinen Wert legst, dass sie an die Öffentlichkeit gelangen.«

Da ist was dran. Ich überlege. Joel ist in Rage.

»Verstehst du, was ich meine? Vielleicht strengen L & W auch eine Gegenklage an wegen Nichterfüllung vertraglicher Vereinbarungen und lassen ein wirklich amtliches psychologisches Gutachten erstellen. Und früher oder später werden sie ebenfalls von deiner Kundenabwerbung und dem Nowosibirsk-Job erfahren. Und – ich will's ja nicht beschreien – aber ein paar Daten wirst du doch sicher auch mitgehen haben lassen. Ist ja ganz normal, verstehst du, was ich meine? Niemand hat eine so weiße Weste, dass er keine Angriffsfläche bietet, wenn jemand unbedingt und mit allen Mitteln etwas finden will! Weißte doch selbst. Und dann gibt's eine Gegenklage, und das könnte sehr schnell siebenstellig werden.«

Das ist ein überzeugendes Argument. Joel schafft es auf wundersame Weise, das Wort »Gegenklage« so auszusprechen, dass es wie Hämatom oder Gallenblasenkrebs klingt. Ich überlege. Spiele das Worst-Case-Szenario durch. Eingedenk des Umstands, momentan kein Cash auf meinem Konto zu haben und sofort meine Wohnungen zu verkaufen, sobald ich zurück bin.

Joel probiert es erneut: »Wer weiß, was die noch in der Hinterhand haben – ob wahr oder unwahr –, unangenehm kann so ein Streit definitiv werden. Und ewig dauern.«

Nach kurzem Schweigen fügt er noch an, in deutlich verlangsamtem Sprachfluss: »Gut gemeinter Rat unter Freunden, Connie: Pfeif auf deine Abfindung, pfeif auf das Geld.«

Geld, Geld. Sogar, wenn's nur um Geld geht, geht's nie nur ums Geld. Ich überlege. Lutz, dieser verdammte Schlaumeier. Ich verliere den Faden, weil meine Aufmerksamkeit von einem diskreten Rutschgeräusch – eine Seifenpackung, die ich mit meinem Hintern unabsichtlich in die Badewanne gestupst habe – abgelenkt wird.

»Connie? Bist du noch dran?« Joel.

»Ja, ja, bin ich«, sage ich mit aller verfügbaren Gelassenheit. Denkvorgang. »Sorry. Also gut. Ich glaube, du hast recht. Wir klagen nicht«, sage ich bestimmt, aber defensiv in den Hörer. So, als würde durch meinen Konfrontationsverzicht alles wieder ins Lot kommen. Ein notgedrungenes Friedensangebot, bevor es zu spät ist. Meine Stimme ist leise und rau. Ich beiße mir in die innere Unterlippe. Es blutet. Wie damals, als ich mit – ich weiß nicht, zwölf? – mit der Beißerei angefangen habe.

Pater Cornelius hat immer gesagt, erst wenn du dich wirklich konkreten Problemen gegenübersiehst, lernst du, womit du zu leben im Stande bist. Diese beschissenen Weisheiten brachte er jedes Mal in seinem lächerlich feierlichen Ton vor, gespickt mit schaurigen sakralen Symbolen, und seine Worte begleitete er mit ausdrucksvollen, gruselig blauen Augen, so als wolle er seinen Ausführungen dadurch noch mehr Gewicht verleihen. Dabei taten seine Augenbrauen Dinge, die Augenbrauen nicht können sollten. Rechtwinklige Dreiecke bilden, elliptische Halbbögen formen, überaus teuflische Kurven darstellen.

Christian machte seine Ansprachen – und die Augenbrauen – so gut nach, dass ich immer noch grinsen muss, wenn ich daran denke. Ich wünsche mir so sehr, Pater Cornelius wäre noch am Leben, damit ich ihm etwas antun könnte.

»Gute Entscheidung, Connie. Manchmal ist ein Rückzieher das einzig Richtige. Check deine E-Mails und melde dich dann, in Ordnung?«

In Ordnung.

»Ach, Joel?«

»Ja?«

»Kannst du mir einen guten Immobilienmakler empfehlen, der auf den Verkauf von Stadtwohnungen spezialisiert ist?«

»Was?«

»Schon gut, vielleicht kannst du dich mal umhören.«

Joel und ich beenden das Gespräch.

14 Uhr 47. Stille tritt ein. In kontemplativer Versunkenheit fixiere ich die beiden flammenförmigen Milchglaslampen, die das weiße Badezimmer mit ihrem trüben, gelblichen Schein erleuchten. Im Augenblick kann ich nichts weiter tun, als darauf zu warten, dass ich nicht durchdrehe. Für einen kurzen Moment erfüllt mich eine Vision von halluzinogener Intensität. Ich fühle mich wie eine dieser Zeichentrickfiguren, die immer so lange durch die Luft weitergehen konnten, solange sie nicht wussten, dass unter ihnen ein Abgrund gähnte.

Ein lustiges Bild eigentlich. Relativ gesehen.

43

Etliche Stunden später fliegen Ben und ich in einer Lufthansa-Maschine nach München zurück. Wenn ich die Wahrscheinlichkeit bedenke, zweimal im Leben in einem Flugzeug zu verunglücken, fühle ich mich fast schon immun gegen *jede* Katastrophe. Ich bin unverwundbar, außer Gefahr. In dieser Hinsicht.

Ähnlich verhält es sich bei Krankheiten. Bin ich beispielsweise erkältet, gehe ich felsenfest davon aus, allen anderen Ansteckungsherden gegenüber immun zu sein. Im Sinne von: Ich bin ja schon genug gestraft. Und Krisenherde werden sich wohl kaum gleichzeitig auftun. Sei's drum. Ich schweife ab.

Angesichts all dessen scheint es mir gerade irgendwie nur recht und billig, dass der Flug hoffnungslos überbucht ist, wir vorhin zu allem Überfluss auch noch eine Dreiviertelstunde auf der Startbahn standen und dass neben mir ein von Schüttelkrämpfen geplagtes Bauernmädchen mit Krautstampferbeinen und Blumenkohlohren (E-Mensch) sitzt. Das nach krank stinkt. Alles kein Problem.

Kurz vor 23 Uhr setzen wir auf dem Flughafen auf. Endlich.

Wir ahnen, was uns erwartet. Ben hat bereits eine Einladung zu *stern* TV, kommenden Mittwoch. Aber ich bin natürlich die Hauptattraktion und habe einen TV-Exklusivdeal mit Markus Lanz im ZDF geschlossen. 20 Minuten Netto-Gesprächszeit. Meine Erlebnisse. Morgen gebe ich dem *Spiegel* ein Interview. Print-Exklusivdeal. Ein Witz, das alles.

Irgendwie haben wir den Tag bis hierher überlebt, das Telefon stand kaum still. An die dreißig Redakteure haben unsere Handynummern ausfindig gemacht, uns den ganzen Nachmittag mit Anrufen bombardiert und Angebote und Vorverträge aufs iPhone geschickt. Wir leiten alle Anfragen an Joel weiter, und der wiederum delegiert sie an einen Kollegen aus seiner Kanzlei, der auf Medienrecht spezialisiert ist und für uns jetzt den ganzen Popanz koordiniert.

Ben und ich verlassen als Erste die Maschine und bilden daher die Speerspitze der aussteigenden Passagiere, die hinter uns hertrotten. Wir folgen den gläsernen Schildern mit den senkrechten Lettern

E
X
I
T

und hoffen, den richtigen Weg zu wählen, die richtigen Abzweigungen zu nehmen, sieht ganz so aus, gleiten auf einem kurzen Laufband Richtung Richtig, lassen die Gepäckausgabe rechts liegen, da unsere Koffer erst morgen eintreffen und uns per Post zugestellt werden. Wir werden durch die Passkontrolle gewinkt und sehen durch die Glaswände des Terminalausgangs schon die versammelte Reporterschar, durch die wir uns gleich werden drängeln müssen. Die automatischen Schiebetüren öffnen sich, und wir stehen mitten im gleißenden Licht der Fernsehscheinwerfer und des Blitzlichtgewitters. Hallo Leute. Déjà-vu. Alles in Zeitlupe. Nicht stehen bleiben. Die von den Scheinwerfern aufgeheizte Luft riecht, als hätte die ganze Halle furchtbar schlechten Atem. Ich verfalle in einen tranceartigen Zustand und bekomme nur noch am Rande mit, dass ich mein Schritttempo erhöhe, erröte, ein schiefes, fatalistisches Lächeln aufsetze und die Augen senke, nicht sosehr, um nichts zu sehen, als in der irrigen Hoffnung, so nicht gesehen zu werden. Nicht zu fassen, meine Reflexe. Fotografen fordern uns auf, in ihre Richtung zu schauen. Mikrofone werden uns ins Gesicht gehalten und Fragen durcheinander zugerufen, denen wir mit vielsagendem Schweigen begegnen. Jemand knipst mich, oder mehrere knipsen mich, als ich gerade leicht mit Ben zusammenremple, weil wir beide geradeaus gehen wollen, von dem Begriff geradeaus aber unterschiedliche Vorstellungen haben. Ich zucke dabei ein wenig zusammen. Somit dürfte meine Schreckhaftigkeit auf dem Bild zu sehen sein. Leise Verlorenheit beigemischt. Jemand tritt mit ausgestreckter Hand zu mir vor, möchte meine Bekanntschaft machen. So mir nichts, dir nichts. Trick 17? Er kommt mir bekannt vor, aber ich weiß sein Gesicht nicht so recht einzuordnen. Bestimmt nur ein dreister Pressemensch. Ignorieren. Für heute haben wir genug Überraschungen erlebt. Ab durch die Mitte. Ich kämpfe mich wortlos weiter durch das Getümmel, vorbei an noch jemandem, der mich anspricht, könnte-ich-nicht-bitte-nur-ein-kurzes-Statement – genau so schaust du aus! – ich aktiviere ein angedeutetes Kopfschütteln, laufe weiter, wirklich jeder will meine Stimme hören, Hauptausgang, wieder Schiebetüren, Luft, aberwitziges Wetter, fieberhaft umherhuschender Blick, habe Ben verloren, Mist, auf den Parkstreifen schauen, absuchen, da: Lichthupe, Erleichterung, nichts wie hin, Stechschritt, ich steige/springe/hechte in Esthers Porsche Cayenne. TÜR ZU!

»Hi! Schön, dich zu sehen! Wir müssen noch auf Ben warten!«, sage ich etwas außer Atem. Ist eigentlich klar. »Er steckt wohl irgendwo fest, keine Ahnung.« Wir spähen hinüber zum Ausgang, ob wir ihn sehen können, zwischen den Aasgeiern, die das Auto umzingeln und Kameras an die Scheiben des Wagens halten und mir durch die Scheibe gedämpfte Schlagwörter zurufen, immer noch in der Hoffnung, ich würde einen Kommentar abgeben oder wenigstens in ihre Richtung und ihre Linse schauen.

Den harschen Blick, der jetzt mein Gesicht ziert, lasse ich schnell wieder sein, zumal ich mich ertappe, dass ich diesen aufgesetzt unaufgesetzten Unmut lediglich simuliere. Denn erstaunlicherweise erfüllt mich eine eigenartige Hochstimmung. Fraglos Rampenlicht induziert. Aus keinem Grund, den ich freiwillig zugeben würde, spüre ich schon die ganze Zeit, wie durch die große Aufmerksamkeit irgendeine versteckte Sehnsucht in mir befriedigt wird. Ein ominöses Gefühl. Das könnte eine Ahnung von Ruhm sein. Ein Abklatsch von Ruhm. Ein Missverständnis von Ruhm.

Das hieße doch, na, was wohl, ich bin durch meine plötzliche Prominenz bereits korrumpiert. Ja, das hieße das. Fazit: So schnell geht's? Ach, scheiß der Hund drauf. Wo bleibt Ben, verdammt noch mal.

Esther wirft ihr braunes Haar zurück, bindet es mit einem Gummiband zu einem Pferdeschwanz und meint, sie hätte es beinahe nicht pünktlich zum Flughafen geschafft – wegen der Werkstatt, die den Winterreifenwechsel nicht rechtzeitig hinbekommen hat –, und entschuldigt sich also dafür, dass sie sich *fast* verspätet hätte.

»Da ist er«, sage ich und zeige auf Ben. Esther murmelt ein »Ah ja«. Er steigt hinten ein und tippt ihr, die sofort anfährt, um nur zügig wegzukommen, zur Begrüßung und Dank auf die Schulter. Ben und ich halten unsere in Moskau neu erstandenen Handköfferchen auf den Knien. Ich mache mich am Gebläse zu schaffen. Mir zieht's. Auf Mund und Nase.

Draußen zieht's auch. Orkanartige Stürme fegen über die Straße. Der Scheibenwischer kämpft gegen Spritzwasser und Regen. Ich starre auf die verschandelnde grüne Schadstoffausstoß-Plakette, die an der Windschutzscheibe klebt, während ich aus den Ärmeln schlüpfe und den Mantel zwischen Rücken und Sitzlehne eingeklemmt lasse. Blick in den Außenspiegel, ob uns jemand folgt. Lässt sich unmöglich sagen. Wir durchfahren eine Tunnelröhre. Denke mir, in einer beleuchteten Unterführung wird es nie richtig dunkel.

Esther will alles auf einmal wissen und löchert uns mit Fragen und antwortet sich sofort selbst, indem sie uns mitteilt, was hier los ist, dass wir Schlagzeilen machen, was in der druckfrischen BILD steht. Auf dem Rücksitz hinter Esther, neben Ben, liegt ein hoher Stapel Zeitungen. Alles eben noch besorgte, topaktuelle Nachtausgaben, deren schwarze Lettern fast noch glänzen. Sie biegt auf die A9 Richtung Stadt ein. Wir entgehen haarscharf einem tödlichen Unfall, als sie einen Kleinlaster überholt und wir uns plötzlich gefühlte zwanzig Zentimeter vor einem Porsche 911 befinden, der auf der linken Spur hinter uns angeschossen kommt und den Esther wohl übersehen hat. Ich fühle schon fast die Halskrause, die Genickstarre, das Wirbelsäulentrauma und lese innerlich die nächste Schlagzeile über den Mann, der ein Flugzeugunglück überlebt und auf dem Nachhauseweg in einem Porsche von einem Porsche zum Krüppel gefahren wird. Macht richtig Spaß, wieder daheim zu sein.

44

Wir setzen Ben vor seiner Wohnung ab.

»Nochmals danke, Esther, wir telefonieren«, ruft er schon draußen, den Motoren- und Straßenlärm übertönend und die Tür in der Hand. Das Heck unseres Wagens ragt gefährlich in den Verkehr.

»Gib auf dich acht«, sage ich mit gedrehtem Kopf.

»Du auch«, antwortet Ben in beinahe gereiztem Ton. Vielleicht Teil seiner unterschwelligen Zermürbungsstrategie. Zwischen uns ist nichts mehr, wie es mal war. Wohl eine der unausweichlichen Begleiterscheinungen meiner unaussprechlichen Lage.

Die Tür knallt zu. Das regennasse Laub auf dem Asphalt der Allee vor uns glitzert rutschig. Im Anrollen sehe ich noch, wie Bens Vater aus dem Hauseingang auf die Straße gestürmt kommt und ihn umarmt. Sein Haar weiß, nicht grau. Hat also in Bens Wohnung auf ihn gewartet. Da kommt auch seine Mutter. Dreierumarmung. Und die Sturmböen werfen sie beinahe um.

Ich beobachte die drei zusammengeknäulten überglücklichen Personen über die Schulter, bis wir uns außer Sichtweite entfernt haben. Esther ist auf den Verkehr konzentriert und bekommt die Familienzusammenführung nicht mit. Wahrscheinlich ist Bens Schwester auch da. Sarah. Sarah ist eine furchtbare Trantüte mit Raffgebiss. Sie hat eine gewisse Ähnlichkeit mit einem toten Hasen, ist aber deutlich lebloser. Überhaupt sind Ben und Sarah erstaunlich beispielhaft für die unerbittlichen Launen der Natur: Beide kommen aus demselben genetischen Stall, aber Ben sieht aus wie ein Männermodel. Und Sarah wie der optische dritte Weltkrieg. Ja, nicht mal wesensähnlich sind sie einander. Ben ist ein Karrieretyp mit Hirn, Drive und Schwerenöter-Qualitäten, Sarah hingegen ist unübersehbar eine intellektuelle und soziale Abfalltüte im Low Price-Bereich, von der charismatischen Strahlkraft einer ausgebrannten schwarzen Glühbirne und dem Temperament einer Biotomate. Wie kommt das? Damit kann man doch gar nicht zurechtkommen, als benachteiligter Geschwisterteil. Was man auch tut, es nützt nichts, es ändert nichts. Jeder Versuch im Voraus zum Scheitern verurteilt. Aussichtslos. So was ist eine lebenslange Bewältigungsaufgabe für den unattraktiveren Teil einer solch unseligen Paarung. Meiner unmaßgeblichen Meinung nach.

Vielleicht ist Sarah auch gar nicht nach München gekommen. Sie wohnt in irgendeiner Stadt mit A und hat bestimmt ihren Arsch mal wieder nicht hochbekommen. Sitzt in diesem A auf ihrem Pulverfass schwelender Selbstzermarterung und immer hasserfüllter werdender, uneingestandener Eifersucht. Ich glaube, ich weiß gar nicht, wie recht ich habe.

Esther (Einzelkind) biegt rechts ab. Wir gleiten weiter durch die Nacht. Ich (Findelkind) entspanne mich, schließe die Augen. Regenprasseln, vermischt mit dem Schnurren des Getriebes. Ich drücke auf den Knopf an der Mittelkonsole und öffne das Fenster einen Spalt. Der nasse Wind (himmlisches Kind) führt beißenden Rauch mit sich. Es riecht nach den dreckigen Kaminöfen vor zwanzig Jahren, als alles noch vor mir lag. Das reicht schon. Es ist wie verhext. Gerüche lösen bei mir oftmals Flashbacks aus. Schon höre ich wieder diese Stimme, Christians Stimme. Immer präsent, nie anwesend. Stunde um Stunde. Aber ich lasse mich von ihr nicht außer Gefecht setzen, dafür ist sie zu vertraut.

Zur Ablenkung beiße ich in meine innere Unterlippe, erzähle Esther, dass ich vor meinem Abflug mit Fynn telefoniert habe. Sie weiß das bereits. Von ihm.

Als wir weiter durch die nächtliche Innenstadt fahren, schalte ich das Radio an. Ein Oldie dudelt aus den Boxen. In

Phasen seelischer Zerrissenheit bekommen Schlager immer etwas Tiefgründiges für mich, wo ich sonst nur Seichtheit erkennen kann. Darum bin ich fast ein wenig ergriffen von dieser bräsigen Melodie, die von der Wirkung, würde ich sie zu Hause auflegen, nicht dasselbe wäre, wie im Radio.

Ich erzähle Esther, welche absurden Situationen ich durchgemacht habe. Und ich sehe ihr dabei, wenn sie mal kurz vom Verkehr zu mir rüberschaut, in die Augen.

Wir sind gleich bei mir.

An einer Kreuzung, etwa einen Kilometer von meiner Wohnung entfernt, verlangsamt ein Fußgänger fast augenblicklich seinen Gang beim Überqueren der Straße, als er sieht, dass wir uns nähern. Er tut das betont beiläufig. Und das um Mitternacht. Dieser provokative Schlunz. Wir müssen bremsen, was ihm gefällt. Ein Phänomen, das sich maximiert, je größer das Auto des Opfers ist. Das lässt sich nicht in Abrede stellen. Das ist halt so. Das ist wohl menschlich. Der Mensch und die kleinen Freuden, mit denen er sich bei Laune hält. Vielleicht erwartet man einfach zu viel. Es zeugt von der Überreiztheit meiner Nerven, unter der ich in letzter Zeit leide, dass ich drauf und dran bin, aus dem Wagen zu springen und diesem halsstarrigen Dummbatz mit Wampe und Habichtgesicht (F-Gattung) eins in die Fresse zu hauen. Ich hätte nicht übel Lust dazu. Seine Untat liegt gerade außerhalb meiner Toleranzgrenze. Der weiß, wie's geht. Obwohl wutdurchglüht, sage ich aber nicht mal was Ordinäres. Wegen Esther. Stattdessen bescheide ich mich mit einem pseudo-entspannten Lächeln, welches ich mir nur für ganz außergewöhnliche Anlässe aufhebe. Zum Beispiel Einweisungen in die Geschlossene, Exhumierungen oder Hexenverbrennungen.

Das Sackgesicht nähert sich doch tatsächlich in Schildkrötengeschwindigkeit der anderen Straßenseite. Es wird Weihnachten, es wird Ostern, es wird Pfingsten. Gibt's doch nicht.

Wir rollen langsam vor uns hin und warten. Ich jetzt also: Smile! Ein Bild von ausgesuchter Leichtigkeit! Noblesse oblige! Indeed! Ein bisschen wie die Queen of England. Aus irgendeinem Grund fühle ich mich dadurch besser. Merkliches Sinken des Pulses. Man kann getrost sagen, Frauen wirken bei latenter Aggression manchmal wie ein Regulativ. Manchmal. Und manchmal sind sie genau der Auslöser. Das ist doch Fakt, isn't it!

Der Kotzbrocken erreicht unversehrt den anvisierten Gehsteig, ein halb bösartiges, halb versonnenes Stirnrunzeln auf seinem grobschlächtigen Gesicht. Und wir fahren weiter, und diese Szene löst sich in Wohlgefallen auf. Als wäre gar nichts, aber absolut gar nichts, gewesen. Und ich kann mir meinen Ärger über diese Lappalie nicht mal ansatzweise erklären.

»Sehr lieb, dass du uns abgeholt hast«, sage ich, als wir vor meiner Wohnung halten. »Komm noch mit hoch«, füge ich nahtlos an, wie nebenbei, in völlig selbstverständlichem Tonfall, der nichts in Frage stellt, und zeige mit dem Kopf auf die Haustür.

Sie studiert mit schräg gehaltenem Kopf die Buchrücken in meinen Regalen, als ich mit zwei Sektflöten und einer Flasche unterm Arm ins Wohnzimmer komme. Was immer meine Bibliothek über den Charakter ihres Besitzers verraten mag, Eindimensionalität ist es nicht.

Ilse hat die Wohnung zur Begrüßung mit ein paar Blumen geschmückt. Rote und blaue, Gestrüpp dazwischen. Es duftet schön.

Esther steht vor dem dunklen Aquarium, starrt hinein und versucht wohl vergeblich etwas zu erkennen. Alles, was zu beobachten ist, sind ein schwarzer Brummer, der reglos wie ein Fossil aus grauer Vorzeit auf dem zerklüfteten Kiesboden liegt, sowie zwei kleine, längliche Zierfischlein, die durch die flüssige Schwerelosigkeit schweben und aussehen wie Wunderkerzen.

Sonst nichts, nur nächtliches Meeresidyll, unterseeisches Gebirge. Auch Fische haben Schlafenszeiten. Vor allem, wenn Gäste da sind – hab ich manchmal das Gefühl.

Ich drücke Esther ein Glas in die Hand. Wir nehmen auf dem Sofa Platz, und ich schenke uns ein. Im Auto haben wir schon so viel geredet, dass unser Bedürfnis nach verbalem Austausch angenehm gesättigt ist.

Ihr BH lässt sich vorne öffnen.

45

_ Weil ich nicht mehr bei Lutz & Wendelen bin,

_ weil ich mich selbständig gemacht habe,

_ weil Esther und ich in den zweieinhalb Wochen, die ich in Nowosibirsk war, täglich telefoniert haben,

_ weil ich etwas dermaßen Ungewöhnliches erlebt habe und es sich auch außergewöhnlich anfühlt,

_ weil die Presse hinter mir her ist,

_ weil alles anders ist als vor meiner Abreise,

_ weil der Restbetrag in Höhe von neunhunderttausend Euro heute Nachmittag mein Konto gen Moskau verlassen hat,

_weil ich heute kein Insidon angerührt habe und dennoch irgendwie auf Droge bin,

_ weil sie sich während meiner Abwesenheit um Fynn gekümmert hat, sich viermal mit ihm getroffen und den Elternabendtermin für mich wahrgenommen hat,

_ weil es vielleicht einfach an der Zeit ist, und

_ weil Montag ist, werden wir gleich miteinander schlafen. Wir küssen uns, ohne Umschweife. Nicht »eine Hand nähert sich vorsichtig der anderen«. Nicht »sanftes Streicheln der Wange bei tiefem Augenkontakt«. Kein großes Rumgetue, kein Vorgaukeln der Balzmischung aus Verlockung und Unerreichbarkeit, kein Fall von Hoffentlich-sagt-sie-nicht-ja, aber auch keine schnelle Nummer, kein gekünsteltes Lachen, das nur dazu dient, unser stillschweigendes Übereinstimmen zu verdecken, kein kokettes Alles-kann-nichts-muss-Gehabe, keine lächerlich liebkosenden Stimmen, keine Scheinwiderstände, die es zu brechen gilt. Je aufwendiger und verliebter das Baggern in der Anfangsphase, desto extremer ist bloß der spätere Abwehrreflex. Diese Gefühlsduselei ist mir sowieso ganz und gar fremd. Der leidenschaftlichen Liebe wird eine viel zu hohe Bedeutung beigemessen. Das bringt's nicht.

Wir tasten uns langsam an die Grenzen der Intimität heran. Und es fühlt sich gut an.

Meine Zunge erkundet ihren Rachenraum. Ich merke: Sie ist bereit für mich. Sicher? Ich meine: ja. Ich habe mich nicht getäuscht. Und ich bin in solchen Annahmen sehr vorsichtig, da ich nichts hineininterpretieren möchte, wo gar nichts ist. Aber manchmal sind Schwingungen so stark, dass man sich wie ein Heuchler vorkäme, sie wegzudiskutieren. Klare Sache. Und doch: ein enormes Gefühl der Erleichterung, sich hundertprozentig sicher sein zu können, nachdem man sich innerlich auf den Moment des ersten konkreten Vorstoßes vorbereitet hat. Ja, so ist es korrekt beschrieben.

Ich schiebe meine Knie zwischen ihre Beine, und sie spreizt sie noch weiter. Aus organisatorischen Gründen muss ich kurz überlegen, ob Ilse nicht morgen früh störenderweise zum Saubermachen erscheint. Das wäre was. Ich rekapituliere ihre Arbeitszeiten, was mir nach fast drei Wochen Abwesenheit doch tatsächlich Mühe bereitet. Kommt sie? Tut sie nicht. Stimmt, hat auf Zettel geschrieben: morgen nicht. Also erst wieder überübermorgen. Dann ist ja gut. Jetzt verputze ich Esther in dem Bett, in dem ich es immer mit Ilse treibe. Was nicht so alles passiert, in Räumen wie diesem. Muss ja niemand erfahren.

Ich rechne interessehalber nach: Esther und Ilse trennen 29 Jahre. In erdgeschichtlichen Dimensionen ein Klacks.

Ich bin flexibel. Alte Frauen, junge Frauen, mittelalte Frauen, letztlich ist alles möglich. Hängt von meiner Verfassung ab. Je nach Lebensphase. Die letzte Frau unter 31 habe ich ja erst vor wenigen Tagen au-pair-gefickt.

Ich habe mich inzwischen meiner kompletten Kleidung entledigt.

Esther tut es mir gleich.

Dann geht es weiter.

Es ist gegen drei, als wir nackt mit dem Rücken auf der von Ilse frisch überzogenen, verschwitzten Matratze liegen. Ich habe bereits ejakuliert (auf ihren Bauch, intravaginale Ejakulation wird völlig überschätzt, die fünf Sekunden sind doch nicht der Punkt), und Esther dürfte zweimal gekommen sein. Unser beider Gesichtsausdruck beim Orgasmus war gar nicht mal so bekloppt. Im schwachen Licht der Nachttischlampe sah ihr Haar wie ein Heiligenschein aus, und ich stellte fest, dass mein Penis härter wird, wenn ich ihr in die Augen schaue. Was beweist, dass uns ein gewisses Maß an Vertrautheit verbindet.

Esthers Brüste sind größer, als ich erwartet hätte, und beide relativ identisch. Ihr Muschipelz zu einem schmalen Strich rasiert. Leichte Zellulitis, aber das spielt für mich keine Rolle. Da hab ich schon Weiterentwickeltes gesehen. Bei der Penetration zieht sie ihre Scheidenmuskulatur in einem eigenwilligen Rhythmus zusammen. Ziemlich starke Kontraktionen. Ihre äußerst ausgeprägten Schamlippen hängen leicht nach außen. Beim Blasen lutscht sie eher, als dass sie saugt, auffallend weiche Zunge, aber vereinzelt spürte ich ihre Zähne. Die Absicht zählt. Ich drückte ihren Kopf nach ungefähr einer Minute weg und merkte sofort, dass sie aus einer zutiefst fehlinterpretierten Annahme künftig der Meinung sein wird, ich wolle darauf verzichten. Man ist ja selbst schuld. Ebenfalls verzichtet haben wir auf ein Kondom, weil ich nicht so richtig hart werde mit Gummi. Was grundsätzlich eine tolle Ausrede ist, wenn man mal bei einer Frau mangels Erregung nicht so recht in Schwung kommt. Aber auf diesen segensreichen Vorwand musste hier und heute nicht zurückgegriffen werden. Überhaupt war ich durch die Nähe zum Tod und die vorangegangenen Ereignisse leidenschaftlicher als sonst.

So weit meine kurze Bestandsaufnahme. Summa summarum: Esther hat kaum Hemmungen, ist keine Klosterschwester, und zwischen uns herrscht überhaupt keine Befangenheit. Man weiß wirklich nie, wie jemand tickt, bis man mit ihm schläft.

Aber das denk ich mir auch nicht zum ersten Mal.

Sie legt ihren Kopf auf meine Schulter, allerdings in einem Winkel, der in gemutmaßten fünf Minuten meinen Arm zunächst heftig schmerzen und anschließend mangels Durchblutung absterben lassen wird. Echt schade. Aber noch geht's.

Weiche Haare hat sie. Nie und nimmer würde ich es sagen, wenn es nicht so wäre: doch irgendwie ist es anders mit Esther. Im positiven Sinne. Mal zur Abwechslung. So entspannt. Es scheint mir, als habe sich das Körperliche einfach ganz natürlich vollzogen. Als verbinde Esther und mich mehr als das, was ich kenne. Als wolle ich ihr Dinge anvertrauen, Bekenntnisse, auf die sonst niemand Anspruch hat. Ich weiß nicht, wie ich das besser ausdrücken soll.

Ich zupfe mir ein Schamhaar von der Zunge. Schäle mich aus dem Bett, sage leise: »Ich komme gleich wieder« – ich nehme an, ich spreche leise, weil ich die Verbundenheit des Augenblicks nicht zerstören will –, gehe auf die Toilette und lasse das Leitungswasser laufen, während ich uriniere. Damit sie mich nicht womöglich pinkeln hört.

46

Am anderen Morgen. Ich wache vor Esther auf. Mit den Jahren entwickle ich mich immer mehr zum Frühaufsteher. Nicht der Rede wert.

Ich nehme den schwachen Blütenduft ihrer Hautcreme wahr und gehe davon aus, dass sie wirklich noch schläft. Wenn nicht – auch gut.

Vor mir liegt: Insidon besorgen, Fynn abholen, Interview geben.

Eine gewaltige geistige und körperliche Energie, wie ich sie in letzter Zeit nicht erlebt habe, durchströmt mich. Ich fühle mich wie von einer Bürde befreit, von der ich nie wusste, dass sie auf mir lastete.

Draußen sieht es mal wieder nach Schnee aus. Ein Wetterumschwung wäre *wirklich* längst überfällig, ist aber nicht in Sicht.

Auf leisen Sohlen wechsle ich den Raum.

Die Elektrobürste vibriert auf meinen Zähnen.

Der Braun-Trockenrasierer gleitet über meine Wangen.

Das Duschwasser prasselt auf meinen Körper.

Der Kamm durchmisst meine Kopfhaut.

Die Kleidungsstücke legen sich um meinen Körper.

Die Hemdknöpfe bleiben nicht offen.

Der Nadelstreifenanzug vermittelt einen tipptoppen Eindruck.

Die Schnürsenkel werden zu Schlaufen.

Esther steht unversehens hinter mir, unsere Blicke treffen sich im Spiegel des fensterlosen Ankleidezimmers. An den Türrahmen gelehnt, greift sie mit einer Hand hinter ihren Nacken und zieht ihre langen Haare über die Schulter nach vorne, sagt relaxt »Guten Morgen« und verweilt auf meinem Gesicht in überlegender und gleichzeitig feinfühliger Prüfung. Wie das so ist nach dem ersten Mal, liegt etwas Unausgesprochenes zwischen uns. Eine der Tücken des Morgens danach. Wenn man noch nicht bereit ist, den Kommunikations- und Charme-Motor anzuwerfen.

»Guten Morgen!« Ich fummle an meinem Christensen-Krawattenknoten herum, als wolle ich mich sammeln und Kraft schöpfen während kostbarer Sekunden aufgesetzter Betätigung. Der Christensen geht ganz einfach, in drei Schritten. Ich sage, nur um irgendetwas zu sagen, immer noch in den Spiegel spähend: »Hab ich geschnarcht?« Jeder glaubt, nicht zu schnarchen, obwohl er es selbst nicht wissen kann. Sie lächelt: »Das wollte ich dich gerade fragen.« Ich drehe mich um, strecke die Hand aus, um ihren Hintern zu kneten, sehe an ihr herunter, knete ihren Hintern und brumme: »Mein T-Shirt steht dir gut!« Ohne damit besonders originell sein zu wollen.

Ich schaue auf meine Armbanduhr. Zeit zu gehen.

Darum sage ich nicht: »Wo waren wir stehengeblieben?«, sondern: »Ich muss los«.

47

Auf mindestens vier Titelseiten prangt mein Gesicht. Erst jetzt, in ihren aktuellen Morgenausgaben, ziehen die Zeitungen mit Fernsehen, Radio und Internet in Sachen aktueller Berichterstattung gleich. Ich stehe fassungslos vor den sechs Zeitungskästen am Straßenrand. Sich da selbst abgebildet zu sehen … Erneut lauter Schnappschüsse, von denen ich gar nicht wusste, dass sie existieren. Auch ein paar, die schon älter sind, auf denen ich noch jünger bin. Wo haben die die her? Das ist so befremdlich, wie ein Wachtraum. Man macht sich keine Vorstellung. Wie ein seltsamer Vorgeschmack auf etwas Obskures, noch Verborgenes. Und meine Nase … also, meine

Nase auf den verschiedenen Bildern zeigt manchmal nach links, manchmal nach rechts. Und das ist gerade noch das Geringste.

Dicke, nasse, langsame Schneeflocken fallen in weiten Abständen zueinander auf den Boden und schmelzen sofort zu Wasser. Ich habe eine dünne, schwarze Wollmütze auf, weil ich im Winter nicht mit nassen Haaren ins Freie gehe.

Eine Frau (G-Mensch) mit Schoßhündchen an der Leine geht ziemlich nah an meinem Rücken vorbei. Bin ich im Weg? Geht's? Geht's noch näher? Das tut es, in Form ihres weißen Kläffers. Der, der in der Werbung von seinem Futter immer ein Stück Petersilie übrig lässt, schnuppert neugierig an meinem Wadenbein, igittigitt, als würde er was wittern, und die Omma sagt so etwas wie: »Wirst du wohl!«. Ich sehe mich nicht um, ziehe meinen Kopf ein, weil ich fürchte, sie könnte mein Gesicht mit den Zeitungskonterfeis abgleichen und mich identifizieren. Natürlich ist sie viel zu alt, kurzsichtig, anderweitig beschäftig und überhaupt, bin ich nicht der Mittelpunkt der Welt. Aber mir krampft sich trotzdem alles zusammen. Hund und Weib ziehen weiter ihres Weges.

Ich zücke mein Portemonnaie und werfe anstatt der 70 Cent eine Ein-Euro-Münze in den AZ-Zeitungskasten. Es macht ein metallisches Klack. Hab's nicht passend. Ich stecke den Geldbeutel wieder in meine Hosentasche und ziehe mir gleichzeitig ein Exemplar aus dem Kasten. Aus einer Entfernung von sechs, sieben Metern beobachtet mich eine kleine Frau (D-Mensch) mit streng zusammengezurrtem Haarknoten, auffallend unauffällig, und schaut angewidert weg, als ich sie ansehe. Was mir ein unangenehmes Gefühl meiner eigenen Gegenwart gibt. Sie steht einfach so rum. Es liegt eine gewisse Boshaftigkeit in ihrer Körperhaltung und ihrer kaum verhohlenen Observation, etwas Herausforderndes und Verabscheuungswürdiges. Sie scheint etwa fünfzig zu sein, wobei man sich bei diesen Frauen mit streng zurückgekämmtem Haar nie sicher sein kann. Ihre feinknöcherige Nase strahlt etwas ständig Nervöses, Hexenhaftes aus. I wouldn't wanna fuck you, denke ich mir und verschwinde Richtung des wenige Schritte entfernten Cafés, Kategorie Bumslokal, in dem ich gedenke, einen Morgenkaffee zu mir zu nehmen. Und vielleicht ein belegtes Brötchen. Bevor ich reingehe, ziehe ich mir die Mütze vom Kopf und richte meine Haare. Ich habe mir noch nicht mal einen Platz ausgesucht, tendiere aber zu dem freien Zweiertisch vor mir, als die Hexe auch schon reingestürmt kommt und in schneidendem Ton plärrt: »Ein Dieb. Ein Dieb. Ich habe es genau gesehen!« Dabei zeigt sie erregt auf mich und fuchtelt wild mit der anderen Hand umher. Was für ein Radau! Rundum kollektives Luftanhalten. Angesichts dieses Spektakels kriegen alle Gäste solche Ohren und starren erst in ihre, dann in meine Richtung. Sie üben sich in Zeitlupen-Synchronschauen. Verdichtung von Stille. Ich schaue die Frau an, als wäre sie blöd. Und liege damit genau richtig. Ich weiß erst gar nicht, was los ist. Dieb? Wen meint sie denn? Meine Wenigkeit? Wirklich? Lass mich raten. – Ja.

Sie vermeidet Augenkontakt mit mir und schreit weiter in den Raum: »Er hat die Zeitung da gestohlen. Ich habe die Polizei gerufen. Er hat sie gestohlen. Ich hab's gesehen. Und –« Damit unterbricht sie sich gewissermaßen selbst und zeigt flüchtig auf mich, sieht dabei aber zu einer Bedienung. »Jetzt kommt gleich ein Wachmann, dem habe ich alles gesagt. Der nimmt Sie fest. Der Wachmann. Der nimmt ihn fest.« Ja, was denn nun? Auweia. Klar ist sie irre. Aber das sollte einer Irren eigentlich nicht zum Vorwurf gemacht werden. Frauen ab 40 werden alle entweder esoterisch oder hysterisch.

Sie wütet und stammelt weiter: »… Gehört eingesperrt … Skandal … Hab's gesehen!« Mit einem gehörigen Maß an Triumph in der Stimme. Und zornesrotem Kopf.

»Aber …!«, improvisiere ich lahm und stehe da, als würde ich gerade im Stehen Stuhlgang haben. Ich weiß immer noch nicht, wieso-weshalb-warum, bis mir einfällt, dass sie mich nur *eine* Münze in den Zeitungskasten hat einwerfen sehen (und hören) und schlussfolgert, ich hätte die Zeitung unterbezahlt. Was ja in dem Fall auch nicht exakt *stehlen* wäre.

Sooo ist das also, du kleine Denunziantin! Was dir fehlt, mein alterndes Landmädel im Lodenmantel, sind bloß noch die Waffen-SS-Runen auf deinem scheiß Revers. In dem Versuch, so etwas wie nüchterne Distanz zu wahren, setze ich mich während all dem Trubel langsam auf den Hocker des anvisierten Hochtisches. Das schmeckt ihr gar nicht. Alle in dem gutgefüllten Laden sehen unverändert auf die hysterische Ziege, dann auf mich, dann auf die Ziege und wieder auf mich. Und das alles immer noch so synchron, als sitze ein Dirigent hinter meinem Rücken. Ich entscheide mich, äußerlich völlig ruhig zu bleiben. Die Losung lautet: Contenance. Dazu setze ich mein Extrem-drüber-steh-Lächeln auf. Aber der ganze Pah-nicht-meine-Kragenweite-Blick und mein Seh-ich-so-aus-als-ob-mich-das-interessiert-Gehabe: alles Show. Ich täusche eine Souveränität vor, die ich nicht im Geringsten besitze. Ich versuche es kurz, denke es vielmehr an, horche in mich rein – aber ich bringe kein Wort heraus. Gut, ich gebe zu, Argumente wären hier auch eher zweitrangig. Aber schön ist das nicht, was da gerade über mir ausgeschüttet wird. Dem Wahnsinn bist du unterlegen und ausgeliefert. Ein Verrückter ist immer stärker als du. Wer wüsste das besser als ich.

Ich ahne natürlich, Eva Braun hat nicht den Hauch einer Chance gegen meine inszenierte Besonnenheit (und meinen Anzug), und tatsächlich wird sich das Publikum ihrer Entblödung bewusst und wendet sich bereits gelangweilt ab, als hätte jemand kurz den Fernseher an – und dann gleich wieder ausgeknipst. Ein paar Pappenheimer lachen kurz und abschließend. Ist ja auch zu komisch. Als auch der schmächtigen Nazi-Schnalle auffällt, dass sie keine Kristallnacht gegen mich anzetteln kann, kräuselt sie ihre Lippen, denkt nach, dreht sich um und macht die paar Schritte zum Ausgang. Ihr energischer Gang passt zu ihrem Mund. Ihre Kinnpartie ähnelt übrigens der von Schwester Eleonore, die mich als Kind nie geschlagen hat, weil sie eiskalte Wasserbäder für probater hielt.

Dass Eva Braun gerade – anstatt zu ziehen – die Glastür drückt und kurz innehält, um zu überlegen, warum sie sich nicht öffnen lässt, macht einiges wieder wett. Entschädigende Schadenfreude für einen Fingerschnipp lang. Sie verschwindet, weg ist sie. Geschafft. Das Ende einer vielleicht vierzigsekündigen Episode. Die Tür schwenkt langsam zu und geht wieder auf, noch bevor sie ganz schließt. Ein neuer Kunde tritt ein, ohne den Hauch einer Ahnung davon zu haben, was sich hier vor wenigen Augenblicken abgespielt hat.

Und jetzt sitze ich da, erniedrigt und erregt. Schöne Bescherung. Es gibt Tage, die ein einziger so dahingeworfener Spruch ruinieren kann. Das ist kein Novum. Aber das da, das da, also das da stellt den Kulminationspunkt dar. Ich habe so viele unterschiedliche Gefühle, dass keines die Überhand gewinnt. Daher verfalle ich in tiefes Nachdenken: Ja, ich möchte sogar die Belegschaft hier drinnen aufklären, dieses unbedeutende Gesindel, wie das mit der Zeitung wirklich war. Man stelle sich vor! Wie ich verleumdet wurde … unschuldig beschuldigt … eine Wahnsinnsungerechtigkeit! Hätte ich doch bloß interveniert, die richtigen Worte gefunden während der Konfrontation! Ärgerlich! Oder besser noch, gleich etwas Souveränes gesagt wie: »Verschwinde! Mach, dass du rauskommst!« Auch wenn das gar nicht mein Stil ist und ich mich dabei wohl angehört hätte wie ein schlechter Actionfilm-Imitator! Und diese Tobsüchtige, diese Tolle, diese Zerrbild-Eva-Braun hat sich durch ihren Ausbruch vielleicht sogar noch eine gewisse

Erleichterung verschafft! Oder es berauschte sie! Und dann ziehe ich es zu allem Überfluss sogar noch in Betracht, ihr hinterherzulaufen und *ihr* die Faktenlage zu schildern, nämlich dass sie mir Unrecht getan hat! Also vor *ihr* Rechenschaft abzulegen – »Sie haben sich getäuscht«! Kläglich! Schande, Schande über mich! Aber sogar das wäre ja ausweglos, nichts würde sie zur Besinnung bringen! Und dann wiederum möchte ich ihr nur folgen, um ihr die Fingerkuppen abzutrennen! Grauenerregend! Ich bin ganz durcheinander, spiele alle Möglichkeiten durch und möchte doch eigentlich gar nicht weiterdenken. Aber immer, wenn ich Situationen rekapituliere, merke ich: Ich kann es mir nie recht machen. Überhaupt darüber nachzugrübeln geht mir unheimlich gegen den Strich! Schrecklich! Ich bin doch jetzt auf den Titelseiten, bin doch jetzt mit ganz anderem beschäftigt! Und dann so was! Solch eine Lappalie, solch ein Kleinscheiß, solch eine Posse!

Wieder einmal verspüre ich das schwere Stechen von Erniedrigung und Demütigung. Darauf läuft es bei mir immer hinaus.

Im selben Moment, in dem mich eine männliche Türkenstimme fragt, was ich bitte bekomme, erscheint mein Leben im Licht einer kalten, hoffnungslosen Ausweglosigkeit. Eine Insidon täte not. Wenn ich mich ärgere, werde ich schlagartig depressiv.

Wacker gebe ich bei dem Ober (C-Mensch) meine Bestellung auf und vermeide, auf die rosafarbene Pigmentstörung neben seiner Nase zu sehen. Mich verwirrt zusätzlich, wie er mich mit seinen runden osmanischen Augen anschaut. Auf eine Art, die er wohl für aufmunternd hält. Zauberhaft. Die schlechteste Sorte schrecklich guter Absichten. Das sagt mir nicht zu.

Alles andere als in Lesestimmung, klappe ich trotzdem meine um fast fünfzig Prozent überbezahlte Zeitung auf. Tausend Prospekte und Werbebeilagen fallen mir entgegen. Und auf den Boden. Auch das noch.

Bücken, aufheben, aaah!

Es dauert einige Minuten, bis sich mein Puls wieder beruhigt. Dann möchte ich sterben. Agonie. Genervt vom Mangel an innerer Coolness und verzweifelt an der Menschheit. Was für eine Erleichterung doch eine größere seelische Unempfindlichkeit mit sich bringen würde.

Ich lehne mich zurück, damit der Kellner den Kaffee abstellen kann. Es wird kein gemütliches Frühstück. Zeitung in der einen, Tasse in der anderen Hand, starre ich auf die dicken Flocken, die an die Fensterscheiben und den quer darüber verlaufenden Schriftzug *Café Herrmannsdorfer's* prallen. (Ein weiterer falscher Genitiv-Apostroph.) Mein Mund ist voller Blut, meine Wunde an der inneren Lippe voll aufgerissen.

Hastig werfe ich dann doch noch einen Blick in die AZ. Neben dem Bericht, der unter anderem mich beinhaltet, und einer fettgedruckten wirtschaftspolitischen Spalte begutachte ich das Nacktbild einer Natasha Cole aus England, offizielle Berufsbezeichnung: Busenwunder. Aber verstehe ich da was falsch? Ein Wunder wäre es doch nur, wenn die Dinger echt wären, würde ich meinen. Ich falte das Blatt zusammen.

10 Uhr 01.

Ich bin immer noch ein bisschen angeschlagen, als ich wieder nach draußen gehe. Das ist die Untertreibung des Jahrtausends.

Meine Hände zittern.

Leute gibt's!

48

Drei auf einmal habe ich mir eingeschmissen. Meine Hände zittern nicht mehr, als ich Fynn eine Dreiviertelstunde später durch die Windschutzscheibe an der Pforte des Heims stehen sehe. Insidon ist was Tolles. Die Übergabe vor zwanzig Minuten hat reibungslos geklappt. Ich liebe meinen Dealer-Doktor. Ich habe gleich zwei Großpackungen mehr als sonst gekauft. Gesamtwert zwölfhundert Euro, Schwarzmarktpreis. Mengenrabatt, Schnäppchen. ATTACKE!

Ein verwirrendes Gefühl von Omnipotenz beflügelt mich. Willkommen zurück!

Ich winke Fynn schon mal zu, er scheint es nicht zu sehen, reagiert nicht. Bin entweder noch zu weit entfernt oder die Scheibe reflektiert. Minus vier Grad Außentemperatur, so steht's auf der Anzeige. Und ich hab noch Sommerreifen drauf. Ich müsste eigentlich ... ja, wie denn wo denn was denn ... wann hätte ich denn bitte schön ... man kommt ja zu nichts. Ich trete aufs Gas. Die Red-Bull-Dose in der Hand, stelle ich noch schnell die Uhr von Sommer- auf Winterzeit um, wenigstens das, während ich lenke und telefoniere: »Also morgen, Mainz. Ist sowieso schon notiert. – Umso besser. Ja. – Ich werde vom Flughafen abgeholt? – Hmm. – Aber dann nur ZDF, oder? – Kann schon sein. Schätze übermorgen. – Aha. Sind Sie so nett und senden mir die genauen Daten aufs Handy? Ja? – Top, danke. Ich muss Schluss machen und melde mich später noch mal, in Ordnung? – Danke – ja – gut danke.« Ich nehme den Ear-Plug vom Kopf und verstaue ihn in der Mittelkonsole. Meine Freisprechanlage ist defekt. Das an der Strippe war die kesse Sekretärin von Joels Kollegen, der meine Medienauftritte koordiniert. Ich schätze sie auf die zweite Hälfte der Zwanziger, auf Anfang der zweiten Hälfte. Sie ist eine von den Leuten, die immer »aaahm« statt »ähm« sagen. So aufgesetzt amerikanisiert, wie die es tun, die glauben, sie seien die Ausnahme von der Regel. Aber sie macht einen guten Job bislang. Ich habe sie noch nicht persönlich kennengelernt, weiß gar nicht, wie sie aussieht. Dagmar. So ihr kompletter Name, wie sich das für eine Sekretärin gehört. Daggi. Joel meinte, dass auf Grund ihrer riesigen Titten berechtigte Zweifel bestünden, ob sie ihren Lebensunterhalt ausschließlich mit Sekretariat verdient. Bei dem Gedanken merke ich, dass ich mir Daggi seit vorhin optisch genau wie Natasha Cole aus England vorstelle.

Da wären wir. Ich fahre rechts ran, bremse. Halte genau vor Fynn. Mein Handy piepst, eingehende SMS. Uh, ist die schnell, die Daggiemaus. Wun-der-bar! Ich drücke schnell drauf, damit das Piepsen aufhört und Fynn, der gerade einsteigt, das Geräusch nicht mitbekommt.

Er schließt behutsam die Tür. Ich gebe ihm einen Kuss (trockener Schmatz) auf die Wange, während ich ihn umarme. Das kann er eigentlich nicht ab (8 Jahre = Mann), das wage ich auch nur zu ganz speziellen Anlässen (längere Abstinenz). Aber heute lässt er meinen Überfall unkommentiert (kein »Niiiiiicht!«) und ohne angeekelte Mimik (sterbender und kotzender Schwan) über sich ergehen.

Auf meine Frage, wie's ihm geht, zögert er gerade so lange, dass es mich beunruhigt. Ich bemerke ein ängstliches Flattern in meiner Brust. Er macht mir nichts vor, ich spüre seine Kümmernisse.

»Alles okay«, lautet die Antwort, und ihm ist anzumerken, dass er mit sich ringt. Ich hake nicht nach. Das wäre sinnlos. Dann setzt er sich auf und ist mit einem Mal ganz aufgeregt und beginnt, mich auszufragen, während die Fassade des Heims in meinem Rückspiegel rasch kleiner wird.

Mittlerweile geübt in der Schilderung, habe ich alle Sätze und Schlüsselwörter parat und erzähle ihm von dem Flugzeugunglück und meiner anschließenden Odyssee. Längst kann ich mich selbst kaum mehr an den Unterschied zwischen Tatsache und Auslegung erinnern. Fynn ist ganz aufgedreht, fragt ständig »und was ist dann passiert?« und hört mir beinahe ein wenig huldvoll zu. Vielleicht bilde ich mir das auch nur ein, aber Medienpräsenz übt definitiv eine selbstkorrumpierende Wirkung aus.

Ich biege in die Maximilianstraße ein. Vor mir ein Audi A5. Ich folge ihm jetzt schon seit vier Straßen. Diesem Amateur, der beim Abbiegen jedes Mal ausholt. Ausholen beim Abbiegen ist indiskutabel. Ein silberner Audi A6 drängelt sich zwischen uns. Kann es sein, dass feindlich gesinnte Außerirdische Kurs auf die Erde nehmen und ihre ausgesandten Strahlen weltweit die Blinker sämtlicher Autos lahmlegen? Keine Sau blinkt. Aber keine Sau.

Wir parken auf dem letzten Standplatz eines für Taxis reservierten Wartestreifens. War sonst nichts frei. Sorry, Jungs.

Wir steigen aus. Die Stadt ist grau und kalt. Fynn zeigt auf ein Reklameplakat an einer Trambahn-Haltestelle, das für einen neuen Hollywood-Blockbuster wirbt. Es zeigt die drei Köpfe der Hauptdarsteller. Jeder der Schauspieler schaut in eine andere Richtung. Über ihnen, am obersten Rand, stehen ihre Namen. Fynn fragt mich, warum der Name des rechten Schauspielers über dem linken steht. Und umgekehrt. Nur der mittlere Name prangt korrekt zugeordnet über dem mittleren Akteur. Das ist mir auch schon oft aufgefallen. Woran das liegen mag, weiß der Geier. Ich zucke die Achseln. »Das ist mir auch schon oft aufgefallen. Woran das liegt, kann ich mir auch nicht erklären. Aber wir können uns den Film nachher ansehen, wenn du wollen«, sage ich im Infinitiv, die alte Masche, durch inflationäre Verwendung schon etwas schal, und gebe ihm einen scherzhaften Klaps auf den Hinterkopf. Ein Versuch, ihn aus der Reserve zu locken.

»Aber der seien doch erst ab 18, Connie!« Seine Worte bilden in der Luft längliche Wolken aus Dampf.

»Ah, du haben recht, dann ist er nichts für mich. Danke, dass du mitdenkst. Filme, die erst ab 18 freigegeben sind, sind ja eigentlich uninteressant für Menschen über 30 und nur von Belang für Menschen unter 18. Ich vergaß. Wie rücksichtsvoll von dir.«

Jetzt sieht er mich wieder an, wie ich ihn in solchen Momenten kenne: *Ich-weiß-ja-dass-du-immer-dumme-Witze-machst-Connie-aber-doch-nicht-gleich-*so*-dumme*!

Ich bin etwas erleichtert und drücke ihn sanft durch die Tür des *Vier Jahreszeiten*, während ich sage »Der läuft eh noch nicht«.

Auf dem Teppich des Eingangsbereichs entdecke ich einen Fleck auf dem Boden und stelle bei genauerem Hinsehen fest, dass dieser Fleck Licht von einem Deckenstrahler ist.

Wir gehen direkt in das Restaurant des Hotels, in dem ich um 12 Uhr 30 mit zwei Journalisten vom »Spiegel« verabredet bin. In einer guten Stunde also. Wir haben noch genügend Zeit.

Das Essen schmeckt uns, und obwohl ich versuche, das Thema strategisch einzukreisen, erzählt mir Fynn auch jetzt nichts von dem elfjährigen Patrick, der ihn seit Wochen tyrannisiert. Ein für sein Alter hünenhafter Wichser jamaikanischer Herkunft. Ich weiß durch Esther davon. Fynn hat sich ihr anvertraut und bei ihr ausgeweint. Warum sagt er so was nicht mir? Das macht mich ratlos, weil ich weiß, wie sich Unterdrückung anfühlt. Als ich in Fynns Alter war, hat mir auch ein älterer Typ das Leben zur Hölle gemacht. Ein kaputter, kaltblütiger Bastard. Von der Sorte gab es reichlich. Die finstere Brut, die einen lehrt, was der Mensch dem Menschen antun kann. Ein Kinderheim ist wie eine Sondermülldeponie. Der Mülleimer der Gesellschaft. Die dort entsorgten Kinder sind größtenteils Ausgeburten sozial schwacher, unterprivilegierter Eltern und die angeschlossenen Schulen, Internate oder Tagesheime beherbergen zusätzlich die abgeschobenen Problemkinder von Wohlhabenden, die aus disziplinären Maßnahmen tagsüber oder während der Arbeitswoche dort abgeladen werden. Überdrehte, schwer erziehbare Bonzenkinder oder Nachkommen solventer Bauern und Landadelspack ohne Halt und Gespür für Relationen. Dem ist man tagtäglich ausgesetzt und kann nur versuchen, sich irgendwie zu arrangieren. Eine feine Sache. Es gilt zu lernen, wie man seine Identität wahrt, auch wenn um einen herum nur Gewalt herrscht, mit der man versucht, diese Identität zu zerstören. Keine Grundrechte, keine Würde, keine Fairness. Man lebt in ständiger Angst – auch davor, seine Angst zu zeigen. Von dem, was mit mir gemacht wurde, mag ich niemandem erzählen. Aber ab einem gewissen Punkt habe ich alle Hoffnungen aufgegeben. Und auf die Frage, ob völlige Hoffnungslosigkeit wirklich möglich ist, müsste ich antworten: Nur wer schon mal in so einer Situation war, kann das beurteilen. Die meisten Menschen gelangen niemals an diesen Punkt, an dem sie eine Ahnung davon bekommen könnten, was für Abartigkeiten möglich sind, und dass rein gar nichts von Natur aus tabu ist. Erst wenn einem selber etwas Derartiges passiert, weiß man, um was es sich handelt. Alles andere sind nur unechte Ideen und abstrakte Begriffe. Ein glückliches Leben ist nichts weiter als ein einziges Ablenkungsmanöver. Ein einziges Ignorieren. Ich weiß zu viel über das Leben, als dass Glück für mich noch vorstellbar wäre.

Noch schlimmer als die Erniedrigungen selbst ist es, das Erlebte in der eigenen Gedankenwelt einzuordnen. Man lernt, sich abzuschalten, bis zu dem Grad, ab dem die Gewalt nicht mehr das Geringste bedeutet. Man reduziert seine Bedürfnisse auf das Nötigste. Aber das Danach, die Nächte, in denen man versucht, den Geschehnissen einen Platz in seinem Kopf zuzuweisen, das ist das eigentlich Schwierige. Ja, nachts denkt man am häufigsten daran. Man fragt sich, warum tut man mir das an? Aber du weißt gleichzeitig, da kannst du lange fragen, es gibt keine Antworten.

Überlebt habe ich das dank meiner großen Anpassungsfähigkeit. Ich weiß nicht, ob Fynn die hat. Auch wenn ich weiß, die Bedingungen, unter denen er lebt, sind deutlich besser, als meine es waren. Ich glaube, vonseiten der Erzieher droht ihm keine Gefahr.

Ich schneide schweigend auf meinem Teller herum – mein Besteck macht einen ziemlichen Lärm – und versuche gedanklich abzubiegen, bevor ich richtig schlecht draufkomme und es kein Zurück mehr gibt. Manche Sachen lässt man besser ruhen. Nein, auf Erinnerungen an meine Kindheit kann ich verzichten. Doch womöglich ist es nicht ganz umsonst, dass ich sie dennoch nicht vergessen kann. Für Fynn.

Er bringt seinen gekippten Stuhl in Normalposition und nimmt wieder einen kleinen Bissen von seinem Schnitzel. Kaut lang daran herum. Uneins mit sich. Er hat jetzt ganz unvermittelt zwei rote Pünktchen auf seiner Wange. Die bekommt er, wenn ihn etwas nervlich stresst. Ich lächle ihn an und habe im tiefsten Innern das Gefühl, weinen zu müssen. Und das nach drei Tabletten.

Um uns herum sitzen lauter gutgekleidete, vornehme Leute. Leute von der Sorte, die mit leichtem Gepäck reist. In ihren Gesichtern ein Ausdruck weder lebendig noch tot.

Bereit für einen Themenwechsel, frage ich Fynn, wenig subtil: »Und mit den Jungs aus den höheren Klassen ist auch alles cool?«, damit er mich noch mal belügen kann. Wahrscheinlich würde ich dasselbe tun.

»Yo, alles cool«, sagt er und versucht unbeteiligt zu klingen, was ihm nicht ganz gelingt. Er rührt dabei das Eis in seiner

Cola mit dem extra bestellten Strohhalm um. Strohhalm muss sein, wenn möglich. Ich nicke wider besseres Wissen und führe meine Gabel zum Mund. Dabei betrachte ich ihn, deutlich bemüht, mich überzeugen zu lassen, und mir fällt auf, sein Baumwollshirt schlottert ihm dermaßen um die Glieder, dass das nichts mehr mit trendig zu großer Kleidung zu tun haben dürfte. Er ist regelrecht abgemagert. Oder ist es nur Einbildung, sein ausgezehrtes Gesicht? Während ich ihm zusehe, wie er die ausgehöhlten Eiswürfel mit dem Strohhalm, einen nach dem anderen, leer saugt, vibriert mein lautlos gestelltes Handy durchgehend in meiner Hosentasche und wird von mir nicht beachtet.

»Schmeckt's dir?«, frage ich nach einer Weile.

»Ist super«, sagt Fynn, und seine Stimme klingt so einsam.

»Ist super?«, wiederhole ich und verstehe total, was er damit meint.

49

Ich zahle und lasse Fynn entscheiden, ob er mit im Zimmer sein möchte, wenn ich das Interview gebe. Er will unbedingt.

Auf dem Weg aus dem Restaurant passiert uns ein spätes Mädchen, siebzig Minimum, unguter Blick, hässlich wie die Nacht (H-Mensch), ebenso unansehnlich wie ihr Leben öde und bald vorbei ist. Ihre graugetigerte Pelzjacke scheint Fynn unendlich zu provozieren, er schaut sie durchdringend an. Er hat ja recht, blöde Nerzfotze. Feststehender Begriff. Eigentlich handelt es sich bei dem Mantel um einen Ozelot. Kurioserweise hebt das schöne Tierfell die Scheußlichkeit der Schabracke nur noch mehr hervor. Fehlt vom Typus Frau her nur noch das degenerierte Schoßhündchen unterm Arm. Ich packe Fynn an der Schulter und signalisiere ihm nickend eine stillschweigende Beipflichtung, aber weise ihn gleichzeitig zurecht, jetzt nicht den Schwierigen zu spielen. Klappe halten. Das fällt ihm sichtlich schwer. Ihm, der mir regelmäßig allgemeingültige Standpauken hält über (1) unverantwortliche Tierversuche, über (2) die Abartigkeit von Dressurreiten und Reiten an und für sich, über (3) die unsagbar schweren Glocken, die man Kühen umbindet, welche ihren Hals, ihren Nacken, ihre Ohren und Nerven qualvoll in Mitleidenschaft ziehen, über (4) das Halten von Wellensittichen, Hamstern, Hasen oder Papageien in Käfigen in der Wohnung, arme Gefangene, über (5) Menschen, die so dumm und gefühllos sind, Tiere von Züchtern oder Zoohandlungen zu kaufen, anstatt sie aus dem Tierheim zu holen, (6) Züchter, die unter dem grotesken Vorwand der Tierliebe, Muttertiere als Brutmaschinen missbrauchen, um ein paar dreckige Euro zu verdienen, und und und. Da kommt ihm so eine Pelztussi gerade gelegen. Ihm, der seine zweiten Zähne noch gar nicht alle draußen hat. Ja, ich liebe ihn. Es ist wahr: Je höher ein Wesen geistig entwickelt ist, desto sensibler geht es mit Schwächeren um.

»Komm jetzt«, sage ich geduldig ungeduldig.

Wir treffen die beiden Journalisten in der Lobby gegenüber der Rezeption. Ich blicke in ein kantiges, kluges Fünfzigjährigen Gesicht, dessen zweite Zähne schon längst draußen sind. Herr Meier – merken. Seine Augen mustern mich durch eine Designerbrille. Fettige Nase. Nicht fett, fettig. Händeschütteln, und dasselbe noch einmal mit seinem zähnezeigenden Kollegen. Herr Meyer, oh – auch merken. Der präsentiert mir dieses halb geheimnisvolle, halb abweisende Lächeln, in dem Pressemenschen so gut sind. Meier und Meyer. Macht die Sache unnötig kompliziert, überschlage ich geistesabwesend. Und dann denke ich mir, macht die Sache ja viel einfacher. Und dann denke ich mir: scheißegal. Es folgt ein Scherz von Meier über die Namensgleichheit und die orthographische

Abweichung. Das überhöre ich. Wir setzen uns in Bewegung. Ich frage, ob Fynns Anwesenheit in Ordnung ginge. Man kann ja nie wissen. Geht klar.

Vor dem Lift marschiert Alfons Schuhbeck, seines Zeichens Promi- und TV-Koch, an uns vorbei zum Ausgang. In weißer Kochjacke, schwarzer Anzughose und schicken dunklen Halbschuhen. Profi eben. Die ganze Stadt ist gerade mit seinem werbenden Konterfei plakatiert. Er sieht so in natura ganz gut aus, übereinstimmend. Ein bisschen müde vielleicht, eher erschöpft. Er nickt Meier und Meyer verabschiedend zu und verzieht keine Miene. Markenzeichen. Aber eigentlich gehört ihnen sein Nicken nicht ganz allein – es gehört uns allen, die wir die Lobby bevölkern. So sind sie, die Stars. Meier teilt mir erklärend mit, sie hätten gerade ein Interview mit ihm geführt. Ah ja. Schön. Fynn schaut Schuhbeck hinterher und tritt dabei von einem Fuß auf den anderen. Celebrity watch. Und immerhin trägt er keinen Pelz. Sein Glück.

Eine Suite im ersten Stock. Nicht besonders groß, eher besonders klein. Die ziemlich hellblaue Suite, die sie immer für Interviews buchen, bei denen auch fotografiert oder gefilmt wird. Wallende weiße Übervorhänge, die fallen beim ersten Eindruck am meisten auf. Geplant ist ein großer Bericht (Titelstory SPIEGEL 48/2011, höchstwahrscheinlich) über das Flugzeugattentat, und ich kriege darin ein Feature. Inklusive Foto. Hoffentlich taugen die Bilder wenigstens was. Die Öffentlichkeit kennt mich bislang nur von schrecklichen Aufnahmen. Das ist gar nicht so leicht zu ertragen. Man macht mich mit dem Fotografen bekannt, der schon im Zimmer ist und an der Beleuchtung bastelt. Der Knipser (nicht Meier, Meyer, Maier, Mayer oder so was, sondern »nur« Kai) ist ein großer Typ, dessen körperliche Proportionen sich so zueinander verhalten, dass er klein und gedrungen wirkt. C-Mensch. Ich gebe dem riesigen Zwerg die Hand. Der Gedanke an die

Fotos veranlasst mich, mein Jackett zurechtzurücken und zu schauen, ob mein Hosenschlitz zu ist. Meier ergreift das Wort und wird auch als Einziger das ganze Gespräch führen. Er faltet in gutmenschlicher Art die Hände und kommt gleich zur Sache. In meinem Kopf ertönt ein durchdringender Ton. Eine Stimme. Nicht jetzt, bitte nicht jetzt. Christian echt, hau ab, bitte.

Ich fühle die altbekannte Angst in mir hochsteigen und wehre mich dagegen, indem ich für den Bruchteil einer Sekunde die Augen schließe und die Lider mit den Fingern zudrücke. Ich darf mich jetzt nicht gehenlassen. Nicht jetzt. Keine innere Dunkelheit. Jetzt ist gerade schlecht. Muss mich zusammenreißen. Ich atme ein paar Mal tief durch. Gleich darauf lege ich servil die Handflächen aneinander, wie zur imaginären Fürbitte um Ruhe, wie zu einem Tauschhandel mit meiner Innenwelt: Demut gegen Frieden.

SPIEGEL: »Wir machen zunächst einen Faktencheck und dann das Interview. Einfach locker sein.«

Ich werde mir Mühe geben. Moment! Macht der Witze? Wieso diese Bemerkung? Wirke ich nervös? Gibt meine Gestik etwas preis?

Die Spiegelmänner und ich sitzen uns in breiten, hellblauen Sesseln gegenüber. Was ich ihnen im Folgenden gebe, ist eine meinem Gefühl nach ziemlich genaue Zusammenfassung der Ereignisse. Das vorhin noch eben heimlich eingeschmissene Insidon hat es in sich. Der servierte Mokka auch.

Beide verfehlen ihre gegensätzliche Wirkung nicht.

Fynn hört still und aufmerksam zu und spielt unablässig mit seinen Fingern, zieht und knetet an ihnen, als wolle er sie in eine andere Form bringen. Mein zwischenzeitliches Zuzwinkern quittiert er mit einem unverändert ernsten Blick, als würde er durch eine aufwendigere Mimik Gefahr laufen, das Gespräch zu stören.

Und dreißig Minuten später war's das auch schon. Das war's? Meier sieht mich so lange an, dass ich Angst bekomme, ich hätte was Falsches gesagt. Dass ich schuldbewusst dreinblicke, kann ich nicht verhindern.

SPIEGEL: »Eine letzte Frage noch, wenn Sie erlauben?«

Dr. CONRAD PENG: »Ja bitte?«

SPIEGEL: »Woher kommt eigentlich Ihr ungewöhnlicher Nachname, Herr Dr. Peng?« Meier kratzt sich mit einem Finger die Innenfläche der Hand, ganz langsam. Man entgeht dieser Frage nicht. Obwohl ich sie zum hunderttausendsten Mal höre, tue ich erschreckend aufrichtig so, als hörte ich sie heute zum allerallerallerersten Mal.

Draußen hat es aufgehört zu schneeregnen. Zumindest vorläufig.

Fynn sitzt immer noch brav in der Ecke, unverändert, als würde er nicht mal atmen. Der Fotograf tänzelt dezent um uns herum und knipst mich ab und an.

Na, dann wollen wir mal. Und ich erzähle, wie das so war mit meinem Namen. Wie ich mit fünf adoptiert wurde, »von Günther und Helga Spengler. Er war Versicherungskaufmann, sie Hausfrau. Im Einzelnen kann ich mich gar nicht mehr so genau dieser Phase meiner Kindheit entsinnen, aber ich mochte es bei ihnen. Ich mochte es dort, und ich habe ihr kleines Reihenhaus immer noch bildlich vor mir. Am Stadtrand. Ich war, glaube ich, ein ziemlich braver Junge«, ich schiebe ein Lächeln ein, »eher unauffällig. – Das erwähne ich, weil, ... mit acht gaben sie mich wieder zurück. Völlig unvermittelt. Einfach so. Ich weiß bis heute nicht, warum. Sie fuhren mit mir zum Amt, hier habe ich nur noch bruchstückhafte Erinnerungsfetzen, die letzte Autofahrt in ihrem Ford, als sie mich wieder zurückbrachten. Nein, das hat nur er gemacht, sie blieb daheim, wir saßen zu zweit im Wagen, das weiß ich noch. Koffer aus dem Auto wuchten, Übergabe an irgendeinen Fürsorgetypen von der Vormundschaftsbehörde und eine Schwester, glaube ich, *Alles Gute,* nicht mal ein Abschiedskuss, geschweige denn erläuternde Worte. Ich meine: *Alles Gute,* was … also ich meine … also wenn ich daran denke, dann ist Hass schon das richtige Wort.«

Der Journalist, dessen Namen mir jetzt auf einmal einfach nicht mehr einfallen will, sieht mich mit großen Augen an. Der andere auch. Und der Fotograf, der eben noch verdrießlich in unserem Dunstkreis herumschlich und leise bereits zwei Lampen abbaute, wird stocksteif, seine Bewegungen frieren ein. Ich sehe noch, wie Überraschung auf seinem Gesicht einem belustigten Ausdruck weicht, den er sich sofort verbietet. Für einen Moment tiefe Stille. Nur das Atemanhalten ist zu hören. Meier (jetzt weiß ich wieder) sieht Meyer mit höchster Anstrengung *nicht* komplizenhaft an. Also sieht er ihn vorsichtshalber überhaupt nicht an. Sondern mich und verkneift sich zusätzlich auch noch den Ich-glaube-unser-Gast-hier-ist-gerade-dabei-den-Verstand-zu-verlieren-und-uns-eine-zusätzliche-Story-zu-liefern-Blick. Ein einziges Verbergen. Verflixt anstrengend für ihn, kann ich mir vorstellen. Der andere Meyer kratzt sich am Kopf, er hat mit denselben Problemen zu kämpfen wie die anderen beiden. All das entgeht mir nicht, aber ich lasse mir nichts anmerken. Sie wissen, dass Schweigen das Klügste ist und ich so von allein weiterreden werde. Ja, und dieser obszöne Erinnerungsfaden glüht regelrecht in mir. Er brennt! Und ich spüre Wut in mir aufsteigen, auf mich selbst, weil ich unaufgefordert eine Geschichte erzählen möchte, *möchte,* als würde ich eine Gelegenheit beim Schopf packen. Eine Riesendummheit. Irrtum ausgeschlossen! Aber die Dämme meiner selbstverordneten Vorsicht brechen. Ich kenne mich fast selbst nicht mehr. Ich fahre unbeirrt fort.

»Nun, ich wurde von meinen Adoptiveltern also einfach

wieder zurückgegeben. Storniert, reklamiert, wie Sie wollen. Was mir blieb, war der Name. Konrad Spengler. Der Name, den *sie* mir gegeben hatten. Leute erheben Anspruch auf jemanden, indem sie ihm ihren Namen geben und dann über ihn verfügen können. Mit der Verleihung eines Namens stempeln sie dir ein Etikett auf und erklären dich zu ihrem Eigentum. Ich war ihr Eigentum, das sie eben auch einfach wieder abschieben konnten. Ganz einfach. Aber sie nahmen ihren Namen nicht wieder mit, als sie mich zurückgaben. Vielleicht erschien ihnen das zu grausam. – Spengler, also. Bei einem großen Brand im Heim, knapp zehn Jahre später, kurz vor meinem achtzehnten Geburtstag, fielen fast all meine Habseligkeiten dem Feuer zum Opfer oder nahmen beträchtlichen Schaden. Viel hatte ich ja nicht. *Viel hatte ich ja nicht* klingt komisch, oder? Haha – Nun …«

Das war noch nicht alles. Ich werde ehrlich sein. Keine Geheimniskrämerei. Wo denken Sie hin? Ich möchte menschlich rüberkommen. Ein wenig mein Herz öffnen, um ein greifbares Bild von mir abzugeben. Da kenne ich keine Gnade. Ich tue geradezu so, als erwarte ich dadurch Absolution! Ich habe gleichzeitig das Gefühl, die drei hinters Licht zu führen! Und mich dazu! Die kommen hierher und möchten ein unverfängliches Interview führen. Die Armen. Ich verhalte mich nicht regelkonform. Macht ja nichts. Wartet, was jetzt kommt!

Ich mache weiter: »… (räuspern) Aber bei dem Feuer wurde mein Kinderausweis, der zusammen mit den Ausweisen aller anderen Kinder im Sekretariat hing, angesengt. Als mir der neue Pass ausgestellt werden sollte, musste ich persönlich auf dem Kreisverwaltungsreferat vorstellig werden. Ich tat dies mit einem Berechtigungsschein der Gemeinde, da ich meine Volljährigkeit kurz zuvor erlangt hatte und mein Ausweis zudem sowieso von mir persönlich auf einen Erwachsenenpass umgestellt werden musste. Es war alles ein heilloses Durcheinander im Heim, zu der Zeit. Ein großer Wirrwarr. Wir wurden in Notunterkünften untergebracht. – Wie auch immer, das ist eine andere Geschichte. – Also, die Buchstaben im Ausweis waren von Ruß und Abriss teilweise unkenntlich gemacht worden. Erkennen ließ sich nur noch -onrad --peng--. Aber der Beamte im Kreisverwaltungsreferat las sich nicht mal das genau durch. Lange Warteschlange hinter mir, Montagmorgen, weiß ich noch genau. Er ließ sich vollkommen desinteressiert von mir alle Daten diktieren. Ich schaltete schnell und waltete beinahe nach Belieben. Also ließ ich statt des K ein C als ersten Buchstaben meines Vornamens eintragen, und den Nachnamen schrieb er auf, wie vorgesagt. P – E – N – G. Das ist auch der Grund, weshalb mit einem Meter 92 ein um zwei Zentimeter größerer Wert meiner Körpergröße im Pass eingetragen steht. Sieht besser aus, befand ich damals. Führungskräfte im Management sind selten unter 1,85. Da gibt es Statistiken. Haben Sie das gewusst? Ich schweife ab, Verzeihung.« Ich verhalte mich wie ein Narr, was mir durchaus bewusst ist. Und doch ist mein Geist glasklar. Mit bleibt nur der Versuch einer Schadensbegrenzung. Ich überlege hin und her. Rede dabei weiter. »Und seitdem stehen diese Daten in meinem Pass. Und ich war diesen verhassten Nachnamen Spengler los. Die Spenglers, die schon die zweiten Eltern waren, die mich sitzenlassen haben.«

Ich bin ja nicht aufzuhalten. Zu viel Info, zu viel Emo, zu viel Ausschmückung. Ein Vabanquespiel sondergleichen, was ich hier durchziehe, darüber bin ich mir im Klaren. Habe aber keine Kontrolle mehr.

»Ich habe eine kleine Narbe unter dem rechten Auge. Sehen Sie?« Ich halte den Kopf schräg. »Habe ich mir wohl als Kleinkind beim Spielen zugezogen. Jahrelang glaubte ich felsenfest, die Narbe sei der Grund, weshalb ich von zwei verschiedenen Elternpaaren verlassen wurde. Können Sie sich so was vorstellen? Kinder sind so dumm, weil sie an die Unfehlbarkeit der Erwachsenen glauben und die Schuld immer bei sich suchen.« Ich lege mein Gesicht in Falten. »Bis ich in die Pubertät kam, waren meine Schuldgefühle, etwas falsch gemacht zu haben, oder dass etwas an mir nicht stimme, so groß wie ein riesiger Berg, der immer gleich groß blieb, egal, wie lange ich in die entgegengesetzte Richtung lief.«

Na bravo. Diese Story hat mehr tragische Momente als »Vom Winde verweht«. Wie ich bemerke, changiere ich Plaudertasche mittlerweile zwischen Schmäh- und Nachrichtensprecherton hin und her.

Unverändert versuchen die Gesichtsausdrücke der drei Zeitungsfritzen ein dreifaches Halleluja zu verhüllen und was sonst noch. Ja, die Hyänen wittern Stoff. Eine Geschichte in der Geschichte. Sie weiden sich an meiner Selbstentäußerung. Sollen sie. Fragt sich nur, wer hier wen benutzt. Die Entscheidung verschiebe ich auf später. Ich wage es nicht, Fynn anzuschauen.

Während ich spreche, denke ich auf einer zweiten Ebene dauernd an ihn. Ich denke schon seit Ewigkeiten daran, ihn zu adoptieren, obwohl ich bislang noch nicht so weit war. Voller Verzagtheit. Doch die kuriose Verdichtung von Ereignissen der letzten Tage. Die letzte Nacht mit Esther, mit ihr zusammen könnte ich Fynn zu mir holen, zu uns(?) holen … Was wäre wenn … Wie oft habe ich schon hypothetisch eine Zweckhochzeit mit irgendeiner Lesbe durchgedacht, bloß um vor dem Gesetz seine Adoption problemlos zu gewährleisten, habe das immer im Hinterkopf behalten, aber das war letztlich zu abseitig, das ganze Drumherum zu riskant, Lesbenpack, Unzuverlässigkeit, unvorhersehbare finanzielle Folgen und Forderungen, welche vertrauenswürdige Frau würde sich auf so eine Sache schon einlassen, vertraue niemandem, und ich hatte bislang doch beruflich bedingt keine Zeit, ich bin noch nicht reif, war noch nicht reif, ich weiß auch nicht, was ich bin … Aber jetzt, wo ich Esther gefunden habe … Gefunden habe!!! Wie sich das anhört! Bin ich total neben der Spur? … Esther? … Ja, das wäre doch ein gangbarer Weg. Das würde ich gern glauben.

Ich wage es nicht, Fynn anzuschauen, denn ich gefalle mir selbst nicht. Ich missfalle mir, was mich jedoch nicht daran hindert, fortzufahren und Meier/Meyer abwechselnd anzustarren, als ich sage: »Und so wurde aus Konrad Spengler: Conrad Peng.«

Und so wird dieses Interview endgültig zur Freakshow.

»Pünktlich zum Achtzehnten«, füge ich noch an und mache eine unbestimmte Geste. Mein Lächeln bringt auch die beiden zum Lächeln, aber deutlich schwächer. Der Redakteur befeuchtet seine Unterlippe mit der Zunge, Blut geleckt, seine Augen glänzen. Er mustert mein Gesicht. Jetzt vernachlässigt *er* seine Deckung.

»Ist ja interessant, das mit Ihrer Lebensgeschichte. Sie sind also ein Adoptivkind? Und Ihr Heim ist abgebrannt? Aha. Wissen Sie, eine Kollegin recherchiert gerade zu diesem Thema.«

Ja, was ich zu diesem Thema zu sagen habe, da kann jeder andere nur gegen abstinken. Und aus!

Mit einem Mal habe ich keine Lust mehr weiterzureden, weil ich mein Pulver nicht verschießen möchte. Wozu auch? Habe ich nicht nötig. Morgen im ZDF habe ich noch genügend Gelegenheit.

Deshalb gewähre ich den Spieglern – der Höflichkeit geschuldet – noch eine Zugabe meiner Bio, etwas abgespeckt, aber durchaus gewürzt mit einigen Einblicken in meine beschissene Jugend. Ich verrate nicht zu viel, nicht alles. Das sowieso nicht.

Ich mache auf zartbesaitet, als ich wenige Minuten später

einfach aufstehe und den drei Herren nacheinander die Hand reiche. Natürlich nehme ich nicht an, dass meine Popularitätskurve dadurch exorbitant steigt. Aber sie haben mehr, als sie erwarten durften.

Ich unterzeichne einen dichtbedruckten DIN A4-Zettel, von dem Joels Kollege mir gesagt hat, das ginge in Ordnung. Wenn er das ist, der Zettel. Wird er schon sein. Wie oft habe ich schon was unterzeichnet, unter der Prämisse: Geht schon klar.

Kuli auch zurück. Bitte sehr – danke sehr. Und raus hier. Bis zum nächsten Mal. Ich nehme Fynn bei der Hand. Aufzug, Erdgeschoss drücken. Aussteigen. Hotellobby. Ich sage: »Muss mal, komme gleich.« Er wartet vor der Toilette. Ich stehe am Pissoir, lasse Red Bull und Mokka wieder zu Wasser werden und sehe dabei aus dem Augenwinkel auf dem Boden einer offen stehenden Klokabine eine schwarze Brieftasche am Boden liegen. Unter dem runden, silbernen Papierspender. Sie lacht mich an. Nimm mich! Gier! Blitzschnell reagiere ich, stoppe meinen Strahl und gehe mit meinem Schwanz in der Hand in die Kabine, schließe die Tür, bevor noch jemand reinkommt und mein Vorhaben vereitelt, sperre ab und pisse hastig in die Schüssel zu Ende. Dann stecke ich mein Gemächt in die Hose und greife nach dem Portemonnaie. Öffne es. 1200 Euro in bar (lauter Hunderter) liegen lose in dem aufklappbaren Lederetui. Außerdem ein paar Visiten,- Tank-, und Kreditkarten und Quittungen. Sauber gefaltet, ein ordentlicher Eindruck. Ich überlege, ob ich womöglich gefilmt werden könnte, verwerfe das – Kameras auf einer Toilette? Das hier ist schließlich kein Flugzeug – und stecke die Brieftasche ein. Nichts wie weg. Kabinentür auf. Ausgelöst durch einen Bewegungsmelder machen sämtliche Abflüsse ein grässliches Schlürfgeräusch.

Blick in den Spiegel, Händewaschen, durch die Haare fahren, Suchblick nach einer versteckten Kamera werfen (nix, negativ, im Sinne von positiv), Papierhandtücher entnehmen, kurz pfeifen, dabei Krawatte zurecht ziehen, Griff an die Jakettinnentasche, ob mein Diebesgut noch da ist, sich das Knie an der Türkante anhauen, Gesicht vor Schmerz verzerren, leise fluchen. In dieser Reihenfolge.

Beim Verlassen des *Vier Jahreszeiten* streicht Fynn und mir die kalte Luft schlagartig über die Gesichtshaut. An einer Säule der Auffahrt, unter dem Vordach, steht ein Aschenbecher mit gelbem Sand drin. Im Sand stecken drei Bonbonpapiere. Es ist nicht mal zwei Uhr. Wir nehmen den kürzesten Weg zum Wagen. Er steht noch auf dem letzten Platz des Taxiwartestreifens. Zwei Strafzettel. Zwei! Nicht abgeschleppt! Ha-haaah! Gewonnen! Fynn steigt ein. Verstohlen gehe ich um das Auto herum, als würde ich etwas Bestimmtes wollen, öffne die Hecklucke und lasse das Fundstück-Portemonnaie unauffällig unter die Kofferraum-Auslegematte gleiten, nachdem ich einen Blick auf die American Express-Karte geworfen habe. Es mag am Promistatus ihres Besitzers liegen, aber ich nehme mir tatsächlich vor, die Brieftasche samt vollständigem Inhalt morgen per Post anonym an Alfons Schuhbeck zurückzuschicken.

50

In der Schlange an der ersten Ampel kann ich die Bassboxen des Wagens hinter uns hören.

Was für eine Zeitverschwendung das Interview gerade eben war. Und ich, wie ich mich verhalten habe. Wie originell. Von wegen. Westentaschen-Medienrambo. Oberbeschissen.

Etwas später parken wir mit der Hälfte des Wagens vor einer Feuerwehrzufahrt, ist ja sonst nichts frei, müssen sie im

Brandfall eben etwas manövrieren mit ihren Löschfahrzeugen, und gehen Richtung Kino. Auf dem Weg dorthin unterhalten Fynn und ich uns über ein paar Filme und deren Darsteller, kommen auf einen Hollywood-Mimen zu sprechen, der kürzlich Selbstmord begangen hat und momentan als heißer Kandidat für einen Oscar gehandelt wird. Dabei stellen wir fest, wie vollkommen rausgeschmissen die Oscar-Preisvergabe an einen bereits verstorbenen Schauspieler eigentlich ist. Postum, in Memoriam. Das bringt doch nichts. Da kann man die Statue ja gleich in den Mülleimer schmeißen.

Wegen meines fortwährenden Bildungsauftrag-Bedürfnisses Fynn gegenüber lasse ich ihn wissen, dass das eingekreiste R hinter dem OSCAR®-Logo übrigens *registered trademark* bedeutet, das besagt, dass es sich hierbei um eine geschützte Marke handelt. Und während er das nur mäßig interessiert registriert und ich mich frage, wer eigentlich das Copyright auf das Copyright-Symbol besitzt, begegnen wir einer kleinen Demo. Sprechchöre, Stimmfetzen, Pfeifentrillern. Das ganze Trara. Vielleicht hundert Aktivisten ziehen die Straße herauf, kommen uns entgegen. Aber man hat den Eindruck, mehr flankierende Polizisten als Demonstranten zu sehen.

Die Prozession bewegt sich stetig auf uns zu. Und wir uns auf sie. Lauter aufgebrachte Leutchen. Doppelt trostlos, bei diesem grauen, regnerischen Wetter. Ihr Anliegen bei Minus vier Grad den Bannern, Plakaten, Spruchbändern und hochgehaltenen Pappschildern nach: irgendwas mit Tibet. Tibet! Hört, hört. Ein aufgekratzter Schreihals skandiert vornehmlich Sätze mit dem Wort *Freiheit.* Die restlichen Begriffe purzeln dabei munter durcheinander. Ein anderer hat rot *Autonomie* auf seine Stirn geschrieben.

Sich für weit entfernte Dinge einsetzen, damit man sich die Hände nicht schmutzig machen muss, aber sich doch schön reinsteigern kann. Die *Idee* von Anteilnahme zelebrieren. Parole: Beschäftigungstherapie – sich mal einen Nachmittag total echauffieren. Böse Welt. Nichts als ein Egotrip. Diese Sorte Mensch bricht in Tränen aus, wenn im Hindukusch eine putzige Kakerlake stirbt, zieht aber zu Hause gegen den eigenen Bruder vor Gericht wegen achthundert Euro Erbschaftsstreitigkeiten.

Heute also eben mal Tibet, einschließlich Solidaritätsbekundung gegenüber Grinse-Klugscheißer Dalai Lama. Morgen China (Fahrrad umgefallen). Hauptsache weit weg. Denn im Krisengebiet selbst würde jede einzelne dieser Schießbudenfiguren wohlweißlich auf jedwede Protestaktion verzichten, da man Gefahr laufen würde, eingebuchtet zu werden oder sonstige Konsequenzen zu erleiden. Und das wäre keinem dieser Naseweise die Sache wert. Gemessen an dem gemütlichen Abend, den sie sich gleich im Anschluss daheim neben der Heizung machen werden, ist ihnen *die Sache* sowieso weit weniger wert, als ihnen bewusst ist.

Wir sind an der Demo vorbei. Fynn läuft rückwärts, Hände in der Jackentasche, und schaut dem Pulk hinterher. Ich knuffe ihn leicht in die Seite. Er dreht sich wieder nach vorn. Irgendwann werde ich ihm beibringen, dass man sich nicht an die üblichen Anteilnahme-Rituale halten muss, wenn diese keinem relevanten Zusammenhang mit einem selbst entstammen. Auf dass er mir nur nicht so beschränkt wird wie die anderen, die größte Sorgfalt darauf verwenden, so zu ticken wie alle moralisch Korrekten mit eklatant abstrakten Schwerpunkten. »Abstrakte Schwerpunkte« im Sinne von: Topverdiener-Ehepaar aus Nobelviertel schickt Kinderspielzeug in Kriegsregion. Weil sie das für *wirklich existenziell* halten. Der Großteil wohlstandsgesicherter Menschen hierzulande engagiert sich für das Falsche. Nämlich für das, was sie aus ihren eigenen Lebensumständen schlussfolgern und anderen als Grundbedürfnis oktroyieren. Sie setzen sich ein für etwas, das sie nach ihren eigenen Maßstäben als Defizit klassifizieren und in andere hineininterpretieren.

Irgendwann werde ich mit Fynn darüber reden. Aber das kann warten. Einflussnahme auf ein Kind ist ein wahrer Drahtseilakt.

Zumal er sowieso in einer gesellschaftlich anderen Welt leben wird, in der meine Erfahrungen längst keine Gültigkeit mehr haben.

Wir entern das Kino und kaufen Tickets für die 15-Uhr-Vorstellung. Ich höre die Abfolge von Nullsätzen – »Und zwei Euro zurück«, »Beeilung, fängt gleich an«, »Die Tickets bitte, danke schön, Kino 7, gleich hier nach oben bitte«. Deutscher Film. Langweilig. Unser beider Meinung. Wenig überraschend, denn wie in jeder heimischen Produktion war auch diesmal Verlass auf: (1) Schauspieler schniefen mit der Nase, wenn sie so tun, als würden sie weinen, weil sie zu untalentiert zu glaubhafter Darstellung inklusive Tränenfluss sind. (2) Statt »Nein« wird ausschließlich »Ach Quatsch« gesagt, weil Drehbuchautoren das irrtümlich wohl für dramaturgisch effektiv halten. (3) Deutsche Schauspielerinnen, auch die, die uns als attraktiv verkauft werden, sehen alle so aus, als würden sie aus dem Mund riechen. Und aus dem Schritt.

Fynn und ich haben nicht mal Lust auf eine Nachbesprechung. Aber wir ärgern uns auch nicht über diesen Flop. Eine Grundsatzentscheidung, die wir schon vor längerem gemeinsam gefällt haben: Man muss auch bei einem Mistfilm erst mal rausfinden, dass er schlecht ist. Das kann einem niemand abnehmen. Folglich: kein Verdruss. Genauso, wie man vor einem guten Film ja schließlich auch nicht weiß, was einen erwartet. Ja ja. Über dieses Thema haben wir schon Stunden philosophiert. Und üben uns also in Stoizismus. Wir sind sehr weise. Für unser Alter.

Unterwegs zum Wagen trotten wir zwei Menschen (D-

Schublade) hinterher, die zu laut über irgendwas reden und denen wir ungewollt zuhören müssen. Wir amüsieren uns über sie mit kleinen Gesten: Würgen, Zustechen, sich mit der flachen Hand die Kehle durchschneiden. Nachdem wir beide symbolisch mit geschätzten zweitausend Stichwunden in den Rücken hingerichtet haben und sie sowieso in eine Seitengasse abbiegen, lasse ich Fynn wissen, dass seine Lehrerin sich gegenüber Esther sehr positiv über seine schulischen Leistungen geäußert hat und mich das sehr freut. Er tut so, als sei ihm das egal. Dann sage ich ihm, dass ich natürlich gelogen habe, als ich sagte, ich hätte ihm nichts aus Russland mitgebracht. Wäre ja noch schöner. Das ist ihm hingegen nicht egal. Wenig verwunderlich, wir ziehen das Schritttempo an. Zum Zeichen guter Kameradschaft veranstalten wir auf dem Weg noch eine Ich-ziehe-dir-die-Mütze-runter-und-du-verfolgst-mich-Schlacht. Er lässt mich gewinnen, wahrscheinlich weil er keine Chance hat. Und ich keine Mütze aufhabe.

»Jetzt gib schon her, Menno«, ruft er. Ich parodiere ihn und händige ihm das Designerteil (mein letztjähriges Weihnachtsgeschenk), das irgend so ein Hip-Hop-Proll mal in einem Video getragen hat, unverzüglich gnädig aus. Es ist längst dunkel.

Im Auto. Was ich ihm mitgebracht habe, ist ein Mix aus DVDs, CDs, Videospielen und ein paar Nike Turnschuhe. Etwas anderes ist mir nicht eingefallen. Es ist aber auch schwierig. Gut, das alles hätte ich ihm auch an jedem anderen beliebigen Ort der Welt kaufen können, aber soll ich ihm tatsächlich was scheiße-nochmal-Landestypisches mitbringen? Was könnte das sein? Wodkaflaschen? Eine Replik des Kremls? Eine Büste von Dostojewski? Fotos von Schnapsleichen? Babuschkas? Das geht einem Achtjährigen doch ganz sicher komplett am Arsch vorbei. Fynn packt alles aus, und wie ich es mir gedacht habe, ist er happy. Punktum.

Die Scheinwerfer verscheuchen die Dunkelheit. Ich fahre ihn zurück ins Heim. So ist das eben. Traurig.

Wir sind beide ein wenig groggy, und mir ist nicht unbedingt danach, jetzt noch mal nachzuforschen, obwohl ich es für richtig und wichtig halte. Kurz versuche ich mir das bequemere Nichtansprechen des Themas schmackhaft zu machen und es zu verschieben. Doch ich tue das Gegenteil.

Ich sage Fynn, dass mir Esther das mit dem Jungen aus der höheren Klasse erzählt hätte, und bin überrascht, dass das schon reicht, um Fynns Schweigen zu brechen. Schon nach seinem ersten tiefen Einatmen weiß ich, jetzt kommt's. Und zwischen zig Schluchzern schildert er mir das ganze Martyrium, dem ihn der drei Jahre ältere Patrick aussetzt. Die ganzen Details tun hier nichts zur Sache. Aber es ist schrecklich.

Während der ganzen Geschichte starre ich wie benommen nach vorn auf die Straße. Am Heim angekommen, reden wir noch gut eine halbe Stunde im Wagen sitzend weiter. Es ist fast sieben, als ich ihn zur Eingangstür bringe und ihm die Tüten in die Hand gebe. Umarmung. Mein letzter hilfloser Satz lautet: »Mach dir keine Sorgen.« Er verschwindet in dem Gebäude, wird gleichsam von der Nacht verschluckt.

Langsam beschleunige ich. Kein bisschen Mond scheint heute, es ist ein dunkler Abend. Das Radio ist an. Volume-Regler auf acht. Zwischen zwei Songs kommt ein träger Untoter zu Wort. Redefluss-Geschwindigkeit zäh wie dickflüssiger Leim. Wieso sprechen Radiomoderatoren morgens so nervig überdreht wie auf Speed und abends so narkotisierend wie Schlafwandler? Das müsste eher umgekehrt sein. Und warum sagt Hinz und Kunz dauernd »sozusagen«? Es folgt eine einschläfernde Wettervorhersage. Wusste ich's doch. Aus.

Gleich die erste Ampel um die Ecke ist rot. Ich höre das mechanische Flappen der Scheibenwischer. Die Frau im Wagen vor mir prüft ihre Frisur im Rückspiegel, nestelt in den Haaren, zupft rum, fährt mit spitzen Fingern durch, legt eine Strähne exakt auf Richtung, schüttelt an den Seiten und glättet dieses und jenes. Ich bezweifle, dass das einen sichtbaren Unterschied zwischen vorher und nachher macht. Grün. Ich hupe, als sie nach einer Hundertstelsekunde nicht sofort anfährt. Ich überhole noch auf der Kreuzung, wir sind schließlich mitten in der Stadt, da fährt man anders als da, wo du herkommst, Madame. Sie hebt ihren Arm. Manche Leute müssen immer ihren Senf dazugeben.

Als ich an der nächsten Kreuzung einbiege und auf dem Seitenstreifen halte, um durchzuatmen und eine Insidon einzuwerfen, sehe ich drei Jungs die Straße überqueren. Gefährliche Visagen, ist mein erster flüchtiger Eindruck. Mit ihrem wippenden, breitbeinigen Gang suggerieren sie lautes und sicheres Auftreten. Ich möchte schon wieder wegsehen und mich zum Handschuhfach mit den Tabletten beugen, da kommt mir mein zweiter Eindruck in die Quere: Ach, du dickes Ei. Manche Sachen sind derartiger Zufall, dass sie eigentlich nicht wahr sein können. Einer der drei ist nämlich eine Wurstlippe. Könnte das der besagte Patrick sein? Der Neger? Ich habe ihn noch nie gesehen, aber wie viele Afros wird es hier schon geben? Eine 90 zu zehn Chance. Ich fahre rechts ran, ziehe den Zündschlüssel langsam ab und steige zögerlich aus. Ich möchte es mir selbst ausreden und meine Mutmaßung als »total unwahrscheinlich« abtun, weil ich gleichzeitig auch keine Lust darauf habe. Konflikt zwischen Aufbruch und Trägheit. Aber ich setze mich in Bewegung. Dann mal los.

Schnellen Schritts hole ich die drei ein. Tick, Trick und Track in der Gossen-Ausgabe. Der Bimbo geht in der Mitte. Elf Jahre? Das könnte hinkommen. Zwei Kopf kleiner als ich. Er trägt eine blaue Jacke mit Fellkragenkapuze. Ich packe ihn an der Schulter, er dreht sich um und sagt »hey«, ich sehe in sein pechschwarzes Gesicht (das nicht ganz so dunkel ist wie Fynns), es hat den Sich-dauernd-provoziert-fühlenden Was-soll-das-fass-mich-nicht-an-Ausdruck, den Ghettokids grundsätzlich draufhaben, bevor sie in den Wer-bist-DU-denn-Alter-Modus umschalten. Ich gebe zu, sofort auf Verdacht von hinten nach ihm zu greifen ist nicht das Kennzeichen eines umsichtigen Mannes. Und auch kein Attribut ausgesuchter Höflichkeit. So was macht man nicht. Eigentlich. Aber ich nehme mir die Freiheit, weil mir irgendetwas sagt, dass ich nicht falschliege. Und es in mir brodelt.

Ich frage: »Hi, bist du Patrick?« und zerre an ihm.

Wir alle vier bleiben jetzt stehen.

Er windet und befreit sich aus meinem Griff. Seine Locken kleben ihm am Kopf. Unappetitliche rote Pickel tummeln sich auf seiner Stirn, die Wangen voller Mitesser und weichem Flaum. (F-Mensch.) Auf eine wortlose Weise liegt Hohn und Hochmut in seiner Haltung. Er klingt, als hätte ich ihn bei etwas immens Wichtigem gestört: »Das geht Sie gar nichts an, hey. Wer will das wissen?«

Schön gesagt: Wer will das wissen! Das hat er aus irgendeinem Film. Hohe Produktionskosten, viele Originalschauplätze, schmissige Regie. Der große Zampano. Sicherlich nicht wie dieser B-Movie, den wir hier abziehen. Immerhin sagt er Sie zu mir, der Spast.

»Wer das wissen will? Ich werte das als Ja!« Ich zische die letzten Worte geharnischt durch die Zähne und kredenze einen vorwurfsvollen Augenaufschlag. Schon bei »Das geht Sie« habe ich die Beherrschung verloren. Bewerkstelligt unter anderem, weil es mir eine Zentnerlast vom Herzen nimmt, dass er tatsächlich Patrick ist. Es gibt kein Zurück. Verdutzt sehen mich die drei in ihren riesigen Anoraks an, weil das jetzt doch zu eigenartig ist, wie ein Mann im Anzug, neben einer befahrenen Straße, einen Halbwüchsigen herauspickt und mit unerwartetem Tonfall vorstellig wird. Ich muss den Moment ausnutzen, sonst geht mir die Kraft aus. Jetzt nicht zu viel nachdenken, einfach machen.

Meine rechte, schürfwundige Hand lege ich wieder auf Patricks Schulter und lasse sie ihn nicht abschütteln. Er gibt auf und hält still.

»Ihr beiden«, ich werfe mein Kinn in die Richtung der zwei anderen, »verpisst euch!«

Über ihre Gesichter huscht ein Anflug von widerwilligem Abwägen. Nicht lange. Dann steht ihre Entscheidung fest. Sie werfen einen letzten unheilvollen Blick auf mich, dann poltern sie davon. Sieh an, sie verpissen sich. Das hatte ich, ehrlich gesagt, nicht erwartet. Und noch dazu ziemlich zügig. Loyalität sieht anders aus. Ich sehe ihre ausschlagenden Fersen in Richtung des Heims verschwinden. Und weg sind sie.

»So, Patrick, jetzt sind wir unter uns. Entschuldige meine anfängliche Direktheit. Ich heiße Conrad, hi noch mal!« Ich halte ihm die Hand hin und fixiere seinen Oberarm jetzt mit meiner linken Hand. Du entkommst mir nicht, versuch's erst gar nicht.

Er zögert, schüttelt meine ausgestreckte Hand schlaff und schaut mir wie paralysiert in die Augen. Das muss ich ihm lassen: Er erwidert meinen Blick und hält ihm Stand. Er hat schon ansatzweise männliche Züge und wichst bestimmt seit Jahren.

Der Verkehr rauscht an uns vorbei. Ich rede dennoch ruhig, eindringlich und relativ leise. Leise vermitteln sich Inhalte doch so viel besser als laut.

»Hör zu, Patrick, ich habe schon viel von dir gehört. Du sollst ein ziemlich cooler Typ sein, ziemlich gut drauf. Stimmt das?«

Irritiert starrt er mich an, ich grinse, und er schaut – beinahe verlegen – kurz zur Seite, von wegen Ach-na-ja-dieübertreiben-aber-es-stimmt-schon. So blöd ist man, wenn man jung ist. Man glaubt tatsächlich, die Welt drehe sich um einen.

Vielleicht denkt er, ich will, dass er für mich Drogen vertickt oder ihm ans Glied fassen. Er hat keine Ahnung, was ich möchte und weshalb ich das hier tue.

Ich lächle ein klein wenig und nicke. Unsere Augen fixieren einander unausgesetzt. Ein Hauch von Entspannung. Ein Bild der Unruhe. Eine Momentaufnahme. Momentaufnahmen, darum scheint sich das Leben zu drehen. Wir lachen noch ein bisschen, bis ich die Nase voll habe, abrupt aufhöre und ihn eiskalt ansehe. Mit grimmiger, fürchterlicher Konzentration packe ich ihn hart an beiden Schultern.

»Hör zu, du kleine stinkende Kröte, ich schneide dir deine kleinen Eier ab, wenn mir zu Gehör kommt, dass Fynn ab sofort auch nur ein winziges Problem mit dir oder irgendjemand anderem haben sollte. Verlass dich drauf. Ich sorge eigenhändig dafür, dass du kleiner Niggerarsch deines Lebens nicht mehr froh wirst, sollte ich mitbekommen, dass du dich nicht an meinen Vorschlag hältst! Hast du mich verstanden? – Ist doch ein guter Deal, oder? Du kümmerst dich um Fynns Sicherheit, und ich kümmere mich um deine. Glaub mir, ich weiß, wie ich dir das Leben zur Hölle mache, Patrick.«

Man muss die Sprache sprechen, die verstanden wird. Eindeutigkeit lautet die Devise. Ich sehe ihm an, dass er mir glaubt.

Vielleicht liegt's an meiner Authentizität und Szenekenntnis oder der Echtheit meiner unbändigen Wut. Meine Miene zeugt von felsenfester Entschlossenheit, meine Worte treffen ihn wie ein schnelles, hartes Geschoss. Er fühlt sich offensichtlich wie eine Plastikpuppe nach einem schweren Einschuss. Versucht zu begreifen, wie ich drauf bin. Sieht den Wahnsinn in mir. Und ich spüre den Wahnsinn in mir. Ich bin nicht zum

Scherzen aufgelegt. Er zittert und fühlt, gerade ist alles möglich. Kurz muss ich daran denken, was für ein anderer Mensch ich vor nur zehn Minuten war, als ich noch mit Fynn im Auto saß. Oder heute Nacht mit Esther. Oder gestern mit Ben im Flieger. Oder einst. Vor jedem, dem ich gegenüberstehe, bin ich ein anderer Mensch. Und jetzt bin ich die Version gemeingefährlicher Schädelspalter. In der abgespeckten Version für Kids. Ich und Patrick. Er stößt sich von meiner Hand ab und drückt die Brust heraus, um härter zu wirken.

»Wenn Sie mir was tun, werde ich …«, er versucht die Polizei-Richter-Anwalt-Schiene, die bei Kindern immer so jämmerlich altklug und hilflos wirkt. Kratzbürstig und widerborstig. Netter Versuch. Das bringt mich vollends auf die Palme. Ich unterbreche ihn jäh.

»Komm, halt's Maul!«

»Wenn Sie mich verprügeln, dann …«

»Verprügeln? Das hast du jetzt gesagt«, flüstere ich und lege meine Hand in dramatischer Geste auf seinen Arm, so als sei er gerade im Begriff, mich völlig misszuverstehen. Ein Stimmungsumschwung jagt den nächsten.

Ich steche mit dem Finger in seine Richtung. »Zum Krüppel mach ich dich …« Ich halte ein, denn plötzlich merke ich, dass ich auf verlorenem Posten bin. Entweder ich gebe ihm jetzt noch etwas Handfestes mit auf den Weg, oder die Sache löst sich ungelöst auf. Ist die Unsicherheit in meinem Gesicht erkennbar? Ich bin an einem ziemlich toten Punkt. Fühle mich lächerlich. Ist das albern. Die Furcht davor, meine Machtlosigkeit könnte auffliegen, lässt mich mich selbst ganz weit weg wünschen. Gleich kommt sicher jemand vom Heim angerannt oder vielleicht sogar die Polizei. Patricks Kumpels haben hundert Pro Bescheid gegeben. Ein Segen, dass wenigstens kein Passant vorbeiläuft.

Ich beuge mich vor und stütze die Hände auf die Knie. Er

zuckt zurück, als ich das tue, und seine unwillkürliche Reaktion befriedigt mich auf eine kleine, miese Art und Weise.

»Wurde dir schon mal was amputiert? Irgendwas? Finger, Zeh, Ohr, irgendwas?« (So ein Blödsinn! *Amputiert*! Blamabel. Aber was soll ich sagen? Was soll ich machen?) Hoffentlich kommen wir nicht zu diesem heiklen Moment, in dem die Kräfte kurz erstarren und sich dann umkehren. Würde er sich mir komplett widersetzen, könnte er meinen Plan nämlich mit einem Schlag zunichtemachen. Ich kann ihm ja gar nichts tun, und er könnte dahinter kommen. Alles hängt gerade an einem seidenen Faden. Die reine Zitterpartie.

Da steht es mir plötzlich vor Augen. Ich bin wieder ein kleiner Junge. Es ist so lebendig. Seltsam, wie sehr ich mich mit einem Mal wie neun oder zehn Jahre alt fühle, wenn ich so in Patricks Fratze schaue. Seine dummen, wilden Augen. Ein entsetzliches Gefühl der Schwäche überkommt mich. Wie früher. Es hört nie auf, dieses tief in mir verwurzelte Unterlegenheitsgefühl. Der Martialischere, Tierähnlichere, Archaischere ist immer der Stärkere und lässt sein Gegenüber alt aussehen. Ein System sozialer Hierarchie. Das ist die Gewalt des Ursprünglichen. Und das täuscht keineswegs. Letztlich habe ich gegen diesen dumpfen Neandertaler nicht die geringste Chance. Auch nicht, wenn uns 20 Jahre Altersunterschied trennen. Eine Differenz noch dazu, die sich von meiner Warte aus, der des Älteren, viel geringer anfühlt als von seiner.

Unversehens können meine Überlegungen eine Pause einlegen, denn Patrick schüttelt, auf einmal wieder ziemlich verängstigt und fast ehrfurchtsvoll, den Kopf: Nein-mir-wurde-noch-nichts-amputiert!

Die Pupillen so groß, dass jegliches Weiß aus seinen Augen verschwindet. Mein Glück! Mit elf ist man eben doch noch auf der Schwelle zwischen Playmobil und Präservativ. Zum zweiten Mal innerhalb weniger Minuten bin ich maßlos erleichtert! Es geht also zu meinen Konditionen weiter.

»Dann stelle sicher, dass das auch so bleibt«, sage ich, so mafiös klingend, wie es mir möglich ist, und entferne mich rückwärts gehend aus dem Szenario, drehe mich um und gehe dann vorwärts weiter. Ziemlich schnell, ziemlich unsouverän, fürchte ich. Halbgare Aktion war das, wirklich wahr. Amputation! Ich schlucke gegen eine Hitzewallung an. Obwohl es scheint, als hätte sich die Luft um weitere zehn Grad abgekühlt. Auf einmal habe ich wahnsinnige Nierenschmerzen.

Schnell bin ich beim Auto und ziehe die Tür auf. »Hey«, höre ich von hinten. War ja klar. Er weiß einfach nicht, wann Schluss ist. Auf dem Absatz kehrtmachen? Doch rabiat werden? Fresse zu Brei? Ich gebe mir einen Ruck und ersticke den Impuls. Ignorieren? Ja. Erst mal nicht umdrehen. Ich setze einen Fuß in den Wagen. Patrick ruft in meinen Rücken: »Hey, Sie, kenn ich Sie nicht aus dem Fernsehen oder der Zeitung, oder so?«

51

Ich tupfe die dampfende Pizza mit Küchenpapier ab. Fettige Tiefkühlware aus dem Backofen, mittlere Güte und Preisklasse. Habe ich gerade richtig Lust drauf. Ich schmecke sowieso nichts. Ein abstoßend buntscheckiger Fisch kreiselt durch meinen kleinen Pazifischen Ozean hinter der Glasscheibe, zwei Meter entfernt. So ein stolzer Sultan, dessen gebogene Nase an einen Schnabel erinnert. Er schaut drein, als würde er Trübsal blasen. Ich habe keine Ahnung, was in seinem Kopf vorgeht, aber vielleicht möchte er ja zum Trost ein Stück von meiner Pizza, was aber leider aus technischen Gründen nicht geht. Und das sage ich ihm auch genau so.

Ich überlege, was wohl geschieht, wenn ich ein Insidon ins Aquarium werfe und es sich dort langsam auflöst?

Meine Wohnung ist scheißkalt, weil ich heute Morgen vergessen habe, die Heizung anzumachen. Fernwärme, kein Thermostat mit Automatik. Aber schön langsam wird's.

Mein Handy läutet permanent. Hab es auf stumm geschaltet. Eine Dauervibration. Ben meldet sich gar nicht mehr. Ich rufe ihn zwar auch nicht an, aber ich hatte stets den Eindruck, er sei immer der, der sich zu melden hat. Das ist bei uns so.

Ich wandere mit der durchgebogenen Pizza in der Hand im Kreis, was ich oft tue, wenn ich intensiv nachdenke. Von der Spüle zum Tisch zum Aquarium zum Fenster. Und so fort.

Durch die grünliche Wasserwand kann ich ins Wohnzimmer sehen. Ich richte ein Auge auf den dort laufenden Fernsehapparat, in dem gerade eine Sendung im Gedenken an Lady Di läuft, während mir erst jetzt richtig bewusst wird, dass mein anderes Ich versucht hat, sich gestern Nacht in diesem Flugzeug das Leben zu nehmen. Das will mir nicht in den Kopf. Dabei ist die Sache schrecklich deutlich. Auch wenn ich zugeben muss, dass es mich nicht so ergreift, wie es sollte. Dieses Erlebnis kommt mir vor wie eine Form von Hyperrealität, und ich habe das ungute Gefühl, es liegt außerhalb meines Zuständigkeitsbereichs.

Auf der Mattscheibe hinter dem Aquarium wird derweil weiter Ihre Hoheit Lady Diana Spencer gehuldigt. Verschiedene Prominente sagen was Nettes über die seit nunmehr vierzehn Jahren tote Prinzessin der Herzen. Ich kann mich noch gut erinnern, welche Bestürzung ihr Ableben ausgelöst hat. Und wie ich mich gefragt habe, weshalb eine geistig schlichte, talentlose Nymphe ein solch hohes Maß an Identifikationspotenzial aufweist. Millionen Idioten beweinten hysterisch den Tod einer Ex-Kindergärtnerin, die von der Promotion-Abteilung des Buckingham Palace ab und an mit ein paar Fotografen in die Krebsstation eines Krankenhauses geschickt und zum Gutmenschen stilisiert wurde, indem sie mitfühlend Kindern mit *echten* Problemen über den Chemo-Glatzkopf streichelte. Bevor es um zwei dann zügig ins *Ritz* zum Lunch ging. Mit Eskorte und Rittmeister. Eine Frau, deren Lebensleistung im Wesentlichen im Schüchtern-Dreinschauen, Promi-Männer-klarmachen und Sich-leer-kotzen bestand. Ich verstehe das nicht.

In derselben Woche starb auch Mutter Teresa. Hat kaum einer mitbekommen. Nicht titelseitentauglich. Die sah im Vergleich aber auch wirklich scheiße aus.

Ich schweife ab.

Mit nur noch wenig Appetit beiße ich in den wässrigen Teig, schmecke die Sardellen und gehe weiter im Kreis.

Jeder hat schon mal daran gedacht, sich umzubringen. Man stimuliert in bewusster Unentschiedenheit das Melodramatische seines Seelenlebens, bündelt die eigenen Ängste und lässt sie vor sich hertreiben, Richtung Tod. Aber diese Stimmung verfliegt, und das Leben ist stärker. Ich muss mich jetzt aber auf etwas ganz anderes gefasst machen. Von nun an bin ich dauernd am Rande einer drohenden Gefahr. Ich selbst bin die Gefahr, vor der ich mich schützen muss.

Ich verharre in meinen Gedanken, als ich zwischen zwei Pizzahappen meine vierte Insidon des Tages einnehme. Eine Überdosis jagt die nächste.

Meine Vergangenheit verhindert, dass ich in der Gegenwart etwas anderes sehen könnte als einen Schauplatz meiner Auseinandersetzung mit früher. Und mir wird immer mehr klar, wie unfähig ich bin, sie hinter mir zu lassen. Sie bricht sich endgültig Bahn. Jetzt bin ich dran.

Der letzte Bissen Pizza Napoletana verschwindet in meinem Mund. Die habe ich hinter mir. Das sollte reichen. Ich verursache Kaugeräusche. Vereinzelte Schmatzer.

Der Sultan wedelt gleichmäßig mit seiner Schwanzflosse und schaut mich blasiert an, als wolle er sagen: »Ätsch, ich sehe was, was du nicht siehst!« Er, dieses ewig stumme Wesen, kommt mir gerade derart vorlaut vor, dass ich ihm am liebsten über den Mund fahren würde. Seine Gegenwart löst eine eigenartige innerliche Unruhe bei mir aus. Ich weiß, wäre er ein Mensch, würden wir uns sofort streiten.

Im Fernseher sieht man jetzt den Brückenpfeiler in dem Pariser Autotunnel, an dem der Mercedes mit Lady Di zerschellte. Sie kann nichts dafür, dass sie so verehrt wurde. Es sind die Knallköpfe da draußen.

Ich klatsche zweimal längs in die Hände, vor und zurück, um Teigkrümel zu beseitigen, falte die Pizzaschachtel zusammen und lege sie in den Abfalleimer. Lehne mich gegen die Kante der Arbeitsplatte neben dem Herd und löffle lustlos in einem Naturjoghurt herum, den Ilse mir immer als Zwölferbox in den Kühlschrank stellt. Und noch bevor ich unwillkürlich die Aktion mit Patrick rekapituliere und mich frage, ob Fynn wirklich einen Nutzen davon haben wird, klingelt es. Der Knopf wird so lange gedrückt, dass man zwar das »Ding« hört, aber erst sehr viel später das »Dong«. Uraltklingel.

All meine eben gemachten Überlegungen verstaue ich in den tieferen Regionen meines Kopfes, um bei passender Gelegenheit darauf zurückzukommen. Ich gehe durch den Flur und betätige den Türöffner. Ich öffne die Wohnungstür. Esthers Schrittgeräusche eilen ihr durchs Treppenhaus voraus.

Ist es ein ungeschriebenes Gesetz, dass man sich am Abend nach der ersten gemeinsamen Nacht gleich noch mal trifft, wenn man es ernst miteinander meint? Ist das ein weiteres Ritual, um es aller Welt gleichzutun? Lässt sich wenigstens der Schleier dieses Geheimnisses lüften?

Noch bevor Esther die Türschwelle erreicht, läutet ihr

Handy. Ich beobachte, wie das ein Spektrum an Gesichtsausdrücken auslöst. Das Telefon klingelt. Sie beschließt, es zu ignorieren. Sie beschließt, besorgt dreinzuschauen. Sie beschließt, es nicht zu ignorieren. Sie beschließt, es doch zu ignorieren. Sie beschließt, zu schauen, wer anruft. Sie beschließt, mit zusammengekniffenen Augen auf das Display zu sehen. Sie beschließt, einen genervten Blick zu unterdrücken. Sie beschließt, »nicht jetzt«. Sie beschließt, abzuschalten. Sie beschließt, mich entschuldigend anzusehen. Während all dem vergehen nur Sekunden. In denen sich auch noch eine dezente Geruchsbugwelle edlen Parfüms ausbreitet. Ich antworte ihrem Hallo, immer noch in die Betrachtung ihres Gesichts versunken.

Wir trinken was. Wir reden. Wir haben Sex. Im Anschluss kommt es nach entsprechenden albernen Aktionen sogar zu der Frage: »Bist du kitzlig?« Wir gehen eine Runde schwimmen. Wir gehen duschen. Ihr wogender Busen überrascht mich erneut. Ebenso wie ihre gesamte Figur. Ich muss es mir wirklich noch einmal sagen, ich hätte nicht gedacht, dass sie einen so heißen Körper hat. Dennoch unerwartete Plackerei, als wir noch mal Sex haben. Ich kann ihre Beine nicht so biegen und anwinkeln, wie ich das gerne mag. Es kommt immer so ein körpersprachlich angedeutetes »Stopp, nicht weiter«. Was das betrifft, ist sie überraschend ungelenkig. Das törnt mich ab. Mangels Erregung beschwöre ich eine frühere sexuelle Begegnung mit einer anderen Frau herauf, während Esther und ich am Machen sind, weil die Erinnerung in ihrer Idealisierung immer mehr Stimulationskraft besitzt als die Gegenwart. Es hilft. Ich finde meinen Rhythmus und besorge es ihr. Sie ist relativ eng – irgendwie enger als beim ersten Mal – und versucht, mehr Platz in sich zu finden. Ich ziehe meinen Schwanz wieder kurz davor raus und spritze ihr auf den Bauch. Sex ohne Kondom: die beängstigende Nachlässigkeit zweier geiler Erwachsener. Wegen meiner Zeugungsangst sollte ich vielleicht mal über eine Sterilisation nachdenken. Mach ich eh nicht. Das ist wie mit Haarimplantation. Überlege ich mir auch manchmal und weiß, dass es Unsinn ist. Wir reden im Bett. Beide nebeneinander auf dem Rücken liegend. Ich höre ihr nur mit halbem Ohr zu, ihr munteres Geplauder schwirrt um mich herum, ohne jemals wirklich den Zugang zu meinem Inneren zu finden. Bis zu dem Punkt, an dem sie davon zu sprechen beginnt, wie sich ihre Verliebtheit über die vergangenen Monate entwickelte. Heimlich und abwartend. Sie sagt sogar etwas im Sinne von: Sie glaubt nicht an Zufälle. Und etwas im Sinne von: Sie ist gerade so froh, dass sie keine andere ist. Sie wird doch nicht anfangen, poetisch zu werden. Ich muss feststellen, dass mir ihre Äußerungen unangenehm sind. Irgendwie trostlos. Redet jemand über amouröse Gefühle, habe ich immer mehr oder weniger den Eindruck, es handle sich dabei um Ironie. Und spätestens da habe ich begriffen: Ich kann wirklich nicht lieben. Sie nicht und keine Frau. Ich hatte es erwogen. Versuch und Irrtum. Meine Liebeseuphorie von gestern ist vorbei. Die stürmische erste Phase einer neuen Beziehung war bei mir noch nie lang, aber die Intervalle werden immer kürzer. Bin längst zu entzaubert von allem. Wohl aus dem Grund fühle ich mich so unbehaglich bei ihren gefühligen Worten. Es ist nun mal einfach so, dass die Gefühle von verliebten Menschen auf einen Nichtverliebten immer lächerlich wirken. Ich bin felsenfest überzeugt, wüssten wir nicht aus der Literatur und Hollywood, dass es die Liebe gibt, nicht mal ein Bruchteil der Menschen würde sich in seinem Leben auch nur ein einziges Mal verlieben. Wir sind alle Nachäffer. Nichts weiter. Und ich tauge nicht mal dazu – zum Nachäffen.

Esther zupft mir am Ohrläppchen und kuschelt sich an meine Schulter, ich decke uns zu. Und es erfüllt mich beinahe mit wissenschaftlichem Interesse, als sie ihren Kopf hebt und ohne erkennbaren Zusammenhang, in einem Tonfall, mit dem man sich über sich selbst wundert, lächelnd zu mir sagt: »Eigentlich bist du ja überhaupt nicht mein Typ.« Es ist keine Frage, aber sie guckt so, als wäre es eine. Mir ist klar, dass sie das als großes Kompliment versteht. Weil sie damit verdeutlicht, dass dieser Sachverhalt ihre Zuneigung noch wertvoller und gewichtiger erscheinen lässt. Dies ist kein schlecht getarntes Spiel mit der Verletzlichkeit. Tatsächlich habe ich diesen selbstgefälligen »Du bist eigentlich gar nicht mein Typ, *aber*!«-Käse schon öfter als Schmeichelei gehört. Es ist die überdrehte Freimütigkeit der Liebe, die da spricht. Ich verstehe das schon. Aber ich für meinen Teil würde Esther nie sagen, dass sie nicht mein Typ sei. Würde ich nie drauf kommen. Das wäre für nichts gut. In ihrem Hinterkopf bliebe sonst bloß immer das Gefühl, trotzdem nur zweite Wahl zu sein. Manche Dinge bleiben besser ungesagt. Denn dazu muss man Folgendes bedenken: Man teilt damit leichtfertig mit, dass man an dieser Person genau die Eigenschaften schätzt, die auf dem Markt der Eitelkeiten nichts wert sind!

Ich erzähle Esther nichts von meiner Begegnung mit Patrick vorhin. Es ist mir zu peinlich, darüber zu berichten, wie ich einen Elfjährigen bedroht habe.

Sie schaut mich immer noch an, wohl auf eine Reaktion wartend, und ich bemerke, wie ich gedankenversunken durch sie hindurch sehe. Ich reiße mich sofort zusammen. Lächle. Sie küsst mich auf die Stirn. Okay, ich weiß nun also, dass wir beide nicht des anderen Typ sind, und halte das gar nicht mal für die schlechteste Voraussetzung. Also murmle ich ein verspätetes »Aha«, in Ermangelung einer besseren Antwort, gucke amüsiert, lege meinen Arm um sie und gebe ihrer Schulter einen Stups. (Eine Imitation von Intimität.) Und lasse es dabei bewenden. Sie lässt die Lider sinken. Wie gesagt, mich wundert an Esthers Aussage weniger der irrelevante Inhalt als vielmehr der eklatante Mangel an Nutzen. Weiter nichts. Ich kann damit leben. Und vielleicht sogar ein bisschen mehr. Ich werde sie heiraten und Fynn adoptieren. Das wäre eine Möglichkeit. Wenn's nach mir ginge. Und ich habe das Gefühl, dass diese Planung gar nicht so gewagt ist und weit weniger voreilig, als sie klingt. Auch wenn ich mich damit gerade ein bisschen selbst überrasche und überfordere. Das kriege ich hin, mit Esther. Denn ich erkenne etwas in ihrem Gesicht, das mir sagt, dass sie wahrscheinlich alles mitmacht. Wir werden ja sehen. Und vielleicht werde ich mich dann tatsächlich sterilisieren lassen. Wie schrecklich wäre es für Fynn, mit einem leiblichen Kind konkurrieren zu müssen. Das würde ich ihm nie antun.

Frage an einen Mann:

»Welche Frau hat Sie als Erste enttäuscht?«

Antwort des Mannes:

»Meine Mutter. Als sie meinen Bruder bekam.«

Nein, so was soll ihm erspart bleiben. Man kann sich nur auf eine Sache hundertprozentig konzentrieren. Ich nehme Esthers Hand in meine. Spiele daran herum und inspiziere sie beiläufig. Sie hat schöne Finger. Hände sind Glückssache. Wenn ich mir deren anatomische Beschaffenheit genauer ansehe, die Haut, die Knöchel, die Linien, scheint es mir, als seien wir weiter voneinander entfernt, als wir uns je nahegekommen sind. Also lasse ich es schon bald.

Ihr Körper beginnt nach ein paar weiteren Minuten ab und zu leicht zu zucken. Meine Schulter stützt ihren Kopf, der jetzt spürbar schwerer wird. Sie ist eingeschlafen. Ich drehe mit dem freien Arm das Licht aus.

Ich starre hinauf in die Leere der Dunkelheit, die am Tag nichts weiter ist als die Zimmerdecke. Ich denke an alles auf einmal. Immer wieder schließe ich die Augen und übe mich in Geduld. Schlaf. Vielleicht kriege ich das noch hin. Ich zähle meine Atemzüge. Komme bis sieben, lasse es sein. Ich knirsche mit den Zähnen. Was tun? Ich will müde werden, um zu schlafen. Ich will schlafen, um zu entkommen. Ich will entkommen, um zu vergessen.

Ich hab schon zwei Temazepam forte intus. Mein Magen gluckert.

Ich gehe, mich übergeben. Lege mich wieder hin. Ich spiele mit meiner zerbissenen Lippe. Die Nacht nimmt kein Ende.

52

Ich sehe dem Türken beim Aufsperren des Salons zu. Mache drei Schritte, öffne die Tür. Als erster Kunde betrete ich den Herren-Friseur-Salon, an dessen großer Glasfront die Dumping-Preisliste in orangefarbenen Lettern aufgeklebt ist. Und der Zusatz: Ohne Terminvereinbarung.

Vor meinem Fernsehauftritt benötige ich noch dringend einen Schnitt. An den Seiten, über den Ohren wächst es schon wieder ganz wild und unordentlich. Warm hier drin. Ich blase mir in die Hände und reibe sie schnell aneinander. Kalt da draußen. Mit zwei Lassowurf-Bewegungen über meinem Kopf befreie ich meinen Hals von dem dunkelbraunen Schal. Rascher Schwenk durch die Räumlichkeiten. Das Interieur beschränkt sich aufs Nötigste, die Möbel sind aus schwarz furniertem Sperrholz. Alles Low Budget. Ich hänge meinen Mantel auf.

Alle Kollegen, die ich kenne, zahlen nicht unter zweihundert Euro für einen Schnitt bei einem ihrer Edelbarbiere. Da es aufgrund der Beschaffenheit meines Haars und meiner Kopfform egal ist, wer mich schneidet, wähle ich stets die Schnellschnell-Niedrigpreis-Nichtmeisterbetrieb-Salons. Acht Euro schneiden, elf mit Waschen. Fertig. Wiedersehen.

Der wahnsinnig schlecht gelaunte Türke murmelt etwas zur Begrüßung und hebt fragend das Kinn.

»Waschen und schneiden bitte«, sage ich.

Der mir zugeteilte, lustlose Mustapha Ibrahim weist mir den Weg zum Spülbecken. Eine nur angedeutete, gleichzeitig ruppige wie lustlose Bewegung mit dem Arm.

Zwei weitere Angestellte, die aussehen wie Statisten aus einem Bollywood-B-Movie, sitzen schweigend neben der Kaffeemaschine und warten auf Kundschaft. Die Art, mit der sie mich ignorieren, gibt mir das Gefühl von Heimat. Leider ihrer Heimat.

»Wasser so recht?«, fragt Mustaphas rauchige Stimme von hinten.

Kochend heiß. »Ja, prima«, presse ich gerade so hörbar hervor. Mein zugeschnürter Kehlkopf bringt nicht mehr zustande als diesen röchelnden Satz. Der Winkel, in dem ich meinen Kopf nach hinten halten muss, um meinen Nacken in die Aussparung der Schüssel zu legen, ist viel zu steil, weil das Becken zu niedrig eingestellt ist. Ich habe beim Platznehmen aber nichts gesagt. Erstens, auf Grund der unübersehbaren Autorität, die übel gelaunte Menschen ausstrahlen. Zweitens, weil ich noch nicht wach genug bin für Bemerkungen, die nicht unbedingt sein müssen. Und drittens, weil ich bereit bin, vieles zu ertragen, wenn ich weiß, es geht zügig vorbei. Wenn ich nämlich meinen Mund halte, geht es noch schneller rum.

Mit Handtuch auf dem Kopf und tropfend nassen Ohren gehe ich rüber zu einem anderen Sessel. Der Gang vom Waschstuhl zum Schneidestuhl ist gewohntermaßen seltsam beschämend, meine Schrittfolge eigenartig unsicher. Kurz gerate ich zwischen zwei Spiegel und erblicke das Spiegelbild meines Spiegelbilds meines Spiegelbilds, das sich in die Unendlichkeit fortsetzt, und wundere mich über mein Profil, das ich ja nur aus der Zeitung kenne.

»Was machen wir?«

»Mittel bitte.«

Damit ist alles gesagt. Die Kerle hier drinnen schneiden sowieso immer bloß ihre eigene Frisur nach. Was anderes haben die nicht drauf. Die sehen alle gleich aus.

Ich bekomme eine Papierhalskrause und einen Umhang verpasst.

Vielleicht sollte ich statt »mittel« einfach mal »kurz« sagen. Aber das erfordert ein gewisses Vertrauensverhältnis. Und gerade heute habe ich kein Verlangen nach einem Aha-Erlebnis.

Ein versiffter Kamm gleitet durch mein nasses Haar. Es geht los, leises, schnelles Schnippschnapp. Mustaphas Miene vermittelt überdeutlich die Information, dass er keinen Spaß an seinem Job hat. Er hantiert dennoch geschickt und auffallend schnell mit seiner Schere und lässt sie zwischendrin immer wieder ins Leere schnappen, um die an den Schneiden klebengebliebenen Haarspitzen abzustreifen. Geschick und Begabung sind unabdingbar für das Friseurhandwerk, und es ist mir nur schwer nachvollziehbar, warum sich im Speziellen über weibliche Mitglieder dieser Zunft eine eigene Witzgattung entwickelt hat.

»Kopf gerade halten«, kommt es von hinter mir. Es klingt etwas ungeduldig. Ich sehe auf die Uhr, die im oberen rechten Spiegelrand reflektiert wird. Zehn vor vier bedeutet zehn nach acht. Ich denke mir: Ich bin gut in der Zeit. Ein unsichtbares Härchen unter meiner Nasenspitze entferne ich durch dezentes Naserümpfen und Schnauben. Drei kurze Stöße. Es funktioniert. Das sich anbahnende Niesen ist abgewendet. Eine kurze Unterbrechung, Mustapha zieht seine Hose ein Stück hoch. Einer seiner Kollegen begrüßt im Hintergrund einen neuen Kunden. Dieser Kollege ist das genaue Gegenteil von Mustapha. Auf Grund seiner mangelnden Deutschkenntnisse ist er geradezu beseelt von dem Bemühen, Herzlichkeit zu demonstrieren. Das eine Extrem gefällt mir genauso wenig wie das andere.

Mustapha steht dicht neben mir, keine zwei Zentimeter. Meine Kopfhaut registriert seine Körperwärme. Kurz sehe ich seinen flinken Handgriffen wieder zu und schaue dann bewusst weg, in dem Glauben, allzu aufmerksames Verfolgen des Entstehungsprozesses könnte dem Gelingen seines Werks abträglich sein.

Regen trommelt auf die obere Hälfte der Fensterfront und läuft wie ein Wasserfilm an der Scheibe herunter.

»Soll ich hier kürzer, oder ist gut so?«, fragt mich der Maestro mit meinem Deckhaar zwischen seinem Zeige- und Mittelfinger und setzt bereits zum Schnitt an.

»Gut so«, sage ich, wie aufgeschreckt, als gebe es einen Unterschied, und möchte eine unterstreichende Geste machen, aber wenn ich meinen Arm unter der Schürze hervorhole, fallen mir meine abgeschnittenen Haare auf den Ärmel.

Wie viele Haare durchtrennt ein Friseur im Durchschnitt in seiner Karriere?

Ein bald fünfzigjähriger, schwerer Mann betritt den Salon. Schüttelt seinen Schirm und wuchtet seinen fassbäuchigen Körper auf den Stuhl neben mir. Um seinen Mund liegt ein mürrischer Zug. Er gibt Instruktionen, was an seinem breiten Schädel zu tun ist und beginnt gleich darauf zu quasseln. Irgendwas mit Sport. Irgendein Fußballspieler bringt für sein Millionengehalt nicht genug Leistung, keine Ahnung. Viererabwehrkette, Trainerablösung. Der übliche Fachsimpelei-Blödsinn eben. Rechthaberisch im Ton, obwohl sowieso niemand widerspricht. Für meine Begriffe wird Sport eine Bedeutung beigemessen, die ihm nicht zusteht. In gewisser Weise ist die Verehrung von Sportlern genauso wenig sinnig wie die Verspottung von Friseusen.

Ich schließe die Augen und versuche, das Stammtischgeschwätz auszublenden. Obwohl dummes Gelaber auch einen ganz eigenen intellektuellen Reiz hat. Mit einem Mal beginnt mein sportbegeisterter Sitznachbar von diesem pädophilen Pfarrer zu erzählen, der sich soundsoviele Ministranten vorgenommen hat. In irgendeinem fränkischen Kaff. Was seit Tagen mediales Topthema sein soll – ich habe erst gestern davon gelesen. Und ehrlich gesagt, das echte Topthema ist momentan eher ein gewisser Terroranschlag auf ein Flugzeug nahe Moskau. Trotzdem bin ich ganz Ohr, als er seiner Meinung zu diesem katholischen Kinderschänder freien Lauf lässt. Ich versuche nicht hinzuhören, möchte mich auf etwas anderes konzentrieren, aber er fängt an, sich in Rage zu reden. Sein Scherenmann nickt nur ab und an pflichtschuldig, doch der Dicke regt sich immer mehr auf und betont lang und breit, wie sehr er es verurteilt und wie verwerflich es von dem Täter ist, diese Minderjährigen geschändet zu haben, und was er mit ihm machen würde. Es ist furchtbar, er will nicht aufhören, es ist so furchtbar, dieses jargonhafte Gedöns mit anzuhören, er soll es nicht wagen, die Opfer zu bemitleiden, er hat ja keine Ahnung, bezieht Stellung für die geschändeten Jungs, obwohl er keine Ahnung hat, und ich würde ihm so gerne sagen, wie das wirklich ist und dass er keine Ahnung hat und dass ich auf sein Mitleid pfeife und es ihm nicht zusteht, für die Missbrauchten einzustehen, weil sein Mitleid das Letzte ist, das wir brauchen. Je mehr sich dieser Fettwanst hineinsteigert und bloß völlig Selbstverständliches von sich gibt, desto mehr klingt es plötzlich ganz danach, als stelle es eine Riesenleistung dar, ein kleines Kind *nicht* zu ficken.

Zwei Finger tippen auf meine rechte Schläfe. Schnell öffne ich die Augen und neige den Kopf automatisch nach links. Wenig später auf die andere Seite. Ich weine nicht. Weil es niemanden interessiert. Dann kommt noch die Schneidemaschine zum Einsatz.

Neben mir geht es wieder um Sport. Mich befällt eine bleierne Müdigkeit. Mustapha quetscht eine Tube Gel unter Furzgeräuschen aus und will es mir in die Haare reiben. Ich lehne dankend ab, mit einer schwachen Handbewegung unter meinem Umhang. Er wischt sich die Hände mürrisch mit einem Stück Papier ab. Jetzt habe ich's mir doch noch mit ihm verschissen. Wieso fragt er nicht, *bevor* er die Paste rausdrückt?

»Wenn Sie schauen«, sagt er unwirsch und hält mir einen runden Handspiegel vor den Hinterkopf. Ich beurteile das Abbild in der Spiegelwand vor mir. So sehe ich jetzt also von hinten aus. Einmal von links, einmal von rechts. Ja, toll, bin zufrieden. Ein bisschen Lobhudelei. Vielleicht nicht das Nonplusultra, aber nicht übel. Etwas zu stufig an den Seiten, mag sein. Ach was. Wächst ja wieder.

Auf dem Weg zur Kasse wische ich mir über die Augen und die Haarreste vom Hals und den Schultern. Noch ein Blick in den großen Wandspiegel, und ich bin so erleichtert, dass mir danach ist, großzügig zu sein.

»Waschen schneiden, macht elf Euro.« Mustapha lächelt andeutungsweise und ohne Wärme.

»Elf Euro«, wiederholt Musti, als hätte ich ihn nicht verstanden.

»Fünfzehn bitte«, raune ich und halte ihm einen Zwanziger hin. Ich schaue zu dem Schwergewichtigen, der immer noch über Sport quasselt, und nehme mein Wechselgeld.

Er hat's ja nur gut gemeint.

Aber das tun sie doch alle.

53

Es ist lange nach drei, als ich am selben Tag in Mainz ankomme. Der Zug fährt bei durchdringender Kälte in den Hauptbahnhof ein. Die Reise verlief ohne besondere Zwischenfälle. Ich wurde zweimal erkannt. Ein Autogramm gegeben. Premiere. Ich habe mich bedankt! Ich stoße die Waggontür auf, springe auf den Bahnsteig. Führe kein Gepäck mit mir. Fahre morgen schon wieder zurück. Dann Unterhose eben mal zwei Tage tragen, so what? Man sagte mir, ich würde von jemandem vom Sender abgeholt. Stimmt. Ein junger C-Mensch mit buchstabenversetztem Pappschild, auf dem

Z

D

F

steht, erwartet mich. Pathos gepaart mit Unterforderung liegt in seinem verächtlichen Blick, den er ziellos suchend in die auf ihn zuströmende Passagiermeute richtet. Wahrscheinlich so ein »Drehbuchautor«, der den Fahrerjob nur macht, um »in das Fernsehgeschäft rein zu kommen«. Nicht das Schild, sondern seine schlecht sitzende Kleidung macht ihn zu einer auffallenden Erscheinung.

Mein Gesicht dürfte er kennen, wenn er die letzten Tage nicht ausschließlich in einem Kellerverlies zugebracht hat. Ich nähere mich ihm, bin irgendwo in der Mitte der zum Ausgang drängenden Ankömmlinge. Er sieht mich, verrichtet eine grüßende Handbewegung und behauptet fragend, als ich in Hörweite bin: »Dr. Peng?« Was natürlich stimmt.

Sein Gebiss, sein Lächeln würden einem Filmschauspieler Ehre machen. Einem markanten, aber lausigen. Es ist sofort klar, dass er nicht unbedingt das hellste Licht ist, das auf dieser Erde leuchtet.

Im Auto stellt sich schnell heraus, dass er nur zwei Fahrtechniken beherrscht: höllisch rasen und abrupt bremsen. Bald geraten wir in einen Mörderstau, tausende Fahrzeuge dicht an dicht, und er brüllt dem angeblichen Aufnahmeleiter ins Handy, dass der Verkehr mal wieder eine Sauerei ist und wir da sind, wenn wir da sind. Ganz schön frech. Er legt auf, und da er die Gabe kompromissloser Respektlosigkeit sein eigen nennt, macht er ausgiebig davon Gebrauch, indem er mich sofort mit pseudointellektuellem defätistischem Gelaber, Sinnsuche und Dialektik nervt, weil er doch »Germanistik und Philosophie« studiert – wofür das? –, »aber eigentlich mal was mit Film machen möchte«. Keine Berührungsängste, der Waschlappen. Er flicht etwas verspätet ein, er heiße Thomas. Einer der Namen, der als Name längst nicht mehr funktioniert, weil er zu oft vorkommt. Fragt kurz, was ich in der Sendung mache, hat anscheinend tatsächlich keine Ahnung, wer ich bin, hat mich aber doch gerade eben erkannt. Hm. Ich bitte ihn, das Heizgebläse aufzudrehen. Macht er und will mich sofort wieder in ein Gespräch über Existentialismus in der Moderne verwickeln, weil ich angeblich »so aussehe, als könne ich da mitreden«. Eine Bemerkung, die mich total anpisst. Aber ich passe mich dem Niveau dieses Schwachsinnigen an und sage: »Oh, danke, mal sehen, ob ich da mitreden kann.« Also faselt er irgendwas Nachdenkliches über die Endlichkeit und Aussichtslosigkeit des Seins, was mit dem Thema seiner Magisterarbeit, aber auch mit seinem Leben »unmittelbar zu tun« hat. Und das lässt mir klar werden, dass er einer von den Kandidaten ist, die mit Absicht auf latent unglücklich machen, weil sie meinen, dadurch vielschichtiger zu wirken. Es ist einfach zu blöd.

Ich hätte da noch eine Redensart anzubieten, wenn mir meine Zeit nicht zu schade wäre.

Der Stau wirkt aussichtslos. Im Radio leiert ein Sänger leise immer wieder dieselbe Zeile vor sich hin. So ein Softrock- Geeiere mit Endlosrefrain.

I'm coming home, I'm coming home
Coming home, coming home
Yeah, I'm coming home
I'm coming home
Und ich denke mir: Ja, und dann?

Auch die Wagen auf der Spur neben uns bewegen sich nicht ein Jota. Wie versteinert starre ich aus dem Fenster. Mich juckt's an der Schulter. Aber ich werde nicht kratzen. Ich werde nicht kratzen und den Reiz befriedigen. Nichts da. Ein Alptraum. Reiner Willensakt. Reine Routine. Ich bin ich. Thomas streicht mit zwei Fingern über das bewegungslose Lenkrad und zitiert mit seinem erfahrungslosen Gesicht mal eben so Albert Camus. Sehr neu ist das auch nicht. Genau wie das, was danach kommt. Um sein unerhört fesselndes Gesabbel zu unterbrechen, stelle ich ihm eine psychologische Testfrage, während wir in der Blechkolonne immer noch komplett stillstehen und er gerade einen Pullizipfel in die Länge zieht und damit sein beschlagenes Seitenfenster in kreisförmigen Bewegungen abwischt.

»Ich hoffe, es ist nicht zu persönlich, aber es interessiert mich, Thomas. Haben Sie eine Freundin?«

Wenn der Befragte derzeit solo ist, gibt es zwei Antwortmöglichkeiten, die einen sofort erkennen lassen, mit wem man es zu tun hat. Souveräne Typen sagen: »Nein.« Schlappschwänze sagen: »Momentan nicht.« Thomas sagt: »Momentan nicht.« Wer hätte das gedacht.

Wir sind da. Wurde aber auch Zeit. Ein flaches Gebäude, Leichtbauweise. Thomas übergibt mich an eine Tusse (D plus) mit Klemmbrett und Knopf im Ohr, Aufnahmekoordinatorin. Sie begrüßt mich herzlich und überdrüssig zugleich. Ihre Stimme klingt leicht mitgenommen, als hätte sie einen Husten nicht richtig auskuriert. Die Stimme eines Bierkutschers. Die ganzen scheißwichtigen Personen, die hier rumwuseln, tragen ihre Bedeutung am Leibe wie eine Uniform. Ich glaube, Fernsehleute finden sich noch geiler als Werber. Ich reagiere auf den heiteren Blick von jemandem, den ich sofort wieder vergesse, mit einem angestrengten, freudlosen Lächeln. Die Stelle an meiner Schulter juckt noch immer. Glühende Marter. Keine Linderung, kommt nicht in die Tüte. Ich werde von meiner Bierkutscherin in eine kahle Garderobe gebracht. Die Aufzeichnung der Sendung beginnt in eineinhalb Stunden. *Gut.* Ausstrahlung ist heute um 23 Uhr 20. *Weiß.* Markus Lanz schaut nachher für ein kurzes Kennenlernen noch zu mir in die Garderobe. *Okay.* Er ist sehr nett, das kriegen wir schon. *Aha.* Ist das mein erster Fernsehauftritt? *Mmhm.* Ist sicher nicht leicht, so kurz nach der Katastrophe? *Och.* Das Vorgespräch mit der Redaktion haben wir ja per Handy heute Vormittag absolviert, und sie ist sicher, das wird ein schönes Interview, nicht nervös sein, heute sind noch eine ganze Reihe großer Prominenter in der Talkrunde. *Oh.* Ich schnalze mit der Zunge. Ungewollt. Sie fragt, ob ich noch was brauche, bevor sie mich zu der auch total netten Dame vom Make-up begleitet, und wenn was is, dann muss ich nur nach ihr, der Vivienne, verlangen. Wie fürsorglich. Kleingeistigkeit versucht sich an Großherzigkeit. Das geht immer in die Hose.

Vor einem hell erleuchteten Spiegel werde ich von einer apart gekleideten, aber verhärmten Möchtegernjugendlichen (mindestens 50) zurecht geschminkt. Ihr eigenes dickes Make-up teilt jedem mit, dass sie immer noch vom Ehrgeiz beseelt ist, spitzenmäßig auszusehen. Tut sie für mich auch, bezaubernde Halsfalten, Altweibermund. Ganz nach meinem Geschmack. Aber seit fünfzehn Jahren schon nicht mehr für alle anderen Männer.

Die Puderquaste, die sie mir ins Gesicht klatscht und mich damit abtupft, ist bestimmt herpesverseucht von den Vorgängern auf meinem Sessel. Aber ich krieg ja keinen Herpes. Sie ist fertig, nestelt ein bisschen an mir rum, und ich winke ab, da ich mir den Sitz des Krawattenknotens nicht verderben lassen möchte.

Als ich mich wieder in mein Kabuff begebe, um dort darauf zu warten, ins TV-Studio gerufen zu werden, begegne ich auf dem Gang zuerst der schlechtesten Schauspielerin Deutschlands, die die vergangenen Jahre konsequenterweise die meisten Spielfilmsendeminuten aufweisen konnte, öffentlich-rechtliche, und kurz danach laufe ich ein paar gewöhnlichen Zuschauern über den Weg, die gerade ihr Meet & Greet mit der talentfreien Mimin hinter sich gebracht haben und noch ganz aufgeregt und überdreht ob dieser historischen Begegnung sind. Sie haben sicher nichts weiter als Small Talk zwischen Star und Fan betrieben, mit einem Aussagegehalt von Minus Tausend und werden noch die nächsten zehn Jahre davon reden, wie sie Christine N. kennengelernt haben und fast ausnahmslos so was sagen wie: Sie ist eine richtig nette Frau. Patent, freundlich, ein Mensch wie du und ich.

Ich lächle das Pack im Vorübergehen an, sie erkennen mich, »Held der Stunde«, und ich frage mich: Welcher Typus Mensch geht als Zuschauer in Talkshows? Zumindest keiner über der Kategorie F. Da kannst du deinen Arsch drauf verwetten.

In meiner Garderobe erledige ich noch einige Telefonate und bediene mich aus dem gläsernen Obstkorb, in dem sich noch vorhin frische Früchte befanden, und jetzt nur noch Apfelstumpen, Mandarinenschalen und leer gezupfte Traubenstiele. (Werde ich mit Blähungen büßen.)

Man ruft mich, die Aufzeichnung beginnt, ich werde der dritte Gast sein, bitte auf diesem Stühlchen neben dem Bühnenzugang Platz nehmen, dauert nicht mehr lang, hier auf dem Monitor können Sie die Sendung verfolgen.

Markus Lanz hat tatsächlich vorhin bei mir reingeschaut.

Meine Güte, sieht der gut aus! Das mag ich gar nicht. Und einen klugen Eindruck machte er auch noch. Das mag ich erst recht nicht. Ich vergebe ungern ein A, weil ich mich dann immer mit dem Rätsel konfrontiert sehe, welche Kategorie *ich* eigentlich bin.

Die Sendung hat begonnen, die Intromusik klingt aus. Auf dem Monitor beantwortet ein Promipaar die Frage nach Kindern mit »Wir üben fleißig«. Hahaha. O Mann. Trotzdem ein Lacher.

Ein Zuschauer beginnt erst zu klatschen, als er merkt, dass die Kamera auf ihn draufhält.

Der männliche Teil des Gästepärchens ist Industriemagnat und auf die Frage des Moderators, der vor der Kamera fast noch besser aussieht, was mich fast noch mehr ankotzt, also auf die Frage von Markus Lanz an den Manager, was er denn glaubt, dass wohl seine Mitarbeiter über ihn sagen und denken würden, gibt er die schlimmste Antwort, die überhaupt möglich ist. »Das müssten Sie eigentlich meine Mitarbeiter fragen.« Er sagt es mit einer Jovialität, die einem generösen Verzicht auf Selbstherrlichkeit entspringt. Denn freilich könnte eine aufrichtige Antwort ausschließlich positiv ausfallen. Das ist wie: Was schätzt Ihre Frau an Ihnen? Das müssen Sie meine Frau fragen. Was meinen Sie, macht Ihren Erfolg aus? Das müssen Sie meine Fans fragen.

Als Lanz sich der Gattin des eitlen Fatzkes zuwendet, die bislang die ganze Zeit auf ihren Studiomonitor geschielt und immer wieder ihr Haar gerichtet hat, erfahren wir, dass sie ein Buch über Wiedergeburt geschrieben hat. Inspiration dafür war ihre eigene historische Vergangenheit, in einem ihrer früheren Leben. Da lebte sie am Hofe einer Königin vor circa dreihundert Jahren, als Gräfin von und zu Meschugge. Als eine Adelige also – selbstverständlich. Im Falle tatsächlicher Reinkarnation wäre *ich* in einem dieser früheren Leben mit ziemlicher Sicherheit der einzige Normalsterbliche gewesen. Sklave, Bauer oder Krüppel. Alle anderen: Künstler, Hochwohlgeborene, historische Persönlichkeiten. Der Rückblick der Wiederauferstehungs Gläubigen geht interessanterweise meist nur zurück bis ins 15. Jahrhundert, selten dahinter und nie weiter als bis zum Jahre Null. Denn weiter reicht der kulturelle Horizont nicht. Alles davor ist auch zu unromantisch.

Zur großen Überraschung von absolut niemandem hält sie ihr Buch auch noch in die Kamera und grinst, als würde sie nicht anbiedernd rüberkommen wollen und die Präsentation eigentlich ironisch meinen. Zielgruppe des Buchs sind übrigens all die wundervollen Menschen, »die offen sind«. Offen, ja, vor allem am Arsch.

In mich versunken sitze ich hinter der Bühne und starre auf den Flimmerkasten vor mir. Ich bin um meine Zuhörerrolle nicht zu beneiden. Wie schlecht darf Gutmenschen-Fernsehen sein?

Die scheinbar grundgesetzlich verankerte Moderatorenfrage »Wie muss man sich das vorstellen?« fällt. Mich schaudert.

In dem Moment, in dem die sagenhaft miese Schauspielerin an den Talk-Tisch geholt wird, klingelt mein Handy, und ich erschrecke ganz fürchterlich, habe ich doch trotz Hinweis vergessen, es auszumachen. »Klaas Weber« erscheint auf dem Display, und ich erschrecke noch mehr. Noch bevor ich abhebe, schwant mir nichts Gutes. Zögerlich, aber doch sofort gehe ich ran und laufe dabei in die hinteren Regionen des Gebäudes, um ungestört sprechen zu können. Mit der anderen Hand halte ich mir das freie Ohr zu.

Herr Weber ruft aus seinem Büro im Kinderheim an und teilt mir mit gedämpfter Stimme mit, dass Fynn soeben mit schweren Kopfverletzungen vom Notarzt ins Krankenhaus gefahren wurde.

Man wisse nicht, wie es ihm ginge, aber die Sache sei ernst. Schwere Kopfverletzungen? Was heißt das? Es lässt sich nicht erklären, aber manchmal ist das so: Ich weiß sofort, das wird kein gutes Ende nehmen. Ich erkundige mich, was geschehen ist. So genau wisse man das nicht, aber es gab wohl eine Auseinandersetzung mit einer Gruppe Mitschülern. Er weigert sich, Namen zu nennen. Ich bitte ihn, er weigert sich. Ich flehe ihn an, er weigert sich noch immer. Und eine etwas genauere Schilderung der Geschehnisse? Zum gegenwärtigen Zeitpunkt könne er nicht … ich müsse verstehen. Ich komme mir fast etwas schäbig vor.

Ich muss zurück nach München. Mein Entschluss steht fest.

Und dann will ich noch wissen, in welchem Krankenhaus Fynn liegt.

Den Mikrofon-Funksender, der mir an den Hosenbund in meinen Rücken geklippt wurde, reiße ich achtlos raus. Ich sprinte zu meiner Garderobe, und der Aufnahmeleiter, der mir im Flur begegnet, ist mit seiner entspannten Frage nach meinem Befinden (Na, was vergessen? Gleich geht's los, keine Panik, alles locker!) ein dermaßen starker Gegenpol zu meiner Verfassung, dass ich ihn nicht mal ansehen kann.

Ich greife nach meiner Jacke mit meinem Portemonnaie und verlasse das Gebäude über eine Hintertür, die ich während des Telefonats in den Katakomben des Gebäudes ausfindig gemacht habe. Sie führt direkt auf eine Wiese. Eigentlich ein Notausgang. Ich stürme nach draußen, die Tür knallt laut zu. Es ist schon dunkel. Ich halte das Gesicht in den nassen Wind, der noch kälter ist als vorhin. Das Gras ist nass, und sofort sind die Säume meiner Hose und meine Schuhe ebenfalls feucht. Ich umrunde den Komplex und renne die Auffahrt herunter, Richtung Schranke. Eine Frau in einem Kleinwagen kommt mir entgegen, Parkticket im Mund, das sie gerade an der Schranke gelöst hat.

Ich passiere die Schranke im Sprint.

Mainz – München? Ungefähr viereinhalb Stunden, schätzt der Taxifahrer, der mich auf der Hauptstraße aufgenommen hat. Okay los. Akzeptieren Sie American Express? Okay los. Der Regen draußen ist nach wie vor dicht. Das Gleiche gilt für den Verkehr.

Auf der endlosen Fahrt denke ich über alles nach, spiele alles durch. Lasse nichts außer Acht. Kurz vor München entschuldigt sich Herr Weber auf einer extrem schlechten Leitung für den späten Anruf, 22 Uhr 42, aber Fynn ginge es laut dem behandelnden Stationsarzt zunehmend schlechter, wie er gerade erfahren habe. Ob ich unterwegs sei. Fünf Minuten später meldet er sich erneut. Das Klingeln klingt so giftig. Ich weiß, was los ist. Herr Weber bestätigt mir: Fynn ist soeben gestorben.

54

Ich bin so voller Energie, wie ich es vielleicht noch nie war. Das Leben pumpt durch meine Venen. Meine Kraft erinnert mich daran, dass ich mal geglaubt habe, ich würde nicht für immer traurig sein. Ich lag falsch.

Das Taxi entlässt mich, ich habe mich nicht ins Krankenhaus fahren lassen. Sondern ins Heim. Niemand öffnet auf mein Klingeln, also rufe ich Weber an, der noch in seinem Büro sitzt und auf mich wartet. Ich sage, ich wäre jetzt da, stünde vor der Tür. Er antwortet, die Klingel hätte er nicht gehört, er komme. Als er mir öffnet, verwerfe ich meinen zwischenzeitlichen Plan, und wir nehmen sein Auto und fahren ins Klinikum rechts der Isar. Auf dem Weg erzählt er, der Vorfall habe sich auf der Jungentoilette ereignet, man fand Fynn bewusstlos am Boden, von den Tätern keine Spur, die Polizei war da, nach kurzer Investigation führten die Hinweise zu den Verdächtigen, man habe die Personalien der drei Jungs aufgenommen. Hoppla, er habe soeben schon zu viel verraten, dürfe mir sonst nichts dazu sagen, das möge ich morgen bitte bei der Polizei in Erfahrung bringen. Das genau, genau das ist die Rückgratlosigkeit, diese verdammte Überängstlichkeit von festangestellten Menschen wie Weber, die ausschließlich darum bemüht sind, bloß keine Fehler zu machen oder eigenmächtig Verantwortung zu übernehmen und etwas zu statuieren, immer in hysterischer Vorsicht, den Job bloß nicht durch Eigeninitiative zu gefährden. Stattdessen: Hier, Herr Dr. Peng, die Daten stehen auf diesem Zettel. Man erwarte mich gegen neun auf der Polizeiinspektion, wenn ich wolle, man habe mich nicht angerufen, weil ich kein Verwandter bin, das habe man ihm, Weber, in seiner Funktion als Heimleiter und Vormundschaftsvertreter überlassen.

Gut, in Ordnung.

Fynn. Da liegt er, allein in seinem Bett, allein in diesem Krankenhauszimmer. Weber verpisst sich zum Glück schnell, tut, als sei er tief betroffen, die Schwester ist sehr nett, man habe extra noch auf mich gewartet, um mich Abschied nehmen zu lassen, bevor der Leichnam weggeschafft würde. Eine Obduktion sei vorgemerkt. Den neonerleuchteten Raum nehme ich kaum wahr, aber er strahlt durch seine antiseptische Kargheit etwas auf uns aus, auf Fynn, auf mich. Etwas Finales. Fynns Kopf ist voll mit quer und senkrecht verlaufenden Bandagen, dick verhüllt sind seine Ohren, die Stirn nicht zu erkennen, nur die geschlossenen Augen und das aufgeschürfte Kinn. Er ist nicht zugedeckt. Trägt nur ein dünnes Krankenhaushemdchen. Ich denke mir, es muss ihn doch frieren. Diese grimmige Kälte. Ich frage ihn, was machen wir denn jetzt?

Ach, ich weiß es längst.

Ich verlasse den Raum, ohne zurückzusehen. Die Nacht vergeht so schnell wie noch keine je zuvor. Ich schlafe nicht, sondern laufe durch die Stadt, bis neun Uhr morgens. Auf der Polizeiwache wird mir der dringende Tatverdacht bestätigt. Man erteilt mir die Informationen aus Kulanz, weil Herr Weber mein Patenverhältnis mit Fynn bestätigt und um Entgegenkommen mir gegenüber gebeten hat, jedoch kann man mir keine Akteneinsicht gewähren. Keiner sagt mir was Konkretes. Ich ahne warum.

Dennoch wird Patricks Name und seine maßgebliche mutmaßliche Beteiligung indirekt bestätigt. Der Junge und seine Kumpels sind erst elf … sie befinden sich in gesonderter Obhut des Heims … und natürlich kümmert man sich um psychologischen Beistand … sie sind erst elf und einer zwölf … man sehe vorerst keinen weiteren Handlungsbedarf betreffs Untersuchungshaft, betreffs Freiheitsentzugs … immerhin sind die genauen Umstände noch nicht geklärt … das wird aber im Laufe des Tages alles … erst elf, die armen Kleinen … nein, keine Sicherheitsverwahrung … erst elf, erst elf, ist das strafmildernd? Weil Fynn erst acht ist? War? Gewesen ist? … die Jungen sind in Gewahrsam der Heimleitung. Vorerst.

Mir stockt der Atem.

Nein, auf keinen Fall, sperrt sie nicht ein.

Die Fortsetzung der Vernehmungen der Jungs (der Täter!) beginnt bereits um 12 Uhr in Anwesenheit einer anwaltlichen Vertretung. Dann sehe man weiter. Ja, dann sehen wir weiter.

55

Einen Monat später.

Die Beamten (D und C) führen mich ins Behandlungszimmer und überlassen mich dort meinem Psychologen. Er heißt

Dr. Müller. Und so sieht er auch aus. F. Seine Kinnpartie macht den Eindruck, als würde er auch bei geschlossenem Mund ständig die Zähne zusammenbeißen. Das ist schon mal das Erste. Ich habe bei geschlossenem Mund die Kiefer nicht aneinandergedrückt. Das ist doch normal so, oder etwa nicht? Dieser Seelenklempner jedenfalls trägt noch dazu ein kurzärmliges Hemd und hat, neben einer Schachtel Kleenex für die Heulsusen, ein goldgerahmtes Bild von Frau und Kindern auf seinem Schreibtisch stehen. Ich frage mich, was ein anderer Psychiater wohl über ihn sagen würde. Ich meine, was will mir *so* jemand erzählen? So jemanden kann ich nicht ernst nehmen. Ein Allerweltsheini, der nicht ohne Grund den Versagerstudiengang Psychologie gewählt hat, für Menschen, die ihren Problemen nicht mit Sachlichkeit beizukommen vermögen. Und so einer trifft auf MICH. Lächerlich. Was möchte mir so einer für Fragen stellen, die ich mir nicht schon längst in aller Gnadenlosigkeit selbst gestellt habe?

Ein Psychologe ist vielleicht der Richtige für die Weicheier aus der neurotischen Sippe der Verlorenen. Die mit null Nehmerqualitäten. Die Verdrängungsakrobaten. Für die meisten eben. Die sich unbewusst davor fürchten, Sachen über sich und das Leben herauszufinden, die sie lieber nicht wissen wollen.

Heute ist unsere neunte Sitzung. Ich setze mich in den mir bestens bekannten Sessel.

Auf nahezu jede der leutselig vorgebrachten Vorstöße dieses psychiatrischen Fachmanns denke ich bei mir: Ich glaube nicht, dass ich das einem Mann erklären kann, der Gummibärchen in einer Glasschale bereitstellt, durchmischt mit Schokoriegeln, die durch Sonnenbestrahlung schon mehrfach geschmolzen und dann wieder hart geworden sind. Und der Saab fährt und Ferien auf dem Bauernhof macht. Nichts ist so schwer zu ertragen wie Mittelmäßigkeit.

Natürlich weiß ich, dass meine kategorische Ablehnung professioneller psychologischer Hilfe auch darin begründet liegt, mich und meine Probleme nicht mit verallgemeinernden Krankheitsbildern identifiziert sehen zu wollen. Man besteht eben darauf, dass die eigenen Probleme einzigartig sind.

Auf jeden Fall ist das hier genauso wie erwartet. Nutzlos, sinnlos, harmlos. Also husch husch, los geht's, fertig werden.

Wir beginnen unser Gespräch. Und ich tue mal so, als sei ich erpicht aufs Reden, mit mir ins Reine kommen zu wollen, spiele, je nach Bedarf, mal den Überraschten, mal den Erleuchteten, gebe Dr. Müller beizeiten das Gefühl, er habe mich beim Flunkern, quasi in flagranti ertappt, mal gestenreich, mal steif, lüge das Blaue vom Himmel herunter, biege die Wahrheit, stelle sie in entfremdenden Gesamtzusammenhang, webe sie in eine andere Geschichte ein. Er fragt nach, tut, als wüsste er die Antwort (natürlich), wolle sie aber von mir hören, et cetera, ich denke mir, spinn ich, oder ist das eine absurde Situation?, und wenn mir gerade gar nichts Knalliges einfällt, sage ich: »Was soll ich sagen?«, und eigentlich heißt das nichts weiter, als dass ich der Meinung bin, dass ein Leben nun mal ständigen Krisen und Prozessen des Infragestellens unterliegt, Krisen noch und nöcher, eine vollkommen normale Sache, in uns angelegt, a priori, er webt ab und an Weisheiten ein wie: »Willst du vorwärtsgehen, dann geh zurück.« Ich denke mir ein Substantiv aus, es lautet Holzkopf, verlautbare es aber nicht, er gibt mir den ein oder anderen Denkanstoß, ich denke mir, erzähl mir nichts, für so einen Stumpfsinn bin ich der falsche Abnehmer, und manchmal werde ich richtig lebhaft und fange an – beinahe entfesselt –, meinen eigenen Erzählungen zunehmend mehr Glauben zu schenken, ich baue Wörter im falschen Sinnzusammenhang ein, Begriffe wie »somnambul« und »luzid« und warte, ob er mich verbessern wird, tut er nicht, wie er verdächtigerweise überhaupt nicht spöttisch ist, null

Komma null, was für mich der Beweis ist, dass er alles für bare Münze nimmt, was für mich der Beweis ist, dass er nicht sehr gescheit sein kann, quod erat demonstrandum, wenn ich mich recht entsinne, war es Sokrates, der extra Fehler in seine Geschichten einbaute und seinem Gegenüber damit die Möglichkeit gab, ihn zu korrigieren oder zu widerlegen, was – wie ich meine – eigentlich auch nicht besonders weise ist, weil immer die Gefahr besteht, auf einen mindestens gleichwertig weisen Menschen zu stoßen, der dann seinerseits darauf verzichtet, den vermeintlichen Irrtum aufzuklären, und so ginge das immerfort weiter, was meiner Meinung nach beweist, dass dieses Konzept – mit Verlaub – auch nicht besonders helle, wenn nicht gar ein bisschen dümmlich ist, oder Herr Sokrates?, Mr. Weltstar-Philosoph!, stopp, zurück, korrigiere mich, nicht Sokrates, Platon war es, Platon! (war auch nichts weiter als ein Test), Dr. Müllers am häufigsten verwendeter Satz lautet »ganz tief in sich hineinhorchen«, was mich immer dazu veranlasst, in meinem Kopf »Horch, was kommt von draußen rein« anzustimmen, und mich daran erinnert, wie ich Patricks Schädel zertreten habe, mit Hunderten Fußtritten auf seinen Kopf gestampft bin, klick klack, und seine Hirnmasse an den Wänden der Jungentoilette verschmiert habe und auf seinem Torso rumgesprungen bin, heißa, was für ein Spaß, Dr. Müller nickt zudem sehr häufig auf geübte Weise, was mich manchmal für ein paar Sekunden aus dem Konzept bringt, was mir manchmal beinahe Vertrauen einflößt, was ich manchmal als Zeichen geistigen Abschaltens deute, was mir aber immer klar macht, meine ganze ureigene Geschichte ist lediglich eine weitere Version der immer gleichen uralten Geschichte, reines Gewäsch, alles wird vergebens gewesen sein, so, wie es bei allen anderen davor auch war, bei Fynn und allen anderen. Ich höre die Stimme, ich schiebe sie beiseite, das Behandlungszimmer von Dr. Müller übrigens: eine Orgie in Brauntönen, er gedenkt mir hier dauernd was unterzuschieben, in die Kerbe mit Schuldgefühl und Schuldkomplex und so zu schlagen, aber da schlägt er daneben, ich lenke da immer ab, gehe gar nicht drauf ein, langweilig, und damit basta, unter meiner Kopfhaut sticht es, womöglich ist er ja auch mein Fürsprecher, kann man nie wissen, er sieht mich vertrauensvoll an, man sollte ihm einen Preis verleihen, aber so dämlich bin ich nicht, er agiert strategisch, wie konnte ich nur einen Moment etwas anderes denken, nicht weich werden, nicht vom Standpunkt ausgehen, Dinge seien so, wie man sie gern hätte, nur Dumme glauben, was sie glauben wollen, ja-ha, jeder ist der Feind, nicht mit mir, Sportsfreund. Ich murmle mein Mantra mit geschlossenem Mund und zusammengebissenen Zähnen: Sprache ist Lüge, Sprache ist Lüge, haha, das Gespräch geht so dahin, und es ist manchmal ein Stechen und Parieren auf beiden Seiten, er ist mir so was von unterlegen, das kann man gar nicht genug betonen. Schließlich schaffe ich es, ihn mit einer zugegeben extremen Gewaltphantasie wirklich zu schockieren, und zwar so richtig, er ist etwa eine Minute perplex (und ergeht sich mit dem Glattstreichen seiner Hose in einer läppischen Ersatzhandlung), was mich leider nicht in den erhofften narzisstischen Rauschzustand versetzt, und eigentlich ist am Ende das einzige aufrichtige Statement, das er mir entlocken könnte, das, dass ich mich in der Sauna immer ganz unten hinsetze, wo es am kühlsten ist.

Mir ist wirklich nicht zu helfen.

Und Patricks zermanschtem Kopf auch nicht.

Haha hoho hihi haha hoho hihi – hahaaaaah.

Menschen mit solch sezierenden Gedanken, Menschen wie ich sind von allem ausgeschlossen. Man möchte gern an etwas glauben, kann aber nicht. Man möchte gern ein gewöhnliches Leben führen, durchschaut es aber, obwohl man gar nicht will. Man bleibt, wer man ist.

Und während ich meine verschleiernden Schilderungen der

schönsten Dramen aus meiner Jugend von mir gebe und die Wahrheit dehne und strecke, dieses aufbausche und jenes verharmlose, nur damit mir nicht zu langweilig wird, drehe ich mich in dem schwarzen Sessel hin und her.

Aus mir kriegst du nichts raus. Ich halte dicht.

Wozu es auch jetzt noch gut sein mag. Jetzt, wo nichts mehr ist wie zuvor. Weil »keine Tat ohne Konsequenzen bleibt«, wie ein anderer Großgelehrter, der Großgelehrte und Allwissende Pater Cornelius, so schön sagte. Potz Blitz, da hat er schon wieder recht gehabt. Ich knabbere an meiner inneren, blutenden Unterlippe und tippe dabei mit den Fingerkuppen auf die Armlehne. Gleich ist die Zeit rum. Dr. Müller schielt schon auf die Uhr. Vielleicht bilde ich mir das auch nur ein.

Das hier ist eine Farce. Er – oder sonst wer, niemand kann dich ändern. Im besten Fall schafft ein Therapeut es, dass du akzeptierst, dass dich niemand ändern kann. Da ich diese Weisheit bereits längst verinnerlich habe, belasse ich es bei meiner Strategie. Und bin alles, nur nicht ich selbst. Er möchte doch nur in sein Gutachten schreiben, dass ich sie nicht mehr alle habe. Dass ich verrückt bin.

Er sagt, das wär's für heute. Steht auf. Klingelt nach den Beamten.

Ja. Ich habe auch genug für heute.

»Wir sehen uns morgen, Dr. Peng, selbe Zeit.«

»Ja, bis morgen, Dr. Müller.«

Das wäre geklärt.

»Eine Frage noch, Herr Dr. Müller: Ich bin ja in letzter Zeit so abgeschottet, wie wird eigentlich das Wetter die kommenden Tage?«

56

Jetzt wird's doch glatt Frühling.
So schön.

Der Wagen ruckelt, des is son VW-Bus. Klump.
Des ham die ja fein hingekriegt.

Pah wir fahren da rein. Durch son
Torbogen. Hochoffiziell.
Die glauben, ich merk das nich.
Die denken ich check nich dass des ne Geschlossene oder so was is. N Sanatorium. Klappse Die denken ich bin nich klar im Kopf.
Die spinnen.
Ich weiß genau dass ich in ne Anstalt gebracht werde.
Ich sehe im Rückspiegel den Ben und Joel fahren, weil die
total lieb sin und mich begleiten.
Weil Freunde kann nix auseinanderbringn.

Der Joel meint, dass des
viel besser ist, wie wenn ich in reguläre Haft komme, obwohl des peinlich is wegen Entmündigung und so, aber es is schon besser, wegen für MICH
viel milderer Vollzug, sagt auch der Bennie.
Ich weiß auch nich, peinlich is des schon.
Als wär ich n Knallkopf.
Is halt Taktik. Von uns, dass die glauben ich wär … und so
Die Männer, die neben mir sitzen sind auch total lieb.
Nich
schöne Uniformen, aber lieb.
Der eine
hat gesagt

weil ich die Handschellen nich hab anziehen wollen,
dass ich harmlos sein tu. Weil der

weiß des weil der bei der Verhandlung immer auf mich
aufgepasst

gehabt hat und ich mich tadellos tadellos hat er

gemeint verhalten hab.

Ja des stimmt. Sind auch die neuen Tabletten. Glaub ich

Aber blöde bin ich nich.

Ich bin ganz klar. Alles nur strategisch, wegen Vorteil
für uns. Nur simulieren ich simulier nur für die –

Ich war immer klug. Immer.

Telefonnummer vom Büro, kein Problem. Auswendig. Hey,
kein Problem.

Geburtsdatum Handy alle PINs Computerpasswörter

hey kein Problem. Ich kann sogar

vom Dings des Vereidigungsdatum

ganz genau sagen.

No problem, schieß ich aus der Hüfte.

Ich

weiß

zum Beispiel gestern um 15 Uhr und ganz genau 44 Minuten
erging des Urteil. Vom Volk. Ha. Der

Joel hat des gut gemanagt. Wir sind ein super

Team. Und der Ben hat des alles

und die Esther auch, echt gut

unterstützt, kümmern sich um

meinen Kram was ich ja

jetzt nich mehr

machen kann

wenn ich da

weg bin

erst mal.

Oppla, nix.

Da ist ja gar nix. Haha. Ich lang mir immer noch zum Hals so oft, weil des so Gewohntheit is, da

hinzulangen. Zum Knoten richten.

Aber ich darf jetza gar keine Krawatte mehr tragn, hab ich gesagt gekriegt, weil die

glauben ich könnt

mir selbst sons

was antun, antun. Damit halt. doof-

Na ja.

Eepa, die Kurve nimmt der aber scharf. Der am

Steuer da, der Steuermann da vorn.

G a n z Schön *schn*elll. C o o l.

Keine Presse, wir fahren geheim,

keine Presse. inkognito

Die haben schon genug geschrieben. Tun so,

als wär ich n Monster.

Haha hoho hihi haha hoho hihi – hahaaaaah.

Lustig / eigentlich nich

… bloß weil die die Oberfläche von dem Gesicht nicht gleich identifizziziern konntn. Deshalb bin ich doch bin ich doch noch kei

Ungeheuer.

Top, jetz wird's Frühling.

Ja nee, schööön.

Und die Blumen. Vorhin sind wir auf der Fahrt hinter einem sonem Range Rover mit Pferdeanhänger gefahrn. Mei wenn des der Fynn gesehen hätte, der hätte Rabbatz gmacht. Weil doch die Pferde in sonem engen Anhänger

so

Angst
haben und Panik kriegen und weil des Quälerei is
und so.

Mei hätt der mir was da drüber erzählt.
Aber des kann er ja jetz nich mehr.

Momenterle mal, der Wagen hält an. Jetzt sinma da. Ich
dreh
mich
mal
um, ui ja

und der Porsche vom Joel hält
auch. Ja jetz sinma da. Logo.
Sieht ma ja.
Ah apropos klar im Kopf,
ich weiß voll ganz genau auf den Tag
genau, dass des jetzt 122 Tage her ist. Ganz genau 122
Tage is des her. Da ist der Fynn gestorben. Ja Und
Ich auch.